KB068429

I HUNT KILLERS

I HUNT KILLERS

내 아버지는

이 나라를 떠들썩하게

뒤흔든 연쇄 살인마

그는 살인자의 심리와 살인의 방법을

나에게 가르쳤다.

그리고

아버지처럼 되지 않기 위해…

I HUNT KILLERS

나는 살인자를 사냥한다

배리 리가 Barry Lyga 지음 | 권도희 옮김

RHK
알에이치코리아

Contents

앨비나에게 바칩니다.

화창한 날이었다.
아름다운 들판이었다.

시체가 있는 것만 제외하면.

감시자

재즈가 마을 외곽 들판에 도착했을 때, 그 주변 일대는 온통 노란색 범죄 현장 보존 테이프로 둘러싸여 있었다. 그 노란색 테이프는 말뚝 위에 엉성하고 느슨한 육각형 모양으로 쳐져 있었다.

들판은 경찰들로 가득했다. 카키색 제복을 입은 주 경찰관들, 푸른색 제복을 입은 보안관의 부하들, 심지어 점퍼와 청바지를 입고 있는 과학수사 요원까지 있었다. 재즈는 과학수사 요원의 등장에 깊은 인상을 받았다. 로보스 노드는 작은 마을이라 자체적인 과학수사대가 없기 때문에, 평소에는 보안관 부하들이 범죄 현장의 증거들을 수집하곤 했다. 그런데 두 마을 너머에 있는 진짜 과학수사 요원을, 그것도 일요일 아침에 불러왔다는 것은 경찰이 이번 사건을 아주 중요하게 여기고 있다는 의미였다. 보안관의 부하 몇 명이 고개를 숙이고 바닥을 기다시피하며 현장을 뒤지고 있었다. 재즈는 범죄 현장 보존 테이프 밖에서 금속 탐지기를 들고 왔다 갔다 어슬렁거리는 남자를 재미있다는 듯 쳐다보았다. 경찰관 한 명은 싸구려 디지털 비디오카메라를 들고 범죄 현장 주변을 조심스럽게 걸어 다니고 있었다.

그 모든 상황을 지휘하고 있는 사람은 G. 윌리엄 태너 보안관이었다. 그가 아끼는 권총 손잡이 위에 손을 올린 채 한쪽 편에 서서, 자신의 명령에 따라 움직이고 있는 부하들을 지켜보고 있었다.

재스퍼 덴트, 바로 '재즈'는 경찰들의 눈에 띄지 않게 숨어 있었다. 그는 전망 좋은 자리를 차지하기 위해 마지막 15미터는 키가 큰 수풀 아래로 끈기 있게 기어갔다. 그곳은 예전에 끝없이 드넓은 콩밭을 경작하던 해리슨 농장이 있던 위치였다. 이제는 휘어지고 부러진 줄기와 잡초, 부들, 관목만이 남아 있을 뿐이지만, 숨어 있기에는 더할 나위 없는 장소였다. 여기서 재즈는 노란색 테이프로 구분되는 범죄 현장 전체를 내려다볼 수 있었다.

"무슨 일이지?" 재즈는 혼잣말을 중얼거렸다. 비디오카메라를 들고 있던 경찰이 시체에서 3. 5미터가량 떨어진 곳에서 갑자기 고함을 질렀기 때문이다. 거리가 너무 멀리 떨어져 있어서 무슨 말인지 정확하게 알아들을 수 없었지만, 뭔가 중요한 것이 발견되었다는 것을 알 수 있었다. 그 자리에 있던 모든 사람들이 즉시 그쪽으로 몰려갔고, 보안관도 서둘러 그쪽으로 향했기 때문이다.

재즈는 쌍안경을 들어 올렸다. 그는 쌍안경을 세 대 가지고 있었다. 각각 다른 목적으로 아버지가 준 선물이었다. 아버지는 아주 특별한 이유로 아들에게 그 쌍안경들을 선물했다.

재즈는 그 이유들을 떠올리지 않으려고 노력했다. 지금 당장은 그가 그 특별한 쌍안경을 가지고 왔다는 사실만이 기쁠 따름이었다. 8×30 배율 슈타이너 쌍안경은 방수 기능이 있고, 손잡이에 고무를 씌운 것으로, 무게는 450그램이 약간 넘었다. 하지만 이 쌍안경에서 가장 주목해야 할 점은 푸른색을 띤 대물렌즈였다. 이 대물렌즈는 눈부심과 반사량이 거의 없기 때문에 적들, 이를테면 지금 20미터가량 떨어진 곳에 있는 경찰들이 쌍안경에 햇빛이 반사되어 번쩍거리는 빛을 알아차리지 못할 것이고, 더불어 수풀 속에 숨어 있는 재즈를 잡아갈 일도 없다는 뜻이기 때문이다.

먼지와 잎사귀에 붙어 있던 꽃가루가 코를 간질였지만 재즈는 애써 재채기를 참았다. '네가 답사를 나갔을 때는 정말 조용히 있어야 한다. 알겠니? 사람들은 대부분 의식하지 못하지만 아주 작은 소리를 내는 습관들을 가지고 있어. 넌 그러면 안 돼, 재스퍼. 아무 소리도 내지 말고, 쥐죽은 듯 조용히 있으란 말이다.' 아버지는 재즈에게 그렇게 말했다.

재즈는 아버지에 관한 거의 모든 일들이 싫었지만, 그중에서도 아버지의 말이 대부분 옳다는 사실이 제일 싫었다.

그는 비디오카메라를 들고 있는 경찰관에게 초점을 맞췄다. 하지만 사람들이 너무 많이 몰려 있어서 그들이 무엇을 보고 그렇게 흥분하고 있는지 알 수가 없었다. 재즈는 그들 중 한 사람이 증거 수거용 작은 비닐 봉투를 들고 있는 것을 보았다. 하지만 봉투에 초점을 채 맞추기도 전에 그 경찰이 팔을 내리는 바람에, 봉투는 경찰의 허벅지 뒤로 모습을 감췄다.

"누군가 증거를 찾은 모양이네⋯." 재즈는 작은 소리로 중얼거린 뒤, 아랫입술을 살짝 깨물었다.

'그런 자들은 대부분 붙잡히기를 원하지.' 아버지는 이런 말을 여러 번 했었다. '내 말이 무슨 말인지 알겠니? 그러니까 그자들이 붙잡히는 건 스스로 그렇게 되기를 바랐기 때문이야. 경찰이 그들을 찾아냈거나, 더 뛰어나기 때문에 붙잡히는 것이 아니란 말이지.'

재즈는 아무 잘못도 저지르지 않았다. 그저 이 자리에 엎드려서, 범죄 현장을 수사하는 경찰들을 지켜보았을 뿐이다. 하지만 괜히 성급하게 이 자리를 뜨려다가 붙잡힐 가능성도 있었다. 그렇게 되면 G. 윌리엄 보안관에게서 엄한 훈계를 듣게 될 것이다. 재즈는 그런 상황만큼은 피하고 싶었다.

그날 아침 일찍 재즈가 집에서 할머니의 정기적인 괴성(점점 더 심해지고, 횟수도 잦아지고 있다)을 피해 침실 문을 꼭 닫았을 때, 경찰 무전에서 코드 2-2-13이 심각하게 울렸다. 버려진 시체 발견. 재즈는 배낭을 집어 들었다. 감시에 필요한 물건들은 전부 미리 챙겨 놓았다. 그리고 창문 밖에 있는 배수관을 타고 내려갔다(복도에 있던 할머니와 마주쳐 그 헛소리를 상대하느라 시간 낭비하지 않기 위해서).

로보스 노드에서 시체가 발견된 것이 새로울 것은 없었다. 예전에 시체가 발견되었을 때 재즈의 인생은 발칵 뒤집어졌고, 아직까지 제자리를 찾지 못하고 있었다. 심지어 그때부터 몇 년이 지나 다른 사람들 모두가 그 시간들을 떨쳐 버린 뒤에도, 재즈만큼은 여전히 자신의 인생이 다시는 제자리로 돌아갈 수 없을 것 같은 두려움을 떨쳐 버릴 수가 없었다.

경찰들이 G. 윌리엄의 옆으로 몰려가기 시작하자, 재즈는 쌍안경의 초점을 시체에 맞췄다. 거리가 너무 멀었기 때문에 심각한 외상은 보이지 않는다는 정도만 알 수 있었다. 자상이나 총상 자국 같은 게 보이지 않았다. 눈에 띌 정도로 큰 상처는 없는 것 같긴 했지만, 사실 재즈의 위치에서는 정확하게 보이지 않았다.

재즈가 확실히 알 수 있는 건 두 가지 사실뿐이었다. 시체는 여자였고, 옷을 입고 있지 않았다. 범인이 피해자의 옷을 벗기는 것은 당연하다. 시체 옷을 벗겨야 신원 확인이 힘들어지기 때문이다. 옷은 피해자에 대한 많은 정보를 주기 마련이다. 일단 피해자의 신원이 밝혀지면, 범인의 정체에 한 발자국 다가서게 된다.

'어떻게든 단 몇 분이라도 경찰들을 느리게 움직이게 하는 게 좋아, 재스퍼. 그들을 곤란하게 만들고, 천천히 움직이게 해야 해. 거북이처럼 천천히 움직이게. 케첩이 나오는 것처럼 느리게 말이야.'

재즈는 쌍안경을 통해 G. 윌리엄이 이마에 흐르는 땀을 체크무늬 손수건으로 닦는 것을 보았다. 보안관의 죽은 아내가 몇 년 전에 GWT라고 수를 놓아준 손수건이 분명했다. G. 윌리엄은 그와 똑같은 손수건을 열두 장 가지고 있었는데, 신경 써서 잘 관리하며 아껴 쓰고 있었다. 그는 이 마을에서 드라이클리닝한 손수건을 가지고 있는 유일한 남자였다. 어쩌면 살아 있는 남자들 중에 유일할지도 몰랐다.

보안관은 좋은 남자였다. 재즈는 그를 처음 봤을 때 어쩐지 우스꽝스러운 흉내를 내고 있는 것 같다는 인상을 받았다. G. 윌리엄이 바비큐를 즐겨 먹어 축 늘어진 뱃살과 칙칙한 색의 콧수염을 달고 있는 외모 뒤로, 엄숙한 법 집행자로서의 뛰어난 능력을 가지고 있다는 것을 재즈는 개인적인 경험을 통해 알게 되었다. 태너는 로보스 노드에서 군(郡) 보안관으로서의 의무를 다하고 있었고, 그 군만이 아니라 주 전체의 존경을 받고 있었다. 지금 같은 경우도 평범한 사건이었다면 경찰이 비디오카메라까지 동원하지는 않았을 것이다. 태너가 수완을 발휘한 것이다.

재즈는 쌍안경으로 현장 전체를 둘러보다가 G. 윌리엄이 증거가 들어 있는 봉투를 햇살 속에 들어 올리는 모습을 얼핏 포착했다. 순간 심장이 멎을 것 같았다. 재즈는 그 증거 봉투 속에 들어 있는 물건을 자기가 잘못 본 것이 분명하다고 생각했다. 하지만 보안관은 재즈가 쌍안경을 통해 그 물건이 무엇인지 제대로 볼 수 있는 완벽한 위치에 있었다.

재즈의 심장이 두근거리기 시작했다. 그 소리가 너무 커서 보안관이 서 있는 곳에서도 들릴지 모른다는 생각이 들었다. 들판에서 시체를 발견했다는 것 자체는 대단할 것도 없었다. 흔히 있을 수 있는 일이니까. 부랑자거나 가출한 여자일지도 모른다. 어느 쪽이든 상관없다. 하지만 저건… 뭔가 새로운 것을 예고하고 있다. 뭔가 큰 일이 벌어졌다. 그로 인해 재즈는 이제 사람들이 자신을 비난 어린 눈빛으로 쳐다보게 될 것 같다는 느낌에 심란해졌다. '결국 시간이 문제였어. 언제라도 벌어질 일이었지.' 그들은 그렇게 말할 것이다.

그래서 재즈는 알리바이를 정리하기 시작했다. 시신의 상태가 비교적 양호한 것으로 보아, 그 여자가 살해당한 시각은 대략 여섯 시간 전이라고 볼 수 있다…. 그는 지난 밤 내내 집에 있었다…. 집에 같이 있었던 사람은 할머니뿐이었다. 이 세상에서 가장 믿을 수 없는 증인이긴 하지만.

코니. 코니는 그를 위해 필요하다면 거짓말이라도 할 것이다.

순식간에 그런 생각들이 떠올랐지만, 자동차가 경사면을 따라 올라오는 덜컹거리는 소리에 이내 사라져 버렸다.

들판은 대부분 평지였다. 그러나 전부 다 그런 것은 아니었다. 시신이 발견된 곳은 평지였지만, 거기서 남쪽으로 100미터 정도까지는 완만한 내리막길이었고, 북쪽으로는 그 두 배 정도 되는 길이까지 가파른 오르막길이 이어져 있었다. 지금 남쪽에서 올라온 자동차는 낡아 빠진 포드 스테이션왜건으로 납이 함유된 휘발유를 사용하던 시절부터 굴러다녔을 법한 아주 오래된 차였다. 차문에는 마치 직업을 과시하는 듯 '로보스 노드 검시관'이라고 새겨져 있었다. 그렇다면….

재즈는 똑똑히 보았다. 경찰 두 명이 축 처진 시체 운반용 가방을 들고 시신 옆으로 다가가고 있었다. 범죄 현장의 초동수사가 끝난 것이다.

재즈는 과학수사대 요원이 조심스럽게 시체의 머리를 덮고, 손과 발을 감싸는 것을 지켜보았다.

'언제나 손과 발을 확인해야 한다. 그다음에는 입과 귀도 살펴야 해. 그런 곳에 뭐가 남아 있는지 알게 되면 아마 깜짝 놀랄 거야.' 아버지가 예전에 말했었다.

재즈는 그 목소리를 떨쳐 버렸다. 그리고 경찰들이 시체 운반용 가방에 여자를 집어넣은 뒤 지퍼를 올리는 과정을 지켜보았다. 그가 쌍안경으로 시체 운반용 가방에 초점을 맞추려고 할 때, 뭔가 시야에 들어왔다. 재즈는 애써 그것을 무시하려고 했다. 그로서는 정말 보고 싶지 않았지만 어쩔 수 없었다. 이미 눈에 들어왔기 때문에 안 본 것으로 할 수가 없었다.

한쪽 구석에 경찰 한 명이 외따로 떨어져 서 있었다. 시신이 발견된 위치와의 거리로 보아 범죄 현장을 담당하고 있는 것이 분명했지만, 다른 사람들이 그에게 도움을 청할 수 있을 정도로 가까운 거리는 아니었다. 그 경찰은 가만히 서서 다른 사람들을 쳐다보고 있었다. 그는 현장에 참여하고자 하는 마음도, 다른 사람들을 방해하고 싶은 생각도 없는 것처럼 보였다.

재즈는 로보스 노드 경찰들 모두와 안면이 있을 뿐만 아니라, 주변 마을 경찰들까지 대부분 알고 있다고 생각했다. 하지만 그 남자는 로보스 노드 경찰 제복을 입고 있는데도 모르는 사람이었다.

그리고 그 남자는 만만해 보였다. 재즈로서는 그렇게 표현할 수밖에 없었다. 만만하다. 약점투성이. 손쉬운 상대. 그 남자는 어쩐지 안절부절못하고 있는 것처럼 보였다. 왼손 손가락 두 개로 권총대의 메이스(최루가스로 쓰는 신경 마비제 상표―옮긴이) 통이 꽂혀 있는 근처에 생긴 거칠거칠한 흠집을 만지작거리고 있었다.

그 남자는 쉽게 제압될 것이다. 경찰로서 훈련을 받았을 뿐만 아니라, 총과 메이스, 경찰봉까지 가지고 있음에도 불구하고. 재즈는 지금 상상하고 있는 이상의 일도 할 수 있었다. 쌍안경을 통해 마치 그런 일이 눈앞에서 일어나고 있기라도 한 것처럼 똑똑히 볼 수 있었다.

재즈는 사람들을 읽을 수 있었다. 무슨 기술이 있는 건 아니다. 그건 그냥 숨을 쉬는 것처럼 자연스러운 일이었다. 보통 사람들이 고속도로 표지판을 읽는 것과 마찬가지다. 사람들은 그 표지판을 일부러 의식하지는 않는다. 그저 그 표지판이 있다는 것을 알아차리고, 그 사실을 머릿속에 저장한다. 그뿐이다.

재즈는 한참 동안 눈을 감고 코니를 떠올려 보려고 했다. 그 은신처에서 두 사람이 싸웠던 일. 하위와 야구를 했던 때를 떠올려 보려 했다. 엄마에 대해서도 생각했다. 엄마가 사라지기 전 마지막 모습을 기억해 보려고 했다. 어떻게든 다른 생각을 하려고 했다. 무엇이든 좋으니까. 그 경찰에게 접근하는 것이 얼마나 쉬울까 하는 생각만 아니라면….

그 경찰을 방심하게 만들고, 자기 과시를 하게 유도한 다음….

권총대를 향해 달려든다. 메이스. 경찰봉. 권총.

아주 쉬울 것이다.

너무 쉬웠다.

재즈는 눈을 떴다. 경찰들이 스테이션왜건에 시체를 실었다. 멀리 떨어져 있었음에도 차문 닫는 소리가 들렸다.

재즈는 이마에 고인 땀을 닦았다. G. 윌리엄은 발밑을 조심하며 경사로를 따라 내려가더니, 도로에 세워 둔 차로 향했다. 다른 경찰들은 여전히 현장을 지키고 있었다.

증거 봉투. 재즈는 증거 봉투에 대한 생각을 떨칠 수가 없었다. 정말은 그가 보았던 증거 봉투에 들어 있던 내용물을 잊을 수가 없었다.

그건 손가락이었다.

절단된 손가락.

G. 윌리엄

재즈는 관목 아래에서 기어 나와, 조심스럽게 지프로 돌아갔다. 차는 해리슨 농장을 가로지르는 먼지 쌓인 도로 위에 숨겨 두었다.

재즈는 G. 윌리엄을 찾아갈 생각이었다. 그래야만 했다. 시신을 확인해야 했다. 과거와 대면했을 때 어떤 영향을 받게 될지 알게 될 것이다. 만일 그런 게 있다면 말이지만. 어쩌면 아무 영향도 받지 않을 수도 있었다. 아니면 제대로 영향을 받게 될지도 모른다. 그때는 이 세상에, 자기 자신에게 입증해야 한다.

시신은 별문제가 아니었다. 비록 그 손가락은… 그건 전혀 새로운 문제였지만. 재즈는 손가락이 나올 거라고는 전혀 예상하지 못했다. 그 의미는….

이제는 덜컹거리는 것이 놀랍지도 않은 아버지의 낡은 지프 안에서 재즈는 그 의미를 생각하지 않으려고 노력했다. 하지만 그 손가락이 마치 자신을 가리키고 있는 양 머릿속에서 떠나지 않았다. 시신을 처음 본 것도 아니었다. 범죄 현장 역시 마찬가지다. 재즈는 아버지 덕분에 아주 오래전부터 시체를 보아 왔다. 친애하는 아버지는 아들을 계속 자신의 일터로 데려갔다. 이제까지 재즈는 경찰들이 이상적으로 여기는 범죄자의 관점에서 범죄 현장을 목격해 왔다.

재즈의 아빠, 윌리엄 코르넬리우스 덴트, 곧 빌리 덴트는 21세기 가장 악명 높은 연쇄 살인마였다. 평화로운 작은 마을 로보스 노드는 그의 고향이었고, '밥 먹는 자리에 똥을 누지 마라'는 속담을 충실히 지켜 마을에 있는 동안에는 조용히 지냈다. 하지만 결국 빌리 덴트의 덜미를 잡은 건 시간이었다. 시간과 그 자신의 억누르지 못한 충동. 비록 지난 21년간 세 자리 숫자의 살인을 저지른 거물 살인마였지만, 그도 자기 자신을 어쩔 수 없었다. 로보스 노드에서 두 구의 시체가 발견된 뒤, G. 윌리엄 태너는 빌리를 추격해서 체포했다. 빌리 덴트의 이력으로 봐선, 연방 정부의 권위를 등에 진 배지를 단 FBI 요원이 아니라, 순찰차를 타고 다니는 배불뚝이에, 콧소리를 내는 지방 경찰 손에 붙잡혔다는 것이 불명예스럽고 아쉬운 결말이었다.

실제로는… 아마 아버지 말이 맞을 것이다. 빌리 덴트까지 포함한 그런 자들은 스스로 붙잡히고 싶었던 건지도 모른다. 그렇지 않다면 어째서 집 앞에서 사고를 친단 말인가? 어째서 밥을 먹는 자리에 똥을 눈단 말인가?

재즈는 경찰서 앞 주차장에 차를 세웠다. 보안관이 있는 경찰서는 마을 중앙에 위치한 나지막한 일 층짜리 콘크리트 건물이었다. 선거

철마다 마을의 도시 행정 위원이나, 군 행정 위원회 위원 후보 중에 '우리 마을의 어둡고 음침한 법 집행 기관 건물을 아름답게 만들겠다'는 공약을 내거는 이들이 있었다. 매번 선거가 끝나면, G. 윌리엄은 그 돈으로 조용히 좀 더 좋은 장비를 사들이거나, 부하들의 봉급을 올려주곤 했다.

재즈는 G. 윌리엄을 좋아했다. 원래 경찰들을 경멸했고, 그런 경찰들 중에서도 높은 지위에 있는 데다가, 수십 년간 살인과 고문을 일삼았던 빌리 덴트의 전설적인 행각을 종결시킨 당사자임에도 불구하고. 4년 전에 아버지를 체포한 뒤로, G. 윌리엄은 계속해서 재즈와 연락을 취했다. 자신이 재즈에게서 아버지를 빼앗았다는 것에 대해 미안해하고 있는 것 같았다. 재즈의 입장에서 보면 그런 아버지는 없어져 주는 것이 최선이라는 것을 누구나 알 수 있었는데도 말이다. 그렇지만 안타깝게도 G. 윌리엄은 나이도 많고, 시대착오적인 가톨릭교도인지라 그 죄책감을 덜어 내지 못했다.

재즈는 가끔씩 G. 윌리엄에게 속내를 털어놓기도 했다. 이미 코니와 하위에게 털어놓았던 이야기들이지만, 어른의 관점이 필요한 경우도 있었기 때문이다. 보안관과 재즈 사이에는 암묵적으로 입에 올리지 않는 주제가 두 개 있었다. G. 윌리엄은 재즈가 빌리와 같은 최후를 맞이하는 것을 원하지 않았고, 재즈도 그에 관해서는 전부 다 털어놓지 않았다.

재즈가 보안관에게서 마음에 들지 않는 것은 오직 하나, 다른 사람들에게 자신을 'G. 윌리엄'으로 부르라고 강요하는 것이었다. 자칫

"쥐(Gee : 이런), 윌리엄!"으로 들리기 때문에 말하는 사람이 늘상 민망해지기 때문이다.

건물 안에 들어가자, 재즈는 비서 겸 관리직인 라나에게 꾸벅 인사를 했다. 그녀는 젊고 예뻤다. 재즈는 아버지가 기회만 있었다면 그녀에게 무슨 짓을 하려고 했었는지 떠올리지 않으려고 애를 썼다.

"G. 윌리엄 보안관님 계세요?" 재즈는 아무것도 모르는 것처럼 물었다.

"방금 토네이도처럼 들어오시더니, 바람처럼 저 안으로 사라지셨어." 라나가 화장실을 가리키며 말했다. 경찰서 밖에서 있었던 시간이 너무 길었던 탓에 G. 윌리엄의 방광이 터질 지경이었던 모양이다.

"보안관님이 나오실 때까지 기다려도 될까요?" 재즈는 집무실 안에 들어가고 싶어 하는 것처럼 보이지 않기 위해 애써 차분히 말했다.

"그럼 안에 들어가서 기다려." 그녀가 G. 윌리엄의 집무실 쪽을 가리키며 말했다.

"고마워요." 재즈는 인사를 했다. 그런 다음 어쩔 수 없이 그녀에게 눈부실 정도로 환한 미소를 지어 보였다. '미남계.' 빌리는 재즈의 미소를 그렇게 불렀다. 아들이 아버지에게서 물려받는 것은 많았다.

라나도 미소 지었다. 그녀를 미소 짓게 하는 건 전혀 어려운 일이 아니었다.

집무실 문은 열려 있었다. 책상 위에 놓인, 오래되고 녹이 잔뜩 슨 램프에서 비치는 흐릿한 원뿔형 노란색 불빛 아래 서류가 한 장 놓여 있었다. 재즈는 그 서류를 어깨 너머로 흘깃 본 뒤 서류의 방향을 읽

기 편하게 자기 앞으로 돌렸다. 그 서류의 맨 위에는 '예비 보고서'라
고 쓰여 있었다.

'…실험실에 약물 검사 의뢰. 신원 확인….'

'…절단된 손가락들….'

그때 철컥거리며 부딪치는 수갑 소리와 함께 G. 윌리엄의 묵직한
발소리가 들렸다. 재즈는 보안관이 집무실로 들어오기 전에 서류를
원래 위치로 돌려놓은 뒤, 책상에서 한 걸음 떨어졌다.

"왔구나." G. 윌리엄이 책상 앞에 섰다. 그리고는 그 예비 보고서를
보지 못하게 하려는 것처럼 그 위에 손을 올렸다. 그는 어리석지 않았
다. "무슨 일로 왔지? 지금은 좀 바쁜데."

'절단된 손가락들.' 재즈는 생각했다. 손가락들, 복수형. 한 개가 아
니라는 말이다. 재즈는 증거 봉투에 들어 있던 손가락 한 개밖에 보지
못했다.

'칼이 있어야 해. 좋은 칼이 아니어도 된다. 날이 잘 들기만 하면
어떤 칼이든 상관없어. 그 칼로 소능형골과 중수골 사이를 자르는 거
야….'

"알아요. 해리슨 들판에서 시체가 나왔잖아요." 재즈는 그 기회를
놓치지 않았다.

G. 윌리엄이 얼굴을 찌푸렸다. "누구라도 좋으니 경찰 무전을 엿
듣는 걸 법으로 금지시켜 줬으면 좋겠구나."

"정말 그렇게 되면 어떻게 될지 아시잖아요. 경찰 무전을 엿듣는 것
을 법으로 금지시키더라도, 불법을 적용할 수 있는 건 경찰 무전기를

가지고 있을 경우뿐이라는 걸 말이에요." 재즈가 가볍게 대꾸했다.

G. 윌리엄이 헛기침을 하며 자리에 앉았다. 낡은 의자가 삐걱거렸다. "지금은 정말 바쁘단다. 농담이나 하려면 다음에 오는 게 어떠니?"

"농담하려고 온 거 아니에요. 그 시신에 대해 말씀드리고 싶은 게 있어요. 그러니까, 정확하게 말하자면 범인에 대해서요."

G. 윌리엄은 그 말을 듣자 눈썹을 치켜 올리더니, 콧방귀를 뀌었다. 보안관의 코는 크고 불그스름했다. G. 윌리엄은 술을 마시는 일이 거의 없었음에도, 코가 주정뱅이들에게서 흔히 볼 수 있는 울룩불룩한 딸기코와 비슷했다. 코가 그런 모양이 된 것은 타고난 유전자의 영향과 주먹은 말할 것도 없고, 권총 손잡이나 판자를 비롯한 온갖 것들로 얼굴을 두들겨 맞으며 버텨 온 35년간의 경찰 생활의 조화였다. "범인이 누군지 알고 있다는 거야? 그거 잘됐구나. 나도 다른 사람들처럼 일찍 퇴근해서 미식축구 시합을 보고 싶었는데."

"그런 건 아니에요. 하지만…." 재즈는 자신이 범죄 현장을 훔쳐보고, G. 윌리엄의 보고서를 몰래 읽었다는 것을 밝히고 싶지 않았지만, 선택의 여지가 없었다. "보세요, 시체가 발견되었다는 것이 첫 번째 문제죠. 절단된 손가락은…."

"이런, 재즈." G. 윌리엄은 지금이라도 그 보고서를 치우면 재즈가 기억하고 있는 내용을 지워 버릴 수 있기라도 한 것처럼 자기 앞으로 바짝 끌어당겼다. "무슨 말을 하는 거냐? 넌 더 이상 이런 사건에 관심을 가지면 안 돼."

"보안관님이야 그렇게 말씀하실 수 있죠. 사람들이 보안관님을 보면서 나중에 제2의 빌리 덴트가 될 거라고 생각하지 않으니까요."

"그렇게 생각하는 사람 없어….."

"많은 사람들이 그렇게 생각해요. 보안관님은 다른 사람들이 저를 어떤 눈으로 보는지 몰라요."

"그건 네 생각일 뿐이야, 재즈."

두 사람은 한참 동안 서로를 쳐다보았다. 비록 종류는 달랐지만 G. 윌리엄의 눈에 어린 고통이 자기만큼이나 크다는 것을 재즈는 알 수 있었다.

"사체는 백인 여성. 반경 최소 3.2킬로미터 떨어진 곳에서 발견. 나체. 표면적인 외상은 없음. 손가락이 잘려 나갔고….." 재즈가 또박또박 끊어지는 목소리로 읊었다.

"전부 여기서 알아낸 거야? 그렇게까지 자세히 볼 시간은 없었을 텐데." G. 윌리엄이 보고서를 흔들며 물었다.

걸렸다. 너무 많이 알려 주고 말았다. G. 윌리엄이 얼마나 노련한지 잘 알고 있었으면서도, 재즈는 너무 빨리 속내를 드러내고 말았다.

할 수 없다. 차라리 잘된 건지도. 어차피 사실대로 털어놓아야 할 테니까….

재즈는 어깨를 으쓱했다. "현장에서 봤어요."

G. 윌리엄이 책상을 주먹으로 내리치면서, 큰 소리로 욕을 했다. 그의 콧수염과 커다란 갈색 눈동자는 어쩐지 욕설과 어울리지 않았다. 재즈는 마치 수녀가 스트립쇼를 하는 것을 본 것 같은 느낌을 받았다. G. 윌리엄의 덥수룩한 콧수염이 떨렸다.

"제가 어떻게 자랐는지 잘 아시잖아요." 재즈가 나지막한 쉰 목소리로 말했다. 두 사람은 책상을 사이에 두고 서로를 노려보고 있었다. "오락실. 전리품들. 아버지가 수집했던 그런 물건들을 지키는 게 제일이었어요. 전 그런 자들을 잘 알아요."

그런 자들. 연쇄 살인범들. 재즈는 그 말을 입 밖에 내지 않았다.

G. 윌리엄은 움찔했다. 그는 재즈가 어떤 특별한 교육을 받고 자랐는지 잘 알고 있었다. 빌리와 재즈(실종된 엄마)를 제외하면, 아이가 빌리 덴트와 같은 인간의 손에 자란다는 것이 어떤 것인지 가장 잘 알고 있는 사람이 바로 G. 윌리엄이었다. 재즈의 할머니보다 많이 알고 있었고, 재즈의 여자 친구인 코니보다 잘 알고 있었다. 빌리가 체포된 뒤 재즈의 생활을 한층 더 엉망으로 만들고 있는 사회 복지사 멜리사 후버보다 많이 알고 있었다. 심지어 재즈가 진정한 친구로 유일하게 여기고 있는 하위보다 잘 알았다. 다른 무엇보다도 4년 전, 빌리 덴트의 공포 시대를 마감했던 그날 밤, 재즈를 찾아낸 것이 G. 윌리엄이었다. 재즈는 그 오락실(집 뒤쪽에 있던 식품 저장고를 개조해 지하실에 숨겨 놓은 문을 통해야만 들어갈 수 있는)에서 아버지가 지시한 일을 하고 있었다. 그곳까지 경찰이 들이닥치기 전에 그 전리품들을 모아 집 밖으로 빼돌리는 일이었다.

그건 아주 쉬운 일이었다. 빌리의 전시품 중에는 크기가 크거나 복잡한 물건은 없었으니까. 이 사람에게서는 아이팟 한 대, 다른 사람에게서 립스틱 한 개. 전리품은 잘 정리되어 있었고, 운반도 간편했다. 하지만 재즈가 그 일을 마치기 전에, G. 윌리엄이 그 자리에 나타났다. 그때 재즈는 아버지의 지시를 따를 것인지, 말 것인지 망설이고 있었다. 그는 어린 시절 내내 아버지의 명령을 따르며 살아왔다. 하지만 빌리 덴트는 점점 이상해지기 시작했다. 로보스 노드에서 두 번의 살인을 저질렀을 당시에는 그런 상태가 절정에 달해 있었다. 그때부터 재즈는 아버지의 속박에서 벗어나기 시작했다.

그래서 그는 전리품들을 담은 커다란 배낭 앞에 선 채, 마지막 남은 전리품을 들여다보고 있었다. 바로 하이디 던롭이라는 볼티모어 출신인 예쁜 금발 아가씨의 운전 면허증이었다. 그때 재즈는 인생에서 처음으로 깨어난 것 같은 느낌을 받았다. 지금껏 그에게 일어났던 모든 일들이 실재하지 않았던 것 같았다. 생전 처음이자 유일한 자신만의 진짜 결정을 내리려던 찰나였다. 그 전리품들을 숨길 것인지, 아니면 자기도 도망가서 몸을 숨겨야 할지, 아니면 경찰들에게 그 전리품들을 내놓을 것인지, 재즈가 고민하고 있던 그 순간… 운명은 G.윌리엄의 모습으로 나타나 그의 손에서 결정권을 앗아 갔다. 비밀의 문을 열고 나타난 G. 윌리엄이 숨을 헐떡거리며, 열세 살 된 재즈의 머리에 전 세계에서 가장 큰 것처럼 보이는 총을 겨누었다.

"제가 도와드릴게요. 보고서만 보여 주시면 돼요. 시신도 잠깐 봐야 할지 모르겠지만." 재즈가 우겼다.

"난 이 일을 아주 오랫동안 해 왔다. 네 도움 같은 건 필요 없어. 그리고 범인이 '연쇄 살인마'라고 주장하기에는 아직 이른 것 같구나. 네가 성급하게 구는 거야. 적어도 희생자가 세 명은 나와야 연쇄 살인이라고 할 수 있어. 좀 더 두고 봐야 알 수 있다는 말이지. 지금 희생자는 단 한 명이야."

"희생자가 더 있을 수도 있어요. 그렇지 않으면 앞으로 더 있을 거예요. 이런 자들은 일을 단계적으로 확대하니까요. 보안관님도 아시잖아요. 앞으로 나올 희생자들의 상태는 점점 더 나빠질 거예요. 희생자들을 실험 대상으로 삼으니까요. 그리고 손가락을 잘랐다는 건… 이제 범인의 관점에서 생각해야 해요." 재즈가 강력하게 주장했다.

보안관은 완고했다. "네 아빠를 붙잡을 때는 그렇게 했었지. 그때도 그렇게 하는 것이 싫었어. 이제 그런 생각은 하고 싶지 않구나."

로보스 노드에서 처음 시신이 발견되었을 때, 아내를 잃은 지 얼마 되지 않아 슬픔에 잠겨 있던 G. 윌리엄은 빌리 덴트를 쫓으면서 나쁜 영향을 받았다. 그는 온몸을 던져 가며 빌리 덴트를 잡는 일에 지나치리만큼 집착했고, 미쳐 버리기 일보 직전에야 빌리를 잡을 수 있었다. 재즈는 오락실로 통하는 비밀 문을 열고 나타나, 커다란 리볼버로 자신을 겨냥했을 때 G. 윌리엄의 표정이 어땠는지 또렷이 기억하고 있었다. 시신들, 전리품들, 아버지가 불쌍한 러스티에게 했던 짓까지 이제껏 보아 온 많은 것들 중에 재즈가 기억하고 있는 것은 별로 없었지만, 그날 보았던 보안관의 표정만큼은 재즈의 악몽에 정기적으로 나타났다. 그는 그때까지 그 정도로 완전하게 비관적이고, 풀이 죽은 남자의 얼굴을 본 적이 없었다. "내려놔! 전부 바닥에 내려놔! 그렇지 않으면 쏘겠다!" 이상하리만치 높은 가성으로 이렇게 외쳤을 때 그 커다란 남자의 입술은 떨리고 있었지만, 총을 들고 있는 손만큼은 바위처럼 흔들림이 없었다. G. 윌리엄 태너는 너무 많은 것을 보아 버렸다. 만일 그날 밤 빌리 덴트의 범행을 끝내지 못했더라면, G. 윌리엄은 그다음 날 자살했을 거라고 재즈는 생각했다.

그날 이후로 4년이 지났지만, G. 윌리엄은 아직도 매달 정기적으로 정신과 의사를 만나고 있었다.

지금 G. 윌리엄은 왼손 검지와 엄지손가락으로 콧수염을 어루만지고 있었다. 재즈는 그 검지손가락을 자르는 상상을 했다. 그는 G. 윌리엄을 다치게 하고 싶지는 않았다. 어느 누구도 다치게 하고 싶지 않았다. 그건 안 될 일이었다. 그만. 그 생각은 그만하자. 가끔 재즈는 자신의 뇌가 고속 감기로 돌아가는 공포영화처럼 느껴졌다. 전원을 아무리 눌러 꺼도 그 영화는 계속해서 상영되었고, 그에게는 끝없는 공포가 엄습했다.

재즈에게 있어 사람의 손가락을 자르는 상상은 학교에서 수학 문제를 푸는 것과 마찬가지인 학구적인 과제였다. 손가락을 자르는 데는 힘이 많이 들지 않았다. 아주 손에 넣기 쉬운 전리품이다. 그런 사실로 살인범에 대해 알 수 있는 건 무엇일까? 몸이 약하거나 겁이 많은 자일까? 아니면 자신감이 넘치고, 무엇이든 빨리 가져가는 것이 최선이라는 것을 알고 있는 자일까?

만일 G. 윌리엄이 재즈의 마음속에 들어와 그런 생각들을 하고 있다는 것을 알게 된다면, 틀림없이….

"도와드릴게요. 저를 위해서 이러는 거예요." 재즈가 애원했다.

"집으로 돌아가라, 재즈. 들판에서 여자 시신이 나온 건 맞아. 비극적인 일이긴 하다만, 그뿐이야."

"그렇지만 손가락이 없어졌잖아요! 보세요. 이번 사건은 웬 벌거 벗은 여자가 한밤중에 비틀거리며 돌아다니다가 우연히 머리 맞고 쓰러진 게 아니잖아요. 여자 친구를 때린 다음 그냥 죽게 내버려 둔 채 도망간 조 밥 맥힉 사건과는 다르단 말이에요."

"이 마을에선 이미 연쇄 살인범이 한 명 나왔어. 그런데 연쇄 살인 범이 한 명 더 있다고 한다면 우연치고는 너무 심한 거 아니니?"

재즈는 계속 밀어붙였다. "어느 시기든 상관없이 미국에서 활동하 는 연쇄 살인범들의 수가 30, 40명은 넘잖아요."

G. 윌리엄이 한숨을 쉬며 말했다. "난 지금 해야 할 일이 산적해 있 어. 하지만 네가 도와줄 만한 일은 없다. 우리는 평소처럼 온갖 일들 을 해 나가면서 이 시신에 대해서도 함께 조사할 거야." 그리고 보안 관은 재즈에게 그만 가 보라는 손짓을 했다.

"적어도 이번 사건을 보고 요구 사건으로 다루시긴 할 거죠?"

"물론이지. 내일 아침 제일 먼저 정밀 부검을 의뢰할 생각이야. 가 빈 박사는 그 죽은 여자의 시신을 예비 부검만 하고 있을 테니까. 재 즈, 나도 이번 사건을 아주 심각하게 생각하고 있어."

"범죄 현장을 핀셋으로 이 잡듯이 뒤져도 모자랄 거예요. 단서를 찾으려면 초목까지 잘라 내야 할 거예요. 아니면…."

G. 윌리엄이 눈을 흘겼다. "그만 좀 해라. 대체 무슨 생각을 하고 있는 거니? 우리 인력이 얼마나 된다고 생각하는 거야? 이번 범죄 현 장을 제대로 조사하기 위해 세 마을 너머에서까지 부하들과 경찰들 을 동원했단 말이다."

"벌레와 토양 샘플도 조사해야 해요. 제가 보니까 발자국을 틀로 뜨는 사람이 아무도 없었어요. 또….'"

"현장에 발자국이 없었어." G. 윌리엄이 화를 내며 대꾸했다. "그리고 다른 건… 주 정부에 법치의학과 식물학, 인류학과 곤충학 전문가들을 보내 달라고 요구했다. 이곳은 작은 관할 구역이고 그중에서도 아주 작은 마을이야. 대도시 같은 곳과 비교하지 마. 우리는 그냥 하던 대로 할 거야."

"일단 무슨 일부터 해야 할지 아셔야죠."

"그러니까 넌 이번 사건의 범인이 연쇄 살인범이라는 거 아니냐." G. 윌리엄이 의심이 가득한 목소리로 대답했다.

"시신은 어떻게 발견한 거예요?" 재즈가 자신의 주장을 입증할 만한 무엇이든 찾아내기 위해 필사적으로 물었다. "그쪽은 평소에 사람들이 많이 지나다니는 길도 아니잖아요. 익명의 제보 전화라도 받은 거예요? 만일 그런 전화를 받은 거라면, 연쇄 살인범이 자기 작품을 보안관님에게 보여 주기 위해서일 거예요. 보안관님도 아시잖아요, 그렇죠?"

재즈는 선을 넘었다. G. 윌리엄은 재즈가 무례하다고 느꼈을지도 모르지만, 예의범절을 따지진 않았다. "그래, 재즈. 나도 안다. 연쇄 살인범들은 계속 가까운 곳에 머물면서 경찰들이 수사하는 과정을 지켜보는 걸 좋아한다는 것 말이야."

그 말에 재즈는 속으로 엄청난 충격을 받았다. 마치 G. 윌리엄이 군용 리볼버를 겨누고 두 발의 총알을 발사한 것에 비할 만큼 극심한 고통을 느꼈다. 재즈는 이 세상에서 무서워하는 것이 두 개 있었다. 오직 그 두 가지만이 무서웠다. 그중 하나는 마을 사람들이 재즈를 지켜보면서, 그는 저주받고 태어나 살인에 관한 교육을 받았고 결국에는 아버지처럼 연쇄 살인범이 될 운명이라고 생각하는 것이다.

나머지 하나는… 그 사람들의 말이 옳을 수도 있다는 것이다.

이렇게 새로운 시체가 발견된 마당에, 누가 마을 사람들을 비난할 수 있겠는가? 전혀 다른 두 명의 연쇄 살인범이 로보스 노드처럼 작은 마을을 선택할 확률은 1억만 분의 1이다. 그 정도가 아니라 아예 생각할 수조차 없는 일이었다. 빌리 덴트는 수감되었고, 32번의 종신형을 선고받았다. 마을에는 빌리가 죽고 나서도 5년은 지나야 가석방이 가능할 거라는 농담이 돌았다. 그는 교도소에 발을 들여놓은 순간부터 엄중한 감금을 당하고 있었다. 하루에 23시간 동안 가로 1미터 50센티미터, 세로 2미터 40센티미터 너비의 콘크리트 블록으로 지은 독방에 갇혀 지내고 있었다. 그동안 변호사를 제외하면 면회객도 일체 없었다.

그런 사악한 악마가 이번 범죄를 저지른 게 아니라면, 누가 범인이겠는가? 당연히 그의 아들일 것이다. 만일 이번 살인 사건과 상관이 없다는 확신이 없었다면, 재즈 역시 자신을 범인으로 지목했을 것이다(하하). 연쇄 살인범의 아들이 누군가를 살해할 거라는 생각은 완벽하게 이치에 맞으니까. 하지만 단순히 이치에 맞다는 이유로 그런 생각을 쉽게 받아들일 수는 없었다.

"저… 저기…." 재즈가 말을 더듬었다. "제가 주제넘었어요. 전 아버지에게서 많은 것을 배웠어요. 그때 배운 것들을 이용할 수 있을 것 같아서….”

“넌 범죄 현장 근처에 숨어서 나와 부하들이 하는 일을 몰래 지켜봤어. 내 집무실에 들어와서는 내 보고서를 마음대로 읽으며 사생활을 침해했지.” G. 윌리엄이 말을 하면서 손가락으로 책상을 두드렸다. 재즈는 증거 수거용 비닐 봉투에 쓰레기처럼 담겨 있던 절단된 손가락을 떠올리지 않을 수 없었다. “내가 조금만 달리 생각한다면, 네 말대로 소위 그 도움이라는 것을 받을 수 있을지도 몰라. 하지만 이렇게 네 나이가 어리지 않고, 심지어 빌리 덴트의 아들이 아니라고 하더라도, 내가 널 이번 사건에 끌어들인다는 건 도저히 있을 수 없는 일이야.” 보안관은 손가락으로 책상을 두드리다 말고, 오른손을 활짝 펼쳤다. “그게 이유야, 재즈. 네가 사건에 참여하면 안 되는 이유는 그 외에도 얼마든지 있어. 어느 누구에게 물어봐도 내가 네 도움을 받는다는 건 말이 안 된다고 할 거야.”

“제발요! 보안관님은 전문가들을 데리고….”

“갑자기 네가 전문가가 되기라도 한 거야?”

재즈가 몸을 앞으로 내밀었다. 두 사람은 책상을 사이에 둔 채로 하마터면 부딪힐 뻔했다. G. 윌리엄의 콧수염과 턱밑 살이 떨렸다.

“전 전부 다 알고 있어요.” 재즈가 강력하게 말했다.

“너무 많이 알고 있지. 하지만 그것만으로는 부족해.” 보안관이 말했다. 그 목소리가 부드러워서 순간 재즈는 방심했다.

“무슨 말씀을 하시는 거예요?”

"내 말은, 그러니까 넌 그 사람에게 많은 것을 배웠어. 하지만 넌 네 아버지와 닮지 않으려고 애쓰고 있었잖아. 이제 그런 건 상관없단 말이냐?" 보안관이 깊은 한숨을 내쉬며 말했다.

재즈는 그를 노려보고는 벌떡 일어나 쿵쾅거리며 집무실을 나간 뒤, 문을 쾅 닫았다.

"이번 일은 내게 맡겨! 이건 내 일이야. 넌 보통 사람들처럼 지내기만 하면 돼!" 닫힌 문 뒤에서 G. 윌리엄이 외쳤다.

"재스퍼, 잘 가." 재즈가 책상 앞을 지나치자, 라나가 조심스럽게 인사를 건넸다.

재즈는 속이 부글부글 끓는 상태로 지프 앞에 도착하고 나서야, 그녀를 무시했다는 것을 깨달았다. 그가 발로 차를 걷어차자, 범퍼가 삐걱거리는 쇳소리를 내면서, 금세라도 떨어질 것처럼 흔들거렸다.

'내가 아버지에게서 뭘 배웠는지 보여 줘야겠군.' 재즈는 생각했다.

신원 미상 피해자

　재즈는 뭔가 위험하거나 다소 불법적인 일을 할 때면 반드시 하위를 데리고 갔다. 하위의 부모님이 재즈를 좋게 여기진 않지만, 재즈가 인간성을 잃지 않기 위해서는 그렇게 할 수밖에 없었다. 하위는 재즈가 안전하고 합법적인 선을 넘지 않게 지켜 주었다. 그래서 그는 재즈의 가장 친한(그리고 유일한) 친구였다. 뿐만 아니라 하위의 몸이 너무 약했기 때문에 재즈도 그 앞에서는 자제할 수밖에 없었다.

　하위 거스텐은 A형 혈우병 환자였다. 그 말은 하위가 피를 흘리기라도 하게 되면 감당하기 어려워진다는 의미였다. 두 사람이 만난 것은 어린 시절, 재즈는 우연히 나이 많은 아이들 세 명이 하위를 괴롭히고 있는 광경을 보게 되었다. 그 아이들은 하위에게 너무 심한 상처를 입힐 정도로 무식하지는 않았지만, 하위의 노출된 팔을 때려 멍이 들게 만들었다. 하위의 팔은 푸른색과 보라색 멍이 단계적으로 겹쳐지면서 마치 도마뱀 피부처럼 얼룩덜룩해졌다.

재즈는 그 아이들보다 어렸고, 몸집도 작았으며, 1대 3으로 수적으로도 열세였다. 하지만 열 살밖에 되지 않았음에도, 초보적인 수준이긴 했지만 그는 이미 인간 신체의 급소가 어디인지 알고 있었다. 재즈는 그 아이들의 몸에 멍 자국을 잔뜩 만들어 주었다. 눈두덩이를 검은색으로 만든 것은 물론, 입술이 퉁퉁 붓게 만들고, 몇 달은 절뚝거리며 다니게 한쪽 무릎까지 제대로 꺾어 놓았다. 그 대가로 재즈는 코피가 났고, 영원하고 아낌없는 우정을 얻게 되었다.

소위 죽는 날까지 함께할 그런 친구를 얻은 것이다.

경찰서는 그 군의 법 집행 기관의 중추였기에 24시간 동안 열려 있었다. 하지만 재즈가 화를 내며 뛰쳐나간 지 몇 시간이 지나고 밤이 되자, 경찰서 안에는 최소한의 인원인 당직 경찰과 관리직만 남아 있었다. 라나가 야간 당직과 바꾸기라도 한 건지 여전히 책상 앞에 앉아 있었다. 재즈는 일이 한결 수월해졌다는 것을 알았다. 라나는 재즈를 귀엽다고 생각하고 있었다. 그녀는 고등학교를 갓 졸업했고, 재즈는 2학년이니, 두 사람의 나이 차이는 두 살밖에 나지 않았다.

"내가 라나의 주의를 끌 테니까, 네가 재주 좀 부려 봐." 재즈가 하위에게 말했다.

"정말 라나의 주의를 끌 수 있긴 한 거야?"

재즈가 눈을 흘겼다. "부탁… 좀 하자."

"여자들은 나쁜 남자를 좋아해." 하위가 터프 가이인 척하며 말했다. "알았어. 내가 실력 좀 발휘해 보지. 미스디렉션(사람의 인지 능력을 이용해 관객의 시선을 엉뚱한 곳으로 돌리는 마술 기법 – 옮긴이)!" 그가 손가락을 흔들었다. "아브라카다브! 알겠지?" 두 사람이 문 앞까지 가는 동안 하위가 다시 한 번 확인했다. "아브라카다브. 알겠어?"

재즈가 한숨을 내쉬었다. "알겠어, 하위."

두 사람은 경찰서에 들어갔다. 제법 늦은 시간이었다. 라나가 고개를 들더니, 재즈를 보자 활짝 웃었다.

"어서 와!" 그녀가 큰 소리로 말했다.

재즈는 천천히 그녀가 앉아 있는 좁은 사무실 안을 가로질러 가서, 벽에 양팔로 기대섰다. "안녕, 라나 누나."

"어쩐 일로 다시 왔어?" 그녀가 눈을 크게 뜨고 진지하게 물었다. 주의를 끄는 건 너무 쉬웠다. "아까 여기서 그렇게 뛰쳐나갔으면서."

"난 그냥…."

그때 하위가 안으로 들어와 헛기침을 했다. "콜라 좀 뽑아 가도 될까요?" 그가 커다란 구식 음료 자판기가 놓여 있는 뒤쪽 복도를 가리키며 물었다.

"그래." 라나는 하위가 두 사람 옆을 지나갈 때도 시선 한 번 돌리지 않았다.

"좀 전에 그렇게 나가서 미안했다는 말을 하고 싶었어요." 재즈는 라나에게 집중하는 척했다. 그리고 백만 불짜리 미소를 날릴 준비를 했다. "더군다나 누나한테 작별 인사도 못하고 나갔잖아요."

라나는 그 말을 곧이곧대로 받아들여 사과할 필요까지는 없다고 했다. 재즈는 그렇게 라나와 이야기를 나누면서 하위가 라나의 자리

뒤쪽에 있는 책상으로 향하는 것을 보았다. 하위가 재즈를 쳐다보더니 재빨리 고개를 끄덕였다. 그리고 그 책상 서랍을 열어 뭔가를 찾아낸 뒤 다시 서랍을 닫았다. 잠시 뒤에 그는 라나의 자리로 돌아와 재즈 옆에 섰다.

"이제 가자." 하위가 말했다.

"그럼, 이만 가 볼게요. 내일 학교에 가야 해서요. 하지만 누나와 이렇게 이야기를 나누지 못했다면 오늘 밤에 잠을 한숨도 못 잤을 거예요." 재즈는 다시 한 번 환한 미소를 지었다.

하위와 재즈가 문 앞에 이르렀을 때, 라나가 큰 소리로 외쳤다. "하위, 콜라 뽑아 간다고 했잖아?"

재즈가 노려보자, 하위가 어깨를 으쓱했다. "동전이 없는 줄 몰랐어요."

라나가 무슨 말을 더하기 전에 두 사람은 밖으로 나왔다. "이 멍청아." 재즈가 하위에게 말했다.

"그래도 잘 넘겼잖아." 하위는 재즈가 미리 건네주었던 밀랍 덩어리를 주머니에서 꺼냈다. "이래도 멍청해?"

"그래." 재즈는 밀랍 덩어리를 받아 들었다. 그 밀랍 덩어리에는 하위가 책상 서랍에서 찾아낸 시체 안치소의 열쇠 모양이 고스란히 남아 있었다. "약간은 쓸모 있네. 어서 가자."

누군가의 집에 침입해 그 집에 살고 있는 사람들을 죽이고 싶은 사람이라면 밀랍에 열쇠 자국을 찍어 복제 열쇠를 만드는 기술을 알고 있으면 아주 유용할 것이다. 빌리 덴트는 재즈가 그 기술을 배우는 것이 중요하다고 여겼고, 지금 이 순간 재즈는 아버지에게 그 기술을 배운 것을 다행이라고 여겼다. 하위가 준 밀랍 덩어리에 남아 있는 자국을 진짜 열쇠로 만드는 시간은 오래 걸리지 않았다. 재즈는 빌리가 열한 번째 생일에 준 공 열쇠 뭉치와 절삭 공구(열쇠 깎는 공구)를 가지고 있었다. 먼저 공 열쇠를 밀랍에 남아 있는 자국과 맞춘 뒤, 열쇠 날의 울퉁불퉁한 형태에 맞게 깎아 내기만 하면 된다. 간단한 작업이다. 무엇보다 재즈는 그 기술을 오랫동안 연마했었다.

경찰서는 지안치 장례식장 바로 옆이었고, 두 건물은 짧은 야외 통로로 연결되어 있었다. 로보스 노드 시체 공시소는 그 장례식장 지하의 절반을 차지하고 있었다.

재즈는 하위를 데리고 자기 집이라도 되는 양 공시소를 향해 성큼성큼 걸어갔다. 전등 스위치를 켜자, 천장에 달린 형광 전등이 환하게 실내를 비추었다. 바깥 창문이 없었기 때문에 하위와 재즈는 대담하게 행동할 수 있었다.

"좀 더 서둘러야겠어. 매시간마다 경비원이 순찰을 도니까." 재즈가 말했다.

하위가 목을 길게 빼고 멍하니 바라보았다. "여긴 CSI에서 보던 것과 다르네."

"대체 뭘 기대한 거야?"

"난 CSI와 똑같을 거라고 기대했던 것뿐이야. 그렇지 않다면 내가 왜 그런 말을…." 하위가 발끈해서 말했다.

재즈는 철제 쟁반 위에 놓여 있던 상자에서 보라색 라텍스 장갑을 꺼냈다. 그리고 그 장갑을 빙그르 던지자, 하위가 간신히 받았다. "그 장갑을 껴. 지문 남기면 안 되니까."

"손에 들어갈지 모르겠네…."

재즈는 하위가 커다란 손을 장갑에 억지로 끼우는 것을 지켜보았다. 장갑은 찢어지기 직전까지 팽팽하게 늘어났다. 하위는 NBA 선수 같은 몸을 가지고 있었다. 어색할 정도로 길쭉한 팔다리와 밧줄처럼 가느다란 골격, 기이할 정도로 무엇이든 잘 잡을 것처럼 보이는 커다란 손. 하지만 하위는 혈우병 때문에 프로 농구 선수가 될 수 없었다. 심지어 소년 농구단에도 들어가지 못했다.

그렇지만 하위는 여전히 농구를 좋아했다. 그는 각 팀의 데이터와 순위에 집착했다. 해마다 3월이 되면 재즈는 하위가 16강, 8강, 4강 팀에 대해 끝없이 웅얼거리는 것을 못 들은 척해야 했다. 그래도 그 정도는 견딜 만했다. '덴트의 아들'과 친구가 될 아이는 아무도 없으니까. 빌리가 체포되기 전, 예술가(친절한 살인마나 악마의 눈동자, 장갑을 낀 손, 그린 잭과 마찬가지로 언론이 빌리에게 붙여 준 별명)로 알려졌을 때부터 재즈는 유명했다. 그리고 빌리 덴트가 체포되자, 재즈는 모든 사람들에게 따돌림을 받았다.

하위만 제외하고.

하위는 재즈에게 언제나 한결같았다. 세상 사람들이 재즈를 빌리와 똑같은 미치광이로 몰아갈 때, 온전한 정신으로 버틸 수 있게 의지처가 되어 주었다. 몇 달 전부터 코니와 사귀기 시작하면서, 재즈는 그 때문에 하위와의 사이가 벌어질지도 모른다는 걱정을 했지만, 실제로 그들의 사이는 더욱 가까워졌다. 마치 여자 친구와 사귀는 것 같은 너무나도 평범한 일상을 누리게 된 재즈가 하위에게 좀 더 좋은, 돈독한 친구가 되어 주기라도 한 것처럼.

하위가 라텍스 장갑을 낀 손으로 금속 쟁반 위에 놓여 있는 의료 기구들을 어설프게 만지작거리는 소리에 재즈는 현실로 돌아왔다. "손대지 마." 재즈가 말했다.

"장갑 꼈잖아." 하위가 손을 흔들어 보였다.

재즈는 하위의 머리에 샤워 캡을 씌웠다. "여기 있는 물건들 어지럽히지 마. 임무에 집중하도록 해." 그런 다음 재즈도 머리에 샤워 캡을 썼다.

"임무에 집중하도록 해." 하위가 비꼬듯 재즈의 말을 따라했다. 하지만 의료 기구들을 내려놓고, 재즈 옆으로 다가와 놀랄 만큼 최신식 디지털 자물쇠가 달려 있는 커다란 강철 문 앞에 나란히 섰다. 자물쇠 번호판에는 숫자 0부터 9와 A부터 F까지의 글자도 포함되어 있었다. 그것을 보고 하위가 얼굴을 찡그렸다. "이건 쉽지 않겠는데. 오늘 밤 CSI, 힉스빌에서 덴트와 거스텐은 가장 어려운 사건과 마주쳤지만…." 그가 말했다.

"내가 이 문을 한 번에 열 수 있을지 없을지 내기할까?" 재즈가 물었다.

하위는 입술을 꾹 다문 채, 생각에 잠겼다. "네가 한 번에 못 열면 다음에 그라써(Grasser)에서 햄버거 사 줘."

재즈는 얼굴을 찌푸렸다. 그는 그라써의 음식을 싫어했다. 그라써는 '그로서(Grosser : 역겹다는 의미 – 옮긴이)'라는 별명이 딱 어울리는 그 지역 햄버거 가게였다. 하지만 하위는 그곳 음식을 반쯤 미친 것처럼 좋아했다. "좋아. 그럼 내가 한 번에 열면 넌 뭘 해 줄 건데?"

하위가 생각했다. "한 달 동안 그라써에서 음식 먹지 않기."

그 정도면 훌륭했다. "봐." 재즈가 싱긋 웃으면서 말한 뒤, 문손잡이를 잡고 돌렸다. 강철 문이 끼익하는 작은 소리를 내며 활짝 열렸다.

"말도 안 돼! 이건 사기야! 처음부터 잠겨 있지도 않았잖아." 하위가 항의했다.

"내기는 내기야." 두 사람은 냉방이 잘 된 시체실로 들어갔다. 부검이나 검시, 매장을 기다리는 시신들을 보관하는 곳이었다. 지금은 이동식 들것 위에 새것처럼 보이는 시체 운반용 가방(범죄 현장에서는 밝은 노란색 가방이었는데, 여기서는 검은색 가방이었다) 속에 들어 있는 시신 한 구가 놓여 있었다.

"저 여자야?" 하위가 약간 떨리는 목소리로 속삭였다.

"저거야. 더 이상 살아 있는 사람이 아니니까." 재즈가 고쳐 말했다.

시체실 벽에는 나사로 고정시킨 플라스틱 서류 보관대가 달려 있었다. 그 안에 들어 있는 담녹색 서류철 한 개의 색인표에 제인 도우(신원 미상인 여성을 지칭, 남자는 존 도우 – 옮긴이) (1)이라고 적혀 있었다. 그 숫자는 그 시신이 올해 처음 발견된 신원 미상 여성이라는 것을 알려 주었다. 어쩌면 이 마을에서 발견된 유일한 신원 미상 시신일수도 있다. 뉴욕과 같은 대도시에서는 연간 1천500명 이상의 신원 미상 시신이 나온다고 한다. 로보스 노드에서도 시체는 나오지만, 항상 신원이 확실한 시신들이었다. 지금 그들 앞에 누워 있는 제인 도우가 지금까지 이 마을에 신원 미상 시체가 나온 적이 없다는 오랜 기록을 깰 것이다.

재즈는 보관대에서 서류철을 꺼내, 그 안에 들어 있는 보고서를 훑어보았다.

"클라리스, 양들은 울음을 그쳤는가?" 하위가 갑자기 한니발 렉터(토머스 해리스의 《양들의 침묵》에 나오는 연쇄 살인범 – 옮긴이)의 인상적인 대사를 똑같이 따라했다.

"그만해!"

"난 네가 왜 이 시체를 직접 보겠다고 하는 건지 모르겠어." 하위가 추위를 못 견디고 양팔로 자기 몸을 감싸며 불평했다. "저 여자는 죽었어. 손가락은 잘려 나갔고. 이미 알고 있는 사실이잖아."

보고서는 간단했다. G. 윌리엄이 말한 대로 이 시신은 예비 부검만 되어 있는 상태였다. 재즈는 다시 보고서의 첫 페이지부터 자세히 읽기 시작했다. "로카르의 교환 법칙에 대해 들어 본 적 있어?"

"물론이지. 작년에 그린 데이(미국의 3인조 록밴드 – 옮긴이)가 연주하는 걸 봤어. 정말 기가 막히게 연주하더라." 하위가 기타를 치는 흉내를 냈다.

"하-하-하." 재즈가 무표정하게 말했다. "로카르라는 프랑스인은 사람이 어떤 물체와 접촉하게 되면 무엇이든 상호간에 이동한다고 했어. 그 사람에게서 나온 물질, 즉 머리카락이나 피부 세포, 비듬과 같은 것이 그 물체에 남게 되고, 그 물체에서 나온 먼지나 페인트, 진흙과 같은 것이 그 사람에게 옮겨 간다는 거지. 한마디로 물질이 교환된다는 말이야. 알겠어?"

"프랑스인. 물질 교환. 알겠습니다." 하위가 경례를 한 뒤, 다시 추위를 이기기 위해 양팔로 온몸을 끌어안았다.

"그래서 난 살인범이 시체에 무엇이든 증거를 남겨 놓았을 거라고 생각했어." 재즈가 말을 이었다. 그런 다음 한숨을 내쉬었다. "하지만 이 보고서를 봐서는 아무것도 없네. 섬유 한 가닥, 머리카락 한 올, 체액 한 방울조차… 깨끗해."

"들판에 버려져 있었으니 아무것도 남아 있지 않는 게 당연하잖아? 이제 여기서 나갈 거지?" 하위가 물었다.

서류철 안에는 범죄 현장을 찍은 사진들이 종이 클립으로 고정되어 있었다. 재즈는 그 사진들을 살펴보았다. 시체는 기분 나쁠 정도로 완벽한 자세를 취하고 있었다. 인위적일 정도였다. 잘린 손가락들만 제외하면 완벽했다. 그 손가락조차도 사후에, 고통 없이 피도 흘리지 않고 '반듯'하게 절단했다(보고서의 무미건조한 표현에 따르면).

만일 피해자가 죽기 전에 고문이나 신체 절단, 훼손과 같은 잔인한 일을 당했더라면, 한때 살아 있던 사람이 이제는 죽었다는 사실을 받아들이는 것이 어느 정도 수월했을지도 모른다. 사실 '죽었다'는 말은 어쩐지… 부정확하다는 느낌이 들었다.

"야, 재즈. 그만 나갈 거지?"

"아직 아니야." 재즈는 구석에 달려 있는 서류함에 서류철을 집어

넣고, 시체가 들어 있는 가방의 지퍼를 내리기 시작했다.

"맙소사! 오늘 시체까지 조사한다고 하진 않았잖아." 하위가 뒤로 물러서며 말했다.

"넌 밖에서 기다려도 돼." 재즈는 시체 운반용 가방의 지퍼를 끝까지 내렸다. 피해자는 창백한 하얀 피부를 드러낸 채, 눈을 감고 누워 있었다. 보통 사람이 죽고 48시간이 지나면 세균의 번식으로 피부가 푸르스름한 색조를 띠게 된다. 그래서 재즈는 아직 피해자가 살해당한 지 이틀이 채 되지 않았다는 것을 알 수 있었다. 일차 부검 보고서의 소견도 재즈와 똑같았다.

"하느님 맙소사. 저 여자 좀 봐." 하위가 재즈의 뒤에서 나지막이 중얼거렸다.

"이젠 사람이 아니라니까." 재즈는 아래쪽을 내려다보며 다시 한번 하위에게 그 사실을 상기시켰다. 자신도 이 순간 뭔가 느껴야 한다는 것을 알고 있었다. 지금 그들 앞에 누워 있는 시신이 너무나 젊고 건강한 여자였다는 것에 대한 안타까움을 마음 한편으로나마 아주 조금이라도 느껴야 했다. 하지만 재즈는 그 시신을 쳐다봐도 아무 느낌이… 없었다. 정확하게 말해서, 정말 아무것도 느낄 수 없었다.

아니, 사실 그게 전부는 아니었다. 살아 있는 제인 도우는 아주 쉬운 희생자였을 거라는 생각도 들었다. 손쉬운 먹잇감. 살인자의 시각에서 보면 이렇게 몸집이 작고, 척 봐도 힘이 없어 보이는 모습이 매력적으로 느껴졌을 것이다. 여자의 손톱이 짧은 것도 할퀼 위험이 적다는 것을 의미했다. 보고서에 따르면 제인 도우의 키는 155센티미터 미만으로 되어 있었고, 일어서더라도 그보다 더 크지는 않을 것처럼 보였다. 살인자에게는 아주 이상적인 희생양이었다. 이보다 더 좋은 상대는 찾기 어려울 것이다.

"정말 지독한 놈이야, 안 그래? 이 여자가 몸집이 작으니까 접근해서…." 하위가 속삭였다.

"그래, 아주 지독한 놈이지. 이제 조용히 좀 해. 일해야 하니까." 재즈가 하위의 말을 가로막았다.

외상도 없고, 자상이나 타박상, 찰과상도 없었다. 지금 그가 할 수 있는 건 대강 살펴보는 것밖에 없었다. 대부분 검시 보고서에 나와 있는 그대로였다. 부검은 특정한 순서에 따라 이루어진다. 시신의 신원 확인, 사진을 찍고, 증거가 될 만한 것이 있으면 무엇이든 따로 떼어 보관한다. 키와 몸무게를 잰 다음, 엑스레이를 찍고, 시신의 외관을 검사한다. 거기까지는 오늘 당직이었던 가빈 박사가 했을 것이다. 내일 아침이 되면, 진짜 검시관이 와서 시신을 절개한 뒤, 조직을 떼어내 현미경으로 검사하고, 독성 검사를 준비할 것이다. 보고서에 따르면 경찰은 사인을 교살이라고 생각하고 있었다. 재즈도 교살이 맞을 거라고 생각했다. 사람을 죽일 때 목을 조르는 것은 비교적 쉬운 방법이기 때문이다. 무기도 필요 없다. 그저 양손만 있으면 된다. 범행을 저지를 때 장갑을 끼면, 증거도 거의 남지 않는다.

보고서에 따르면 제인 도우는 '나이 18세에서 25세 사이의 백인 여성으로, 눈에 띄는 문신이나 점, 흉터가 없다'고 되어 있었다. 재즈는 시신을 재빨리 살펴본 뒤, 그 견해에 동의했다. 그런 다음 재즈가 시신의 눈꺼풀을 살짝 들어 올리자, 하위가 구역질을 하며 뒤로 물러섰다. 제인 도우의 눈은 밝은 갈색으로 초점이 없었다. 재즈는 사람이 죽고 난 뒤에도 망막 정맥의 적혈구가 몇 시간은 계속해서 움직일 수 있다는 것을 알고 있었다. 이미 죽은 몸안에 마지막으로 남아 있는 생명의 징후 중 하나였다. 하지만 제인 도우의 죽은 눈은 그 기대를 저버리고 움직이지 않았다. 재즈는 자신이 여기에 와야 했던 이유, 자신의 눈으로 직접 보아야만 했던 시신의 오른손을 살펴보았다. 보고서에서 본 내용이 정확한지 확인하고 싶었다.

사실이었다.

오른손에 손가락 세 개가 없었다. 검지, 중지, 약지 손가락이 없었다. 엄지손가락과 새끼손가락은 그대로 있었다. 시체가 썩어 가는 동안, 그 손은 악마의 뿔처럼 남아 있을 것이다. 하지만 해리슨 벌판에서 빌리가 선물해 준 쌍안경을 통해 재즈가 본 바로는 시체의 손가락을 한 개밖에 찾지 못했다. 증거 봉투 안에 들어 있던 바로 그 손가락이었다.

살인자가 다른 손가락 두 개를 가져간 것이다. 한심할 정도로 얄팍한 보고서에 따르면 범인이 가져간 손가락은 검지와 약지였다.

하위가 헛기침을 했다. "이 정도로 어떻게 알 수 있어? 이 모든 일이 단순한 사고였을 수도 있잖아? 남녀가 단둘이 벌판에 가서 뭘 할 것 같아? 같이 자거나 그렇고 그런 거 아니겠어? 그러다가 여자가 머리를 바닥에 부딪쳤거나, 심장 마비가 왔거나 그런 거지. 남자는 겁에 질려 도망간 거고."

"그럼 이건 뭐야? 사후에 손가락 세 개가 우연히 잘려 나가기라도 한 거란 말이야? '세상에, 이럴 수가. 말도 안 돼. 내 애인이 죽었잖아! 응급 소생술을 시행하려다 실수로 손가락을 잘라 버렸네! 이 손가락들은 내가 가져가야 되겠다…. 이런, 젠장. 가운뎃손가락은 대체 어디로 간 거지?'"

하위가 기분 나쁘다는 듯 콧방귀를 뀌었다. "좋아. 어쩌면 동물이라도 와서…."

"여기 절단면을 봐 봐."

"절단면?" 하위가 고개를 내밀었다가, 재즈가 제인 도우의 손목을 잡고 잘린 손가락 단면을 보여 주자마자 즉시 얼굴을 찌푸리며 뒤로 물러섰다.

"이 절단면을 보라고." 재즈가 제인 도우의 손을 살짝 흔들면서 다시 말했다. "잘라 냈잖아. 그것도 아주 매끈하게. 동물이었다면 물어뜯었을 거야, 그러면 뜯긴 자국이 너덜너덜하고 울퉁불퉁했겠지."

"하지만 손가락 두 개가 없어졌잖아. 그건 아무래도 동물이 그 손가락들을 먹어 버렸기 때문에…."

"아니. 그 손가락들은 살인범이 가져간 거야, 전리품으로."

"손가락들을 왜 가져가? 네 아빠도 사체 부위는 가져가지 않으셨잖아. 범인에 대해 무슨 말이든 해 봐. 하지만…."

"자신을 투영하는 거지."

"뭐라고?"

"그 살인범은 자신의 가장 나쁜 성격을 희생자에게 투영시킨 다음, 그것을 이유로 죽이는 거야. 손가락들은 왜 가져갔을까? 희생자가 생각지도 못한 무언가를 만졌다는 것을 알아차렸기 때문일까? 예기치 않게 누군가에게 닿기라도 한 것일까? 아니면 그것이 스스로를 벌하는 방식인 걸까?"

"그만둬." 하위가 말했다. 그제서야 재즈는 자신이 그때까지 시체의 손목을 붙잡고 있다는 사실을 알아차렸다.

재즈는 시체 운반용 가방 속에 그 손을 집어넣었다. 그러자 하위의 얼굴이 좀 편안해진 듯 보였다. "좋아. 그렇다면 범인이 어째서 연쇄 살인범이라는 거야? 이번 사건으로 끝난 걸 수도 있잖아."

재즈가 고개를 저었다. "아니. 이 손가락들을 봐. 일반적인 살인범은 시신을 이렇게 훼손하지 않아. 특별히 전리품을 챙기지도 않지. 하지만 이번 사건은 그 이상이야. 범인은 손가락 한 개를 남겼어. 현장에 가운뎃손가락만 남겨 놓았지."

"그게 심각한 거야?"

"그래. 범인은 한마디로 경찰을 엿 먹인 거야. 이렇게 말하고 있는 거나 마찬가지지. '어서 와서 나를 잡아 봐. 잡을 수 있다면 잡아 보란 말이야.' 그러니까 연쇄 살인범이 분명해."

순간 침묵이 흘렀다. 재즈는 시신을 쳐다보고 있었고, 하위는 재즈를 쳐다보고 있었다.

재즈는 제인 도우의 눈에서 꼭 다물고 있는 연한 분홍색 입술로 시선을 옮겼다. 사람들은 죽은 사람을 보면 잠들어 있는 것처럼 보인다고 말하곤 한다. 재즈는 그건 미친 소리라고 생각했다. 그에게는 죽은 사람이 잠들어 있는 것처럼 보인 적이 한 번도 없었기 때문이다. 이제껏 죽은 사람 중에 시체처럼 보이지 않는 사람은 없었다. 빈껍데기였다. 생명이 깃들지 않은 사물이었다.

'여자의 목을 양손으로 감싼 다음, 그냥 조르기만 하면 돼⋯.' 마음속에서 빌리가 속삭였다.

재즈는 제인 도우의 목을 가까이에서 살펴보았다. 하위도 호기심에 못 이겨, 몸을 앞으로 숙이며 물었다. "이 여자도 목이 막혀서 죽은 거야?" 그러면서 누군가의 목을 조르는 시늉을 했다.

"교살당했다는 것이 정확한 표현이야. 목이 막혔다는 건, 기도 안쪽에 뭔가 걸렸다는 뜻이니까. 어쨌든 목 졸려서 죽은 건 맞아, 내 생각에는 그래. 아직 확실한 건 아니지만." 재즈가 말했다. 교살은 제대로 하면 흔적이 거의 남지 않는다. 부검의가 시신의 목에서 피를 전부 뽑아 낸 다음, 천천히 주의 깊게 조직 층을 벗겨 내면 작은 상처의 흔적 정도나 찾을 수 있을 것이다.

"그럼 시체의 목에서 지문 같은 것을 찾아낼 수 있지 않을까? 그걸로 범인을 잡으면 되잖아."

"범인은 아마추어가 아니야. 범행 당시 장갑을 끼고 있었겠지."

"범인이 아마추어가 아니라는 걸 어떻게 알지, 셜록?"

"왼손가락 관절 위에 상처가 있어. 양손 측면에도 마찬가지고. 아마 오른손 손가락들이 다 있었다면 그 관절에도 상처가 있을 거야."

"여자가 범인을 때렸구나. 여자가 맞서 싸운 거야." 하위가 말했다.

"그렇다는 건 그 남자가 그 전에 무슨 짓을 했다는 거겠지. 네가 초짜라면 여자와 맨손으로 싸우고 싶지는 않을 거야. 그럴 경우라면 살짝 뒤에서 접근해 기절시킨 다음, 추잡한 짓을 시도하겠지. 여자가 깨어 있을 때 상대하는 놈은 보통이 아니라는 거야."

'싸우는 것은 그만한 가치가 있단다.' 빌리가 말했었다. 재즈는 눈을 감고 아버지의 목소리를 떨쳐 버리려고 애를 썼지만, 뜻대로 되지 않았다. 빌리는 재즈의 마음속에 거침없이 밀고 들어와 아버지로서 아들에게 가르쳐 주어야 할 교훈이라고 믿어 의심치 않는 내용들을 아들의 영혼에 새겨 넣었다. '가끔 나는 살아 있는 사람과 죽어 있는 사람의 차이가 뭔지 알 수 없을 때가 있어. 예쁜 소녀들을 보면서 가끔씩 생각에 잠기곤 하지. 저 아이는 살아서 숨을 쉬고 있는 걸까? 아니면 그저 인형인 걸까? 저 애가 울면 진짜 눈물이 나올까? 저 입에서는 진짜 비명이 터져 나올까? 그런 생각이 안개처럼 스며들면 마음이 혼란스러워지고, 좌절감을 느끼면서, 혼동하게 돼. 그럴 때 싸우는 거야. 처음에는 아주 작은 부위부터 시작하지. 귀나 입술, 발가락 같은 곳을 공격해. 그런 다음 좀 더 큰 부위로 이동해 가지. 그렇게 상대방이 피를 흘리기 시작하면, 계속해서 공격하는 거야. 그러다 보면 어느새 내 손은 피에 젖어들고, 입속이 따뜻해지지. 그렇게 계속 공격하다 보면 정말 마법 같은 일이 일어나, 재스퍼. 정말 마법 같고, 특별하고, 아름다운 일이. 상대방이 더 이상 움직이지 않으면, 싸움을 멈추지. 그렇게 싸움이 끝나면 그 순간 마음이 깨끗해지는 거야. 여자가 죽었어. 여자가 죽었다는 건, 그 여자가 한때 살아 있었다는 것을 의미한단 말이지. 그 순간 나는 알게 돼, 저 여자는 살아 있는 사람, 진짜

살아 있는 존재였다는 것을. 그 사실을 이해하게 되었기 때문에 기분이 좋아지는 거야.'

재즈는 장갑을 끼고 있는 자신의 손을 의식했다….

'범인은 아마추어가 아니야. 범행 당시 장갑을 끼고 있었겠지.'

…손을 목 양쪽에 놓는다. 제대로 위치를 잡았다면 목이 양손에 쏙 들어올 것이다….

'범인은 아마추어가 아니야.'

…그다음 목의 근육과 숨통을 느낄 수 있을 것이고….

범인은.

재즈는 갑자기 시신에서 몸을 뗀 뒤, 시체 운반대의 손잡이를 붙잡고 몸을 지탱했다. "네 말이 맞아." 재즈가 하위에게 말했다.

"내가?"

"그래."

"내가 이겼군. 그런데 뭐가?"

"저 여자는 사람이야. 그냥 물체가 아니라고. 저 여자는 항상 사람이었어."

"당연하지."

"이제 다시는 저 여자를 물체라고 부르는 일 없을 거야. 앞으로 어느 누구도 물체라고 부르지 않을 거야. 알았지?"

재즈는 하위가 장례식장 사무실에 올라가 그 별 볼 일 없는 보고서를 복사하는 동안, 시신의 검사를 끝마치기로 했다. 그 보고서에 담긴 내용은 별게 없었지만, 재즈가 복사본을 가지고 있다고 해서 손해 날 일은 없었다. 무엇보다 그가 시신을 살피기 위해 뒤집을 때, 하위가 옆에 있는 것을 원하지 않았다.

정상적인 경우 인간의 몸에는 4.7리터의 피가 들어 있다. 그리고 제인 도우의 몸에도 충분한 양의 피가 남아 있었다. 사후에 피가 고이면서 멍처럼 보이는 짙은 보라색으로 변한 자국들이 남아 있었다. 제인 도우는 발견 당시 엎드린 자세였던 모양이다. 피가 시체의 앞쪽과 옆구리 쪽에 고여, 아랫배와 엉덩이에 얼룩덜룩한 반점을 남겼기 때문이다. 재즈는 시체 보관용 가방 속에 손을 집어넣었다. 한 손은 어깨 부근에, 다른 한 손은 둔부 아래였다. 재즈는 잠시 주저했다. 너무 생소했기 때문이다. 그는 지금 여자의 엉덩이를 만지고 있었다. 그건 어떻게 봐도 잘못이었다.

"사람이 중요하다. 사람이 중요하다. 사람은 실제로 존재한다. 바비 조 롱(로버트 조셉 롱 : 미국의 연쇄 살인범으로 열 명 이상의 여성을 살해한 것으로 알려짐─옮긴이)을 잊지 말자." 재즈가 혼잣말을 중얼거렸다.

그건 그가 매일 아침 중얼거리는 주문이었다. 암시였다. 재즈가 내면의 악마로부터 스스로를 보호하는 마법의 주문이기도 했다.

사후 강직이 진행되고 있는 중이라 제인 도우의 몸을 돌리는 일은 힘들었다. 사후 강직은 보통 죽은 지 두 시간 뒤부터 일어나기 시작한다. 얼굴이나 손 같은 소 근육에서 시작되어, 열두 시간 정도 지나면 온몸으로 퍼져 나간다. 제인 도우의 대 근육들이 지금 막 굳어지기 시작한 것이라면…. 들판에서 경찰들이 제인 도우의 몸을 옮길 때까지만 해도 유연했던 것을 떠올리며, 재즈는 재빨리 계산을 해 보았다. 그 결과 그녀가 살해당한 시각은 경찰이 현장에 도착하기 한두 시간 전이었을 것이라는 걸 알 수 있었다. 그렇다면 범행이 일어난 시각은 해가 뜨기 직전이다.

재즈는 그녀를 왼쪽으로 돌렸다. 등에 핏기가 하나도 없었다.

만일 그녀가 들판에서 살해당했다면 등에 자국이 남아 있어야 할 것이다. 몸에 있는 피들이 전부 등과 둔부 쪽에 몰리면서 보라색으로 살짝 부풀어 있어야 했다. 하지만 그 피는 그녀의 몸 다른쪽에 고여 있었다. 그건 제인 도우가 어딘가 다른 곳에서 살해당했고, 들판에 버려졌다는 의미였다. 그녀의 몸이 움직일 때마다 모래 예술의 모래알처럼 피가 몸속에서 퍼져 나간 것이다.

그렇다면 살인범은 그녀를 죽였다…. 그리고 시체를 옮겼다…. 그런 다음 곧장 경찰에 신고했다….

그래, 이건 절대 초짜의 솜씨가 아니다.

살인범은 보통 놈이 아니다. 그 점만큼은 자신 있게 말할 수 있다. 재즈는 어떤 면에서는 그 범인에게 감탄하고 있었다.

사람이 중요하다. 사람은 실제로 존재한다. 사람이 중요하다….

제인 도우가 버려져 있던 들판의 위치는 시체를 옮기다가 우연히 발견할 수 있는 곳이 아니었다. 범인은 틀림없이 사전에 그곳을 답사했다. 범인에게 뭔가 의미가 있는 곳일까? 어째서 그런 특정 위치에 버린 것일까? 시체를 옮기는 것은 위험한 일이지만, 반드시 해야만 하는 일이기도 했다. '경찰과의 사이에 거리를 두어야 한다. 그래야

네가….'

　'그만 입 좀 다물어요. 아버지.' 재즈가 거칠게 생각했다.

　"맙소사." 하위가 뒤에서 불렀다. 목소리가 공포에 질려 있었다.
"재즈?"

　재즈가 돌아보자, 하위의 얼굴은 온통 피범벅이 되어 있었다.

04
무단 침입

순간 재즈는 누군가 하위를 공격했다고 생각했다. 하지만 바로 그 때 하위가 고개를 뒤로 젖히며 말했다. "이런 젠장. 엉망진창이야!"

하위는 일주일에 두 번씩 혈액 응고 인자 주사를 맞았다. 그럼에도 수시로 코피를 쏟곤 했다. 이번에는 정말 코피가 홍수라도 난 것처럼 쏟아져, 양쪽 콧구멍에서 피가 줄줄 흘러나와 입 주위와 턱 위로 흘러내리고 있었다. 하위는 한 손에는 보고서를, 다른 한 손에는 그 복사본을 들고 있다가 그 보고서에 코피를 묻히지 않으려고 팔을 양쪽으로 쫙 벌리고 있었다. 재즈는 황급히 달려가 코피가 바닥에 떨어지기 전에 하위의 턱 밑을 손으로 받쳤다. 그럼에도 피 몇 방울이 완벽한 붉은 원을 그리며 바닥에 떨어졌다.

하위의 피는 따뜻했다. 냉방이 된 시체실 안이라서 더 따뜻한 것 같았다. '특별한 따뜻함이지.' 빌리는 말했었다. 재즈는 얼굴을 찡그렸다. 그런 다음 더 이상 피가 흐르지 않도록 다른 한 손으로 하위의 코를 꽉 붙잡았다.

"고마워." 하위가 말했다.

"데스모프레신(혈우병 환자들이 사용하는 보조 치료제로 출혈을 막거나 조절할 수 있음 – 옮긴이) 주사 언제 맞았어?"

"음… 목요일이던가?"

"이 안이 너무 추워서 그런가 보다. 사무실로 가서 지혈하자. 책상 위에 휴지가 있을 거야."

두 사람은 조심스럽게 시체실에서 나와 사무실로 들어갔다. 재즈는 계속해서 한 손으로는 하위의 코를 잡고 다른 손으로는 턱을 받친 채, 바닥에 핏방울이 떨어지진 않았는지 살폈다. 피를 남기는 건, 최악의 증거를 남기는 것이었다. 혈액에는 DNA가 잔뜩 들어 있는 데다가, 바닥에 떨어지기라도 했을 때 그 흔적을 완전히 지우는 건 불가능에 가까웠기 때문이다.

4.7리터. 그는 다시 생각했다. 4.7리터의 피. 그중 몇 방울 떨어뜨리는 일이야 쉽지만, 때때로 그 피 몇 방울만 있으면 정체가 드러날 수 있다.

사무실에 들어가자 재즈는 먼저 하위에게 손에 들고 있던 보고서를 바닥에 떨어뜨리라고 한 다음, 난감한 뒷정리를 도맡았다. 피 묻은 장갑을 낀 채 돌아다닐 수도 없었고, 그 장갑을 그냥 벗어서 버릴 수도 없었다. 그래서 재즈는 벗은 장갑을 앞에 있는 세면대에서 헹구면서, 색이 연해진 붉은 핏물이 배수구로 빙그르 빨려 들어가는 것을 지켜보았다. 그 광경을 보다가 마치 최면이라도 걸린 것처럼, 좀처럼 기억하고 싶지 않았지만 결코 잊을 수도 없는 예전 어린 시절로 돌아갔다. 그때도 지금처럼 배수구로 빙그르 빨려 들어가는 색이 연해진 붉은 핏물을 본 적이 있었다.

빌리 덴트의 아버지로서의 가르침, 굳이 표현하자면 그 가르침마저도 가정교육이라기보다는 세뇌를 하는 방식과 흡사했다. 결과적으로 재즈는 대부분의 일들을 단편적으로 기억하고 있었다. 지금처럼 핏물이 배수구로 빨려 들어가는 것과 같은 기억으로 말이다. 후각을 자극하는 탁한 냄새, 개수대 옆에 놓여 있던 핏자국이 남아 있는 날카로운 칼. 재즈는 개수대에 놓여 있는 칼에 대한 공포심이 있었다. 그 자리에 칼이 있는 것은 보지도 못했다. 집에서도 칼을 쓰고 나면 즉시 깨끗하게 닦아서 서랍 속에 집어넣거나, 칼집에 꽂았다. 개수대 위에 칼이 놓여 있는 것을 보는 것만으로도 온몸이 떨렸다.

'잘했다, 아들…. 잘했어. 아주 잘 잘랐구나. 깔끔하게….'

…닭을 자르는 것처럼….

재즈는 애써 정신을 차리고, 손을 닦은 다음 장갑을 시체 공시소의 의료 폐기물 쓰레기통에 집어넣었다. 그런 다음 하위의 윗입술과 잇몸 사이에 휴지를 끼워 넣는 것을 도와주었다. 피가 코로 통하는 큰 혈관이 있기 때문에, 그곳을 압박하면 훨씬 빨리 코피를 멈출 수 있었다.

제대로 압박을 가하자, 하위의 코피가 서서히 줄어들기 시작하더니 이내 멈췄다. "미안해." 하위가 떨어진 보고서를 줍기 위해 몸을 숙이며 불쌍하게 말했다.

　재즈가 하위 대신 보고서들을 주우며 대답했다. "걱정하지 마." 하지만 그는 마음속으로는 걱정하고 있었다. 사전에 라텍스 장갑과 모자를 쓰며 조심을 했음에도 불구하고, 지금 하위의 DNA로 그곳을 도배하고 말았다. "일단 네가 끼고 있는 장갑과 휴지는 저 쓰레기통에 버려. 그런 다음 저 쓰레기봉투를 가지고 가서 태워 버리자."

　두 사람은 새 라텍스 장갑을 낀 다음, 다시 일을 시작했다. 재즈는 시체실에 떨어진 핏방울을 닦아 낸 뒤, 하위의 코피를 닦아 낸 휴지들과 함께 쓰레기봉투에 버렸다. 증거를 남기고 가게 되면 귀찮게 될 것이다. 산소 첨가 표백제로 닦아 내지 않는다면, 그 핏자국들은 루미놀에 반응하게 될 것이다. 물론 누군가 시체실 바닥에 루미놀을 뿌리거나, 자외선 손전등을 비춰 볼 확률은 아주 적었다. 그리고 누군가 그 자국을 발견한다 하더라도 증거로 이용될 일은 없을 것이다. 그렇지만 언제나 빌리 덴트의 첫 번째 원칙은 '증거를 남기지 말아야 한다'는 것이다.

　"그냥 여기 있어. 내가 가서 마무리할게. 다시 코피를 흘리기라도 하면 큰일이니까." 하위가 다시 시체실로 돌아가려는 것을 보고 재즈가 말했다.

　그는 보고서를 원래 자리에 가져다 놓은 뒤, 마지막으로 시체를 살펴보았다. 여자는 젊고, 예뻤다. 제인 도우는 빌리가 좋아하는 부류의 희생자라는 생각이 들었다. 빌리는 여자가 반항을 했더라도 개의치 않았을 것이다. 도리어 더 재미있어하면서, 한층 더 도전 의지를 불태

웠을 것이다.

재즈는 시신이 처음 봤을 때와 똑같은 상태로 되어 있는지 확인한 뒤, 시체 보관용 가방의 지퍼를 올렸다. 여자는 다시 어둠 속으로 돌아갔다.

"경찰은 아직 여자가 누군지 몰라." 하위가 문가에서 서서 보고서의 복사본을 넘기며 말했다. 그의 윗입술에는 여전히 핏자국이 남아 있었다. "지문으로 알아보면 되지 않나? 지문은 거의 남아 있지?"

"지문은 사후 경직이 끝나야 뜰 수 있어. 그러니까 시간이 조금 걸릴 거야. 어쩌면 며칠 걸릴 수도 있고." 재즈는 시체실을 나오면서 문을 닫았다. 그들이 들어갔을 때 문이 잠겨 있지 않았으므로 이번에도 문이 잠기지 않게 조심했다. 사소한 일들이 중요했다. "지문을 조회하는 데 시간이 걸리니까. 만일 주 데이터베이스에 여자의 지문이 없다면 연방 수사국으로 보내겠지. 지문은 비교할 자료가 있어야 해. 만일 이 여자의 지문이 등록되어 있지 않으면 결국 지문 조회는 실패하는 거지."

하위가 생각에 잠긴 채 고개를 끄덕였다. "여자는 벌거벗은 채로 발견됐어. 넌 누군가… 이 여자에게 그런 짓을 했다고 생각해?" 그가 목소리를 낮추고 진지하게 물었다.

재즈는 침을 삼켰다. 하위가 제인 도우에 관해 물어보고 있다는 것은 알고 있었다. 그렇지만 재즈는 그 질문에서 빌리의 희생자들을 떠올리지 않을 수 없었다. 하위는 재즈에게 빌리가 희생자들에게 무슨 짓을 했는지, 빌리와 같은 사람 밑에서 자란다는 것이 어떤 것인지 자세히 물어보지 않는다는 점에서는 정말 좋은 친구였다. 하지만 다시 생각해 보면, 하위가 자세한 내용을 알고 싶다면, 빌리 덴트를 주제로 하는 웹사이트를 찾아보면 될 일이기도 했다. 아니면 케이블 채널을 돌리다 보면 수시로 나오는 '도살자 빌리(요즘은 이 별명을 주로 쓰는 모양이다)'라는 제목의 두 시간짜리 다큐멘터리를 봤을 수도 있다. 그런 자료들을 보면 일단 빌리가 피해자를 때리고, 공격하고 난도질했다는 것은 확실하게 알 수 있다. 하지만 다른 문제, 성(性)적인 부분에 있어서는 대개 뭉뚱그려 표현한다. 주로 성폭행이라는 표현을 쓰는데, 이 말은 머리에 헤어스프레이를 뿌리고, 하얀 치아를 드러내고 있는 뉴스 앵커가 노골적인 묘사로 방송을 망치지 않으면서도 시청자들이 상상력을 마음껏 발휘할 수 있게 만드는 편리하고 완곡한 표현이었다. 하위가 알았다면 토하고 말았을 그 엄청난 범죄들이 그런 식으로 포장되어 있었다.

"보고서 내용으로 봐서 그런 일은 없었어. 성적인 활동이나 그 비슷한 증거는 없다고 되어 있잖아." 재즈가 하위에게서 보고서를 받아들며 대답했다.

"다행이다." 하위가 안심한 듯 대답했다. 재즈는 이렇게 끔찍한 방식으로 살해당한 마당에, 성적으로 학대를 받지 않았다고 해서 그게 정말 다행스러운 일인 건지 의아했다. 고통과 공포 속에 목숨을 잃고, 손가락이 잘리고, 옷이 벗겨진 채로 벌판에 버려졌는데? 강간을 당하지 않았다는 것만으로 괜찮다는 것일까? 이 상황에서 그런 게 정말 중요한 걸까?

"그럼 어째서 여자의 옷을 벗긴 걸까?" 하위가 물었다.

재즈도 궁금했다. 살인자가 옷을 가져간 이유도, 그 옷을 어떻게 했는지도 알고 싶었다. 범인은 이미 전리품으로 손가락들을 가져갔다. 그렇다면 그 옷은 불태워 버렸을까? 아니면 파묻어 버린 걸까?

재즈는 비슷한 예로 아서 존 쇼크로스(미국의 연쇄 살인범-옮긴이)를 떠올렸다. 완전히 미쳤던 그 남자는 뉴욕 주 북부에서 사람들을 많이 죽였다. 그는 희생자들의 옷을 개서 시체 옆에 남겨 두곤 했다. 가끔씩 그는 희생자에게 직접 자기 옷을 개라고 시키기도 했다. 어쩌면 그 불쌍한 여자는 범인의 말에 잘 따른다면 그 옷을 다시 입을 수 있게 될 거라고 생각했을지도 모른다. 살 수 있을지도 모른다는 희망에 범인에게 순종했을 것이다.

이 여자는 무슨 생각을 했을까? 그녀도 옷을 벗어서 옆에 두면서 강간의 고통만 견뎌 내면 살아남을 수 있을 거라고 생각했을까?

손목의 타박상…. 아니, 제인 도우는 그렇지 않았다. 재즈는 그녀가 필사적으로 싸웠다는 것을 알고 있었다.

"이유야 얼마든지 있겠지." 그는 하위에게 말했다. 그리고 시체 공시소를 둘러보며 들어왔을 때와 달라진 것이 없는지 확인했다. "경찰들의 수사를 지연시키기 위해서일 수도 있어. 아니면 범인이 저 여자에게 모멸감을 주기 위한 것일 수도 있고. 어쩌면 저 여자를 증오했을지도 몰라. 아니면 여자가 범인을 거절했거나, 어쩌면 자신을 거절했던 누군가와 닮아서 복수를 한 걸 수도 있지. 아니면 범인이 여자가 도저히 할 수 없는 어떤 일을 하라고 했는데 뜻대로 되지 않으니까 여자를 괴롭히기 위해서 옷을 벗겼을 수도 있고."

"전부 그럴 법하네." 하위가 말을 잠시 멈췄다. "정말 말도 안 되는 이유기도 하고, 그렇지?"

"그렇지. 하지만 가장 큰 이유는 범인이 증거를 남기고 싶지 않아서였을 거야. 넌 입고 있는 옷의 안감이나 솔기들을 살펴본 적 있어? 그 모든 것이 증거가 될 수 있거든. 아무것도 없이 깨끗한 것처럼 보여도 온갖 물질들이 다 붙어 있을 수 있으니까. 머리카락만 해도 한 시간에 서너 개씩은 빠져. 그것만으로도 증거는 충분하지."

그러자 하위가 머리카락이 제자리에 붙어 있는지 확인이라도 하는 듯 손을 머리에 올렸다. "그래서 네 아버지는 가끔씩 머리를 밀어 버리셨던 거야?"

"그래. 그뿐만 아니라 그 머리 모양이 자기한테 어울린다고 생각하기도 했지."

"잠깐." 낯선 목소리가 말했다. 순간 하위가 여자아이처럼 비명을 질렀다. 재즈마저 그 낯선 목소리에 펄쩍 뛸 만큼 놀랐다.

경비원이다! 시간이 벌써 이렇게 된 줄은 몰랐다! 어떻게….

문 앞에 서 있는 사람은 경비원이 아니었다. 진짜 경찰, 재즈가 아침에 봤던 바로 그 사람이었다. 범죄 현장에서 멀찍이 떨어져 있던 그 사람. 그가 한 손을 권총집 위에 올린 채 시체 공시소 문을 가로막고 서 있었다. 지금은 전혀 만만해 보이지 않았다.

재즈와 하위는 수갑을 차고 장례식장 복도에 있는 의자에 나란히 앉아 있었다. 수갑이 꽉 조였고, 하위는 혈우병 때문에 수갑을 차는 즉시 손목이 부어오르기 시작했다. 하지만 그는 평소처럼 아픔을 참았다.

"엄마가 날 죽이려고 할 텐데. 보통 심각한 상황이 아니야. 엄마가 이 상처 자국을 보게 되면, '어쩌다 이렇게 된 거냐'고 묻겠지. 그래서 네가 이 미친 계획에 나를 끌어들였다고 하면 그땐 엄마가…." 하위가 우는소리를 했다.

재즈는 하위의 말에 대꾸하는 대신 가시거리 안에서 시체 공시소 안을 여기저기 살피고 있는 경찰을 쳐다보았다. 그는 어질러진 것이나 없어진 것이 없는지 확인하고 있었다. 이미 재즈가 가지고 있던 보고서 사본은 빼앗겼다.

어째서 저 남자를 잘못 보았던 것일까? 범죄 현장에서 그는 안절부절못하며 불안해하는 것처럼 보였다. 하지만 지금은 아무렇지 않은 것 같았다. 그는….

그 경찰이 시체 공시소 밖으로 나왔다. "골치 아픈 녀석들이구나. 시체에 손을 댔지?"

재즈가 어깨를 으쓱했다.

"우리가 누군지 알아요?" 하위가 물었다.

"그럼. 수갑을 채울 때 네 녀석들 지갑을 가져갔잖아. 잊었니?" 그 남자가 말했다.

"맞다, 그랬죠."

그 경찰은 싱긋 웃었다. "네 친구가 이 마을 유명 인사라고 해서 벌을 가볍게 받고 넘어갈 거라는 기대는 하지 않는 게 좋을 거다."

재즈가 웃었다. 마을 유명 인사라고? 그런 식으로 불리는 건 처음이었다.

"이 상황이 재미있니?" 그 남자가 재즈에게 시선을 돌렸다. "지금 아주 심각한 상황이야. 너희들은 불법 침입에, 증거 훼손, 절도까지 저질렀어. 대체 여기서 뭘 하고 있었던 거지?"

그러는 그쪽은 여기서 뭘 하고 있었던 거죠? 재즈는 되묻고 싶었다. 가능하기만 하면 다른 사람을 수세로 모는 것은 나쁘지 않은 전략이었다. 이런 한밤중에 보안관의 부하가 시체 공시소 주위를 어슬렁거릴 일은 없었다.

하지만 재즈가 말을 꺼내기도 전에, 복도 저쪽 문이 열리면서 G. 윌리엄이 나타났다. 그는 청바지에 낡은 점퍼를 입고, 머리는 새집처럼 헝클어진 채였다.

"난리 났네." 하위가 중얼거렸다.

G. 윌리엄이 나타나자 그 남자는 안도와 근심이 뒤섞인 표정으로 말했다. "이런 시간에 나오시게 해서 죄송합니다, 보안관님. 하지만 출근 첫날부터 직권을 남용하고 싶지는 않았습니다. 더군다나 보안관님이…." 그가 잠시 망설였다. "뭐랄까, 이 아이들 중 한 명과 친분이 있다는 것을 알고 있는 상황에서는 말입니다."

G. 윌리엄이 양손을 허리에 얹은 채, 재즈와 하위 앞에 섰다. "그래, 좋다. 너희들은 벌써 에릭슨 부관과 인사를 한 것 같구나. 오늘 이 마을로 전근 왔지. 에릭슨, 린드버그에서 왔다고 했던가?"

"네. 주 경계선 바로 너머에 위치한 곳입니다."

G. 윌리엄이 소년들을 보며 싱긋 웃었다. "이 친구를 부관으로 추천받았지. 정말 훌륭한 경찰이야. 그렇지 않니?"

"그보다는 운이 좋았다고 해야죠." 재즈가 대꾸했다.

에릭슨의 표정이 굳어졌다.

"부관님은 우리를 쫓아오신 게 아니에요. 시체 공시소에서 무슨 일이 벌어지고 있는지 전혀 알지 못했으니까. 부관님은 그냥 이곳에 왔다가 우리를 발견한 거예요. 그러니까 다시 말하면, 무엇 때문에⋯." 재즈가 지적했다.

"주제에서 벗어난 것 같구나, 재즈. 지금은 저 친구가 어쩌다가, 어떻게 너를 잡았느냐 하는 것은 중요하지 않아. 문제는 네가 체포됐다는 거지. 이제 네가 이곳에 어떻게 들어올 수 있었는지 물어봐야겠구나. 네 대답이 마음에 들지 않으면 하위에게 물어볼 거야. 하위라면 분명히 사실대로 털어놓을 테니까. 그렇지 않니, 하위?" G. 윌리엄이 재즈의 말을 가로막았다.

하위가 침을 꿀꺽 삼켰다.

재즈는 황급히 생각했다. 그들이 라나의 코앞에서 열쇠를 몰래 빼내 복제했다는 이야기를 해서 그녀를 곤란하게 만들고 싶지는 않았다. "지난달에 복제 열쇠를 만들었어요. 자동차 사고 피해자가 들어왔던 적 있잖아요. 그때 호기심이 생겨서." 재즈가 말했다.

G. 윌리엄이 눈을 가늘게 뜨고 재즈에게서 하위로 시선을 돌렸다가, 다시 재즈를 보았다. "에릭슨, 하위를 2층으로 데려가 조서를 꾸

미게. 그 애는 지병이 있으니 주의하고."

"알겠습니다."

"재즈, 넌 나와 얘기를 좀 해야겠다." 에릭슨이 하위를 데리고 가는 동안, 보안관은 재즈를 시체 공시소 쪽으로 이끌었다. 재즈는 상처 입은 강아지 같은 표정을 짓고 있는 하위에게 신경 쓰지 않으려고 애를 썼다. 당장은 그보다 시급한 문제들이 많았다.

"그러니까 넌 지난달에 들어왔던 시체가 보고 싶었단 말이지?"

"네."

"정말이냐? 그러니까 네가 이 안에 들어와서 시체 바로 옆에서 실컷 구경했단 말이지? 제대로 눈 똑바로 뜨고 봤다는 거야?"

그야 당연한 것 아닌가? "네. 보안관님. 직접 봤어요. 궁금해서…."

G. 윌리엄이 허벅지를 치며 큰 소리로 웃었다. "내가 너한테 해 줄 말이 있다, 재즈. 난 거의 평생을 경찰로 지냈어. 그래서 사람들이 거짓말을 하는 것을 많이 봐 왔단다. 그중에는 정말 베테랑들도 있었지. 하지만 너는, 애야, 내게 거짓말을 들킨 자들 중에서 넌 최고의 거짓말쟁이야."

"거짓말하는 거 아니에요…."

G. 윌리엄이 손을 흔들었다. "아니야, 이제 그만하자. 더 이상 아무 말도 하지 마. 이미 들켰으니까, 재즈. 제법 그럴듯하긴 했어. 한 가지만 아니었으면 날 속일 수도 있었을 거야. 지난달 자동차 사고 피해자라고 했지? 그 사람은 정통파 유대교인이었어. 그래서 가족들의 요구에 따라 유대교도들의 장례식장으로 옮기기 전까지 랍비가 밤새 시

신을 지켰단다."

재즈가 신음 소리를 냈다.

"골드스테인 랍비가 기력이 예전 같지는 않지만, 네가 시신 옆에 숨어들었다면 그 정도는 알아차렸을 거야."

"하위는 아무 잘못 없어요. 제가 같이 오자고 해서 온 것뿐이에요. 그 애는 제 말이라면 뭐든지 들어주니까요. 저한테는 어떻게 하셔도 상관없지만, 하위는 괴롭히지 않으셨으면 좋겠어요." 재즈가 즉시 말했다.

그 말에 G. 윌리엄의 말투가 누그러졌다. "넌 항상 나를 놀라게 하는구나."

"무슨 뜻이죠? 제가 아버지와 닮지 않았다는 뜻인가요?"

"그런 뜻이 아니야." G. 윌리엄이 뭉툭한 손가락으로 재즈를 가리키며 버럭 소리를 질렀다. "내 입으로 그런 말은 하지 않아. 어른이 되면 빌리처럼 될 운명을 타고나기라도 한 것처럼… 네 스스로 그렇게 행동하고 있을 뿐이야. 그 문제로 내가 너를 비난할 일은 절대 없을 거다. 하지만 이것 한 가지만은 짚고 넘어가지 않을 수가 없구나." 그가 시체 공시소를 둘러본 뒤 말을 이었다. "한밤중에 이런 곳에 들어와 있는 건 '보통 사람'이 할 만한 일은 아니라는 것 말이다."

이제 재즈로서는 좋든 싫든 다 털어놓을 수밖에 없었다. 재즈의 머릿속에서는 G. 윌리엄이 만족할 만한 대답이 나올 때까지 하위를 붙잡아 두겠다는 위협이 떠나지 않았다. 그는 귀여운 아들이 체포되었다는 말에 하위의 어머니가 기겁하는 일이 벌어지는 것을 바라지 않왔다.

"전 그저 신원 미상 피해자의 사체에서 뭔가 놓친 게 없는지 알고 싶었어요. 제 눈으로 직접 확인해 보고 싶었고요." 재즈가 인정했다.

"제멋대로 검시 보고서의 사본도 만들었고."

재즈가 어깨를 으쓱했다. "별 내용도 없던데요, 뭐."

"아니, 네가 제대로 된 검시 보고서가 보고 싶었으면 내일 밤까지 기다렸어야지. 도저히 그때까지 참을 수가 없었던 거냐?"

"범인은 연쇄 살인범이에요, 보안관님. 제 말을 믿으셔야…."

"내가 믿는 건, 밤에는 잠을 자고 아침에는 일어나야 한다는 거다, 재즈. 그 외 다른 것을 믿고 안 믿고는 내 선택이야. 이리 와라." 보안관이 재즈에게 따라오라고 손짓을 했다. 그리고 시체 공시소를 벗어나 경찰서로 돌아갔다. 하위가 불쌍한 얼굴을 하고, 에릭슨 부관 책상 옆에 놓여 있는 의자에 수갑이 채워진 채 앉아 있었다. 에릭슨은 컴퓨터로 뭔가를 하려고 애쓰는 중이었고, 라나가 그 뒤에 서서 컴퓨터 화면을 가리키고 있었다.

라나는 하위를 보고 어느 정도 예상을 하고 있었을 텐데도 막상 재즈가 들어서자 깜짝 놀란 것처럼 보였다. 재즈는 그녀에게 '미남계'를 발휘하기 위해 애써 눈부시게 환한 미소를 지어 보였다. 아니나 다를까 재즈 역시 수갑을 차고 있는 것을 보고서도 라나는 미소를 되돌려 주었다.

"안녕, 누나."

"어서 와, 재스퍼."

"잡담은 그만하지. 이 아이들 그만 풀어 주도록…." G. 윌리엄이 말했다.

"살았다!" 하위가 외쳤다.

"뭐라고 하셨습니까?" 에릭슨이 물었다.

"그러니까 이 아이들을 그만 풀어 주라는 말이네. 주의만 주고 훈방하란 말이야. 열쇠는 압수하고." G. 윌리엄은 자신의 말을 가로막은 것에 대한 불쾌함을 숨기지 않은 채 다시 한 번 말했다.

"보안관님, 하지만…." 에릭슨이 뒤에 서 있던 라나를 밀쳐내듯 자리에서 벌떡 일어났다. "이 아이들은 무단 침입을 했습니다. 그리고 사건의 증거물에 손을 댔을 수도…."

"자네가 저 애들을 체포했지, 에릭슨. 자네가 저 애들을 막았어. 그 정도면 충분하네. 좋은 경찰이 되기 위해서는 작은 일에 너무 힘 빼지 말고 적당한 때 물러설 줄도 알아야 해. 사건 기록부에 저 아이의 이름을 한번 적어 보게." 보안관이 재즈를 가리켰다. "분명히 말하지만, 그렇게 했다가는 다음 주 내내 우리는 빌리 덴트의 아들에 대한 질문에 대답만 하다 시간 다 보내게 될 거야. 우린 그런 허튼짓 할 시간이 없어. 겨우 아이들 장난에 그렇게 난리 칠 필요 없단 말이야. 그러니까 저 애들을 그냥 보내 주게."

"고맙습니다, 보안관님." 재즈가 조용히 인사했다.

"널 위해서가 아니야. 내 정신 건강을 위해서지. 난 그만 집에 가야겠다." G. 윌리엄은 문 앞에서 잠시 머뭇거리다 다시 돌아섰다. "아, 참. 재즈, 하위, 또다시 이런 장난을 치면 그땐 내가 직접 네 녀석들을 붙잡을 거다. 그렇게 되면 지금처럼 쉽게 놔주지는 않을 거야. 알아들었지?"

"네." 재즈가 말했다.

"알겠습니다. 보안관님!" 하위가 수갑을 차지 않은 쪽 손으로 경례를 하며 큰 소리로 인사했다.

라나는 자기 자리로 돌아갔고(물론 재즈를 다시 한 번 훔쳐본 뒤에), 에릭슨은 투덜거리면서 하위의 수갑을 풀어 주었다.

"조심 좀 해요!" 하위가 말했다. "이것 좀 보라고요!" 하위의 손목은 수갑 때문에 생긴 상처 자국과 에릭슨의 손가락 자국으로 얼룩덜룩했다.

"미안하구나." 에릭슨이 조금도 사과하는 것처럼 들리지 않는 무뚝뚝한 어조로 말했다.

그런 다음 에릭슨이 재즈의 수갑을 풀어 주기 위해 다가왔다. 에릭슨은 재즈를 노려보았다. 그 부관의 눈빛에 재즈는 저도 모르게 몸이 떨리는 것 같았지만 애써 억눌렀다. 그는 에릭슨에게서 태너 보안관의 명령을 무시하고 재즈의 수갑을 풀어 주고 싶지 않다는 불손한 느낌을 받았다.

'어떻게 내가 이 남자를 그렇게 잘못 볼 수 있었던 거지? 나는 이 자에게서 고립감과 연약함을 봤어. 하지만 실제로… 그건 뭐였지? 출근 첫날이라 긴장한 거였나? 단지 그뿐이었을까?' 재즈는 생각했다.

두 사람의 시선은 한참 동안 서로에게 고정되어 있었다. 재즈는 이제껏 아버지를 제외한 다른 사람을 두려워한 적이 한 번도 없었다. 앞으로도 그럴 마음은 없었다.

　에릭슨은 투덜거리면서 마침내 재즈의 수갑을 풀어 주었다. "이번 일은 잊지 않을 거다." 그가 말했다.

　재즈는 에릭슨에게 환한 미소를 지어 보였다. 그렇게 하면 상대방이 짜증을 낸다는 것을 잘 알고 있었기 때문이다. '나 역시 잊지 않을 거예요.'

악몽

"구사일생했네. 그런데 그 남자는 거기서 뭘 하고 있었던 걸까?" 하위가 지프에 올라타면서 재즈에게 물었다.

"나도 몰라. 지금으로서는 궁금하지도 않고. 당장 들판에 한번 나가 보자. 범인이 그곳에서 한밤중에 봤던 것과 같은 것을 보고 싶어…."

"너 미쳤어?" 하위가 눈을 동그랗게 뜨며 말했다. "가려면 너 혼자가. 난 집에 갈 거야. 태너 보안관님 말 못 들었냐? 제법 심각한 것 같던데."

"보안관님 일이야 늘 심각하지. 난 네가 같이 가 줘야…."

"아니, 안 돼. 집에 데려다 줘. 벌써 자정이 넘었잖아. 난 자야 돼."

재즈는 정말로 벌판에 가서 범인이 보았을 동트기 전 그곳 정경을 보고 싶었다. 하지만 앞으로도 하위의 도움을 받아야 할 것이기에, 지금 당장은 친구의 비위를 맞추어 주는 것이 최선이었다.

재즈는 하위를 집에 데려다 주고, 집으로 향했다. 할머니는 언제나 처럼 거실 소파 위에 누운 채로 깊이 잠들어 있었다. TV는 큰 소리로 켜져 있었다. 재즈가 TV 소리를 줄이거나 끄게 되면 할머니가 벌떡 깨어나 그에게 입에 담지 못할 정도로 욕을 퍼붓는다는 것을 이제까지의 경험을 통해 알고 있었다. 그래서 그는 아무것도 손대지 않고 코를 골며 잠들어 있는 할머니 옆을 조심스럽게 지나갔다.

어떻게 재즈가 본 것을 G. 윌리엄이 보지 못한 걸까? 어떻게 놓칠수가 있을까? G. 윌리엄은 경찰로서의 밑도 끝도 없는 잡무 때문에 이렇게 눈앞에 빤히 보이는 것을 무시해 버리기로 한 것일까? 아니면 뭔가 다른 의중이 있는 것일까?

연계 실명이란 경찰들이 사건들이 결부되어 있을지도 모른다는 사실을 받아들이려고 하지 않을 때 사용하는 전문 용어다. 경찰이 상대가 너무 엄청나고 압도적인 연쇄 살인범일 경우, 두려움을 느끼고 실망하게 될까 봐 처음부터 그 자체를 보려고 하지 않는다는 뜻이다. 이번 사건의 경우 희생자는 아직 한 명이지만, 재즈는 분명히 확신할수 있었다. 이 희생자는 범인의 첫 번째 희생자가 아니며, 마지막 희생자도 아니라는 것을. 만일 G. 윌리엄이 그 사실을 알지 못한다면, 그때는 재즈가 직접 행동에 나설 것이다.

'그런 걸 어떻게 아는 거지, 재즈?' 그는 스스로에게 물었다. 재즈는 잠자리에 들기 위해 양치질을 하고, 세수를 했다. 그동안 거울 속에 비친 자신의 모습을 외면했다. 거울 속에서 빌리가 자신을 쳐다보고 있을까 봐 두려울 때가 있었다. 지금이 바로 그때였다.

아니, 두려움이란 말은 적당한 표현이 아니다. 재즈는 확신하고 있었다.

최근 머릿속에서 빌리의 목소리가 자주 들리는 것으로 보아 틀림없었다. 시간이 지나가고, 빌리가 감옥에 있는 시간이 길어지면 길어질수록, 재즈의 머릿속에서는 빌리의 목소리가 점점 더 크게 들렸다. 증거는 없지만, 다른 연쇄 살인범이 로보스 노드를 휘젓고 다니는 꼴은 볼 수 없다는 확신이었다.

연계 실명과 반대되는 개념은 무엇일까? 아무 증거도 없이 무언가를 확신하는 것은 뭐라고 표현해야 하는 걸까?

재즈는 침대에 드러눕다가 깨달았다. 거기에 적합한 단어가 '신념'이었다.

신념을 지키기 위해서 무엇이든 해야지. 재즈는 그렇게 생각하면서 서서히 잠이 들었다.

잠이 들자 칼이 보였다.

개수대 위에 놓인 칼.

항상 개수대 위에 칼이 놓여 있었다.

목소리.

그리고 손.

칼을 쥐고 있는 손.

가끔씩 그는 생각했다….

(안 돼)

…그는 생각했다….

(절대 절대로 가지마)

'쉬운 거야.' 누군가 말한다. '아주 쉬워. 닭을 자르는 것처럼만 하면 돼.'

그리고 또 다른 목소리가 말한다.

(안 돼)

'잘했어. 좋아. 내가 바라는 건….'

그리고 가끔씩 그는 생각한다.

(안 돼)

칼을.

재즈는 전기에 감전이라도 된 것처럼 숨을 헐떡이며, 온몸을 떨면서 잠에서 깨어났다. 그는 시간을 확인했다. 잠자리에 든 지 한 시간도 채 지나지 않았다. 그럼에도 잠이 완전히 달아나 버렸고, 정신이 번쩍 들었다. 이건 어리석은 짓이다. 그는 좀 더 잠을 자야만 했다. 아침에는 학교에 가야 했다.

꿈. 그 꿈. 칼. 그리고 목소리들. 이어지는 다른 일…. 적어도 이번에는 그 전에 깨어났다….

재즈는 침대에 누운 채 애써 잠을 청하며 몸을 뒤척였지만, 잠이 오지 않았다. 제인 도우의 모습이 눈앞을 둥둥 떠다니고 있었고, 빌리의 속삭이는 목소리가 귓가에 울리며 그에게 제안하고 있었다. 주장하고 있었다. 상기시키고 있었다. '사람이 중요하다. 사람은 실제로 존재한다. 나는 절대 사람을 죽이지 않을 것이다.' 재즈는 이 말을 끊임없이 되뇌이며, 자기 자신에게 다짐했다. 예전에 단 한 번, 이 말을 아버지에게 한 적이 있었다. 그러자 빌리가 웃으며 대꾸했다. '너는 그런 생각을 하고 있구나, 재스퍼. 하룻밤이 지나도 그 생각이 변하지 않는다면 그렇게 생각해라.' 빌리는 언젠간 재즈가 가업을 이을 거라 확신하고 있었다.

제인 도우에 대해서도 뭔가 계속 신경이 쓰였다. 보고서에 있는 내용이었던가? 아니다. 그 보고서에는 쓸 만한 내용이 없었다. G. 윌리엄의 말이 맞았다. 그는 하루나 이틀 정도 더 기다렸어야 했다. 그랬다면 좀 더 많은 정보를 알 수 있었을 것이다. 정밀 부검과 지문 감식을 통해.

그는 엎드린 채 욕설을 내뱉으며, 주먹으로 베개를 내리쳤다. 간밤에 시체 공시소에 침입한 건 정말 어리석은 짓이었다. 다른 날, 적어도 이틀은 더 기다렸다가 시체 공시소에 침입했더라면 정밀 부검 보고서에서 유용한 정보를 얻을 수 있었을 것이다. 시간이 약간 지체되었더라도, 경찰이 가지고 있는 모든 정보를 다 알아낼 수 있었을 것이다.

하지만 그렇지 못했다. 재즈는 인내심을 가졌어야 했다. 그는 성급했다. 멍청했다. 어리석은 꼬마 같은 실수를 저질렀다. 이제 와서 되돌릴 방법이 없었다. G. 윌리엄은 시체 공시소의 열쇠를 바꿀 것이고, 그 열쇠 보관에 주의를 기울일 것이다. 재즈는 결코 최종 정밀 부검 보고서를 볼 수 없을 것이다. 그 모든 것이 그의 탓이었다. 만일 그가 이번 사건 조사를 계속할 생각이라면, 정말 계속할 것이라면 더 이상 이런 어리석은 실수를 저질러선 안 된다.

재즈는 천장을 올려다보며 제인 도우를 생각했다. 그 여자의 진짜 이름은 모른다. 그녀의 본명을 알게 되면 어떤 실마리를 찾을 수 있을까? 이름 그 자체는 중요한 것이 아니다. 이름은 그저 그녀를 다른 사람과 구분해 줄 뿐이다. 하지만 이름은 그 사람에 대해, 그리고 다른 사람과의 관계를 알려 준다. 제인 도우가 어떤 사람이었는지 밝혀 주기 때문에 중요한 것이 아니다. 전형적인 피해자 연구에서 그녀의 겉으로 보이는 모습은 아무 상관없었다. 심지어 그녀가 정말 어떤 사람이었는지도 중요하지 않았다. 그 대신 그녀가 범인의 무엇을 상징하고 있는지, 무엇을 보여 주고 있는지에 관해 연구한다.

"남자." 살인자는 당연히 남자일 것이다. 연쇄 살인범은 대부분 남자다. 살인자들은 대부분 그렇다. 피해자가 젊고 매력적인 여성이고, 옷이 벗겨진 채 발견되었다면…. 게다가 시체가 발견된 장소 역시 범인이 남자라는 사실을 확인시켜 주고 있다. 시신이 발견된 들판 부근에 자동차 바퀴 자국은 없었다. 그 말은 범인이 여자를 옮겼다는 것을 뜻했다. 제인 도우가 아무리 몸집이 작다고 해도 그 시신을 들고 운반할 수 있는 힘을 가진 여자는 거의 없을 뿐만 아니라, 그곳에는 끌린 자국 같은 것도 없었다.

그러니 범인은 남자다. 아마 연령은 30대 이상. 재즈는 이번 사건이 범인의 첫 번째 범행이 아니라는 것을 확신하고 있었다. 백인이다. 빌리의 말대로 예측해 보면 연쇄 살인범들은 같은 종족 내에서 먹잇감을 노리는 경향이 있다. 범인은 아마도 영리한 자일 것이다.

재즈는 한숨을 내쉬었다. 나이, 인종, 지적 능력을 예측하는 것은 상대적으로 쉽다. 예측하기 어려운 건 동기다.

그는 내일 들판에 갈 것이다. 의심의 여지가 없다. 그는 경찰들이 놓친 것을 알게 될 것이다. 경찰이 무언가를 놓쳤다는 것을 알고 있었으니까. 그렇다는 것을 느낄 수 있었다.

강한 신념. 재즈는 자신이 전체적인 맥락을 제대로 짚었다고 믿고 있었다. 그에게 필요한 것은 증거였다.

그는 마음속으로 그 보고서를 되짚어 보고, 범죄 현장에서 보았던 것을 다시 한 번 떠올렸다. 기억 속에서 시체 공시소에서 봤던 제인 도우의 손가락이 잘린 손을 떠올릴 즈음, 재즈는 저도 모르게 스르르 잠이 들어, 꿈도 꾸지 않은 채 푹 잠들었다.

06

인상주의자

인상주의자는 재즈의 집이 마주 보이는 건너편 거리에 서서 재즈의 컴컴한 침실 창문을 응시하고 있었다. '인상주의자'는 제법 쓸 만한 후보작 세 개 중에서 직접 고른 별명이었다. 그는 빌리 덴트의 아들이 밤에 어떻게 잠드는지 궁금했다. 쓸데없는 생각이긴 했지만, 그럼에도 궁금했다. 재스퍼 덴트의 꿈에는 피투성이 시체들이 등장할까, 아니면 다른 십대 소년들처럼 여자나 자동차, 아니면 미래가 나올까?

인상주의자는 시체를 따라 경찰서와 시체 공시소까지 갔다. 특별한 이유는 없었다. 누가 그렇게 하라고 강요한 것도, 반드시 그렇게 해야 한다는 의무감이 있었던 것도 아니다. 하지만 누군가와 그처럼 친밀한 시간을 보냈을 때, 그녀의 눈동자가 희미하게 빛나다가 점차 깜박거리는 것을 보고, 마지막 숨결의 부드러운 한숨 소리를 들었을 때… 가끔씩은 떠나 보내기가 힘들다. 그래서 한 블록 떨어진 곳에 차를 세워 놓고 지켜보고 있다가, 그는 덜컹거리는 낡은 스테이션왜건이 주차장에 들어서는 것을 보았다.

그리고 정말 놀랍게도 그 차가 다름 아닌 빌리 덴트의 지프라는 것을 알아볼 수 있었다. 인상주의자는 '60분'에 나왔던 그 차를 금세 알아볼 수 있었다. 어쩌면 '20/20'('60분'과 함께 유명한 미국의 시사 프로그램-옮긴이)에서 봤을 수도 있다. 그는 그 두 프로그램이 항상 헷갈렸다. 어느 쪽이든 상관없었다. 중요한 것은 저 차가 빌리 덴트의 지프라는 것이었고, 경찰서에서 나와 지프의 범퍼를 걷어찬 소년이 다름 아닌 재스퍼 덴트라는 것이니까.

경찰서에서부터 인상주의자는 멀찍이 거리를 두고 재스퍼를 미행했다. 그리고 그날 밤, 시체 공시소를 거쳐 지금 여기 집 앞까지 오게 된 것이다.

재즈가 할머니와 같이 살고 있는 '거리'는 이름만 거리였다. 실제로는 800미터가량 떨어진 커다랗고 기괴한 맥맨션(뚜렷한 특징 없이 그 지역 자체의 특징적인 건축 양식과도 상충되는, 대량으로 건설된 현대식 주택-옮긴이)으로 통하는 긴 진입로라고 할 수 있었다. 포장도로에는 금이 가고, 포석은 헐거워져 있었다. 황폐하고, 금방이라도 무너질 것 같은 식민지 양식의 주택인 덴트의 집은 그 맥맨션과 주도로 사이에 추가로 건설된 것처럼 길 한쪽에 세워져 있었다. 서서히 잊혀져 가다가 아예 없어져 버릴 것 같은 집이었다. 그 집에 관해서는 이 한마디면 알 수 있었다. "아, 맞아. 내 기억에는….." 그 안에 누가 살았는지 알지 못하는 한, 결코 그 집이 미국을 수십 년간 공포에 떨게 만든 빌리 덴트의 본거지로 이용되었다는 것을 알 수 없을 것이다. 하지만 바로 저 초라한 벽 안에 유산이 남아 있었다. 빌리 덴트는 저곳에서 성장했고, 지금은 그 아들이 살고 있다. 다음 주자에게 배턴을 넘기는 것처럼 그 집과 유산을 물려받은 것이다. 작고 눈에 띄지 않는 수수한 집이었다. 미국 중부 지역의 한가운데인 바로 이곳에서 지옥이 시작되었고, 확장되고 성장하였다.

인상주의자는 싱긋 웃었다.

연쇄 살인범의 가장 뛰어난 능력은 융화되는 것이다. 마치 저 집처럼. 저 안에서 무엇이 자라고 있는지 그 누구도 생각조차 하지 못하고, 지금 무엇이 자라고 있는지 아무도 알지 못한다. 빌리 덴트는 친구들과 이웃 사람들, 그를 아는 모든 사람들이 자신을 '그저 평범한 보통 남자'로 믿게 완벽하게 융화되어 있었다. 여름이면 바비큐 파티를 하고, 3년간 어린이 야구 팀에서 코치로 활약했다. 주말이면 교대로 무료 급식 자원 봉사를 했다. 아무도 몰랐다. 아무도 의심하지 않았다. 멍청이들.

아니, 아니다. 멍청이들이 아니다.

먹잇감들이다.

인상주의자 역시 잘 융화되었다. 들판에서 죽은 여자도 로보스 노드 외곽 고속도로 근처에 있는 데어리 퀸(미국의 패스트푸드 체인점 - 옮긴이)에서 그가 처음 접근했을 때 전혀 의심하지 않았다. 늦은 밤, 온화하게 생긴 남자가 휴대전화기를 빌려 달라고 부탁한다. 차가 3.2킬로미터 정도 떨어진 곳에서 고장 났어요. AAA(미국자동차협회로 도로 정보, 긴급 처치, 보험 등 서비스를 제공−옮긴이)에 전화를 걸어야 하는데 휴대전화기 좀 빌려 주시겠습니까. 이런 젠장. (그런 다음 숙녀 앞에서 욕을 한 것에 대해 급히 사과한다. 그녀는 그 말을 그대로 믿는다) 그런 다음 다시 전화로 자동차 등록 번호를 불러 주어야 한다며 여자와 함께 고장 난 차 근처로 간다. 한 번만 더 전화기를 빌려 주실 수 있을까요? 아니면… 전화기를 돌려드려야 하니까 괜찮으시면 차 있는 데까지 같이 가 주시겠어요?

정말 너무 쉽다.

그는 쌀쌀한 10월의 밤공기 속에서 한숨을 내쉬었다. 숨을 쉴 때마다 새어 나온 입김이 순식간에 흩어졌다.

인상주의자는 필연적으로 덴트의 아들과 마주치게 될 것이라는 것을 알았다. 예상치 못한 일이었지만, 그는 기대하고 있었다. 심지어 규칙까지 만들었다. 그는 재스퍼 덴트와 접촉하지 않을 것이다. 그리고 재스퍼 덴트에게 어떤 피해도 주지 않을 것이다.

'두고 볼 일이지.' 인상주의자는 생각했다. 그는 휴대전화기를 꺼내, 저장되어 있는 사진과 비디오를 하나씩 넘겨보았다. 전부 오늘 찍은 것이다. 모두 재스퍼 덴트의 사진으로, 자신도 모르는 사이에 일상적인 모습이 찍힌 것이다.

인상주의자가 말할 수 있는 건, 어린 재스퍼 덴트가 제대로 이 지역에 잘 융화되어 있다는 것이다. 아무도 그가 살인자가 될 것이라고 의심하지 않을 것이다.

심지어 재스퍼 본인조차 그 사실을 의심하지 않고 있었다.

07

사람이 중요하다

…일어나라, 일어나. 재스퍼, 내 아들….

다음 날 아침, 재스퍼는 귓가에 드문드문 스치는 아버지의 목소리에 힘겹게 잠에서 깨어났다. 잠은 깼지만, 창문 블라인드 틈 사이로 비스듬히 들어오는 햇살 속에 그대로 누워 있었다.

…일어나라, 일어나….

사람이 중요하다. 재즈는 맞섰다. 사람은 실제로 존재한다.

그리고 그 사실을 잊었을 경우에 대비해, 컴퓨터 화면 보호기에 다음과 같은 문구를 띄워 놓았다. 바비 조 롱을 기억하자.

재즈는 옷을 입은 다음, 커피숍(Coff-E-Shop)으로 갔다. 거의 매일 아침 학교에 가기 전, 그는 이곳에서 하위와 만났다. 몇 세대를 거쳐 내려오면서 흠집과 얼룩이 가득 남아 있는 탁자들의 표면은 매일 같이 윤활유로 닦아 바람에 말린 것처럼 반들거렸다. 그럼에도 매일 아침마다 손님들이 쉴 새 없이 몰려들었다.

재즈는 먼저 도착해, 창가 근처에 놓여 있는 작은 탁자에 자리를 잡았다. 한 달 전, 코니에게도 이 아침 의식을 같이 하자고 초대했지만, 그녀는 거절했다. "남자들끼리 있을 시간이 필요할 거야. 난 네가 여자 친구가 생겼다는 이유로 불쌍한 하위를 무시하는 일은 없었으면 좋겠어."

헬렌은 보통 이 시간에 근무했고, 오늘도 마찬가지였다. 그녀는 가게 건너편에서 슬쩍 쳐다본 뒤, 재즈가 혼자 있는 것을 보고 고개를 끄덕였다. 그 고갯짓은 '하위가 오면 주문을 받으러 갈게'라는 의미였다. 작은 마을에 사는 이점 중 하나였다.

몇 분 뒤 하위가 나타났다. 재즈는 그가 커피를 사 가려고 길게 줄을 서 있는 사람들 사이를 뚫고 다가오는 모습을 지켜보았다. 하위는 다른 사람들과 부딪혀서 멍이 생기지 않도록, 몸을 옆으로 이리저리 돌려가며 사람들을 피해 조심스레 다가왔다.

"오늘도 용사 하위는 그를 파멸시키려고 하는 이방인 무리들을 능수능란하게 피해 무사히 도착!"

"손목에 난 상처를 보고 어머니가 뭐라고 하지 않으셨어?"

"그래서 오늘 긴 소매 옷을 입었어. 난 바보가 아니야."

"오늘은 어떤 걸로 줄까, 하위?" 헬렌이 두 사람이 앉아 있는 자리로 다가와서 물었다. 그녀는 재즈에게는 무엇을 주문할 것인지 묻지 않았다. 왜냐하면 재즈는 항상 설탕을 조금 넣은 커피를 마셨기 때문이다. 하지만 하위는 마치 똑같은 주문을 반복하지 않아야 점수를 얻는 게임 프로그램에 참가한 것처럼 매일 다른 커피를 주문했다.

"음⋯." 그가 손가락으로 입술을 톡톡 두드렸다. "에⋯ 오늘은 어떻게 할까?"

재즈는 하위가 시계를 볼 수 있도록 손목을 들어 올렸다. "20분 안에 학교에 가야 해."

"그런 세속적인 근심으로 내 창의성을 망치려고 하지 마." 하위가 말했다.

"세속적이라고? 진심으로 하는 말이야?"

"평범하다는 뜻으로 한 말이야. 하지만 그 표현은 너무⋯ 평범하잖아."

"다른 손님 주문도 받으러 가야 되는데⋯." 헬렌이 두 사람을 재촉했다.

"결정했어요. 캐러멜 시럽 더블 샷을 넣은 무지방 마키아또에 거품 많이 올리고, 그 위에 크림도 올려 주세요." 하위가 큰 소리로 말했다.

주문을 받아 적던 헬렌의 손이 잠시 머뭇거렸다. "거품에 크림까지 올리라고?"

하위가 곰곰이 생각하는 척했다. "네."

"무지방에 크림을 올리란 말이야?"

"난 까다로운 미각을 가진 까다로운 남자니까요."

헬렌이 자리를 뜨기 전에 재즈가 그녀를 불렀다. "정말 저렇게 만들어 줄 거예요?"

"물론이지, 재스퍼."

"그게 뭐…." 하위가 말을 멈췄다. "맙소사. 왕재수 떴다."

하위 역시 재즈가 조금 전에 알아차린 사실을 알게 된 것이다. 커피숍 카운터 자리에 앉아 있는 사람은 바로 삼류 주간지 기자 더그 웨더스였다. 빌리가 붙잡혀서 체포되었을 때, 웨더스는 자신이 그 현장을 제일 먼저, 그뿐만 아니라 온갖 지저분한 뒷이야기들을 보도할 수 있는 유리한 입장에 서 있다는 것을 알게 되었다. 그는 마지막 희생자의 가족을 알고 있었다. 그 지역을 잘 알고 있었다. 빌리의 친구들과 동료들도 알고 있었다. 심지어 수년 전, 정치 모임에서 빌리를 직접 만난 적도 있었다.

그리고 웨더스는 때가 되자 그 모든 것을 최대한 이용했다. 갑자기 그는 '지역 전문가'로 불려 다니게 되었고, CNN과 폭스 뉴스를 비롯, 모든 뉴스 채널에 얼굴을 내밀기 시작했다. 몇 달간, TV는 빌리 덴트의 얼굴이 나오지 않을 때가 없었다…. 그리고 빌리의 얼굴이 나간 뒤에는 바로 더그 웨더스의 얼굴이 나왔다.

더그는 또한 재즈의 얼굴을 신문과 TV에 나오게 만든 장본인이기도 했다. 재즈가 이 세상에서 제일 증오하는 인물이 더그 웨더스는 아닐지 몰라도, 그에 준할 정도로 증오하고 있었다. 그는 웨더스가 자신을 알아보기 전에 커피숍에서 나가고 싶었다….

너무 늦었다. 웨더스가 의자를 돌리다가 재즈와 하위가 있는 것을 알아차렸다. 그의 흐릿한 회갈색 눈동자가 커지더니, 즉시 자리에서 일어났다.

"이런 젠장."

"어이, 재스퍼." 웨더스가 다른 자리에서 의자를 끌어와 재즈와 하위의 자리에 합석하며 말을 걸었다. "여기서 널 만나다니 정말 반갑구나."

"반갑기는 개뿔. 우리가 여기서 커피를 마신다는 걸 모르는 사람이 어디 있다고. 대체 얼마나 오래 우리를 기다린 거예요?" 하위가 화난 목소리로 딱딱하게 물었다.

웨더스가 싱긋 웃었다. 나이는 30대, 중간 체형에 웃고 있을 때도 슬퍼 보이는 얼굴을 하고 있었다. 누군가 기자는 그렇게 입어야 된다고 했는지, 그는 바깥 날씨가 아무리 맑고 따뜻해도 항상 트렌치코트를 입고 있었다.

"거스텐, 혹시 너도 유명해지고 싶다면 내가 그렇게 만들어 줄 수 있어. 여기서 재스퍼의 독점 인터뷰를 하게 해 준다면. 일대일 인터뷰. 단둘이서 말이야. 그럼 내가 '미친 살인마 아버지를 둔 소년의 진정한 친구'라는 제목으로 짤막한 보충 기사 한 꼭지 써 줄게."

"와, 재즈. 보충 기사래. 내가 보충 기사에 나올 수도 있다네!" 하위가 짐짓 고맙다는 듯 휘파람을 불며 말했다.

"꺼져요. 이 말을 열 번도 넘게 했는데 아직도 못 알아듣겠어요?" 재즈가 웨더스에게 말했다.

"생각 좀 해 봐. 우리가…."

"이메일도 여섯 번이나 보냈죠?"

"…네 사연을…."

"문자도 수십 번은 보낸 것 같은데?"

"대서특필 할 거야." 재즈의 말은 전혀 들리지 않는 것처럼 웨더스가 떠들어 댔다. "제발. 인터뷰 한 번이면 돼. 최근에 아빠 만나러 교도소에 간 적 있니? 그럼 더 좋고. 분위기가 아주 좋을 거야. 면회 갈 때 사진사도 같이 데리고 가는 거야. 잠깐이면 돼. 다치는 사람도 아무도 없고, 네 인생이 변하게 될 거야." 그의 눈이 흥분으로 일렁거리고 있었다.

"그쪽 인생이 바뀌겠죠. 세간의 주목을 받게 될 테니까. 그렇게 CNN에 들어가고 싶은 모양이죠?"

웨더스는 명성을 떨치고 싶다는 욕망에 눈을 빛내면서도, 비교적 작은 소리로 웃었다. "그럼. 그쪽에서 내 능력을 필요로 하는 날이 올 거라고 확신하니까. 보통 이런 게임은 어떻게 해야 하는지…."

그때 헬렌이 커피를 가져다주었다. 이제 가면 된다. 재즈와 하위가 커피 잔을 낚아채듯 집어 들었다.

"이건 게임이 아니야, 지겨운 인간 같으니." 재즈가 말했다.

"맞아. 그리고 만일 그렇게 된다고 해도 틀림없이 물 먹을 거야." 하위가 거들었다.

커피숍에서 뛰쳐나가면서, 재즈는 어깨 너머로 흘긋 돌아보았다. 웨더스는 여전히 창가 옆 자리에 앉아서 그들을 노려보고 있었다. 그의 흐릿한 눈이 활활 타오르고 있었다. 웨더스는 빌리가 체포되었을 당시에 로보스 노드 너머 큰 세상을 얼핏 맛본 뒤부터, 그쪽으로 넘어가기 위해 무슨 짓이든 악착같이 덤비고 있었다.

하지만 그가 재즈의 어깨를 밟고 그쪽으로 넘어가는 일은 없을 것이다.

그 거리 어딘가에서 개가 짖었다. 재즈는 러스티를 떠올렸다. 이런 젠장. 더그 웨더스와 만난 것으로 모자라 이제 러스티까지 떠올리고 말았다. 아무래도 온종일 일진이 사나울 것 같았다.

학교는 정말 괴롭다.

재즈는 들판에 가 보고 싶은 마음뿐이었다. 시간이 지나면 지날수록, 들판은 본래 상태로 되돌아갈 것이며, 남아 있는 증거들도 모두 사라지고 말 것이다. 지난 밤, 하위가 겁에 질리지만 않았어도….

지금은 그런 생각을 할 때가 아니다. 재즈는 어서 들판에 나가 해가 뜨기 몇 시간 전에 그 주위를 완벽하게 살펴보고 싶었다. 범인의 시각에서 그 들판을 보고 싶었다.

하지만 수업은 좀처럼 끝나지 않았다.

재즈는 학교를 싫어했지만, 다른 십대 아이들과 같은 이유는 아니었다. 그는 어디서든 사람들에게 둘러싸이는 것을 좋아하지 않았고, 그와 같은 이유로 학교가 싫었다.

"이를 테면 말이야, 누군가 네게 장미꽃 한 송이를 준다면 정말 좋겠지. 안 그래?" 그 이유를 코니에게 설명한 적이 있었다.

두 사람은 주립 공원 근처에서 재즈의 지프에 앉아 있었다. 코니는 짐짓 놀란 척하며, 글러브 박스를 보고, 몸을 돌려 뒷좌석도 살폈다. "장미 같은 건 안 보이는데. 그러니까 좋을 것도 없지."

"좋아. 그럼 누군가 네게 장미꽃 만 송이를 주었다고 상상해 봐."

재즈가 말을 이었다.

"그건 너무 많은 것 같은데. 지나치게 많아." 그녀가 말했다.

"맞아. 너무 많지. 무엇보다 많기도 하지만, 그럴 경우 그 장미 한 송이 한 송이는 그리 특별하지 않을 거야. 그렇지? 한 송이만 뽑아서 '이건 정말 아름다운데'라고 말하기는 어려울 거란 말이지. 결국 어느 하나 특별하지 않기 때문에 그 장미들을 전부 다 버리고 싶어질 거야."

코니가 눈을 가늘게 떴다. "그러니까 네 말은 학교에 있는 다른 아이들을 전부 없애 버리고 싶다는 거야?"

그건 아니다. 재즈는 자기 생각을 제대로 설명할 수 있었으면 좋겠다고 생각했다. 이건 사람들을 죽이고 싶다는 문제가 아니다. 사람이 너무 많다 보면 없어진다 해도 상관없지 않을까? 로보스 노드 고등학교에 다니는 1천500명의 학생들 중에 몇 명이 없어진다 한들 누가 알겠는가? 주위에 사람이 많을수록, 개인적으로 알고 지내는 사람은 많지 않은 법이다. 진짜 사람은 적어진다.

사람이 중요하다. 훌륭한 교훈이다. 그건 빌리가 재즈에게 계속해서 가르쳤던 것과는 정반대되는 교훈이기도 하다. '사람들이 있어. 저 사람들을 봐라.' 빌리는 야구 시합장이나, 공원, 영화관이나 상점 같은 곳에서 이렇게 말했다. '저 사람들은 진짜가 아니다. 정말 살아 있는 게 아니야. 저 사람들은 심장이 없어. 저들은 하찮은 존재야. 중요한 건 너뿐이란다.'

"힘든 유년 시절을 보낸 사람은 많아. 연쇄 살인범과 같은 환경에서 자랐다고 해서 모두 다 연쇄 살인범이 되는 건 아니야. 이 세상에 애들이 자라서 사람을 죽이게 만드는 지침서 같은 건 없어." 코니가 말했다.

"누군가 빌리 같은 소시오패스(반사회적 이상성격자 – 옮긴이)로 만드는 법을 알고 있을지도 몰라." 재즈가 말했다.

"하지만 네가 사람을 죽이고 싶은 건 아니잖아." 그녀가 마지막으로 말하자, 재즈는 그 대화가 그대로 끝나게 내버려 두었다. 그 말에 대한 정직한 대답은 다음과 같았기 때문이다.

'난 원하지 않는 게 아니라, 원할 수 없는 거야. 그건… 내가 할 수 있으니까. 정말 할 수 있으니까. 이를테면… 내가 뛰어난 달리기 선수라고 상상해 봐. 만일 자기가 정말 빠르게 달릴 수 있다는 것을 알고 있다면 어떨 것 같아? 걸어가다가 어딘가에 발이 묶여 버린다면 그곳을 벗어나 있는 힘껏 달려 나가고 싶지 않을까? 내가 느끼는 기분이 바로 그런 거야.'

그렇게 말하는 대신 재즈는 그곳을 그대로 떠났고, 다음 날 코니에게 붉은 장미 열두 송이와 가운데 푸른 장미 한 송이를 넣은 꽃다발을 선물했다. 부담스러운 액수이긴 했지만, 그렇게 해야 할 필요가 있다고 느꼈기 때문이다. 카드에는 다음과 같이 적었다. '넌 언제나 나만의 특별한 장미야.' 그는 그 감정이 낭만적인 건지, 지독하게 감상적인 것인지 몰랐지만(후자에 가까울 것이라는 생각이 들었다), 코니는 기쁘게 받아 주었다. 그 꽃다발 선물에서 중요한 것은 그녀를 행복하게 해 주었다는 점이고, 재즈는 그것으로 만족했다.

가끔씩 재즈는 인위적으로 인간의 감정을 아주 비슷하게 흉내 낼 수 있었다. 그리고 가끔씩은 인위적이 아닌, 마음에서 우러난 감정 같은 것을 느낄 때도 있었다.

월요일마다, 수학과 생물 시간 사이에 쉬는 시간이 5분씩 비었는데, 마침 코니와 시간이 맞아서 그때마다 함께 있곤 했다. 월요일이면 언제나 그랬듯이 두 사람은 코니가 역사 수업을 듣는 교실 밖에서 만났다. 오늘 그녀는 청바지와 가슴에 '플라스틱 함유 0퍼센트'라고 쓰인 분홍색 티셔츠를 입고 있었다. 재즈는 재빨리 그녀의 입술에 키스했다.

"덴트! 공중도덕을 지켜라!" 고메즈 선생이 고함을 질렀다.

재즈는 코니의 어깨에 팔을 둘렀다. "어쩔 수 없어요, 선생님! 선생님이라면 참으실 수 있겠어요?" 그는 적당히 자랑스러운 목소리로 대꾸했다.

재즈는 사람들의 마음을 읽을 수 있었다. 그래서 앨버트 고메즈 선생이 자기 학급 여학생들을 상대로 R 등급의 환상을 즐기고 있다는 의심을 하고 있었다. 하지만 그는 노골적으로 고메즈를 비난하지는 않았다. 그저 그 약점을 잡고 살살 찔러 볼 뿐이었다.

고메즈 선생이 신경질적으로 헛기침을 하더니, 입술 위에 실제로는 고이지도 않은 땀방울을 닦아 냈다. 재즈의 귀에는 그 헛기침 소리가 음악처럼 들렸다. "앞으로 두고 볼 거다. 알았니?" 고메즈가 말하더니, 갑자기 다른 곳으로 관심을 돌렸다.

"심술궂긴. 고메즈 선생은 나쁜 사람이 아니야." 적당한 장소를 찾아 벽에 몸을 기대자, 코니가 말했다.

그렇지. "난 그냥 솔직히 말한 것뿐이야. 어느 남자가 참을 수 있겠어?" 재즈는 코니의 가늘게 여러 갈래로 땋은 머리카락을 쓸어내리려다가, 코니가 정한 11번째 규칙이 떠올라 손을 뒤로 뺐다. 흑인 여자 친구의 머리카락에 손을 대선 안 된다, 절대로. 그 대신 그는 재빨리 코니에게 다시 한 번 키스했다. 그리고 선생들의 잔소리를 피해 눈에 띄지 않는 곳으로 이동했다.

흠, 잔소리라. 그건 별로야. 사람이 중요하지.

특히 코니는 소중했다. 부드러운 입술, 개구쟁이 같은 미소, 재즈의 영혼을 보지 못하는 검은 눈동자를 가진 코니. 하지만 여전히 그런 생각을 할 때마다 마음이 조금씩 뒤틀리는 것 같았다. 그녀의 머리카락, 만질 수는 없었지만, 다른 감각은 느낄 수 있었다. 그는 강력한 스프링처럼 단단하게 땋아 내린, 어깨까지 닿는 칠흑같이 검은 머리카락과 그 머리카락에서 살짝 나는 시나몬과 화학 약품 냄새, 코니가 걸을 때마다 땋은 머리카락을 고정시킨 방울들이 부딪히는 소리에 매혹되었다. 마치 그 땋은 머리카락이 그녀에게 끝없는 힘을 주고 있는 것 같았다. 재즈로서는 그 머리카락을 푼다는 것은 상상조차 할 수 없었다. 코니의 피부는 감촉이 부드러웠고, 그 색은….

피부색이 무슨 상관이란 말인가? 코니는 자신만의 색을 가지고 있을 뿐이다. 아름다웠다.

재즈는 본인이 잘생겼다는 것을 알고 있었다. 거울을 좀처럼 보지 않아도 알 수 있는 일이었다. 학교에서 여자아이들이 그를 쳐다보는 시선만 봐도 알 수 있었다. 그가 지나가면 여자아이들은 재즈의 신비한 중력에 이끌려 궤도를 이탈해 위성이라도 되는 것처럼 모여들었다. 재즈에 대한 관심을 도플러 효과(파동을 발생시키는 파원과 그 파동을 관찰하는 관측자 사이에 상대적 운동이 존재할 경우 본래 발생되는 파동의 주파수와 다른 주파수로 파동이 관측되는 효과-옮긴이)처럼 측정한다면, 여자아이들은 그가 나타날 때마다 거대한 푸른색 빛을 보게 될 것이다. 심지어 작년에는 선생님들, 가게 점원들, 택배 배달해 주는 여자 같은 나이 많은 여자들의 눈길까지 끌었다. 그들의 시선에 담긴 모성애 섞인 호감이 재즈에 대한 그들의 감정을 자제하고, 기다리게 만들었다. 재즈의 귀에 그 여자들의 생각이 들리는 것 같았다. '아직은 안 돼. 하지만 이제 금방이야.'

재즈의 성장 과정에도 불구하고, 악명 높은 아버지의 존재에도 불구하고 여자들은 여전히 그를 쳐다보았다. 어쩌면 그 때문에 쳐다보는 것일 수도 있다. 하위가 그를 좋아하는 것은 아마도 나쁜 녀석들로부터 자신을 구해 줬기 때문일 것이다.

어쨌든 재즈로서는 아무래도 상관없었다. 그 인기 덕분에 자신이 하려고 하는 일이 수월해지는 경우를 제외하면. 대부분의 남자들은 그를 위협했고, 대부분의 여자들은 그에게 끌렸다. 그 점을 이용하면 아주 편하게 지낼 수 있었다.

'먹잇감들은 너와 나를 위해 있는 거야. 그게 바로 그들이 존재하는 이유란 말이다. 알겠니?'

"하위한테 어젯밤 너희들이 한 일 들었어. 그런 짓은 하면 안 돼."

코니가 말하자, 머릿속에서 울리던 빌리의 목소리가 사라졌다.

"너한테 그 이야기를 하다니, 하위를 죽여 버릴 거야." 재즈는 가볍게 말했다. 하지만 코니의 얼굴에 떠오른 표정을 보고 즉시 후회했다. "안 웃겨?" 재즈가 물었다.

"네가 그런 말을 하면 재미없어. 넌 그런 농담을 어떻게 해야 하는지 모르잖아." 코니가 잠시 생각에 잠겼다. 그녀의 따뜻한 검은 눈동자가 그에게서 뭔가를 찾고 있었다. 무엇을 찾는 것일까? 그는 알 수가 없었다. "다시는 그런 농담 하지 마."

"알았어. 하지만 어젯밤 일은 어쩔 수 없었어. 우린 그곳에 가야 했으니까." 코니는 재즈가 인간답게 살 수 있도록 많은 것을 가르쳐 주었다.

코니가 재즈의 가슴을 툭툭 두드리며 얼굴을 찡그렸다. "안 돼, 그런데 가면. 네 지갑 좀 봐."

재즈는 어리둥절한 채 지갑을 꺼내 코니에게 내밀었다. 그녀가 지갑을 펼쳤다. "오, 이런." 코니가 그 지갑 속에 들어 있던 자기 사진을 보며 말했다. "사진 정말 예쁘게 나왔네. 하지만… 그건 역시 없잖아."

"뭐가?"

"태너 보안관님이 너를 부하로 삼고 배지라도 준 줄 알았지."

그녀가 말하면서 지갑을 그의 가슴 앞으로 밀었다. "어리석은 짓 하지 마, 재즈. 날 '정신병자 여자 친구'로 만들지 말란 말이야. 난 정말 그렇게 되고 싶진 않지만, 계속 이런 식으로 가면 결국에는 그렇게 될 거야."

수업종이 울리자, 코니는 교실로 돌아갔다. 재즈는 지갑을 주머니 속에 집어넣으면서 서둘러 생물 수업이 있는 교실로 달려갔다.

재즈는 그날 수업이 끝날 때까지 코니를 다시 보지 못했다. 그리고 연극 리허설을 하는 강당에서 만났다. 연극반에 새로 온 데이비스 선생님(실제로 학생들에게 지니라고 불러달라고 했다)은 로보스 노드 고등학교 무대에 '시련'(아서 밀러의 희곡 – 옮긴이)을 올리기로 했고, 재즈는 코니의 격려로 오디션에 참가했다. 그 결과 그는 지금 매일 오후마다 전혀 관심 없는 아이들과 함께 연극 연습을 하게 되었다. 해일 목사 역을 맡았는데, 시시하고 짜증나는 인물이었다. 구제불능일 정도로 고지식한 건 말할 것도 없었다. 연극의 전반부에서 해일은 '악령' 전문가로 나와 오만하게 책들을 휘두르며, "이 안에는 보이지 않는 모든 세계가 담겨 있고, 명시되어 있고, 판단할 수 있게 되어 있습니다."라고 단언한다. 마치 굉장히 쉬운 일이라는 것처럼.

코니는 수업이 끝나고 다시 만난 뒤부터는 더 이상 그에게 짜증을 내지 않았다. 두 사람은 연극 연습이 시작되기 전 15분간의 막간을 이용해 무대 뒤에 쌓여 있는, 예전 '그리스' 공연 때 쓰인 낡은 무대 장치 뒤로 숨어들어 열렬히 키스를 나누었다. 어쩌면 코니가 짜증을 낸 것이 아닐지도 모른다는 생각이 들었다. 가끔 재즈는 코니의 감정을 읽을 수가 없었다. 아무래도 남자와 여자의 차이 때문인 것 같았다.

재즈는 계속 이런 관계이기를 바랐다. 만일 포식자와 먹잇감의 관계가 된다면 어떨까? 인간의 관계라면? 만일 코니와의 관계가 끊어지게 된다면? 절대로 그렇게 내버려 두지 않을 것이다. 코니는 재즈를 제정신으로 있을 수 있게 다잡아 줄 몇 안 되는 의지처 중 하나였다. 그중 어느 하나라도 잃게 된다면 불행한 일이겠지만, 특히 코니를 잃게 된다면 더욱 비참해질 거라는 것을 재즈는 잘 알고 있었다.

"괜찮은 거야?" 코니가 손가락으로 그의 뺨을 가볍게 쓸어내리며 물었다.

"응."

"이 자리에 없는 사람 같았어. 키스도 멈췄고."

"미안. 잠깐 생각할 게 있어서." 그는 다시 그녀에게 키스했다. 이번에는 키스하는 동안 다른 생각을 하지 않도록 노력했다. 정상적인 사람들은 이렇게 키스할 것이다. 생각 같은 건 하지 않을 것이다.

"전원 무대로! 어서 나와!" 지니가 무대 위에서 소리쳤다.

재즈와 코니도 다른 사람들과 함께 무대에 올라갔다. 오늘 그들은 연극을 처음부터 끝까지 연습하기로 되어 있었다. 티투바 역을 맡은 코니는 계속 그 자리에 있을 필요가 없었음에도, 끝까지 그 자리를 지켰다. 코니는 연극광이었기 때문에, 배역을 맡지 못했더라도 연습을 구경했을 것이다. 이제 그녀는 지니와 함께 앞자리에 앉아 그 연극의 끝 부분에 등장하는 재즈를 지켜보고 있었다. 해일 목사가 감옥에서 사형 집행을 기다리고 있는 영웅 존 프록터를 풀어 주기 위해 댄포스 판사에게 변론하는 장면이었다. 연극에서 해일은 세일럼의 마녀 재판을 주도한 인물 중 한 명이었지만, 나중에 그들의 일원이 된 것을 후회하게 된다. 극중에서 존 프록터의 생명이 얼마 남지 않았을 때,

감옥 안에서 해일은 프록터가 이미 청교도 손에 죽은 다른 사람들과 같은 운명이 되지 않도록 그의 목숨을 뺏는 일을 재고해 달라며 댄포스에게 큰 소리로 애원한다. 만일 프록터가 살게 된다면 그건 아마도 해일의 공일 것이다.

"내 머리에 피가 묻어 있습니다!" 해일이 댄포스에게 간청하며 소리쳤다. '단순히 프록터의 목숨을 구하자는 게 아닙니다. 제 영혼도 함께 구하는 겁니다!' 해일은 이렇게 말하고 있었다. "내 머리에 묻은 피가 보이지 않습니까!"

엄청난 순간이었다. 연습 중에 재즈와 에디 비갈로(댄포스 역을 맡은 아이)는 목청껏 대사를 외치면서, 처음으로 성공적인 연기를 보였다. 댄포스가 굳은 얼굴로 꼼짝도 하지 않은 채 관객들을 노려보며 서 있는 동안, 해일은 자책감에 온몸을 떨며 안절부절못하면서, 무대 위를 방황하며 소리치고 애원하다 마침내는 댄포스의 발밑에 주저앉았다.

"오늘 정말 훌륭했어, 재스퍼." 그날 연습이 끝나고 지니가 말했다. "정말 감동적이었어. 아주 잘했다. 모두들!" 그녀가 양손을 모아 입가에 대고 말했다. "모두들! 다음 주에는 이 장면까지 대사를 외워 오도록 해요. 대사 외우는 것에 관해서는 덴트 군을 본받도록. 알았어요?"

"너 정말 굉장하더라." 지프로 가는 길에, 코니가 재즈와 팔짱을 끼면서 말했다.

재즈는 어깨를 으쓱했다. 자신이 아닌 다른 사람이 된 것처럼 연기하는 것은… 그런 것으로 다른 사람들의 인정을 받고 싶지는 않았다.

하지만 코니가 좋아하는 것 같았기 때문에 연극에 참여하는 것뿐이다.

"나는 네가 티투바 역을 맡을 줄은 몰랐어. 지니가 다른 역은 안 된다고 한 거야?" 재즈가 코니에게 물었다.

"난 티투바 역을 맡고 싶었어. 대단한 역할이잖아."

"하지만 티투바는 노예야." 그는 지프의 문을 열고, 코니가 차에 올라타는 것을 도와주면서 말했다. "신경 쓰이지 않아?"

"신경 써야 하는 거야?"

"그야⋯ 넌 흑인이고⋯."

"내가?" 코니는 손등을 내려다보며, 짐짓 놀란 척했다. "이런! 네 말이 맞아! 난 흑인이었어."

"하. 하." 재즈가 차문을 닫고, 운전석에 올랐다.

"난 아프리카에 신경 쓰지 않아." 코니가 갑자기 말했다.

"뭐라고?"

"아프리카 말이야. 그곳에 신경 쓰지 않는다고." 코니가 설명했다.

재즈는 그녀를 쳐다보았다. 코니의 표정을 보니 아주 오랫동안 진지하게 생각한 끝에 하는 말이라는 것을 알 수 있었다. 그래서 재즈는 그녀의 말을 있는 그대로 받아들였고, 그대로 내버려 두는 것이 최선이라는 것을 알았다.

"그곳 사람들이 다친다면 신경이 쓰이겠지. 전쟁이나, 대량 학살, 기아 같은 문제라면, 그런 건 정말 걱정할 거야. 하지만 그건 똑같은 고통을 받고 있는 다른 대륙 사람들을 걱정하는 마음과 똑같은 거지. 난 노예 제도에 대해서도 신경 쓰지 않아. 신경 써야 한다는 건 알고 있어. 우리 아빠처럼 그 문제에 대해 화를 내야 한다는 것도 잘 알아. 하지만 내가 걱정하는 건 지금 이 순간이야, 재즈. 지금 현재와 앞으로 다가올 미래. 난 과거 따위는 신경 쓰고 싶지 않아. 무슨 말인지 알겠어?"

재즈는 코니가 무슨 의도로 그런 말을 하는 건지 알 수 없었다. 하지만 그녀의 표정을 보니, 명백한 사실을 넘어선 무언가를 입증하려 하고 있다는 것을 알 수 있었다.

코니는 재즈가 그 문제에 대해 생각하는 동안 끈기 있게 기다려 주었다. 인간답게 살기 위한 교훈. 그녀가 자신에 대해 뭔가를 말했으니 다음은 그가 말할 차례였다. 그렇다는 건….

"그러니까 네 말은 나도 내 과거를 잊고, 아버지와 연쇄 살인범들은 생각하지 말고, 내 인생을 살아가라고 말하고 싶은 거야?"

코니가 방긋 웃더니, 재즈의 뺨을 토닥여 주었다. "알아? 사람들은 모두 네 얼굴이 예쁘다고 말해. 하지만 너는…."

그때 재즈가 시동을 걸려고 하는 순간, 한 남자가 지프 앞으로 다가왔다. 그 남자를 보자, 재즈는 지금껏 말했던 인종 문제와 코니, 연극 '시련'과 해일 목사의 머리에 묻은 피에 관해 전부 다 잊어버렸다. 남자의 처량한 모습과 눈빛에서 엿보이는 연륜만 아니었다면, 재즈는 그 남자가 마흔도 채 되지 않았을 거라고 생각했을 것이다. 하지만 잔뜩 움츠린 구부정한 자세와 굼뜬 행동으로 보아 족히 예순은 넘었을 거라는 것을 알 수 있었다. 세상에, 그는 인생 자체에 짓눌려 있었다.

남자는 지프 앞에 꼼짝도 하지 않고 버티고 서서, 자신의 눈을 믿지 못하겠다는 듯 재즈를 쳐다보고 있었다.

재즈는 시동을 켜면서, 그 남자에게 신호를 주었다. '비켜 주세요.'

남자는 떨리는 손으로 지프의 보닛을 짚은 채, 천천히 범퍼를 돌아 재즈가 앉아 있는 운전석 창가로 다가왔다. 그리고 사이드미러를 붙잡았다.

재즈는 한숨을 쉬며, 남자의 손짓에 따라 창문을 내렸다.

"재스퍼 덴트 맞지?" 그 남자가 물었다. 공허하게 떨리는 목소리였다. "널 찾고 있었어."

그 남자와 얼굴을 마주하자, 재즈는 남자의 핏발이 선 흐린 갈색 눈동자를 볼 수 있었다. 눈이 두개골까지 파고 들어갈 것처럼 보일 정도로 움푹 들어가 있었다. 눈 밑은 축 처져 있었다. 적어도 일주일간은 잠을 자야 할 것 같은 그런 눈이었다.

남자는 기자가 아니었다. 재즈는 확신했다. 그는 더그 웨더스 같은 삼류 얼간이 기자를 비롯, 수많은 기자들을 상대한 경험이 있었다. 온갖 종류의 기자들이 로보스 노드에 모여들어 주민들과 인터뷰를 하면서, 고문 포르노 언론의 성배 찾기, 곧 빌리 덴트의 외아들과의 인터뷰를 시도했다. 재즈가 그런 삼류 신문들과의 인터뷰, 선정적인 TV 프로그램 출연, 뉴욕의 거대 출판사가 일곱 자리 숫자의 금액을 제시하며 제안했던 회고록 출간("책은 전부 대필 작가가 쓸 겁니다. 직접 쓰는 건 수표에 서명할 때뿐이죠." 출판사에서 약속했다)에 동의했더라면 지금쯤 상상도 못할 정도로 큰 부자가 되어 있을 것이다.

"널 찾고 있었다." 그 남자가 더듬거리며 다시 말했다. "이 마을에 지금 막 도착했어. 이렇게 빨리 만나게 될 거라고는… 생각도…." 그리고 남자는 누군가와 만났을 때 어떻게 해야 하는지를 기억해 낸 것처럼, 창문 안쪽으로 손을 내밀었다. 재즈는 코니를 흘긋 쳐다보았다. 그녀는 자신의 눈앞에서 벌어지고 있는 일을 말없이 쳐다보고 있었다. 재즈는 한숨을 쉬며 남자와 악수를 나누었다.

"내 이름은 제프 풀턴이라고 하네. 안녕, 아가씨." 그제서야 코니를 보았다는 듯이 그 남자가 인사를 건넸다. "미안해. 정말 미안해. 널 귀찮게 할 마음은 없었다. 나는 그저… 해리엇 클레인이 내… 내 딸이야."

재즈는 굳어진 채, 제프 풀턴과 잡았던 손을 뒤로 뺐다. 해리엇 클레인. 공식적인 기록에 따르면 빌리의 83번째 희생자였다(재즈의 개인적인 기록에 따르면 84번째 희생자였다). 27세의 백인 여성. 예쁘지만 그리 눈에 띄는 편은 아니었다. 거리에서 스쳤을 때 걸음을 멈출 정도의 미인은 아니지만, 한 공간에 같이 있다 보면 미인이라는 것을 느낄 수 있는 그런 얼굴이었다.

재즈의 눈앞에 제멋대로 영상이 펼쳐졌다. 경찰 측이 가지고 있는 사진을 보면, 그녀의 시신은 펜실베이니아 교회 천장에 벌거벗은 채 못 박혀 있었다. ("정말, 하룻밤이 꼬박 걸렸다니까!" 빌리가 흥분한 채로 자랑스럽다는 듯 의기양양하게 떠들었다) 그녀의 머리는 뒤로 축 늘어졌고, 팔다리로 몸무게를 받치고 있었다. 시신을 발견한 목사가 경찰에 신고했을 때는 이미 근육이 느슨해져 있었다. 검시관이 도착하기 직전, 그녀의 왼쪽 팔이 떨어졌다. 경찰 네 명이 발판 위에 올라가 그녀의 다른 손과 발까지 떨어져 시신이 바닥에 떨어지지 않도록 받치고 있어야 했다.

마치 지옥도의 한 장면 같았다.

"전… 아저씨를 도와드릴 수 없어요." 재즈가 말했다. 그는 할 수 없었다. 피해자의 가족이 그를 찾아온 건 이번이 처음은 아니었다. 빌리 덴트가 체포되고 몇 달이 지나자, 기자들과 함께 피해자의 가족들이 살인자를 잠깐이라도 직접 눈으로 보기 위해, 실마리를 찾기 위해, 그 사건을 매듭지어 줄, 납득할 수 있을 만한 요인을 찾아 로보스 노드로 몰려왔다.

그때 재즈는 숨을 때는 잘 보이는 곳에 숨어야 한다는 빌리의 가르침을 어떻게 적용해야 하는지 알게 되었다. 평범한 옷을 입고 큰 길을 걸어 다니면, 특히 군중 속에 섞여 있을 때는 아무도 그를 알아보지 못했다. 당시 로보스 노드는 갑자기 사람들이 많이 몰려와서 복잡하기도 했다.

재즈는 대부분의 경우에는 피해자의 가족과 직접적으로 마주치지 않도록 잘 피했다. 이메일이나 휴대전화로 연락하는 건 별개의 문제였다. 아무리 조심을 해도 항상 누군가가 그의 정보를 알아내 다시 괴롭히곤 했다. 그중에는 애원하는 사람들도 있었다. 그저 비통해하는 사람들도 있었다. 때로는 노골적으로 위협하는 사람들도 있었다. 어떤 여자는 재즈를 어떻게 납치할 것인지 상세한 방법을 적어 이메일로 보내기도 했다. "전직 경찰을 고용해서 네 아빠가 내 딸에게 저지른 짓을 네놈에게도 똑같이 해 줄 거야. 그때 아무도 네놈을 구하러

오지 않는다는 게 어떤 기분인지 알게 될 거다." 재즈는 경찰에 그 여자를 신고했다.

그중에서도 최악은⋯ 재즈에게도 영향을 미친 사건은⋯.

재즈가 할머니의 약을 타러 약국에 갔을 때의 일이었다. 웬 낯선 아이가 알 수 없는 감정이 서린 눈빛으로 자신을 향해 다가오고 있었다. 뒤늦게 그 사실을 알아차린 재즈는 아이의 약점을 파악하면서, 방어하듯 한 걸음 뒤로 물러섰다.

하지만 그 아이는 화가 난 것이 아니었다. 공격할 생각이 있었던 것도 아니었다. 그 대신 아이는 울음을 터트리며 호소했다. "왜 막아주지 못했어? 자기 아빠가 하는 짓을 왜 막지 못한 거야?" 괴로움에 주체 못할 정도로 눈물을 흘리며 주저앉기 전까지, 다른 가족이 달려와 데려가기 전까지 아이는 계속해서 그렇게 말했다.

'내가 무엇을 했어야 했단 말이지?' 재즈는 그 아이에게, 세상 사람들 모두에게 묻고 싶었다. '아빠가 잠들었을 때 죽이기라도 했어야 한다는 거야? 아빠를 멈출 수 있는 방법은 그것밖에 없어. 내가 우리 아빠를 죽였어야 했다는 거야?'

어쩌면 세상은 그렇게 하기를 원했을지도 모른다.

재즈는 빌리의 범죄를 막기 위해 아무것도 할 수 없었다는 사실이 괴로웠다. 하지만 그날 이후로 재즈는 그 아이에게 보였던 자신의 반응, 즉시 방어 태세를 취한 뒤 아이의 약점을 찾기 시작했던 그 행동 때문에 더 괴로웠다. 아이는 화가 난 것도 아니었고, 복수할 마음도 없었다. 그저 상처받고 아파하며, 슬퍼했을 뿐이다.

재즈는 그 차이가 무엇인지 말할 수가 없었다.

"넌 날 도울 수 있어. 그냥 이야기를 나누고 싶을 뿐이야." 풀턴이 말했다.

"아뇨. 죄송해요. 전 할 수 없어요."

"부탁이다. 5분이면 돼." 풀턴은 손가락이 하얗게 변하도록 지프를 꼭 붙잡았다. 그의 눈에서 감정을 주체하지 못한 듯 눈물이 가득 차올랐다. "나는 그저… 그저 알고 싶을 뿐이야…."

"그냥 내버려 두세요." 옆에서 코니가 크지는 않지만 강하게 말했다. "이 애가 따님을 죽인 건 아니잖아요."

해리엇 클레인. 보고서에 따르면 붉은 빛이 도는 머리카락. 초록색 눈동자를 가지고 있었다고 했다. 하지만 경찰이 시신을 발견했을 때는 그 머리카락도 눈동자도 없었다. '밤새 거꾸로 매달려 있다가 여자의 머리카락이나 눈이 떨어져 나갈까 봐 걱정이 되더구나. 그래서 내가 미리 없애 버렸단다.'

(이 지점에서 빌리는 말을 멈추었다. 그리고 생각에 잠겼을 때 종종 하듯이 손가락으로 뺨을 톡톡 두들기며 천장을 올려다보았다)

'내가 어디까지 했더라…. 그래, 맞아. 그 눈과 머리카락은 몇 블록 떨어진 골목길에서 만난 야생 고양이한테 주었단다. 그걸 하마터면 잊어버릴 뻔했구나.'

해리엇은 법학과 학위를 따기 위해 야간 강좌를 듣고 있었다. 그녀의 학생증은 빌리의 전리품으로 오락실에 전시되어 있었다.

"난 그저 알고 싶을 뿐이야." 풀턴이 울먹거리며 말했다. "그 애 엄마… 내 전처는 그 일을 모두 잊고 새 출발을 했어. 지금은 재혼해서, 빈자리를 새로 채워 넣는 것처럼 애를 둘 낳고 살고 있지. 아주 쉽게 말이야." 그는 손등으로 눈가를 훔쳤다. 다른 손으로는 여전히 지프를 꼭 붙잡고 있었다. "하지만 난 알아야겠어. 왜? 어째서 내 딸인 거지? 왜 그자가…."

"재즈는 대답해 드릴 수 없어요. 그만 가자. 출발해." 코니가 이제는 살짝 화를 내며 말했다.

재즈는 악몽에서 깨어난 것처럼 온몸을 떨었다. 그동안 잊고 있던 해리엇 클레인에 대해, 그 사진과 빌리가 해 준 이야기, 오랫동안 수도 없이 만졌을 그 학생증에 대한 기억이 갑자기 떠올랐다.

그는 위협적으로 시동을 걸었다. "그만 가야겠어요." 재즈가 풀턴에게 말했다. 그런 다음 수년 동안 연습했던 말을 내뱉었다. "아저씨의 슬픔과 우리 아버지가 저지른 모든 짓에 대해 사과드리는 바입니다." 그는 지프의 기어를 넣었다.

풀턴이 고개를 떨어뜨렸다. 그도 더 이상은 아무것도 알 수 없다는 것을 알고 있었다. 그리고 이제 그에게 남은 건 더 큰 절망과 고통뿐이었다. "이틀 정도 더 이 마을에 있을 생각이야." 그가 말했다. 그리고 주머니에서 명함을 한 장 꺼내 재즈의 손에 쥐어 주었다. "혹시 마음이 바뀌면 여기 적힌 번호로 연락해 줘. 부탁이야. 아무 때나 상관없어. 난 괜찮으니까. 언제라도 좋아."

재즈는 그를 다시 보고 싶지 않았다. 앞만 쳐다보며, 속력을 올렸다. 풀턴이 지프에서 떨어졌다.

"짜증 나." 코니가 말했다.

재즈는 학교 주차장을 출발하며 백미러로 확인했다. 제프 풀턴은 그 자리에 서서 그들이 떠나가는 모습을 지켜보고 있었다. 두 사람이 탄 지프가 도로에 진입하자, 풀턴은 발을 질질 끌면서 천천히 걷기 시작했고, 재즈의 백미러에서 이내 모습을 감추었다.

재즈는 코니를 집에 데려다 주었다. "같이 들어갈래?" 그녀가 물었다. 재즈는 코니의 아버지가 벌써 집에 돌아왔다는 것을 알 수 있었다. 커다란 SUV 차량이 앞을 가로막듯이 진입로에 주차되어 있었기 때문이다.

"아니, 괜찮아." 코니의 아버지는 재즈를 싫어했다. 재즈와 코니에게는 상관없었지만, 코니의 아버지에게는 인종이 다르다는 문제가 많이 중요했다. 그런 논쟁이 왜 필요한지 전혀 이해할 수는 없었지만, 이제는 재즈도 줄줄 말할 수 있을 정도로 귀에 못이 박히게 들었다. '이 나라에서 백인 남자들이 흑인 여자들에게 어떻게 했는지는 역사를 보면 알 수 있어.' 요전에 코니의 아버지가 터져 나오려는 분노를 간신히 억누르며 재즈에게 말했다. '토마스 제퍼슨에 관한 책을 읽어보게. 백인 남자들이 미국에서 흑인 여자들에게 무슨 짓을 했는지 읽어보란 말이야.'

재즈도 이미 알고 있는 내용이었다. '전 그런 사람이 아닙니다. 나쁜 사람이 아니에요. 그리고 그건 이미 오래전에 있었던 일이잖습니까.' 재즈는 이렇게 말하고 싶었다.

하지만 그가 과거에 대해 그렇게 말할 자격이 있을까? 그리고 좋은 사람이 되겠다고 주장할 수 있을까?

'자기 아빠가 하는 짓을 왜 막지 못한 거야?' 아이가 물었다.

개수대에서 칼을 가지고 와서 그를 베었어야 했다. 빌리를 찔렀어야 했다. 그게 바로 세상이 원했던 일이다.

…착한 아이, 착한 아이….

지프에서 코니는 재즈의 침묵을 자기 아버지에 대한 걱정으로 오해했다. 그녀는 SUV를 쳐다본 뒤, 그를 보며 어깨를 으쓱했다. "아빠가 이상한 짓은 하지 않으실 거야. 같이 들어가도 돼."

"잠깐 생각 좀 했어. 좀 놀랐거든." 재즈가 코니에게 말했다.

그녀는 부드럽게 그의 입술에 키스했다. 그런 다음 좀 더 밀어붙이며 열렬히 키스했다. 순간 재즈는 이 지프 안에서 무슨 일이 있었는지 떠올리지 않을 수 없었다. 빌리가 수많은 범죄에 대해 유죄를 시인하자, 압수당한 증거들이 대부분 돌아왔다. 재즈는 새 차를 살 형편이 되지 않았다. 바로 이 안에서 빌리는 얼마나 많은 범죄를 계획했을까? 이 차로 얼마나 많은 희생자의 뒤를 쫓았을까?

하지만 바로 그 순간, 재즈는 키스에, 코니의 부드러우면서도 집요하게 밀어붙이고 있는 풍만한 입술과 따뜻한 혀, 머리에서 나는 익숙한 향기에 자제심을 잃고 무너지고 말았다. 두 사람의 입술이 떨어졌을 때, 그녀가 눈썹을 치켜 올리며 자메이카 억양으로 물었다. "정말 같이 들어가지 않을 건가요, 해일 목사님?"

재즈는 웃었다. "고마워, 티투바. 하지만 난 이 보이지 않는 세계를 담고, 명시하고 판단하기 위해 가야만 해."

두 사람은 다시 키스를 나누었다. 이번에는 가벼운 키스였다. 코니가 지프에서 내리면서 잊지 않고 말했다. "다시는 바보 같은 짓 하지마, 알았지?"

순간 재즈는 지난 밤 시체 공시소에서의 일을 떠올렸다.

"내가 바보 같은 짓을 왜 하겠어?" 그가 되물었다.

코니는 그 대답에 만족했다. 그 대답은 그녀의 말에 동의한 것은 아니었지만, 그렇다고 거짓말을 한 것도 아니었다.

죄의식

운이 나쁜 날이면, 재즈는 비유적으로 자신이 아버지의 자리를 이었다면 어떻게 되었을지 궁금해지곤 했다. 지금 그가 문자 그대로 빌리가 몰던 자동차를 물려받은 것처럼. 그것이 그의 운명인 것일까? 빌리 덴트는 재즈에게 자신의 계획을 숨긴 적이 없었다. '너는 위대한 인물이 될 거야, 재스퍼. 저들은 결코 너를 잡지 못할 거다. 너는 부모들이 아이들을 겁줄 때 말하는 새로운 부기맨(못된 아이를 잡아간다는 귀신-옮긴이)이 될 거야. 넌 모든 사람들이 리처드 스펙과 제프리 다머(미국의 연쇄 살인범들-옮긴이), 심지어 살인마 잭(19세기 유명한 영국의 연쇄 살인마-옮긴이)까지 잊게 만들 거다. 내 아들, 귀여운 내 아들.'

하지만 오늘은 운이 나쁜 날이 아니었다. 연극 연습도 잘 끝났다. 코니는 시체 공시소에 몰래 숨어들었던 일을 용서해 주었다. 재즈도 마음 한편으로는 제인 도우를 죽인 살인마를 쫓는 일을 그만두고 싶기도 했다. 다른 평범한 아이들처럼, 과거가 아니라 미래를 보고 싶었다. 아마 연극에 집중할 수도 있을 것이다. 아니면 학교 생활에 열중하고, 하위에게 좀 더 좋은 친구가 되어 주고, 코니에게 좀 더 좋은 남자친구가 되어 줄 수 있을 것이다. 코니의 아버지에게도 자신이 딸에게 어울리는 짝이라는 것을 보여 줄 수 있을 것이다. 그리고 그가 자라서 빌리 같은 사람이 되지 않을 것이라는 것을 세상에 보여 줄 수 있을 것이다.

그렇게 되면 좋을 텐데.

그래, 맞다. 그렇게 되면 하위도 다음 시즌에는 피스톤 팀의 센터로 활약하게 될지도 모른다. 왼쪽으로 할머니의 집이 보이기 시작하자, 익숙한 광경이 보였다. 진입로에 신형 세단이 주차되어 있었다. 그는 큰 소리로 신음한 뒤, 억지로 웃음을 지었다. 그로서는 어려울 것 없는 반사적인 미소였다. 지금까지 재즈는 세단의 주인을 이런 식으로 속여 왔다.

그는 세단 옆에 지프를 주차한 뒤, 차에서 내렸다. 그가 더그 웨더스보다 더 증오하는 유일한 인물의 모습이 보였다. 현관 계단에 사회복지사인 멜리사 후버가 앉아 있었다. 그녀는 군(郡)을 위해 일했는데, 빌리가 감옥에 들어간 뒤부터 인생의 목표는 하나였다. 바로 재즈를 할머니 집에서 나오게 한 다음, 위탁 가정으로 보내거나 친척인 사만사에게 보내는 것이었다. 사만사. 이제껏 얼굴 한 번 본 적 없는 친척이었다. 그녀는 지난 15년간 빌리와 말 한 번 섞지 않았다. 만일 정부에서 재즈를 '의례적'으로 그녀에게 보내기로 결정한다면, 사만사는 자기 목숨을 끊을 것이 분명했다.

그건 확실하다. 엄청난 일이 벌어질 것이다.

재즈에게는 아무도 없었다. 그 말은 곧 재즈가 지금처럼 할머니의 보호 아래 살기 위해서는 굉장히 노력해야 한다는 뜻이었다.

빌리가 체포되고 난 뒤, 일주일이 4년처럼 길었다. 재즈는 사회 복지 기관에 맡겨졌고, 위탁 가정에서 나흘을 보냈다. 빌리가 체포되었다는 최초의 충격이 가라앉자, 재즈는 집으로 돌아가기 위해 지금껏 빌리가 가르쳐 준 모든 기술을 이용해 정상인처럼 보이게 행동하고, 꾸미고, 속였다. 사회 복지사들과 위탁 가정에서 재즈를 착한 아이라고 생각하게 만드는 건 아주 쉬운 일이었다. (몰래 훔쳐본 보고서에 따르면 '놀랄 정도로 잘 적응하고 있다'고 되어 있었다) 재즈는 그들에게 자기가 모든 '문제들'을 충분히 헤쳐 나갈 수 있다고 믿게 만들었다. 그러자 그들은 재즈를 가장 가까운 인척인 할머니에게 맡기기로 했다.

하지만 사실 재즈는 자신의 '문제들'이 뭔지 몰랐다. 내재된 악마와 싸우고 있었고, 그 자신이 가지고 있는 힘과 능력을 두려워하고 있기는 했지만. 재즈가 무엇을 극복해야 하는지, 그의 성장 과정이 어땠는지를 이해할 수 있는 사람은 이 세상에 아무도 없었다. 어느 누가 그를 도울 수 있단 말인가? 재즈는 오롯이 자신의 힘으로 모든 것을 헤쳐 나가야 했다.

재즈는 빌리가 성장했던 그 집에서라면 훨씬 잘 헤쳐 나갈 수 있을 것 같았다. 이제 할머니의 집은 말 그대로 그에게 남아 있는 유일한 곳이었다. 친애하는 아버지가 죽인 희생자들의 아버지 중 부자인 누군가가 경매로 덴트의 집을 사들인 뒤, 불도저로 밀어 버렸다. 그런 다음 그 집의 잔해와 파편에 불을 질러 모조리 재로 만들어 버렸다. 재즈는 어린 시절 살았던 집이 연기처럼 사라지고, 모여 있던 사람들이 그걸 보며 환호성을 지르는 광경을 TV로 보았다.

(그 뒤에 바로 그 부자가 재즈에게 연락해 원하면 대학에 보내 주겠다는 제안을 했다. 열 페이지나 되는 그 편지를 통해 그 부자는 '빌리 덴트로 인한 또 다른 피해자가 나와서는 안 된다'고 주장하고 있었다. 재즈는 그 제안을 정중하게 거절했다)

재즈는 멜리사가 있는 쪽으로 천천히 다가갔다. 그를 보자 그녀는 자리에서 일어나 스커트의 먼지를 털었다.

"할머니가 또 화를 내셨어요?" 재즈가 물었다.

"산탄총을 겨누셨어."

할머니도 처음부터 완전히 미친 것은 아니었다. 왜곡된 종교관, 말도 안 되는 음모 이론들, 세대를 거슬러 내려온 보편적인 잘못된 상식들이 머릿속을 가득 채우면서 병이 깊어지기 시작했다. 이제 할머니는 기분 나쁜 정도가 아니라, 심각하게 위험한 상태였다. 의사들을 피했기 때문에 할머니의 상태를 정확하게 아는 사람은 아무도 없었다. 하지만 의사의 진단이 없어도 할머니가 알츠하이머에 걸렸다는 건 재즈도 알 수 있었다. 하지만 그는 다른 사람들이 그 사실을 알지 못하게 조심했다. 재즈만이 할머니의 병세가 겉으로 보이는 것보다 실제로는 훨씬 심각하다는 것을 알고 있었다.

할머니는 토네이도 속에서 돌아가는 바람개비보다 훨씬 더 미친 듯이 증오와 악의를 내뿜으며 완전히 돌아 버렸지만, 그럼에도 불구하고 재즈의 가족이었다.

"그 산탄총의 총구멍은 막혀 있고, 공이도 잠겨 있어요. 할머니도 진짜 총을 쏘실 생각은 아니에요. 그저 겁을 줘서 쫓아내려고 하시는 거죠. 할머니 세대는 정부에서 일하는 사람들을 믿지 않잖아요. 아시죠?" 재즈가 멜리사를 안심시켰다.

"물론 알지, 재스퍼. 할머니가 저러실 때는 나도 그냥 물러난단다."

"잘하신 거예요." 재즈는 좀 더 환하게 미소를 지었다. "오늘 굉장히 예쁘신데요. 그 스커트 정말 잘 어울려요."

멜리사가 코웃음을 치며 그를 노려보았다. "아부해도 소용없어."

하지만 재즈는 이미 원하던 위치를 확보했다. 그는 멜리사에게 팔을 뻗으면 닿고도 남을 정도로 가까운 자리에 서 있었다. 그녀는 평범한 여자였다. 매력이 없는 것도 아니고, 매력적이지도 않았다. 그저 평범했다. 나이는 30대 후반에, 아직 미혼이었다. 일에 열중하다 보니 저도 모르게 혼기를 놓친 것처럼 보였다. 재즈는 그런 부류의 여자들에 대해 잘 알고 있었다. 재즈는 그녀가 자기 담당이 되자마자, 멜리사 후버에 관한 모든 것을 조사했다. 그는 심지어 빌리 덴트가 가르쳐 준 온갖 유용한 기술들을 총동원해 그녀를 며칠 동안 미행하기도 했다. 재즈는 그녀가 아이들이 원하든 원하지 않든 억척스레 보살핀다는 것을 알 수 있었다. 하지만 그는 할머니의 심각한 상태를 멜리사에게 알릴 마음은 없었다. 그렇게 되면 그녀가 재즈를 다른 곳으로 보내 버릴 것이기 때문이다.

"이번에는 어쩐 일로 오셨는지 모르겠네요. 물론 저야 뵙게 돼서 기쁘지만요." 재즈가 말했다.

멜리사는 이 말에 넘어가지 않았다. 하지만 재즈가 바로 앞에 서 있는 것에 대해서는 아무 말도 하지 않았다. 그가 마음만 먹으면, 그녀를 죽이는 것도 충분히 가능한 거리였다. 재즈가 공격하면 멜리사는 속수무책으로 당할 수밖에 없을 가까운 거리였다. 아무리 억척스럽고, 아무리 수완이 좋아도, 지금 그녀의 목숨은 재즈의 손에 달려 있었다. 하지만 멜리사는 그런 사실을 모르고 있었다.

'그래도 사람이 중요하다…. 내 생활을 아무리 엉망으로 만드는 인간이라 할지라도.'

"할머니는 연세도 많고, 병에 걸리셨어. 앞으로도 상태가 좋아지지는 않을 거야. 내가 보기에는 이제 정신도 온전치 않으신 것 같아. 넌 착한 아이야, 앞날이 창창하기도 하고." 멜리사가 말했다. '하, 결국 그 사실을 알았다는 거지.' 재즈는 생각했다.

"그래서 제가 할머니와 헤어져야 한다는 말씀이세요?"

"그런 말이 아니야. 하지만 네 자신을 위할 줄도 알아야지."

"제 자신만을 위하는 건 소시오패스인지 아닌지를 진단하는 척도 중 하나예요. 그러니 제가 다른 사람들을 위하는 것을 보고 기뻐하셔야죠. 제가 아버지와 같은 소시오패스가 아니라는 뜻이니까요." 재즈가 말했다.

"네가 이렇게 할머니와 같이 지내는 이유는, 어쩌면 이 모든 사태의 시초인 할머니를 보살피는 것으로 조금이라도 할머니와 아버지를 구제하고, 네 자신도 지켜 나갈 수 있을 거라고 믿고 있기 때문일지도 몰라…. 내 말 듣고 있니, 재스퍼?"

"물론이죠. 자, 보세요. 전 열일곱 살이에요. 이제 1년만 있으면 자립할 수 있어요." 그가 부드럽게 대꾸했다.

"이런 유해한 환경에서는 1년이라도…."

"유해하다고요?" 순간 재즈의 가면이 벗겨지면서, 분노가 표출되었다. "이곳이 유해하다고 생각하는 거예요? 그렇다면 내가 아홉 살 되던 생일에 아버지가 생석회로 사체를 녹이는 법을 알려 주었을 때 그쪽은 어디에 있었어요?"

멜리사는 눈을 크게 뜨고는, 가방에 손을 집어넣으며 한 걸음 뒤로 물러섰다. 젠장, 너무 심했다. 메이스(최루 가스로 쓰는 신경 마비제 상표―옮긴이)를 꺼내려는 건가? 틀림없이 메이스일 것이다. 여자들은 주로 메이스를 들고 다닌다. 하지만 재즈는 멜리사가 그런 물건을 가지고 다닐 것 같지 않았다. 보통 여자들이 가지고 다니는 작은 데린저식 권총도 아닐 것이다. 그는 멜리사가 가방에서 매그넘이나 글록 같은 큰 총을 꺼낸다고 해도 놀라지 않을 것 같았다.

재즈는 손을 내밀어 멜리사의 손목을 잡았다. 눈에 장난기를 가득 담은 채, 환한 미소를 지었다. "이런, 멜리사. 농담한 거예요. 제가 이런 농담도 할 수 없다면 무슨 말을 하겠어요? 블랙 유머예요. 정신 건강에도 좋죠."

재즈는 이제껏 한 번도 먹히지 않은 적이 없는 비장의 무기인 길 잃은 강아지 같은 표정을 지었다.

"난 널 도와주려는 거야. 네가 내 도움을 바라지 않는다는 건 알아. 하지만 너에겐 도움이 필요하니까, 난 널 포기하지 않을 거야. 오늘은 그냥 가지만, 할머니 상태가 좋지 않으니까 다시 올 거야. 재스퍼, 네가 좋아하든 싫어하든 난 널 도울 거야." 멜리사가 말했다.

재즈는 속이 부글부글 끓었지만, 멜리사의 차가 진입로를 떠나는 모습을 지켜보며 애써 힘차게 손을 흔들었다. 빌리 덴트가 그에게 남긴 가장 사악하고, 최악의 저주는 바로 여자였다. 재즈는 여자들이 남자보다 더 낫지도, 못하지도 않다는 것을 잘 알고 있었다. 하지만 재즈에게 그건 마치 과학자들이 실제로 움직이는 것을 보지 못하면서도 광양자의 이동을 알고 있는 것과 마찬가지였다. 그의 성장 과정 내내 여자란 특별하면서도 동시에 아무 쓸모없는 존재라는 생각이 뼛속 깊이, 머릿속 전반을 차지하고 있었다. 여자들은 그를 압도하고, 그를 흥분시키지만, 궁극적으로는 소모품에 불과하다. 대체 가능한 존재다. 그렇게 소모품으로, 대체 가능하다고 여길 때는 여자가 좋지만, 지속적인 관계를 맺게 되면 좋을 게 없었다.

빌리 덴트의 123명(어떻게 세느냐에 따라 124명이 될 수도 있다)의 희생자들 중 100여 명이 여자였다. 남자 희생자들 중 절반은 기회가 되서 죽인 것이다. 하지만 여자 희생자들, 특히 빌리가 선호하는 부류의 여성들은 그저 먹잇감에 불과했다.

그것이 빌리 덴트의 신조였다.

재즈는 자신의 그런 면을 증오했다. 그는 멜리사 후버처럼 강한 여성을 볼 때마다 어떻게 하면 상대의 약점을 찾을 수 있을지, 무릎을 꿇게 만들 수 있을지를 떠올리는 자신이 싫었다….

이제 그는 멜리사의 약점과 무릎을 꿇게 만들 지점을 찾기 일보 직전이었다.

재즈는 코니를 떠올렸다. 코니는 달랐다. 그녀는 그가 그 자신이 될 수 있게 해 주는 아이, 아니, 여자였다. "그 자신이 된다"는 말에는 곧 선과 악, 기괴한 면까지 모든 것을 포함하고 있었다. 코니는 그 모든 것을 받아들였다. 무엇보다 중요한 것은 이제껏 누구에게도 그런 적이 없었던 재즈가, 자신의 모든 것을 코니가 받아들일 수 있게 마음을 열었다는 것이다. 과연 이것은 재즈에게 희망적인 일일까? 빌리 덴트가 재즈를 위해 계획했던 일들을 뛰어넘을 수 있게 해 주는 희망이 될 수 있을까?

재즈는 현관 앞 계단에 주저앉았다. 다리가 후들거려 더 이상 서 있을 수가 없었다. 때때로 희망이란 세상에서 가장 두려운 것이 될 수도 있다.

그는 간신히 힘을 끌어 모아, 자리에서 일어서 집 안으로 들어갔다.

현관은 컴컴했다. 할머니가 커튼을 치고, 불을 꺼 버린 모양이다.

"할머니? 안 계세요? 할머니. 저 재스퍼예요. 저 혼자 들어왔어요."
그가 불렀다.

아무 대답이 없었다.

재즈는 전등을 켜고, 할머니가 응접실이라고 주장하는 방으로 향했다. 그래 봐야 먼지 쌓인 낡은 2인용 소파와 보조 탁자가 몇 개 놓여 있는 작고 비좁은 오락실에 불과했다. 할머니는 그 2인용 소파 한 구석에 다리를 끌어안고 앉아 있었다. 가냘픈 몸을 초라한 실내복으로 감싼 할머니의 가느다란 머리카락이 돌풍에 날린 회색 솜사탕처럼 얼굴을 뒤덮고 있었다.

할머니가 눈을 사납게 치켜뜨더니 재즈를 향해 산탄총을 겨누었다.

"할머니, 저예요."

"저년을 쏴 버릴 거야! 네놈을 관통해서라도 저년을 맞추고 말테다!" 할머니가 소리쳤다.

"그 여자는 저랑 같이 오지 않았어요, 할머니. 저 혼자 왔어요. 약속할게요." 재즈가 할머니가 있는 쪽으로 한 발자국 다가섰다.

"내가 널 쏘지 못할 거라고 생각하지 마. 난 할 수 있으니까. 네 애비를 쏴 죽였어야 했어. 그 애가 태어나자마자 쏴 죽였어야 했단 말이야. 아니면 뱃속에 있을 때 없애 버려야 했어. 그렇게 했으면 좋았을텐데."

"그건 지금 하실 이야기가 아니에요, 할머니." 재즈는 한 발자국 더 나아갔다. 그 산탄총에 다칠 일은 없었지만, 만일 할머니가 방아쇠를 당긴다면 그 총이 아무 위력도 없다는 것을 알게 될 것이다. 그렇게 되면 할머니는 두 배로 미쳐 날뛸 것이다.

"너도 알다시피 그 애가 처음부터 나빴던 건 아니었어. 자랄 때는 괜찮았다니까. 그러다 그년을 만나면서부터 모든 게 엉망이 돼 버린 거야."

빌리 덴트는 여덟 살 때부터 작은 동물들을 고문하고 죽였다. 재즈는 할머니가 잘못 알고 있는 대로 놔두었다. 할머니는 재즈의 엄마가 빌리를 미치광이 살인 기계로 만들었다고 믿고 싶어 했다. 엄마는 오래전에 죽었기 때문에, 할머니가 그처럼 특별하고 특정한 망상을 품고 있다고 해서 엄마에게 해가 될 일은 없었다.

"네놈도 마찬가지야!" 재즈가 가까이 다가서자, 할머니는 다시 산탄총을 들어 올려 그의 머리를 겨누면서 외쳤다. "너도 똑같아! 네놈이 뭐에 빠져 있는지 다 알아! 네놈 강아지처럼 말이야! 매춘부들과 어울리고 있는 거지! 네놈 물건을 매춘부들 속에 집어넣고 있잖아! 바로 거기가 타락의 온상이야!"

재즈는 입속을 깨물며 터져 나오는 웃음을 참았다. 이제까지 끊임없는 여자들과의 싸움과 두려움에 대해 얼마나 한탄하고 있었던가? 이건 유전자의 문제다! 완전히 미친 할머니의 유전자를 소시오패스인 빌리 덴트가 물려받았고, 그 유전자가 다시 재즈에게 이어진 것이다. 현실에서 이런 문제가 이처럼 즉각적으로 맥락이 이어지는 경우도 드물 것이다. 모든 것이 할머니로 설명된다면, 치료가 필요한 사람은 대체 누구란 말인가?

"저녁 식사로 마카로니 치즈를 만들려고 해요." 재즈가 말했다. 이제 산탄총과의 거리는 몇 센티미터에 불과했다. "할머니만 괜찮으시면 그 위에 마늘빵 가루를 뿌릴게요. 그리고 로마노 치즈가 있으면 체다 치즈와 섞을 거예요. 제법 먹을 만하겠죠?"

"네놈의 바보 같은 머리를 날려 버릴 테다. 빌어먹을 마카로니 따위는 먹고 싶지 않아." 할머니가 고함을 질렀다.

"알았어요. 그럼 어떤 걸로 만들까요? 그럼 보 타이 파스타(나비 넥타이 모양의 파스타 – 옮긴이)로 만들게요. 그건 괜찮으시겠어요?"

"보 타이는 괜찮아. 보 타이를 보면 네 할아버지를 만났을 때가 떠오르니까. 그이는 정장을 입으면 아주 근사했단다." 할머니가 한숨을 내쉬었다. "네가 저녁 식사를 만들어 주면 내가 너를 쏘지 않을 거라고 생각하는 거냐?"

"저녁 식사부터 하고 쏘면 되잖아요. 저녁 식사 전에 저를 쏴 버리면, 누가 할머니한테 음식을 만들어 드리겠어요?"

할머니는 담청색 눈동자 뒤쪽 어딘가에서 오랫동안 분열이 일어나고 있기라도 한 것처럼 곁눈질을 했다. 할머니의 눈은 빌리와 똑같은 담청색이었다. 재즈의 눈은 밤색이었다. 엄마의 눈도 밤색이었다. 그는 밤색 눈을 '정상적인 눈'이라고 생각했다.

"마늘! 빵! 부스러기!" 할머니가 강조하듯 산탄총을 앞으로 내밀며 내뱉듯 말했다.

재즈는 서두르는 기색 없이 노련하게 할머니의 손에서 산탄총을 받았다. "맞아요. 마늘. 마늘만 먹으면 흡혈귀들이 백 미터 이내에는 접근하지 못할 거예요."

할머니는 콧방귀를 뀌더니, 가슴 위에서 성호를 그었다. "흡혈귀 같은 건 없어. 괴물들이 있을 뿐이지."

재즈는 그 문제로 논쟁을 벌일 마음이 없었다. 그는 할머니에게 다시 산탄총을 돌려주었다. 할머니는 산탄총이 새로운 장난감이라도 되는 것처럼 쳐다보더니, 이내 지겨워진 듯 2인용 소파 옆에 내려놓았다. 만일 그런 일이 일상적으로 일어나지 않았더라면, 재즈는 그 상황이 아주 우스꽝스럽거나, 무시무시하다는 것을 알았을 것이다.

틀림없이 우스꽝스러웠을 것이다.

재즈는 약속한 대로 마카로니 치즈를 만들었다. 저녁 식사를 마친 뒤, 그는 개수대 앞에서 설거지를 하면서 뒷 창문을 통해 오래전부터 버려져 있던 수반을 멍하니 쳐다보고 있었다. 그때 할머니가 갑자기 다가와 재즈의 뒷머리를 후려갈겼다.

"말대꾸한 벌이다!" 할머니가 날카롭게 소리쳤다.

재즈는 개수대 가장자리를 꼭 움켜잡은 채, 돌아보지 않겠다고, 할머니를 때리지 않겠다고 다짐했다. 할머니는 늙고 힘없는 여자였다. 그는 젊고 힘이 센 남자였다. 재즈가 때리면 할머니가 죽지는 않더라도 불구가 될 수도 있었다.

할머니가 다시 한 대 더 때렸다. 재즈는 계속해서 그릇을 씻었다. 이렇게 할머니에게 얻어맞는 일이 다른 무엇보다 불편했다. 그는 할머니가 뼈만 남은 앙상한 팔을 휘두르다 지쳐 비틀거리다 식탁에 기대서서 가슴을 움켜쥐고 불규칙적으로 가쁜 숨을 몰아쉴 때까지 그대로 내버려 두었다. 가슴을 움켜쥐는 건 흔한 일이었다. 지금 당장 심장 마비라도 일으킬 건가?

재즈는 막상 그렇게 되면 어떤 느낌이 들지 알 수 없었다. 할머니가 죽는다고 해도 슬픔에 겨워 울어 줄 사람은 아무도 없을 것이다. 할머니가 죽는다고 해도, 덴트 가족의 사망자 명단에 한 명 더 추가되는 것 이외에는 아무 일도 없을 것이다. 살아 있어도 별반 다를 바는 없었다. 멜리사의 말처럼 재즈가 할머니를 보살피는 것은 어쩌면 어느 정도 할머니를 구제하기 위해서인지도 모른다. 아니면 아버지를. 또는 그 자신을. 어쩌면 할머니를 보살피는 것은 그가 무언가를 지켜보기 위해서일 수도 있다. 그렇게 자신의 혈통에 대한 무언가를 알게 되면, 아버지와 자신의 양육 방식에 대한 일종의 통찰력이 생길지도 모르니까. 무엇이든. 그 무언가가 앞으로, 언젠가 필연적으로 닥칠 미래를 피할 수 있는 방법을 찾는 데 도움이 될 것이다. 피로 점철될 그 미래를.

아니면 좀 더….

"네 애비나 마찬가지야." 할머니가 가쁜 숨을 몰아쉬면서 더듬더듬 의자를 찾아 자리에 앉았다. 죽지는 않을 모양이었다. "넌 애비와 똑같아."

지금 그 말은 상처가 되었다. 얻어맞는 것보다 더 큰 상처였다.

할머니를 씻기고 잠자리에 눕힌 뒤에야, 재즈도 침대에 쓰러지듯 누웠다. 하지만 오래 누워 있을 수는 없었다. 그는 범죄 현장에 다시 갔다 올 계획이었기 때문이다. 이미 잘 알고 있기는 했지만, 재즈는 그 지역을 구글 어스로 살펴보았다. 그런 다음 자신과 하위에게 필요할 거라고 생각되는 모든 물건들을 작은 군용 배낭에 꼼꼼히 챙겨 넣었다.

빠뜨린 것은 없을까? 재즈는 책상 의자에 몸을 기댄 채, 벽을 쳐다보며 생각에 잠겼다. 오래전, 그는 아버지의 희생자의 사진들을 벽에 붙였다. 신문과 인터넷, G. 윌리엄의 서류철에서 몰래 복사한 사진들까지, 모두 123장이었다. 재즈는 그 사진들을 보면서 잊지 않아야 한다고 생각했다. 만일 그가 자제력을 잃게 되면 무슨 일이 벌어지게 될지, 그 사진들을 보면서 상기하는 것이다.

그 죽은 자들의 명단에는 124장의 사진이 붙어 있었다. 124번째 사진은 빌리의 공식적인 8번째 희생자와 81번째의 희생자 사이에 붙어 있었다. 빌리가 분명히 죽였을 거라고 추측되는 여자의 사진으로, 바로 재즈의 엄마였다.

그 사진을 보자 엄마에 대해 떠올랐다. 아주 어렸을 때의 단편적인 기억 몇 개가 전부였다. 엄마가 그에게 선물해 준 강아지, 러스티. 오븐에서 나던 컵케이크 냄새. 집에서 만든 레몬 당의의 톡 쏘는 맛. 그게 다였다. 재즈는 엄마에 대한 기억이 거의 없었다. 하지만 할머니의 말과 빌리의 행동을 보면서 내릴 수 있는 타당하고 유일한 결론은 엄마가 그의 인생에서 하나뿐인 좋은 것이었다는 것이다. 그에게 남아 있는 엄마에 대한 몇 안 되는 소중한 기억들도 모두 좋은 것이었다. 재즈는 그것들을 지키기 위해서는 죽을 수도, 살인을 할 수도 있다.

경찰은 빌리가 엄마를 죽였다는 증거를 찾지 못했다. 아무도 찾지 못했다. 엄마는 공식적으로 실종자였고, 엄마 사건은 섣달그믐에 아이스캔디보다 더 차갑게 얼어붙어 있었다. 재즈가 알고 있는 건 그의 인생 어딘가에 엄마가 있었고, 그다음에 엄마가 없어졌다는 것뿐이었다. 그가 여덟 살 때의 일이었다. 그때 재즈가 빌리에게 물었다. "엄마는 어디 갔어요?" 빌리는 다만 어깨만 으쓱하더니 이렇게 대답했다. "엄마는 떠났다." 재즈가 어떻게 물어봐도 빌리는 그 말밖에 하지 않았다. 그는 부탁하고, 애원해 보았다. "엄마는 떠났다." 울고 떼를 썼다. "엄마는 떠났다." 위협하고 화를 내기도 했다. "엄마는 떠났다."

재즈에게 남아 있는 것은 유년 시절의 어렴풋한 기억의 단편뿐이었다. 어린 시절을 완벽하게 기억하고 있는 사람이 어디 있겠는가? 재즈는 확실하지 않았지만, 어쩐지 그 기억들이 기분 나쁘게 뿌옇기만 했다. 물론 빌리의 가르침들은 제대로 기억하고 있었다. 그날 그는 하위를 만났다. 러스티에게 무슨 일이 일어났던 그날. 하지만 너무 많은 것이… 그저 흐릿하기만 했다. 이미지들과 생각, 감정의 강물은 구역질 없이는 그 물을 마실 수 없을 정도로 더럽혀지고 오염되고 말았다.

그리고 하나의 기억. 꿈인지도 모른다. 아니면 양쪽 다일수도 있다. 그는 어느 쪽인지 알지 못했다. 하지만 너무나 현실적으로 느껴졌다. 칼. 목소리. 그는 알았다. 빌리의 목소리가 칼을 가져오라고 말하고 있다. 빌리의 손이 그를 이끌었다. 빌리의 목소리가 다시….

칼….

칼과 살, 살 덩어리. 그리고 그 살이 잘 잘리지 않는 것을 느낀다. 그는 어떻게 알고 있는 것일까? 어떻게 살이 잘리지 않는 느낌을 알고 있는 것일까?

숨을 헐떡이며 고통에 일그러진, 또 다른 목소리.

빌리는 희생자들 중 재니스 덴트에 관해서는 이야기하지 않았다. 연쇄 살인범들은 자백을 하는 척하지만 절대로 오래전에 있었던 일에 대한 진실을 말하지 않는다. 19세기, H. H. 홈즈(본명은 허먼 웹스터 머젯으로 헤리 하워드 홈즈라는 이름으로 더 유명함. 미국 최초의 연쇄 살인마—옮긴이)는 시카고 박람회 기간 동안 27명의 여자를 죽였다고 자백했지만, 경찰은 그가 백 명도 넘게 살해했을 거라고 확신했다.

재즈는 살인자들에 대해 잘 알고 있었다. 빌리는 화가가 르네상스 거장들에 대해 공부하듯, 과거의 연쇄 살인범들에 대해 연구했다. 그 과정에서 과거 연쇄 살인범들의 실수를 배웠고, 그들에게 집착했다. 그리고 그 지식을 아들에게 전해 주었다. 어린 시절에 관해 재즈가 기억하고 있는 것 중에는 그 내용들도 있었다.

살인마들은 언제나 뭔가를 감춘다. 그들도 어쩔 수 없다.

빌리가 감추고 싶어하는 것은 바로 재즈의 엄마였다.

그 방에는 124장의 희생자들 사진 이외에 다른 사진이 한 장 더 있었다. 유일하게 살아 있는 사람의 사진이었다. 흑백 사진으로, 예쁘고 호리호리한 십대 소녀가 단정한 드레스에, 필박스 모자(챙이 없고 둥근 고전적인 모양의 여성용 모자로 장식을 달지 않는 것이 특징—옮긴이)를 쓰고, 클러치 백을 들고 있었다. 소녀는 교회 앞에 서서 사진기를 보며 미소 짓고 있었다.

할머니가 젊었을 때 찍은 사진이었다. 괴물을 낳기 몇 년 전의 모습이었다.

재즈는 빌리의 살인 연대기에 따라, 그 사진들을 보면서 기억을 떠올리며 희생자들의 이름을 부르기 시작했다. "캐시 오버턴. 파라 고든, 하퍼 맥리오드." 시작했을 때와 마찬가지로 희생자들의 이름을 부르는 일은 할머니의 오래전 사진 앞에서 끝났다.

"언젠가, 언젠가 나도 그렇게 될 수 있겠지. 난 아버지 아들이니까. 있을 수 있는 일이야. 그리고 그날이 오면, 내 첫 번째 희생자는… 할머니가 될지도 몰라요." 재즈가 중얼거렸다.

그는 울음소리를 듣고 깜짝 놀랐다. 하지만 할머니의 울음소리인지, 자신이 낸 울음소리인지 확실하지 않았다. 할머니를 죽이겠다는 생각을 하고 싶지는 않았지만 어쩔 수 없었다. 괜찮은 생각처럼 느껴졌다. 할머니는 끔찍한 사람이었다. 예술가, 그린 잭, 아버지를 어떤 별명으로 부르든 그 사람을 이 세상에 내놓은 장본인이다. 재즈는 할머니가 어떤 생각을 하고 있는지, 왜 그런 행동을 하는 것인지 알고 싶었다. 하지만 그와 동시에 할머니가 이 지구상에서 사라지기를 원했다. 어쩌면, 어쩌면 그때가 되도 죄책감조차 느끼지 않을 것이다.

하지만 재즈는 그게 사실이 아니라는 것을 알고 있었다. 그는 항상 죄책감이 들었다. 그는 엄마를 지키기 위해 아무것도 할 수 없었다. 재즈는 약국에서 만나 바닥에 주저앉아 버린 그 아이를 도와줄 수 없었다. 오래전, 빌리가 잠자고 있을 때 죽여 버렸어야 했다. 아무도 그가 사람을 죽이는 방법을 많이 알고 있다는 것을 몰랐다. 빌리는 재즈가 걷기 시작할 때부터, 지독하게 잔인한 살인 기술들을 가르쳐 주었기 때문이다. 재즈는 칼, 총, 손도끼, 망치 등을 다룰 수 있었다…. 빌리는 주방 찬장에 낡은 핸드 드릴을 보관해 놓았다. 재즈는 아버지가 자고 있는 동안, 그 드릴로 아버지의 뇌를 뚫어 버릴 수도 있었다. 그 생각을 실행했더라면, 그 뒤에 이 세상에 일어난 소름끼치는 수많은 살인 사건들을 막을 수 있었을 것이다.

사람들은 그에게 말했다. '넌 열세 살이었어. 옳고 그른 것은 알고 있을 나이지. 아버지가 하는 짓이 잘못된 일이라는 것을 알고 있었어. 어째서 아버지가 그런 짓을 하지 못하게 막지 않은 거지?'

하지만 살인자들은 다른 사람들이 잘못이라고 여기는 것 자체를 이해하지 못했다. 빌리는 잘못하는 게 아니었다. 재즈 역시 마찬가지였다. 그는 그렇게 키워졌다. 세뇌되었다. 속아 왔다. 어떤 표현을 써도 상관없다. 그것은….

빌리는 침대 위에서 엎드린 채 벽을 쳐다보며, 해리엇 클레인의 사진을 찾아보았다. 기억하고 있던 대로 초록색 눈동자였다.

해리엇 클레인을 되살리는 일은 불가능하다. 그리고 그는 제프 풀턴에게, 그 불쌍한 남자의 슬프고 처참한 인생이 좀 더 나아질 만한 어떤 말도 해 줄 수 없었다. 하지만 아버지의 죄를, 그 자신의 죄를 속죄할 방법은 알고 있었다.

제인 도우의 살인범이 세상을 돌아다니고 있었다.

"내가 네놈을 잡을 거다. 네놈을 잡고 말 거야. 그게 얼마나 미친 짓이든, 나를 얼마나 미치게 만들던 상관없어." 재즈가 중얼거렸다.

할머니처럼 미치는 것보다는 그나마 그런 식으로 미치는 편이 나았기 때문이다.

4FGDR

그는 하위에게 전화를 걸었다. 얇은 벽을 사이에 두고 잠든 할머니를 깨우지 않기 위해 목소리를 낮췄다.

"만나자." 하위가 전화를 받자 재즈가 말했다. 그는 침대 옆에 놓인 시계를 보고 시간을 확인했다. 밤 11시 20분이었다. 밤은 길었다.

"농담하는 거야? 이제 10분 있으면 콜버트 리포트(미국 코미디언이자 배우인 스티븐 콜버트가 진행하는 토크쇼 – 옮긴이)가 시작한단 말이야. 시체 공시소에서 걸린 뒤로, 네가 경찰 놀이는 그만둔 줄 알고 있었는데." 하위가 투덜거렸다.

"첫 번째, 지금 당장 만나자는 게 아니라, 몇 시간 있다가 보자는 거야. 살인자가 나타났을 시간에 그곳이 어땠는지 보고 싶은 거니까. 두 번째, 이 사건에서 손 떼는 일은 없을 거야. 마지막으로 네가 시체 공시소에 갔던 걸 코니에게 떠들어 댄 걸 용서받고 싶다면, 나오는 게 좋을걸."

"이런 젠장!"

"네가 코니에게 다 털어놓았다니 믿을 수가 없어. '여자보다 친구가 우선이다'는 어디로 간 거야?"

"여자보다 친구가 우선이긴 하지만 어쩔 수 없었어. 만일 친구의 여자 친구가 노려보기만 해도 코피가 날 정도로 무섭다면 털어놓을 수밖에 없잖아. 이건 전부 네 여자 친구가 너무 난폭하기 때문에 벌어진 일이야."

"하위, 잘 생각하고 대답해. 내가 더 무서워, 코니가 더 무서워?"

하위는 잠시 아무 말도 하지 않았다. "솔직하게 말할까? 어떨 때는 똑같이 무서워. 하지만 네가 들판에 가고 싶다면 같이 가 줄게. 한 가지 조건이 있긴 하지만."

재즈는 신음했다. 하위의 목소리에서 그 조건이 뭔지 알 것 같았기 때문이다.

재즈는 몇 시간 잠을 청한 뒤, 몰래 집에서 빠져나왔다. 하위 역시 과잉보호하는 엄마에게 들키지 않고 잘 빠져나왔다. 그는 평소 만나는 장소에 먼저 나와 달빛에 바보 같은 큰 그림자를 드리운 채 재즈를 기다리고 있었다.

"이번에는 왼쪽 어깨에 하자. 불타는 농구공 모양으로 말이야. 그러니까 실제로 불이 붙은 걸 말하는 거야. 알겠어? 잠깐만, 잠깐만 기다려 봐." 하위가 지프에 오르면서 말했다. 그는 재즈가 뭐라고 대꾸하기 전에 다시 말을 이었다. "이제까지 한 것 좀 보여 줘. 그래야 확실해질 것 같아."

"지금 당장? 여기서?" 재즈가 물었다.

"내 도움이 필요해, 필요 없어?"

재즈는 투덜거리면서, 지프를 공원 옆에 세웠다. 그런 다음 티셔츠를 벗고, 세 개의 문신을 보여 주었다. 오른쪽 어깨에는 하위가 좋아하는 농구 선수 크리스 폴을 뜻하는 CP3가 새겨져 있었고, 등 전면에는 양손에 권총을 들고 있는 요세미티 샘(루니툰 만화에 나오는 사냥꾼 캐릭터-옮긴이)이 그려져 있었다. 그리고 오른쪽 이두근에는 검은색으로 한글로 된 글귀를 새겨 넣었다. 하위는 그 글귀의 뜻이 '나는 바람 속에서도 굳건하고 강하다.'일 거라고 확신했다. 하지만 재즈는 진짜 뜻이 '아시아 글자를 새긴 또 다른 백인 멍청이. 낄낄낄.'일까 봐 무서웠다.

하위는 작년에 첫 번째 문신, 바로 크리스 폴과 그 등번호를 문신으로 새기고 싶어 했다. 하지만 부모와 주치의는 하위가 특별히 세심하게 주의를 기울어야 하는 혈우병을 앓고 있었기에, 문신을 새기는 것은 너무 위험하다고 생각했다. 지금에 와서 후회하고 있지만, 당시 마음이 약해진 재즈가 끼어들어, 그가 대신 하위가 원하는 문신을 하고, 보고 싶을 때는 언제라도 보여 주겠다고 했다.

한 개는 다른 한 개로 이어졌다.

"좋았어." 하위는 재즈에게 문신이 좀 더 잘 보이게 등을 돌려 보라고 말했다. "왼쪽 어깨. 불타는 농구공. 내가 밑그림을 그려 봤어."

그는 주머니에서 종이 한 장을 꺼냈다. 하지만 재즈가 하위의 손을 밀어냈다. "안 봐도 돼. 난 어떤 그림이든 상관없으니까. 그러니까 다음 주에 그 신원을 알 수 없는 작자를 찾아가면 되는 거지?"

"그럼." 하위가 핼러윈 사탕을 잔뜩 받은 어린 아이처럼 환하게 미소 지었다. "하지만 지금 가는 곳에 에릭슨이 또 나타나 우리를 체포한다면, 그땐 정말 화낼 거야."

"그래, 그건 나도 마찬가지야." 에릭슨이 다시 나타날지도 모른다는 생각을 하자, 재즈는 보안관 부관이 전날 밤, 수갑을 풀어 주기 싫다는 듯한 인상을 살짝 풍기며 자신을 노려보던 모습이 떠올랐다. 재즈는 에릭슨이 그 순간을 즐기고 있었다는 것을 알고 있었다. 빌리는 언제나 경찰과 살인자는 거의 다를 바가 없다고 말하곤 했다.

두 사람이 들판을 향해 가는 동안, 하위가 말했다. "있잖아."

"뭐가?"

"난 너와 함께라면 지옥 같은 전쟁터에도 따라갈 수 있을 것 같아."

"고마워."

"하지만 우리가 그 지옥 같은 전쟁터에 왜 가야 하는지는 물어볼 거야."

"그렇겠지." 가끔 하위의 말을 알아듣기 위해서는 극도의 인내심을 발휘해야 할 때가 있었다. 올림픽을 기다리는 것과 같은 인내심이었다. 하위는 자기가 하고 싶은 말이 소용돌이라도 되는 양, 돌리고 돌리고 또 돌려 말하곤 했다.

"그러니까 내가 말하고 싶은 건, 나는 오늘도 너를 따라갈 거라는 거야. 너를 위해서 말이지. 하지만 그래도 물어보긴 해야겠어. 왜 이번 사건에 집착하는 거야?"

"어제 말했잖아. 나는 이번 사건의 범인을 연쇄 살인범이라고 생각한다고."

"그래서? 만일 그게 사실이라면, 경찰도 언젠가는 알아내겠지."

"그러는 동안 수많은 사람들이 목숨을 잃을지도 몰라."

"사람들은 세계 곳곳에서 죽어. 지금 이 순간에도, 어딘가에서 말이야. 그건 너도 알고 있잖아. 그러니 그 이유만으로는 설명이 안 돼. 어째서 너는 아직까지는 상상에 불과한, 어쩌면 실재하지 않을지도 모르는 연쇄 살인범에게 이렇게까지 집착하는 거야?"

재즈는 아무 말도 하고 싶지 않다는 듯 입술을 꼭 다물었다. 하지만 그의 마음 한편에서는 하위에게 제대로 이유를 말할 필요가 있다는 생각이 들었다. 결국 말해야 한다는 그 충동이 말하고 싶지 않다는 생각을 압도했다.

"만일 내가 살인범들을 붙잡을 수 있다면, 그때는 내가 살인자가 아닐 수도 있다는 뜻이니까." 재즈가 조용히 말했다.

하위가 코웃음을 쳤다. "넌 절대 연쇄 살인범이 될 수 없어. 그건 내가 장담해."

"정말 다행한 일이군요. 계속해 보시죠, 프로이트 박사님."

하위가 손을 번쩍 들더니 요란하게 손짓을 하기 시작했다. "봐 봐. 연쇄 살인범들은 아주 약한 사람들을 쫓는 경향이 있어. 그렇지? 저항할 힘도 없는 그런 사람들 말이야. 자, 그렇다면 나보다 약한 사람이 이 세상에 어디 있지? 나는 칼만 봐도 피를 흘릴 거고, 숟가락으로 한 대만 맞아도 죽도록 피를 흘릴 거란 말이야."

맞는 말이다.

"하지만 넌 내 제일 친한 친구야. 그러니 네가 나를 해칠 일은 절대로 없지. 그 점 하나만 봐도 네가 알아야 할 모든 것을 알 수 있을 거야." 하위가 저온 핵융합 문제라도 푼 것처럼 팔짱을 끼더니, 고개를 끄덕였다.

좋은 생각이었다. 그리고 재즈는 하위의 말이 정말로 이루어지기를 진심으로 바랐다. 하지만 연쇄 살인범이라 해도 애착을 가지는 대상은 있다. 그는 영국의 어떤 살인마 부부에 관해 읽은 적이 있었다. 그 남편은 딸을 비롯해 온갖 여자들을 고문하고, 살해했다. 하지만 아내는 결코 다치게 하지 않았다.

제인 도우가 발견된 들판에 도착하려면 20분 정도를 더 가야 했다. 그동안 두 사람은 아무 말도 하지 않았다. 가로등이 없는 진입로에 들어섰을 때, 하위는 창가에 몸을 기댄 채 컴컴한 바깥을 내다보고 있었다. 사방에 빛이라고는 달빛뿐이었다. 그 달빛마저도 머리 위로 우뚝 솟은 나무들에 가려 드문드문 비치고 있었다. 재즈는 길가에 차를 세웠다. 두 사람은 제인 도우가 발견된 지점까지 남은 1.6킬로미터를 걸어가기로 했다. 그래야 자동차 바퀴 자국이 남지 않기 때문이다. 하위가 큰 소리로 물었다.

"네 중간 이름이 뭐였지?"

"뭐?"

"네 중간 이름말이야. 잊어버렸어."

"왜 알고 싶은 건데?"

"틀림없이 F로 시작하는 거였는데. 맞지?"

"그게 왜 중요해?" 두 사람이 차에서 내리자, 재즈가 물었다. 그는 지프 뒤에서 작지만 꽉 찬 군용 배낭을 꺼냈다.

"연쇄 살인범들은 모두 중간 이름을 가지고 있어. 네 이름은 어떤지 확인해 보려고."

"중간 이름이 있는 건 암살범들이지. 존 윌크스 부스(링컨 대통령을 암살한 범인 – 옮긴이), 리 하비 오스왈드(케네디 대통령을 암살한 범인으로 알려져 있음 – 옮긴이)."

"연쇄 살인범들도 그래." 하위가 주장했다. 두 사람은 범죄 현장을 향해 걷기 시작했다. "존 웨인 게이시(미국의 연쇄 살인범, 수십 명의 아이들을 살해함 – 옮긴이), 바비 조 롱(본명은 로버트 조셉 롱, 미국의 연쇄 살인범 – 옮긴이), 제레미 브라이언 존스(미국 연쇄 살인범, 2005년 10월, 리사 니콜스를 살해한 혐의로 유죄 판결. 아직 밝혀지지는 않았지만, 경찰에서는 최소 열 명 이상을 살해했다고 보고 있음 – 옮긴이)가 있잖아."

"그 사람들을 다 아는 걸 보니, 네가 나하고 너무 오래 붙어 있었나 보다."

"더 있어! 윌리엄 코르넬리우스 덴트. 그 보스턴 교살자…"

"이제 농담까지 하는구나. 보스턴은 중간 이름이 아니잖아."

"밤새도록 농담할 수 있어."

"알았어. 프랜시스야, 프랜시스."

"재스퍼 프랜시스 덴트." 하위가 생각에 잠기며 중얼거렸다. 그는 억양과 강세를 바꿔가며 몇 번을 더 불러 보았다. "'재스퍼' 프랜시스 덴트. 재스퍼 '프랜시스' 덴트." 마침내, 하위가 고개를 저었다. "아냐, 안 되겠어. 전혀 그럴듯하게 들리지 않아. 네 이름은 연쇄 살인범처럼 들리지 않아."

무성한 잡초들과 죽은 콩 나무 가지들을 조심스럽게 뚫고 지나가며, 재즈가 중얼거렸다. "그 말을 들으니 안심이 된다." 하지만 그는 그런 하위의 단언에 기분이 정말 풀어지는 것을 느끼고 깜짝 놀랐다.

그들은 마침내 제인 도우의 시신이 발견된 위치가 환히 내려다보이는 언덕에 도착했다. 여전히 범죄 현장 보존 테이프가 비스듬한 육각형 모양으로 둘러쳐져 있었다. 시신이 발견된 근처에 절단된 손가락이 발견되었던 위치를 표시한 플라스틱 깃발 하나가 미풍에 퍼덕거리며 무심히 꽂혀 있었다. 언덕 전체에 말뚝을 박아, 좌우로 끈을 팽팽하게 묶어 사각형 모양으로 구획을 나누어 놓았다. 적어도 G. 윌리엄이 부하들에게 기본적인 격자형 조사를 하라고 지시한 모양이었다. 바람직한 일이었다.

현장에 접근하기 전에, 재즈는 샤워 캡과 장갑을 꼈다.

"여기서 이걸 또 써야 하는 구나." 하위가 샤워 캡과 장갑을 끼면서 투덜거렸다. "대체 내가 여기서 왜 이런 걸 써야 하는 거지?"

재즈가 낄낄거리며 웃었다. 두 사람은 지금 시내에서 반경 3.6킬로미터 이상 떨어진 곳에 있었다. 하위도 작은 소리로 웃었다.

"아무래도 직접 살펴보고 와야겠다. 망 좀 봐 줄래?"

"뭐 때문에?" 하위가 주위를 둘러보았다. 들판은 달빛을 받아 은은한 은색으로 물들어 있었고, 드문드문 컴컴하게 그늘진 곳들이 마치 얼룩처럼 보였다. "깡패라도 나타날까 봐 걱정하는 거야?"

"아니. 범인은 아직 경찰이 시신을 수습해 갔다는 것을 모를 수도 있어. 살인자들 중에는 현장으로 되돌아와 시신이 그대로 있는지 확인하는 자들이 많아. 살인을 했던 그 순간을 다시 느끼기 위해서 말이야."

"으, 기분 나쁘다."

재즈가 싱긋 웃었다. "가끔 자위를 하는 놈들도 있어."

하위가 손가락을 목구멍에 밀어 넣는 시늉을 했다. "그런 건 알고 싶지 않아. 앞으로 자위도 못하게 기분만 잡쳤네. 어째서 나 대신 코니를 데려오지 않은 거야?"

"코니는 내가 아버지와 관계된 일을 하는 것을 싫어해."

"그럼 나는 괜찮고?"

"넌 잘 참아 주는 편이잖아. 어쨌든 망 좀 봐 주라." 재즈는 몸을 숙이고 언덕을 내려가기 시작했다. 제인 도우가 발견된 위치에 다다르자, 경사가 완만해져 몸을 똑바로 펼 수 있었다. 하위는 아무 말 없이 뒤에 남았다. 세상에서 가장 볼품없는 허수아비처럼, 큰 키로 우뚝 서 있었다.

재즈는 하위에게 자기가 코니를 부르지 않은 다른 이유를 말하지 않았다. 지금처럼 남의 눈을 속여야 하는 일을 할 때는 '여자보다 친구가 우선이다'라는 말은 단순히 깜찍한 좌우명이 아니라 사실이었기 때문이다. 재즈가 코니와 사귄 지는 몇 달밖에 되지 않았지만, 하위는 몇 년이나 사귄 오랜 친구였다. 하위가 코니에게 자기가 알고 있는 것을 모조리 털어놓을지는 몰라도, 어른들에게 지금과 같은 밤 산책에 대해 이르는 법은 결코 없었다. 하지만 코니는 그렇게 해 줄 거라는 확신이 없었다.

그녀를 믿지 못하는 게 아니다. 그저 하위를 맹목적일 정도로 믿고 있을 뿐이다. 하위는 친구로서 지금까지 모든 것을 함께 해 왔다. 빌리가 혼자 아이를 키우느라 고군분투하는 홀아비 역할을 하고 있을 때부터 하위는 재즈의 친구였다. 그리고 빌리가 체포된 직후, 재즈가 충격에 빠져 있을 때도 하위는 언제나 그 자리에 있었다.

그보다 더 중요한 건 그 뒤로 재즈에게 닥친 암울한 시간들, 심리와 재판이 진행되고, 그 이후에 기자들이 로보스 노드로 벌떼처럼 몰려오고, TV에서 빌리에 대한 특집 방송이 쉴 새 없이 방송되고 있을 때도 하위는 여전히 재즈의 친구로 남아 주었다. 아무도 재즈를 쳐다보려고조차 하지 않을 때였다. 재즈는 아버지의 진짜 직업이 뭔지, 아무에게도 말할 수 없었던 성장 과정의 어두운 비밀이 세상에 알려지기 전에 하위에게 먼저 말하지 못했다는 것에 죄책감을 느끼고 있었다. 하지만 알코올 중독자나 약물 중독자의 아이들처럼, 재즈 역시 분별력이 뛰어났다. 거기에다 빌리의 끈질긴 세뇌와 완전한 통제력이 더해져, 재즈는 어느 누구에게도 속내를 털어놓을 수 없었다.

하지만 하위는 두 사람 사이에 비밀이 있다는 것을 용납하지 않았다. 그건 뭔가를 의미했고, 재즈에게는 그 뭔가가 전부였다.

그는 흐릿한 달빛 아래 들판을 쳐다보았다. 살인범이 이곳에 제인 도우를 유기했을 때보다 달이 약간 작아졌을 뿐이다. 재즈는 살인범과 같은 시각에서 현장을 보고 있었다. 그건 아주 중요했다.

'우리 이외에는 아무도 이렇게 볼 수 없어.' 빌리가 말했다. 그날은 재즈가 일곱 살 되던 생일이었다. 아버지는 아들을 자기가 일하는 곳에 데려가기로 결심했다. 결국 빌리가 위스콘신 주 매디슨 공원의 버려진 화장실에서, 39번째 희생자인 게일 클린튼이라는 이름의 학교 선생을 죽이는 동안 재즈는 지프 안에 앉아 있었다. 빌리는 그 여자 시체의 팔다리를 분리하는 일을 끝낸 뒤(빌리는 35번째 희생자부터 42번째 희생자까지 시신의 팔다리를 재미있고 다양하게 움직여 시신의 형태를 재배치하는데 열중했는데, 그렇게 하기 위해서는 팔다리의 관절을 분리해야 했다), 경찰을 따돌리고 증거를 지우기 위해, 재즈를 데리고 가 걸어 다니게 했다. ("망할 경찰 놈들." 빌리는 언제나 경찰을 그렇게 불렀다) '우리 이외에는 아무도 이렇게 볼 수 없지. 그놈들은 우리가 어떤 시각에서 보는지 상상해 보려고 하겠지만, 그런 건 절대 용납할 수 없어. 그래서 우리는 가끔씩 거짓 단서를 남긴단다. 저놈들이 절대 우리 머릿속에 들어오지 못하게 말이야. 알겠어? 우리 머리는 우리 것이니, 우리 외에 다른 사람이 들어와서는 안 되잖아. 이제 착한 아이답게 아빠에게 쓰레기봉투를 가져다 주겠니?' 빌리가 말했다.

여기에는 거짓 단서도 없었다. 단서 자체가 아무것도 없었다. 경찰들은 단서를 찾기 위해 줄을 친 격자판 반경 800미터 안을 샅샅이 뒤

졌지만, 모두 빈손으로 돌아왔다. 로카르는 능력이 뛰어났지만, 이런 들판에서 실밥 한 개를 찾아냈다 하더라도, 그 실밥이 범인의 바지에 붙어 있던 것인지, 키 큰 잡초에 붙어 있었던 건지 알아내지는 못할 것이다. 건초 더미에서 바늘 찾기보다 더 어려운 상황이었다.

"찾고 있는 게 뭔지 말해 주면 안 돼? 내가 도울 수도 있잖아." 하위가 물었다.

"난 살인범의 입장에서 생각해 보려는 거야." 잠시 후, 재즈는 그 일이 생각처럼 잘 되지 않는다는 것을 알고 다소 실망했다. "가장 중요한 건, 범인이 이 장소에 왔을 때와 떠날 때 무슨 생각을 했느냐는 거지. 만일 그자가 영리하다면, 같은 길을 이용하지 않았을 거야. 같은 길을 오고 가다 보면 증거를 남길 수도 있으니까."

"저기 좀 봐!" 하위가 흥분으로 목소리가 갈라진 채, 한쪽을 가리켰다. "발자국이야! 이런 세상에… 다른 것도 있어!"

재즈가 고개를 저었다. "그건 경찰들이 남긴 발자국이야. 경찰들도 조심했겠지만, 그 사람들이 여기 왔을 때는 땅이 녹았을 때라 어쩔 수 없었을 거야."

"어쩌면 범인이 남긴 발자국일 수도 있잖아." 하위가 약간 삐쳐서 말했다.

"경찰들은 아무것도 발견하지 못했어. 그럴 수밖에 없지. 범인은 해가 뜨기 전에 이곳에 왔으니까. 이맘때 밤에는 기온이 많이 내려가서 땅이 얼어붙잖아." 재즈는 하위와 함께 올라온 길을 가리키며 설명했다. 두 사람의 발자국 역시 남아 있지 않았다.

하위가 콧방귀를 뀌었다. "그렇게 추웠다면 그 여자도 며칠 전에 버려진 걸 수도 있잖아. 아니면 몇 주일 전이거나."

"아니. 아직까진 그 정도로 춥진 않아. 죽은 지 한 달 정도만 지나면 동물들과 박테리아가 시신의 살을 다 파먹어 버려. 그런데 그 여자의 시신에서는 아직 파리도 나오지 않았어. 그 말은 죽은 지 얼마 안 됐다는 거야. 그래서 범인도 밤중에 여기에 온 거지." 재즈는 생각한 대로 말했다. "만일 우리가 한밤중에 이곳에 와야 한다면, 넌 어느 길로 올 거야?"

하위가 길을 가리켰다. "조금 전에 우리가 왔던 길로. 그 길이 가장 편하잖아."

"그래. 하지만 우리는 이 길이 편할 줄 알고 온 거잖아. 우리 둘 다 이 지역 출신이라 이쪽 길을 많이 알고 있으니까."

"그럼 너는 범인이 저 길로 오지 않았을 거란 말이야?"

재즈가 어깨를 으쓱했다. "그건 모르겠어. 하지만 만일 범인이 저 길로 왔다면 그자에 대해 알 수 있는 게 하나 있지. 그건 그자 역시 이 지역 사람이거나, 아니면 일을 저지르기 전에 로보스 노드와 이 들판을 한참 답사했을 거라는 거야."

"와, 그렇다면 넌 범인이 이 마을 사람이라고 생각하는 거야? 우리가 아는 사람일까? 그럴 확률이 얼마나 될까?"

하위 역시 로보스 노드와 같이 작은 마을에 연쇄 살인범이 두 명이나 살고 있을 확률을 묻고 있는 것이다. 재즈가 수학의 달인은 아니었지만, 그런 경우는 확률상 거의 불가능하다는 것은 알고 있었다. 재즈는 잠시 하위를 무시하고, 어둠 속에서 앞으로 나가 한 지점을 찾아냈다. 어깨 너머로 흘깃 돌아보니, 전날 그가 숨어서 경찰들을 지켜보던 곳에서 20미터 정도 떨어진 위치였다. 재즈가 지켜보고 있다는 것을 모른 채, 전날 에릭슨 부관이 서 있던 바로 그 자리였다. 재즈는 그제서야 알아차렸다. 그곳은 수사관들의 모습과 범죄 현장을 한눈에 볼 수 있는 가장 좋은 위치였다.

"어쩌면 범인도 이 지역을 정탐만 했을 수도 있겠어. 저 진입로는 지도에는 나오지 않았지만, 구글 어스 같은 데는 나왔을 수도 있으니까. 거기까지는 미처 생각하지 못했네. 확인해 봐야겠다."

"아무도 그 여자를 몰라. 그러니까 이 근처에 살지는 않았다는 거지. 범인은 다른 곳에서 그 여자를 죽인 다음, 노드에 버린 거야. 고속도로를 타고 온 건 아닐까?" 하위가 왼쪽을 가리키며 말했다. "아니면 저 농가 쪽에서 왔거나." 이번에는 오른쪽을 가리켰다. "그 때문에 네가 범인이 저쪽 길로 오지 않았다는 걸 알게 된 거잖아. 범인이 고속도로를 지나가다가 이 넓은 들판을 발견한 거라면 말이 되지. 범인은 생각했을 거야. '오, 좋아…. 저기에 시체를 버려야겠다.' 안 그래?"

재즈가 눈을 깜박거렸다. 정말 그렇다. 그는 바보였다. 내내 해답은 바로 앞에 있었다!

"범인은 언덕을 올라왔어." 재즈가 속삭이듯 말했다.

"뭐라고?"

재즈는 여전히 몸을 숙인 채로, 시신이 발견된 평평한 지점 너머에 있는 경사로를 가리켰다. 살짝 가파른 경사 길을 따라 내려가면 숲으로 이어졌다. "범인은 바보가 아니야. 그자는 지금 너처럼 경찰들이 두 가지 가설을 세울 거라는 사실을 알고 있었어. 범인은 고속도로를 타고 왔거나, 진입로를 따라 왔을 거라고 말이야. 봐 봐. 여기서 경찰들이 격자판 수사를 한 곳이 보일 거야. 경찰들은 왼쪽으로 언덕을 올라와서 지금 너와 내가 있는 방향으로 수사를 했어. 이 두 길이 여기까지 오는 데 가장 쉬운 길이니까. 가장 편한 길이기도 하지. 네가 시체를 옮긴다면, 시체를 짊어지고 언덕을 올라가고 싶겠어, 내려가고 싶겠어?"

"나 말이야? 나야 시체가 있으면 언덕 아래로 내려가겠지. 시체를 짊어졌다면 그쪽이 편하잖아." 하위가 대답했다.

"맞아. 법의학 101에서도 그래. 시신을 언덕 밑에 유기하지. 하지만 이 범인은…." 재즈는 몸을 일으키고, 박수를 쳤다. "그자는 저 숲을 지나 이 언덕으로 올라온 게 틀림없어. 그자는 경찰들이 저쪽까지 보지 못할 거라는 걸 알고 있었던 거야. 가 보자."

두 사람은 범죄 현장을 훼손하지 않게 우회로로 돌아 성큼성큼 밑으로 내려갔다. "시신을 짊어지고 이 언덕을 오른다니 나로선 상상도 못할 일이구만. 나라면 그냥 태워 버렸을 텐데. 어째서 범인은 시신을 그냥 태워 버리지 않은 거지?" 하위가 투덜거렸다.

"지금 농담해? 화장을 하려면 800도가 넘는 화력에서도 두 시간이 넘게 걸려. 그나마 뼈와 치아는 남지. 아버지도 한 번 시도했다가 힘들다는 걸 알고 포기했어. 열 번째 희생자의 시신을 태우려고 했었는데 잘 안 됐지."

"석회를 뿌리는 건 어떨까? 시체를 부패시키는 거야."

"속성으로? 그것도 시간이 아주 오래 걸려. 그리고 시체를 부패시키려면 석회가 엄청나게 많이 있어야 해. 뿐만 아니라 석회를 뿌렸을 경우, 시체가 그대로 건조되는 경우도 있어. 한마디로 시체가 썩어 없어지는 게 아니라 그 상태 그대로 보존될 수도 있다는 거지. 어떤 방법이든 시체를 완전히 없애 버릴 수 있다는 보장은 없어. 차라리 시체에 닿았던 흔적을 모두 지워 버리는 편이 가장 확실하지."

"앞으로 시체를 처리해야 할 일이 있다면 누구를 불러야 될지 알겠다." 하위가 말했다. 언덕 밑으로 내려오자, 그는 잠시 멈춰 서서 숲을 바라보았다. "이건 말도 안 돼. 어떻게 범인은 처음부터 저 숲 속에 들어갈 생각을 했단 말이야? 저긴 길이 없어. 아무것도…."

"어떻게 그럴 수 있었는지는 나도 몰라." 달빛 아래 들판을 가로지르며, 재즈가 흥분한 듯 큰 소리로 말했다. "그자는 그렇게 했어. 나는 그자가 그렇게 했다는 것만 알 뿐이야." 그의 심장은 달려서 두근거리는 것이라기보다는 뭔가 다른 이유로 쿵쿵 뛰고 있었다. 뭔가 저 깊은 곳에서부터 올라온 느낌으로, 좀 더 근원적인 것이었다. 아직은 그것이 뭔지 몰랐지만, 재즈는 그 느낌이 좋았다.

두 사람은 이내 숲으로 들어섰다. 재즈는 바닥과 나무를 손전등을 비추면서, 하위에게 조심하라고 주의를 주었다. 하위는 재즈가 손전등을 건네줄 때까지 계속 투덜거리고 있었다. 그들은 천천히 숲 속으로 들어갔다. 손전등 불빛에 나무뿌리와 이끼, 관목이 보였다. 재즈가 갑자기 걸음을 멈추더니, 하위에게도 멈추라는 신호를 하고 조용히

시켰다. "쉬! 아무 말도 하지 마!"

"아무 말도 안 했어!" 하위가 따졌다.

"지금 말했잖아."

"그야 네가 그렇게 말하니까….""

"입 다물고, 잘 좀 들어 봐!" 재즈가 정말 중요한 일이라는 듯 손을 미친 듯이 흔들어 대자, 하위도 입을 다물었다. 두 사람은 그 자리에서 꼼짝하지 않고 가만히 귀를 기울였다.

"들려?" 재즈가 속삭이며 물었다.

"무슨 소리? 내 귀에는 시냇물 소리밖에 안 들리는데. 넌 초능력 귀라도 가지고 있는 거야?"

"맞아. 시냇물 소리." 재즈의 얼굴에 미소가 번졌다. 그는 손전등 불빛을 하위의 얼굴에 비추었다. 그러자 불빛에 뭐가 뭔지 몰라 하는 하위의 표정이 보였다. "저 시냇물이 어디로 흐르지?"

"어디로 흐르냐고?" 하위가 얼굴을 찌푸렸다. 노드에 살고 있는 대부분의 아이들과 마찬가지로, 그 역시 어릴 때부터 이 들판 주위에서 뛰어놀았다. "어디로도 흘러가지 않잖아. 한쪽은 농장에 가로막혀 있고, 다른 한쪽은… 이런." 하위가 고개를 떨어뜨렸다. "맙소사…. 고속도로로 이어져 있어!"

문제의 그 시냇물은 두 사람이 있는 곳에서 30미터도 채 떨어지지 않은 곳에 있었다. 농장의 동쪽에서 서쪽으로, 고속도로 아래로 흘러 들어가면서, 물줄기는 점점 가늘어졌다. 살인범은 로보스 노드의 도로에 아무도 없을 밤늦은 시각, 고속도로에 차를 세운 뒤, 제인 도우를 짊어지고, 그 시냇물을 따라 숲 속으로 들어가서 언덕을 올라가 시신을 버린 것이다. 그 시냇물은 가장 깊은 곳도 발목 위로 올라오지 않았다. 그렇다고 그 일이 쉬웠을까? 그건 아니다. 하지만 연쇄 살인범들은 어떤 일에 아주 헌신적이거나, 수완이 뛰어난 경우가 많았다. 이 시냇물을 건너다 보면 수색 견에게 걸릴 냄새도 사라지고(만일 경찰이 여기까지 추적을 해 온다면), 추적할 수 있는 증거 역시 물에 씻겨 사라질 것이다. 제인 도우는 비닐 가방에 넣는다. 그렇게 하면 혹시 시냇물에 떨어뜨린다 해도 젖을 염려가 없다. 그곳을 떠날 때는 왔던 길로 되돌아간다. 제법 깔끔한 계획이었다.

"범인은 아주 계획적인 살인마야. 그자는 모든 것을 생각하고 있어. 자기가 의도하지 않은 것은 아무것도 현장에 남겨 놓지 않았을 거야." 재즈가 걸어가면서 말했다.

"그렇다면 범인에 대해 아무것도 알아낼 수 없겠네."

"언제나 뭔가를 알아낼 수 있어. 아무것도 없다 해도, 뭔가 알 수 있는 게 있기 마련이지. 충동적인 살인마들은 당황하기 때문에 온갖 종류의 증거를 남겨. 그래서 우리는 그 증거들을 보고 범인을 추정할 수 있지. 하지만 계획적인 살인마들은 증거를 남기지 않아. 그렇더라도 무엇으로든 그자들의 특성은 알아낼 수 있어. 이 사건의 범인처럼 말이야. 이자는 아주 치밀하고 계획적이야. 아마 장남이거나 외아들일걸. 아버지와의 사이는 괜찮을 거야. 안정적이고. 학교를 잘 다녔을 수도 있긴 하지만, 중퇴했을 확률이 높아."

"그 말 들으니까, 네 아빠 같아." 하위가 말했다.

재즈가 웃었다. "우리 아버지는 아직까지는 확실히 감옥에 갇혀 있어. 탈옥이라도 했다면 우리도 소식을 들었겠지." 그는 빌리와 연락하는 것을 거절했다. 하지만 G. 윌리엄은 한 달에 한 번씩 전화로 빌리가 여전히 감옥에 잘 갇혀 있다는 것을 알려 주었다.

재즈와 하위는 시냇가에 도착하자, 서둘러 주위를 탐색하기 시작했다. 재즈는 물가 근처 부드러운 흙바닥에 발자국 같은 것이 남아 있을 거라는 기대를 하진 않았지만, 그 근방을 샅샅이 뒤진 끝에 두세 지점에서 떨어진 나뭇잎과 부러진 나뭇가지를 발견할 수 있었다. 그 살인범이 흔적을 지우기 위해 바로 그 지점에서 물속에 들어갔거나 나간 것일까?

재즈의 빠르게 뛰는 심장이 그렇다고 말해 주었다. 그렇다. 범인은 그렇게 했다.

하지만 다른 것은 아무것도 없었다. 빌리에게 많은 것을 배웠음에도 불구하고, 재즈는 이 세상에 완전 범죄나, 완전 범죄 현장 따위는 없다는 것을 알고 있었다. 모든 사람들은 조금이라도 단서를 남기고, 추격할 수 있는 흔적을 남긴다. 그것이 무엇이든. 혹시 경찰이 그 단서를 놓쳤을 경우는 몰라도, 단서 자체가 없는 경우는 없다. 하지만 재즈는 경찰이 가지지 못한 무언가를 가지고 있었다. 그건 살인범의 입장에서 생각할 수 있는 능력, 물론 그 비중이 크긴 하지만 그 이상의 것이었다.

'그건 세상에서 가장 자연스러운 일이야. 하나님의 눈앞에서 카인이 아벨을 살해했지.' 과거에서 아버지의 목소리가 속삭였다. 재즈가 아무리 노력해도 떨쳐 버릴 수 없는 기억 중 하나였다. 러스티, 불쌍한 러스티는 오래전에 죽었다. 엄마, 불쌍한 엄마도 오래전에 사라졌다. 재즈와 빌리는 정기적으로 살인 수업을 했다. 당시 열두 살이던 재즈는 모든 것을 금세 익혔다. 그는 피가 튀는 방향과 해부학, 도검류, 교살, 망치와 드라이버를 사용하는 법에 대해 배웠다.

재즈는 그 자리에 우두커니 서서, 숨을 깊이 들이마셨다. 그리고 살인범과 같은 눈으로 현장을 보려고 해 보았다. 빌리가 하던 방식으로 생각해 보려고 했다. 그건 그리 어렵지 않았다.

'다른 사람들 눈에 띄지 않는 곳이야. 낮이라고 해도, 멀리 떨어진 곳에서는 나무에 가려 잘 보이지 않겠지. 설령 눈에 띈다고 해도 제대로 보이지 않을 거야. 여자를 짊어지고 언덕을 올라가는 건 힘든 일이지. 여자의 체구가 아무리 작아도, 무거운 건 마찬가지니까. 하지만 시신을 언덕 위에 올라가서 버리면 경찰의 추적을 따돌릴 수 있으니 고생할 만한 가치는 있어. 그리고 그곳을 떠나기 전에 경찰들 보란 듯이 여자의 가운뎃손가락을 남기는 거야. 다른 손가락 두 개는 가져가야지…. 손가락은 작으니까 가지고 다닐 수 있어. 주머니에 집어넣으면 아무도 모를 거야. 주머니에 들어있는 손가락 때문인지, 아니면 그저 나를 봐서 기분이 좋은 건지 말해 줄래? 하하하. 하지만 어째서 손가락 두 개를 가지고 간 걸까? 그 이유는….'

"재즈?" 하위가 호기심이 깃든 목소리로 불렀다.

재즈는 몸을 돌려 소리가 들리는 쪽으로 손전등을 비쳤다. 하위가 시냇물 속에 불안정하게 솟아 있는 젖은 바위 위에 균형을 잡고 서서, 몸을 수그린 채 물속을 들여다보고 있었다. 재즈는 아랫입술을 깨물며, 하위가 그 바위에서 미끄러져 두개골에 금이 가는 모습을 그리지 않으려고 애썼다. "조심해, 알았지?" 재즈는 하위가 피를 철철 흘리는 모습은 상상조차 하고 싶지 않았다.

"네가 찾는다는 단서가 이런 거야?" 하위가 재즈의 말은 들은 척도 하지 않고 물었다.

그와 동시에 하위는 이 세상에서 어리석고 멍청한 짓을 저질렀다. 바위 사이에 손을 집어넣은 것이다. 재즈가 외쳤다. "아무것도 손대면 안 돼!"

하지만 너무 늦었다.

잠시 뒤, 하위가 당혹스러운 표정으로 반짝반짝 빛나는 물건을 앞으로 내밀면서 물었다. "뭐가? 내가 뭘 잘못한 건데?"

"이젠 아무래도 상관없어." 재즈가 말했다. 어쩌면 필요 이상으로 짜증을 낸 것일 수도 있다. 노련한 경찰들도 가끔 증거 수집 과정을 잊어버리거나, 무시하는 바람에 증거들을 망쳐 버리는 경우가 있었다. 그는 부드러운 흙바닥과 젖은 바위 위를 조심스럽게 건너 하위의 옆으로 다가갔다. 그리고 하위의 손에 손전등을 비추었다. 반지였다. 재즈는 그 반지에 묻어 있었을 증거나 지문 같은 것은 이미 물속에서 다 지워졌을 거라는 것에 위안을 삼았다. 이번 사건에서 처음으로 나타난 첫 번째 증거가 이제 돌이킬 수 없을 정도로 훼손되었다는 것이 여전히 실망스럽기는 했지만.

"애기 반지 같아. 너무 작아." 하위가 말했다.

"애기 반지는 아니야." 재즈가 말했다. 그가 손을 내밀자, 하위가 그 반지를 재즈의 손바닥에 떨어뜨렸다. "여자들이 쓰는 거야. 발가락 반지 같은데."

하위가 큰 소리로 말했다. "섹시한데!" 그는 그런 다음에야 그 발가락 반지의 주인이 누구였는지를 떠올렸다. "맙소사, 저질! 정말 끔찍하다. 내가 방금 전에 한 말 잊어 줘."

재즈는 손전등을 다른 각도에서 비춰 보았다. 그 반지는 약간 흐릿한 금색의 가느다란 링으로, 보석이 두 줄 박혀 있었다. 그 보석은 루비나 가넷처럼 보였지만… 어쩌면 싸구려 플라스틱 구슬일 수도 있었다. 지금으로서는 확실히 알 수가 없었다.

"빨간 보석에 무슨 의미가 있을까? 넌 우리가 희생자에 대해 잘 알아야 한다고 했었지? 그럼 이 빨간 보석은 우리에게 무엇을 알려 준다고 생각해?" 하위가 흥분한 목소리로 물었다.

"별거 없을 거야. 아마 그 여자의 탄생석이겠지. 아니면 그 여자에게 중요한 사람의 탄생석이거나. 그것도 아니면 그저 빨간색을 좋아한 것일 수도 있고." 재즈는 그 반지를 다시 시냇물 속에 던져 버리고 싶은 충동을 억눌렀다. 이건 단서다. 확실하다. 하지만 거의 쓸모가 없었다.

"반지 안에 뭔가 새겨져 있어." 하위가 손짓하며 말했다. 그는 반지를 다른 각도에서 보고 있었다.

확실히 반지 안쪽에 글자가 새겨져 있었다. 재즈와 하위는 뭐라고 새겨져 있는지 확인하기 위해 손전등을 이리저리 비추며, 그 글자들을 소리 내어 읽었다.

"Four-F-G-D-R."

두 사람은 서로를 쳐다본 뒤, 다시 반지를 쳐다보았다.

4FG-DR.

한참 뒤에 하위가 말했다. "이 글귀가 모든 것을 말해 주고 있네. 그런 거지?"

10

그녀의 손가락

인상주의자는 주머니 속에 계속 그 종이를 접어 가지고 다녔다. 바지 오른쪽 앞주머니였다. 계속 지니고 있었다. 그 종이가 어디 들어 있는지 잊지 않고 있었다.

사실 그가 그 종이를 다시 볼 필요는 없었다. 이미 오래전에 그 안에 적힌 내용을 모두 외웠기 때문이다. 그저 그 내용만 외우고 있는 게 아니라, 필체의 특징까지 외우고 있었다. O자는 원을 그리듯이, F와 T자는 비뚤게 쓰여져 있었다. 누가 하라고 한다면, 그 종이에 적힌 내용을, 들판(field)이라는 글자가 중간에 살짝 끊어진 것까지 포함해서 그대로 똑같이 옮길 수도 있었다. 그 글자가 중간에 끊어진 자리에는 글을 쓰다가 펜이 종이에 걸려 살짝 건너뛰는 바람에 생긴, 알아보기 힘들 정도로 작은 얼룩이 남아 있었다. 그 뒤부터는 다시 매끈한 필체가 이어졌다.

그 종이는 인상주의자의 지침서였다. 그에게 그 지침서는 신성했다. 이미 그 내용을 완벽하게 숙지하고 있었음에도, 그는 결코 그 종이를 버리지 않았다.

이제까지 그는 그 지침을 정확하게 따랐다. 물론 예외는 있었다.

그 소년.

재스퍼 덴트.

그다음 날인 화요일 아침, 인상주의자는 로보스 노드의 중심가에 있는 '커피숍'에 앉아 늑대와 양, 양가죽에 대해 생각하고 있었다. 트로이의 목마를 생각하고 있었다.

더불어 다음 희생자를 생각하고 있었다.

이렇든 저렇든 아무래도 상관없었지만, 그는 그 소년이 아직 반지를 찾지 못했을지 궁금했다. 재스퍼를 따라다니다 보니, 그 소년이 보안관과 별개로 자체적인 수사를 벌이고 있다는 것을 알 수 있었다. 사실 인상주의자는 어느 쪽이든 자신을 붙잡을지도 모른다는 걱정 은 전혀 하지 않았다. 그런 일은 일어나지 않을 테니까. 하지만 보안관이 그 반지를 찾아내지 못할 것이라는 것만은 알고 있었다. 태너는 연쇄 실인범 한 명을 체포하고 기력이 디해, 두 번째 연쇄 살인범을 붙잡을 여력이 남아 있지 않았다. 재스퍼라면 그 반지를 찾아낼지도 모른다. 하지만 그 반지로 무엇을 하겠는가? 그 소년이 그 반지에 새겨진 글자의 의미를 제때 알아낼 수나 있을까?

한편 인상주의자의 다음 희생자는 이 마을에 살고 있었다. 실제로 그는 그녀를 쉽게 불러낼 수 있었다. 인상주의자가 손가락 하나를 들어 올렸다.

그 웨이트리스가 직업적인 미소를 지으며 그에게 다가왔다. 명찰에 헬렌이라고 적혀 있었다. 헬렌은 분명히 그의 커피 잔을 다시 채워야겠다는 생각밖에 하지 않고 있을 것이다. 그런 다음 주방에 들어가, 숙취로 배가 고픈 듯 비틀거리며 문을 열고 들어오고 있는 대학생처럼 보이는 청년 세 명의 주문을 받기 전에 잠시 쉬어야겠다는 생각을 하고 있을 것이다.

"고마워요." 인상주의자가 그녀에게 다정하게 인사를 건넸다.

그녀의 직업적인 미소가 잠시나마 진심을 담은 듯 환해졌다. 어쩌면 이 남자는 보통 구두쇠들보다 팁을 조금 더 줄지도 모를 일이었다.

인상주의자도 그녀에게 미소를 지었다. 그런 다음 그녀가 커피를 따르는 모습을 지켜보았다. 헬렌의 팔뚝 힘줄이 팽팽해지는 것을 보았다. 그녀가 손목을 구부리는 것을 보았다.

커피 주전자의 손잡이를 잡고 있는 그녀의 가느다랗고, 우아한 손가락을 보았다.

그녀의 손가락.

그는 주의 깊게 쳐다보고 있었다.

열일곱의 소시오패스

같은 날 아침, 재즈는 다섯 시간밖에 자지 못했다. 그는 하위와 아침 커피도 마시지 않고, 홈룸 시간도 빼먹은 채, 보안관의 집무실로 향했다. 8시도 되지 않은 시각이라, 라나는 아직 출근 전이었다. 경찰한 명이 구석 자리에 앉아, 웹사이트를 살펴보고 있었다. 에릭슨 부관은 보이지 않았다. 재즈는 그를 보지 않아도 된다는 사실이 생각했던 것보다 훨씬 더 기뻤다.

그는 텅 빈 접수대를 지나 곧장 G. 윌리엄의 집무실로 들어갔다. G. 윌리엄은 항상 제일 먼저 나와 있었는데, 오늘도 예외는 아니었다.

"새로 온 그 사람은 어디 있어요?" 재즈는 노크도 없이 안으로 들어가 보안관에게 물었다. "일찍 일어나는 새가 벌레를 잡는다는 정도는 알아야 할 텐데."

"부관도 쉬는 날이 있어야지, 재즈. 그 친구의 근무 시간 기록표를 확인하려고 여기까지 온 건 아니겠지?" G. 윌리엄이 말했다.

"제가 알아냈어요." 재즈가 큰 소리로 말했다. 그리고 G. 윌리엄의 책상에 샌드위치용 비닐 봉투를 던졌다. 재즈는 발가락 반지를 넣은 비닐 봉투의 입구를 테이프로 막고, 그 반지를 발견한 장소와 시간도 기록해서 붙였다.

G. 윌리엄은 반지를 흘깃 쳐다보고는 옆으로 밀었다. "허튼소리를 하기에는 너무 이른 시간인 것 같구나, 재즈. 커피부터 한잔 마셔도 되겠니?"

"제인 도우가 누군지 알아냈다고요." 경찰서에 비치된 낡은 커피 기계가 있는 쪽으로 G. 윌리엄을 따라가면서 재즈가 믿을 수 없다는 듯이 말했다. 탄 커피 냄새가 코를 찔렀다. "그런데도 관심 없어요?"

G. 윌리엄은 아무 말 없이, 컵에 그날의 첫 잔째 커피를 따랐다. 그는 아무 말 없이 커피를 한 모금 마시더니, 콧수염이 떨릴 정도로 얼굴을 심하게 찡그렸다. 그런 다음 다시 집무실로 돌아와 책상 앞에 앉았다. 그리고 여전히 아무 말 없이, 계속 커피를 들이켰다. 마침내 임시로 만든 증거 보관용 봉투를 집어 들더니, 그 안에 들어 있는 반지를 흘깃 쳐다보았다,

"네가 범죄 현장에 갔었다는 이야기라면 듣고 싶지 않구나. 만약 네게서 그 말을 듣게 된다면, 난 그 일을 공식적으로 처리해야 할 테니 말이야. 무슨 말인지 알아듣겠니?" G. 윌리엄이 말했다.

재즈는 잠시 머뭇거리다가 말했다. "시냇가에 갔어요. 해리슨 농장에 있는 거요. 엄밀히 말하면 그곳은 범죄 현장이 아니잖아요. 물론

범죄가 시작된 곳이긴 하지만요." 재즈는 상대방을 무시하듯 거만하게 말했다.

보안관이 눈을 가늘게 떴다.

"피해자의 이니셜은 F.G예요." 재즈는 G. 윌리엄에게 그 사실을 어떻게 알게 되었는지 입증하기 위해 설명하기 시작했다. "그 반지에 새겨져 있어요. 시간이 조금 걸리긴 했지만, 제가 알아냈어요. 하위는 로봇 이름 같다고 하더군요. 암호 같지만, 사실은 헌정 문구였어요. 'F. G에게, D. R이(for F.G. from D.R.)' 그런 걸 발가락 반지에 새겼다는 것이 좀 이상하긴 하지만, 세상에는 별별 일이 다 있는 법이잖아요? 그 이니셜로 실종자 조회를 해보시면 될 거예요…."

"피해자의 이름은 피오나 구들링이다." G. 윌리엄이 딱 잘라 말했다. "2주일 전에 애틀랜타에서 실종 신고가 들어왔어. 남자 친구 이름이 더그 리브더구나. 가끔은 많이 부족하고, 불쌍한 우리 경찰들도 자기 앞가림을 할 수 있단다. 네가 우리에게 양손과 손전등을 사용할 수 있게만 해 준다면 말이야."

재즈는 얼굴뿐 아니라 귓등까지 시뻘겋게 달아오르는 것을 느꼈다. "그런…." 그 말밖에 할 수 없었다.

"그 여자는 여름마다 YMCA에서 수영 강사로 아이들을 가르쳤어. 그래서 신원 확인서와 지문이 전부 다 남아 있었지. 어젯밤, IAFIS(종합자동지문신원확인시스템)에서 연락을 받았단다. 조금 전에 피해자의 가족에게도 전화로 알렸고."

재즈는 여전히 무슨 말을 해야 할지 생각이 나지 않았다. 그는 경찰보다 자신이 한발 앞서 나가고 있고, 이 사건을 해결할 수 있는 사람은 자기밖에 없다고 확신하고 있었기 때문이다.

그런데 지금은… G. 윌리엄의 시선에 주눅이 들었다. 재즈는 보안관의 말을 거역하고, 범죄 현장에 몰래 들어갔으며, 마치 자기가 유일한 희망이라도 되는 듯 수사를 방해했다. 이번 일은 경찰이 알고 있는 정보를 확인하는 것과는 전혀 다른 별개의 문제였다.

G. 윌리엄이 할 말 있으면 해 보라는 듯 재즈를 쳐다보고 있었다.

재즈는 더 이상 G. 윌리엄을 두려워하지 않기로 결심했다.

"그렇다면 애틀랜타 경찰 쪽에 대책 본부가 세워지는 건가요? 보안관님도 그쪽에 합류하시겠네요. 보안관님이…."

"재즈, 네 머릿속이 지금 연쇄 살인범에 관한 생각으로 가득하다는 건 나도 안다. 하지만 이번 사건의 범인은 연쇄 살인범이 아니야." G. 윌리엄이 그다지 퉁명스럽지 않은 목소리로 말했다.

"하지만 손가락을 자른 것으로 봐서…."

"연쇄 살인범은 자신들의 안전지대에서 살인을 저지르지. 꼬리가 밟히지 않기 위해서 말이야. 범인이 연쇄 살인범이라면 애틀랜타에서 여자를 죽인 다음, 여기까지 시신을 끌고 와서 유기하지는 않아. 이곳은 자기 활동 영역에서 너무 멀리 떨어진 곳이야." G. 윌리엄은 재즈의 말을 듣지 못한 것처럼 말을 이었다.

"우리 아버지는 이 나라 전체가 안전지대였어요. 이 세상이 전부 안전지대였다고요. 그 정도는 보안관님도 아셔야죠. 경찰 전체가 말이에요." 재즈가 날카롭게 말했다.

보안관의 표정이 굳어졌다. 그는 재즈에게 연민을 가지고 있긴 했지만, 이런 건방진 말대꾸를 참아 줄 정도는 아니었다. "피해자의 가족이 저걸 돌려받으면 고마워할 거다." 보안관이 발가락 반지를 가리켰다. "그리고 너한테 분명히 경고하는데, 다시는 범죄 현장 근처에 얼씬거리지 마라."

"사건을 공개 수사로 돌리세요. 그날 밤 뭔가를 본 목격자는 없는지 찾으셔야죠. 그리고 그곳에 무슨 일로 얼씬거렸는지 알아보셔야 할 거예요. 그렇게 해야…."

"내 일에 이래라저래라 하지 마라!" G. 윌리엄이 자리에서 벌떡 일어나며 큰 소리로 말했다. 그의 얼굴이 붉으락푸르락 변했다. "감히 그딴 식으로 말하다니! 이런 일로 다시는 내 앞에 나타나지 마!"

재즈가 문가에 서서 말했다. "앞으로 살인 사건이 더 많이 일어날 거예요." 그는 최대한 위협적으로 말했다.

빌리 덴트의 아들답게 제대로 된 위협이었다. G. 윌리엄이 약간 떠는 것처럼 보였다. "난 분명히 경고했다. 명심해라. 그리고 오늘 학교는 안 갈 거냐?"

재즈는 무슨 말인가 하려고 입을 열었지만, 무슨 말을 하더라도 G. 윌리엄이 들어주지 않으리라는 것을 깨닫고 그냥 그곳을 나갔다.

재즈는 1교시 중간에 학교에 도착했다. 교감에게는 차 사고가 나서 제시간에 오지 못했다고 변명했다. 평소였다면 매력을 십분 발휘하고 빠져나갔거나, 별일 없이 넘어갔을 텐데 그날 아침만큼은 뜻대로 되지 않았다. 재즈의 눈 밑이 축 처진 것을 보더니, 교감이 말했다. "시도는 좋았다." 그런 다음 "밤새 노는 건" 하지 말라는 충고와 함께 2교시 수업에 들여보내 주었다(마침 수업종이 울렸다). 마치 전날 밤, 재즈가 정말 무슨 일을 했는지 알고 있는 것 같았다.

재즈는 복도에서 하위를 만나, G. 윌리엄을 만났지만 이미 경찰에서는 희생자의 이름이 무엇인지 알고 있더라는 이야기를 했다. "난 언제 네가 약속했던 문신을 할 건지 궁금할 뿐이야."

참, 그렇다. 재즈는 그 생각만으로도 벌써 피부가 근질거리는 것 같았다. "지금은 좀 바빠. 다음 주는 돼야 할 수 있을 거야."

재즈는 투덜거리면서, 화가 난 채 수업에 들어갔다. 코니가 그를 달래 주려고 했지만 아무 소용없었다. "G. 윌리엄이 나를 이번 사건에 발도 못 붙이게 내쫓았어." 재즈가 점심을 먹으며 코니에게 말했다. 두 사람은 학교 앞 잔디밭에서, 가을 햇살을 막아 주는 나무 그늘 아래 앉아 있었다. 10월 말이라 날씨가 약간 쌀쌀해졌기에 잔디밭에는 사람이 별로 없었다. 그래서 두 사람은 다른 사람들의 방해를 받지 않을 수 있었다. "상황이 아주 안 좋아. 하지만 보안관은 여전히 범인이 연쇄 살인범이라는 내 말을 믿지 않고 있어."

코니가 재즈의 입에 포도를 넣어 주었다. 재즈가 받아먹자 그녀가 말했다. "첫째, 이런 식으로 생각해 봐. 보안관의 뒤에는 법 집행 기관이 버티고 있어. 너한테는 하위 하나밖에 없는데도, 보안관과 맞먹고 있잖아. 둘째, 나한테 다시는 하지 않겠다고 해 놓고 그런 어리석은 짓을 저질렀으니 네 엉덩이를 걷어차 줄 거야. 셋째, 어쩌면 보안관의 말이 옳을지도 몰라. 네가 연쇄 살인범의 짓이라고 속단한 건지도 모르지. 이치에 맞잖아." 코니가 마지막으로 덧붙였다. "그리고 넷째, 나한테는 하지 않겠다고 해 놓고, 간밤에 그런 짓을 또 저질렀으니 네 엉덩이를 걷어차 줄 거야."

"그건 두 번째로 말했잖아."

"그럼 두 번 걷어차면 되겠네."

하지만 코니는 재즈가 연극 연습에 참석할 수 없게 됐다고 말했을 때는 정말 화를 냈다. 그 학교는 교칙이 아주 엄격했다. 학생이 결석을 하거나, 지각을 하게 되면 예외 없이 그날의 특별 활동에 참가하지 못하게 되어 있었다. 그래서 재즈는 연극 연습에 참석할 수 없었다.

학교 수업이 끝나자, 지니는 복도에서 재즈를 발견한 뒤 구석으로 데리고 갔다. 그녀의 키는 150센티미터로 정말 작았지만, 연기 연습 중에는 키가 큰 것처럼 보이게 행동했다. "재스퍼! 오디션 첫날, 나와 했던 약속 기억하고 있겠지?"

"네, 그럼요." 그는 주위를 둘러보았다. 아무도 없었다. "코니가 선생님한테 일러바쳤나 보죠?"

"말 돌릴 생각하지 마. 이번 연극에 참여하는 것은 약속이라고 말했던 것을 기억하고 있겠지. 이건 나와 네 동료 배우들, 그리고 너 자신과 하는 약속이라고 했던 것 말이야."

"물론이죠." 그는 어렴풋이 기억하고 있었다.

"그런데 어째서 넌 오늘 나와의 약속을 지키지 않은 거니? 네 동료들과의 약속을 저버린 이유가 뭐야? 무엇보다도 어째서 네 자신과의 약속을 지키지 않은 거지?"

재즈는 마음속으로 신음했다. 그는 죄책감을 드러내는 걸 잘 하지 못했다. 하지만 지금은 죄책감을 보여야 할 때였다. 그래서 재즈는 애써 그런 척 연기를 했다.

"정말 죄송해요. 하지만… 전 다른 사람보다 훨씬 먼저 대사를 외웠어요. 오늘 내일 사이에 대사를 잊어버리지는 않을 거예요." 재즈가 말했다.

"재스퍼, 이건 그런 문제가 아니야. 네가 한 말을 지키는 것에 관한 거지. 너를 믿고 있는 연극에 참여하는 다른 사람들과의 약속에 관한 문제야."

"정말 죄송해요." 재즈는 다시 사과했다. 이번에는 진정성을 담아 보았다. 그로서는 화가 난 지니 데이비스와 싸우는 것보다 훨씬 중요한 일이 많았다. 지금 지니는 재즈가 그녀의 허리를 안아 올려 위아래로 흔들면서 '누가 화를 내는 거야? 지금 화가 잔뜩 난 사람은 누구지?'라며 달래고 싶을 정도로 우스꽝스러운 모습을 하고 있었다.

"다시는 이런 일 없을 거예요." 재즈가 진지하게, 실망하고 상처받은 것 같은 비장의 표정을 지으며 약속했다.

지니는 그 즉시 녹아내려, 양팔을 벌렸다. 재즈는 그대로 얼어붙었다. 이 상태로는 그녀가 그를 끌어안는 것을 막을 길이 없었다.

결국 지니는 그대로 얼어붙어 있는 재즈를 덥석 끌어안더니, 팔에 힘을 주었다.

그러자 그는 느낄 수 있었다….

모든 것을.

지니와 재즈의 몸과 밀착되면서, 곱슬곱슬거리는 그녀의 머리카락이 그의 코 밑을 간지럽혔고, 그녀의 작고 단단한 가슴이 흉곽 아래쪽에 부딪히는 것을 느낄 수 있었다.

그리고 그녀의 냄새.

생각했던 것보다 훨씬 지니가 연약하다는 것을 알 수 있었다. 쉽게 부러질 것 같았다. 재즈는 장갑 낀 손으로 피오나 구들링의 목을 감쌌던 것을 떠올렸다. 장갑을 낀 살인자의 손, 장갑 낀 빌리의 손, 전리품들, 손가락들, 그리고 칼.

그는 섹스가 무서웠다.

다른 십대 소년들처럼, 그도 섹스에 집착했다. 그리고 어떻게든 가능한 많이 하고 싶었다. 하지만 다른 십대 소년들과는 달리 그는 그렇게 할 수 없었다. 생각만 해도 온몸이 딱딱하게 굳어지는 것 같았다. 그와 같은 사람들에게 섹스는 도수 약한 술과 같았다. 그래서 코니가 안전한 것이다….

그래, 코니는 안전했다. 하지만 지니는 따뜻하고, 완벽한 '손쉬운' 상대로 여겨졌다.

"너무 야단쳐서 미안해." 그녀는 자신이 재즈에게 무슨 짓을 했는지 전혀 모르는 채, 뒤로 물러났다. "내일은 지각하지 마, 알았지?"

학교를, 아니 지니 데이비스의 손아귀에서 빠져나오자마자, 재즈는 잠시 운전대를 잡기 전에 주차장에 서서 머릿속을 비웠다. 차를 몰고 집으로 돌아가면서, 마음속으로 해야 할 일들을 정리하기 시작했다. 그는 G. 윌리엄에게 피오나 구들링(더 이상 그녀를 제인 도우라고 생각하지 않는 것이 낯설게 느껴졌다)이 연쇄 살인범의 희생자라는 것을 입증할 방법을 찾아야 했다. 재즈는 어째서 자신이 이번 사건을 연쇄 살인범의 짓이라고 확신하는지 설명할 수 없었다. 그냥 알 수 있었다. 없어진 손가락들…. 중지를 남기고, 다른 손가락들은 가지고 갔다…. 마치 빌리가 저지른 일 같았다. 그건 뻔뻔하고, 무례한 일이었다.

재즈는 갑자기 브레이크를 밟았다. 다행히 다른 차가 없어서 옆길에 차를 세울 수 있었다. 길모퉁이에 숨어 있던 한 남자만 제외하면, 다른 사람은 아무도 없었다.

제프 풀턴이었다.

재즈는 그것이 우연이라고는 믿을 수가 없었다. 아니다 다를까 풀턴이 지프의 운전석 옆으로 달려오더니, 비행기의 이륙을 유도하는 신호기를 흔드는 것처럼 양손을 흔들기 시작했다. 차에서 내리라는 걸까? 기다리라는 의미일까? 재즈는 브레이크를 밟았다. 하지만 언제라도 그 자리를 벗어날 수 있게 차에서 내리지는 않았다.

재즈가 창문을 내리자, 풀턴의 가쁜 숨소리가 들렸다.

"이렇게 널 만나서 다행이야. 네가 학교에서 집으로 돌아가는 길에 보려고 계속 여기서 기다리고 있었거든. 네 눈에 내가 어떻게 보일지는 알지만…."

"절 스토킹하시는 거예요, 풀턴 씨?" 재즈로서는 그 생각이 재미있기도 하고 무섭기도 했다.

"뭐? 아니야! 정말 아니야." 풀턴의 얼굴이 충격과 죄책감을 보이며 기이하게 뒤틀렸다. 마치 그런 생각만 해도 평생 동안 깨물었던 레몬 맛이 되살아나는 것처럼. "그냥 너랑 이야기를 하고 싶었을 뿐이야. 부탁한다, 재스퍼. 이렇게 애원할게."

"풀턴 씨. 전 정말 도와드릴 수가 없어요."

"하지만 웹사이트에서 봤어. 네 아버지의 희생자들이 만든 웹사이트 말이다. 누군가 자유 게시판에 네 아버지가 너한테만은 전부 다 털어놓았다는 소문을 들었다는 글을 올렸어. 네게 물어보고 싶은 게 있어서 그래. 하나만 답해 주면 된다. 너는 이 질문이 내게 어떤 의미인지 모를 거야. 제발 부탁할게."

재즈의 몸이 굳어졌다. 그도 그 웹사이트를 알고 있었다. www.dentedlives.com. 희생자들의 가족들은 그곳에서 세세한 사실들과 정보를 공유했고, 분노와 연민을 나누고 있었다. 사형을 면해 준다는 조건으로 빌리 덴트는 정해진 시기에 희생자들에 관한 정보를 밝히는 데 동의했다. 하지만 그는 어떤 희생자에 대해, 언제 말할 것인지는 밝히지 않았다. 결국 6개월에 한 번씩, 빌리의 사악한 범죄 행위가 새롭게 만천하에 드러날 때마다, 그 웹사이트에는 온갖 소식들과 논의들이 속속 올라왔다.

물론 그보다 더 나쁜 것은 빌리가 재즈에게 희생자들에 대한 많은 이야기를 해 주었다는 점이다. 매일 밤, 빌리는 잠자리에서 읽어 주는 동화책처럼 희생자들에 관한 기분 나쁜 이야기들을 재즈에게 들려주었다. '탈출을 시도했던 여자의 슬픈 이야기.' '너무 빨리 포기한 남자.' '칼을 가지고 있었지만 사용하지 못한 여자.' 이런 이야기들이 셀 수도 없을 정도로 많았다. 아마 백 편도 넘을 것이다. 어린 시절, 재즈의 머릿속은 온통 이런 역겨운 동화책들로 가득 차 있었다. 혹시 그 책이 찢어지면 아무렇게나 테이프로 이어 붙였다. 그런 식으로 재즈는 평생 잊지 못할 피투성이에, 구역질나는 혐오스러운 이미지들이 뒤섞인 기억을 가지고 있었다. 하지만 그 기억들은 대부분 맥락이 없었다. 잠시 복지 단체에서 지낼 때, 정신과 의사는 재즈를 검사한 뒤 심적 외상 후 스트레스 장애의 다양한 증상을 보인다는 진단을 내렸다. 재즈는 일곱 살 때 아버지의 침실용 탁자 위에서 사람의 치아를 찾았던 것을 기억하고 있었다. 하지만 그 치아가 어디서 났는지는 기억이 나지 않았다. 재즈가 기억하고 있는 것은 오직 그 치아를 찾았다는 것과 아무것도 모르는 아이답게 그 치아를 주사위처럼 가지고 놀았던 것뿐이었다. 뭔가 잘못된 일이라는 것도 알지 못했고, 친구 집에 놀러가서도 찬장이나 서랍장 위에서 똑같은 것을 찾곤 했다.

하지만 빌리는 재즈에게 살인에 관련된 자세한 내용은 알려 주지 않았다. 특히 살인 충동 이면에 성적인 욕망이 더해졌을 때는 더 그랬다. 빌리 덴트가 희생자들을 그냥 죽이기만 한 건 아니라는 건 분명했다. 그는 희생자들을 괴롭혔고, 고문했다. 그들을 강간했고, 성폭행을 했다. 하지만 빌리는 재즈에게 어느 선까지 알려 줄 것인지에 대해 자신이 정한 기준이 있었다. 빌리는 소위 몇 가지만큼은 재즈에게 가르쳐 줄 필요가 없다고 단언했다. "네 스스로 어떻게 할 것인지 알아야 한다. 자신만의 방법을 찾아야 하는 거야."

재즈는 정기적으로 시사 주간지와 케이블 TV 채널에서 '그의 이야기'를 말하거나, '그의 입장'을 세상에 알리자는 제안을 셀 수 없이 많이 받았다. 하지만 재즈는 '자신의 입장' 같은 건 없었다. 그의 유년 시절은 아주 혼란스러웠고, 기억조차 아무 도움이 되지 않게 토스트 샐러드(드레싱을 넣고 섞은 샐러드 — 옮긴이)처럼 뒤죽박죽이었다.

"전 아무것도 해 드릴게 없어요, 풀턴 씨. 정말 못해요."

"한 가지만 대답해 주면 돼. 부탁이야. 혹시 돈이 필요하니? 그런 거라면 돈을 줄 수도 있어. 많이는 줄 수 없지만…."

"그만하세요, 풀턴 씨! 제발요." 재즈는 풀턴의 측은한 얼굴을 차마 볼 수가 없었다. 그는 백미러로 주위를 살피며 누군가 뒤에 차를 세우거나, 경적을 울려 주기를 바랐다. 하지만 그 옆길에는 여전히 아무도 없었다.

"경찰 보고서에 따르면 내 딸에게 재갈을 물렸다고 되어 있었어." 풀턴이 말했다. 그는 똑바로 서 있다가 자세를 바꿔 창가에 바짝 기대 섰다. 재즈는 목덜미에 그 남자의 숨결까지 느낄 수 있었다. "하지만 검시관은 그 애가 죽기 전에 그 재갈을 뺐을 거라고 하더구나. 부탁이야. 내가 묻고 싶은 건, 네 아빠가… 혹시 네 아빠가 그 애가 죽기 전에 한 말을 네게 말해 주지 않았니? 난 그걸 알고 싶어."

하나님 맙소사.

재즈는 눈을 꼭 감았다. 이 남자는 미친 걸까? 이 남자는 무슨 생각으로, 도대체 어떤 대답을 기대하고 이런 질문을 하는 걸까? 그 여자가 마지막으로 말을 남겼다고 해도 '하나님, 부탁이에요. 안 돼. 제발 살려 주세요. 안 돼, 안 돼. 안 돼. 안 돼애애애애애애' 같은 정도의 말이었을 것이다.

"전 도와드릴 수 없어요." 재즈가 속삭이듯 말했다. 그건 사실이었다. 재즈는 해리엇 클레인이 죽기 전에 마지막으로 무슨 말을 했는지 몰랐다. 짐작조차 할 수 없었다.

"혹시 네 아빠가 일기 같은 걸 쓰지 않았니? 경찰 몰래 네가 가지고 있는 거 없어? 약속하마. 내 딸의 무덤에 걸고 약속할게. 아무한테도 말하지 않을 거야. 난 그냥 보고 싶을 뿐이야. 그냥 보기만 할게."

재즈는 숨을 깊이 들이마신 뒤, 천천히 내뱉었다. 그런 후 풀턴을 돌아보았다. 풀턴의 눈은 저번보다 더 움푹 들어가 있었고, 얼굴의 주름살도 더 깊이 새겨져 있었다. "풀턴 씨. 전 도와드릴 수 없어요. 부탁이니 가 주세요. 전 이제 출발할 거예요. 차에서 뒤로 물러나세요."

풀턴은 절망한 듯 흐느껴 울며, 뒤로 물러섰다. 재즈가 창문을 올릴 때, 그가 마지막으로 한마디했다. 그 말이 북극에서 부는 바람처럼 재즈에게 매섭게 몰아쳤다. "넌 아무것도 잃어 본 적이 없지?" 풀턴이 내뱉듯 말했다. 그의 목소리에는 비통함과 원한이 서려 있었다. "소중한 누군가를 떠나 보낸 적이 없지? 애완동물이라도 말이야. 아무것도 좋아해 본 적이 없지?"

재즈는 지프의 속도를 높여 그곳을 떠났다.

재즈가 운전하는 동안 지프의 좁은 공간 안에서 풀턴의 목소리와 분노로 가득한 눈빛이 계속 떠올랐다. '소중한 누군가를 떠나 보낸 적이 없지? 아무것도 좋아해 본 적 없지?'

'있어! 나도 좋아해 본 적 있다고!' 재즈는 격하게 생각했다.

처음에는 재즈도 관심을 가지고, 가능한 많은 희생자의 가족들과 접촉해야겠다고 생각했다. 어쩌면 얼굴 마담이 되어 기부금을 끌어와 자선 단체를 만들거나 기금 조성 같은 것을 할 수도 있을 거라고 생각했다. 앞으로 그가 괴물이 되는 일은 없을 거라는 것을 자기 자신과 이 세상에 입증할 수 있을 만한 좋은 일을 하려고 했다.

하지만 빌리도 계속 선행을 했었다. 존 웨인 게이시도, 그 외 수많은 연쇄 살인범들도 그랬다. 선행을 했다는 것이 중요한 건 아니었다. 그건 전부 위장이니까. 재즈는 선행을 하고 싶다는 자신의 마음을 믿을 수 없다는 것을 깨달았다. 진심이 아닐 수도 있었다. 그 마음은 그저 속임수일 수도 있었다.

오래전에 하위를 못된 아이들에게서 구해주었던 일, 그가 지금껏 해 온 일 중 정말 잘한 일이라고 생각했던 그 일조차 의심스러웠다. 그때 재즈에게 맞은 아이들의 부모가 찾아와 아이들이 다쳤다고 항의했을 때, 빌리는 몹시 화를 냈다. "그 애들을 그냥 죽였어야지. 그런 다음에 우리가 같이 그 애들의 시체를 치워 버렸으면 내가 이런 일을 겪지 않았을 것 아니냐. 그 애들을 죽이고, 버렸어야 해. 하지만 넌 그러지 않았지. 넌 그 애들을 두들겨 팼고, 애들이 울면서 엄마에게 쫓아가게 만들었어. 덕분에 지금 내가 예의바른 얼굴을 하고 그 마녀들을 달래러 가야 한단 말이다."

그런 충동이 있었다. 느낌이 있었다. 기억도 있었다. 그 당시 그가 아버지에게 배웠던 그런 일들은 이내 잊어버렸지만, 머릿속 깊은 곳에 숨어 있다가, 한밤중에 나타나는 스토커처럼 언제라도 다시 튀어나올 준비를 하고 있었다. 복지 기관에 있을 때 만난 정신과 의사는 재즈에게 이 같은 '갑자기 떠오르는 기억들', 다시 말해 잊었다고 생각한 기억들이 아무 경고 없이 불쑥 떠오르더라도 막아 낼 준비가 되어 있어야 한다고 말했다.

만일 그 기억들을 막아 낼 수 있다면… 다른 것들도 막을 수 있는 것일까? 욕구도? 의욕도? 욕망도?

충동도?

원칙적으로 열일곱 살은 소시오패스인지 아닌지를 진단하기에는 너무 어린 나이였다. 정신과 의사들은 그 진단을 하려면 열여덟 살이 될 때까지 기다리는 편이 좋다고 했다. 그래서 엄밀한 의미로는 현재 재즈가 소시오패스가 되는 것은 불가능한 일이었다. 하지만 재즈는 열여덟 살 생일에 그가 어떤 사람이 되고, 무엇을 할지 결정해 주는 마법의 스위치 같은 것이 하늘에서 뚝 떨어지지는 않는다는 것을 알고 있었다. 문제는 나이가 아니었다. 크레이그 프라이스(미국 최연소 연쇄 살인범-옮긴이)라는 아이는 열세 살 때 연쇄 살인범으로서의 행보를 시작했다. 재즈보다 한참 준비도 부족했을 아이가 열세 살에 살인을 시작한 것이다.

주사위는 던져졌고, 카드 패는 돌았다. 재즈가 알고 있든 모르고 있든, 이미 그가 어떻게 될지는 결정되어 있었다. 어쩌면 미친 아빠를 둔 다른 아이들처럼, 단순히 미친 아빠를 둔 아이일 수도 있다.

그렇지 않으면 전혀 다른 존재일 수도 있다.

상처 입은 소년

그는 집에 가야 한다는 것을 알고 있었다. 할머니가 기다리고 있을 것이다. 하지만 풀턴에 대한 생각이 머리를 떠나지 않았고, 그 때문에 기분이 좋지 않았다. 방사능을 쐬기라도 한 것처럼. 재즈는 아무렇지 않게 다른 사람들 옆에 있을 수 없었다. 그래서 마을을 벗어나 은신처로 향했다.

수십 년 전에 번성기가 지나간 작고 외딴 마을에서 자랐다는 이점 중 하나는 쓸 만한 집들이 많이 버려져 있다는 것이다. 재즈는 이런 사실을 빌리에게 배웠다. 결국 빌리도 로보스 노드의 주민 두 명을 살해한 뒤, 이런 장소를 전전하며 반년 동안 G. 윌리엄의 눈에 띄지 않고 숨어 있을 수 있었다. 보안관이 끈질기게 추격을 계속해 마침내 덴트의 집에 들이닥치기 전까지. 빌리는 로보스 노드의 구석구석 숨어 있는 샛길과 버려진 집들에 대해 잘 알고 있었다. 그리고 아들에게도 그런 길과 버려진 집들의 중요성을 가르쳤다.

재즈가 그 은신처를 찾아낸 건 우연이었다. 1년 전, 그는 금방이라도 무너질 것 같은 이 오래된 오두막을 발견했다. 지어진 지 80년도 넘은 것처럼 보이는 밀주 제조소로 쓰이던 집이었다. 큰길에서 400미터 정도밖에 떨어져 있지 않았는데도, 1년 내내 가문비나무와 소나무 숲에 가려 보이지 않았기 때문에, 재즈가 그 집을 찾아낸 건 정말 행운이었다. 재즈는 그 오두막이 혼자서 생각하기 좋은 장소라고 생각했다. 그래서 그는 지저분한 실내를 정리한 뒤, 은신처로 삼기로 결정했다. 재즈는 휴대전화도 없었기 때문에, 그곳에 있으면 개썰매를 타지 않고도 북극에 간 것처럼 고립될 수 있었다.

그러다 반년 전, 재즈는 이런 오두막을 찾는 것이 연쇄 살인범의 행동 양식과 흡사하다는 것을 깨닫고 깜짝 놀랐다. "제1장 : 범죄 계획을 짤 수 있고, 피해자들을 아무도 모르게 데려올 수 있는 숲 속 낡은 오두막을 찾아라."

그래서 그는 코니에게 이곳에 대해 말했다. 그 뒤로 그녀는 가끔 이곳에 왔고, 덕분에 재즈는 자신이 빌리와 같다는 느낌을 조금이나마 덜 수 있었다.

지금 그는 혼자 있고 싶었기 때문에 곧장 이곳으로 왔다. 가만히 어둠 속에 앉아 있는 것이 좋았기에 오두막 안에 들어가서도 등불을 켜지 않았고, 임시로 달아 놓은 블라인드조차 걷지 않았다. 그 은신처는 한쪽 면이 3미터를 넘지 않았다. 비와 벌레를 막기 위해 벽에는 거친 돌 위에 타르가 발라져 있었다. 재즈는 지난여름, 이곳에 낡아 빠진 스툴(등받이와 팔걸이가 없는 작고 둥근 의자—옮긴이) 두 개와 빈백 의자(비닐이나 모조 가죽 속에 폴리스티렌제 구슬을 넣어 푹신하게 만든 의자—옮긴이)를 가져다 놓았다. 그는 지금 빈백 의자에 앉았다.

재즈는 지갑을 꺼내 펼쳤다. 코니 사진을 넘기고, 지난 달 학교 축제 때, 하위가 긴 팔로 코니와 재즈의 어깨를 감싸고 같이 찍은 사진을 넘겼다. 그 사진 속에서는 세 사람 모두 카메라를 쳐다보며 웃고 있었다. 그 사진을 볼 때마다 재즈는 자신이 행복해 보인다는 사실에 놀라곤 했다.

그 외에 지갑 속에 들어 있는 사진은 엄마 사진뿐이었다.

'그래요, 풀턴 씨. 맞아요. 나도 누군가를 잃어 봤어요. 내게도 소중한 사람이 있었단 말이에요.'

그 사진은 침실 벽에 붙여 놓은 피해자 사진 중 83번째 위치에 붙어 있던 사진의 확대 본이었다. 떠난 건지, 없어진 건지, 실종된 건지, 살해된 건지 몰라도 엄마가 없어진 뒤에 아버지는 집 안을 샅샅이 뒤져, 엄마의 흔적들은 전부 찾아내 모닥불에 태워 버렸다. 지금 가지고 있는 사진은 어릴 때 재즈가 베개 밑에 숨겨 두었던 것으로, 엄마 사진은 이것뿐이었다.

소시오패스는 자기 자신 이외에 다른 사람에 대해서는 신경 쓰지 않는다. 연구 결과에 따르면 그렇다. 만일 아버지가 엄마를 아낀 거라면(최소한 엄마에 대한 기억이라도), 그리고 재즈가 코니와 하위를 아낀다면, 그 연구 결과는 사실이 아니라는 것일까…?

그건 아니다. 그렇게 단순하지가 않다. 소시오패스들도 애완동물을 키울 뿐만 아니라, 소중하게 다룬다. 심지어 결혼을 해서, 정서적인 인간관계를 모방하며 사는 경우도 있다. (연쇄 살인범들은 또한 잡동사니를 모으는 경향도 있는데, 재즈는 자신의 은신처 주위에 쌓여 있는 오래된 쓰레기들에 대해 생각하지 않으려고 노력했다)

재즈는 궁금했다. 그는 정말로 코니와 하위를 아끼는 것일까, 아니면 그렇다고 생각하는 것일까? 그건 책에 나오는 오래된 철학 문제와 같은 것이다. 내가 보고 있는 파란색과 네가 보고 있는 파란색이 같은 것이라는 것을 어떻게 알 수 있는가?

그 대답은 우리는 모른다는 것이다. 그렇다고 믿을 뿐이다.

소시오패스들이 진짜로 그런 것들을 걱정할까? 그렇다면 그들이 가진 애정도 진짜일까? 그렇다면 그런 걱정 자체를 걱정해야 하는 것일까? 재즈는 대답할 수 없었다. 하지만 그는 소시오패스들이 온갖 걱정이 많다는 것을 알고 있었다. 빌리는 잔디밭을 깔끔하게 손질하는 일에 집착했다. 만일 그 잔디밭의 관리가 제대로 되어 있지 않으면, 로보스 노드 전체에 소문이 날 거라고 믿었다. 어째서 124명이나 되는 무구한 사람들을 죽인 남자가 작은 마을의 소문 따위에 신경 쓰는 건지 재즈로서는 알 길이 없었다. 하지만 그런 빌리를 말릴 수는 없었다.

재즈는 빈백 의자에 앉은 채, 한 시간이 넘도록 엄마 사진을 들여다보고 있었다. 시간이 그만큼 흘렀는지도 알지 못했다. 그러다 갑자기 밖에서 들리는 소리에 재즈는 깜짝 놀랐다. 코니가 문을 열고 오두막 안으로 들어왔다.

"여기 있을 줄 알았어." 코니가 말했다.

"아직도 화났어?" 그녀가 들어오자 재즈가 물었다.

"아니." 코니가 그를 끌어안았다. "용서해 줄게."

"그래도 잊은 건 아니잖아."

"난 아무것도 잊어버리지 못해. 어떻게 해야 잊을 수 있는지 모르니까."

그는 고개를 끄덕였다. 그럼 됐다. "난 그냥 경찰을 돕고 싶었을 뿐이야. 여전히 범인은 연쇄 살인범일 거라고 생각해. G. 윌리엄이 잘못 알고 있는 거야. 앞으로 더 많은 사람들이 죽게 될 거야."

"네가 신경 쓸 일이 아니야. 그건 보안관이 할 일이지. 그러니까 그 사건은 보안관이 해결하게 내버려 둬. 그게 뭐야?" 코니는 그때까지도 재즈가 들고 있던 지갑 속 사진을 가리키며 물었다.

"아무것도 아니야. 그저…."

코니는 재즈의 손에서 지갑을 앗아가, 그 사진을 보았다. 그리고 코니는 이제껏 본 중 가장 힘없는 눈으로 그를 쳐다보았다.

재즈는 마음이 풀어졌다. 코니의 눈빛 때문이 아니라, 그냥 편안했기 때문이다. 그는 그녀에게 풀턴과 다시 만났던 일을 털어놓았다. "그래서 그냥… 이런저런 생각이 났던 거야." 그가 애매하게 말을 끝맺었다.

"무슨 생각?" 이제 두 사람은 빈백 의자에 함께 앉아 있었다. 코니는 재즈의 무릎 위에 올라앉아, 가슴에 머리를 기대고 있었다. 그녀의 머리카락이 재즈의 코를 간질였다. 무릎에 앉은 코니의 무게를 느끼자, 재즈는 십대 소년답게 몸이 반응하는 것을 느꼈다.

"있잖아, 그저 그런 일들."

순간 무슨 이유에서인지 모르겠지만, 재즈는 코니에게 이제껏 말하지 못했던 일들에 대해 털어놓았다. 그는 그 꿈과 악몽에 대해 이야기했다, 칼과 목소리에 대해.

재즈는 대부분의 여자들이 이런 얘기를 들으면 도망갈 거라고 생각했다. 정말 문을 열고 나가버릴 것이다. 그의 인생에서도 떨어져 나갈 것이다. 하지만 코니는 그의 손을 꼭 잡으며, 가만히 그를 바라보고 있었다.

"아무 의미 없어. 그냥 꿈일 뿐이야."

"늘 그 꿈을 꿔."

"그런 환경에서 자랐으니 당연한 거야."

재즈는 잠시 망설이다가, 그녀에게 진짜 고민을 털어놓았다. "만일 그게 꿈이 아니라면 어떡하지?"

코니가 멍하니 그를 쳐다보았다.

"내 말은…." 그는 입을 꾹 다물었다. 그러다 계속 말을 이었다. "그러니까 내 말은, 만일 그 꿈이 실제로 있었던 일이라면 어떻게 하지?"

"재즈…."

"만일 아버지가 진짜 내 손에 칼을 쥐어 줬던 거라면? 만일 아버지가 나를 개수대로 데려가서…."

"재즈…."

"…내 손에 칼을 쥐어 주고 나한테…."

"재즈, 그건 아니야."

"…누군가를 베라고 했다면 말이야. 닭처럼 자르면 된다고 말하면서. 그래서 내가…."

"더 이상 그런 생각 하지 마. 그만해."

하지만 재즈는 그렇게 할 수가 없었다. 너무 오래 가슴속에 담아두었던 일이라, 봇물처럼 밀고 나오는 것을 막을 수가 없었다. 일종의 기억의 동맥이 끊어져서, 피가 사방으로 흘러나오고 있는 것이었다.

"우리 엄마한테 무슨 짓을 한 거라면 어떡하지? 만일 그때 들은 게 엄마 목소리고, 아버지가 나보고 엄마를 베라고 한 거였다면? 내가 엄마를 죽인 거라면…."

"그만하라니까!" 코니가 양손으로 그의 얼굴을 감쌌다. "그만해. 그런 일은 없어. 내 말 듣고 있는 거야? 그런 일은 없었단 말이야."

재즈가 비참하게 말했다. "그럼 내가 어떻게 그 느낌을 알고 있는 거지? 꿈이었다면 어떻게 내가 사람을 베는 느낌을 알 수 있느냔 말이야. 정말 내가 한 짓이 아니라면, 그게 꿈이라면 어떻게 그런 느낌을 알고 있는 거지?"

코니가 눈동자를 이리저리 굴리며 생각에 잠겼다. 이윽고 그녀가 말했다. "사람들은 꿈속에서 자기가 절대 할 수 없는 일들을 해. 하늘을 날아오르거나, 슈퍼모델과 섹스를 한다거나. 아니면 경주용 차를 타고 달리거나 하는 것처럼 말이야. 어쩌면 그 목소리는 사실이었을지도 몰라. 정말 닭고기 같은 걸 잘랐던 거지. 넌 그냥 그렇게 생각하면 돼."

코니의 눈 속에 담긴 희망을 꺾어 버리는 것은 재즈 자신을 무너뜨리는 것이나 마찬가지였다. 그럼에도 그는 말했다. "난 그렇게 생각하지 않아, 코니."

"그렇게 생각하지 않으면? 네가 정말 누군가를 베기라도 했다는 거야?" 그녀가 갑자기 재즈에게 키스했다. 격렬하고, 진한 키스였다. 코니의 입술로 악마를 쫓아 버릴 수 있을 것 같았다. 재즈는 그대로 몸을 맡겼다. 코니는 안전했다. 그녀는 안전했다. 코니는 다른 여자들과 달랐다. 그녀는 안전했다. 왜냐하면….

"네가 누군가를 베었다고 해도, 그건 네 잘못이 아니야. 네가 하고 싶어서 한 게 아니니까. 다른 사람이 너를 시켜서 한 거니까. 네 아빠가 하라는 대로 한 것뿐이야. 네 생각이 아니었어. 넌 사이코패스(정신병질자 – 옮긴이)가 아니야." 코니가 말을 이었다.

"소시오패스야. 사이코패스와는 다른 거야."

"미안해. 기분 나쁘게 할 생각은 없었어." 그녀가 한쪽 눈썹을 치켜 올리며, 티투바의 억양으로 말했다.

재즈는 자기도 모르게 웃어 버렸다. 코니는 언제나 그를 웃게 해 주었다. 하지만 그 분위기도 오래가진 않았다. 설령 아버지와 같은 냉혈한 살인마가 아니라는 것이 밝혀진다 해도, 그의 머릿속에 많은 문제들이 쌓여 있다는 사실만큼은 변하지 않았다. 언젠가 그 문제들은 점점 더 심각해질 것이고, 그때는 코니도 지쳐서 그를 떠날 것이다. 그러니까 여기서 중요한 건….

코니가 재즈의 마음을 읽은 것처럼 느닷없이 말했다. "우리가 처음 만났을 때 네가 누군지 내가 몰랐을 거라고 생각하고 있었지? 내가 이 마을에 이사 온 지 얼마 안 됐으니까. 내가 정말 아무것도 몰랐을 거라고 생각해? 난 처음 만났을 때부터 네가 누군지 알고 있었어. 우리가 처음 키스했을 때도 네가 누군지 알고 있었고. 네 배경 같은 건 아무래도 상관없어. 그건 앞으로도 마찬가지야." 그녀가 재즈의 무릎 위에서 몸을 밀착시키며 엉덩이로 그의 사타구니를 문지르자, 재즈는 특별한 쾌감과 고통이 수반된 감각을 느꼈다.

'코니는 안전해⋯.'

"네가 자꾸 그런 생각만 하니까, 점점 더 안 좋은 생각이 드는 거야. 이제 전부 다 떨쳐 버려. 다 잊어버리란 말이야." 그녀는 길고 우아한 손가락을 요정의 가루라도 뿌리는 것처럼 흔들었다.

"쉬운 일이 아니야."

"어떻게 해야 하는지는 알지?"

"그만해."

"네 아버지를 만나러 가야 해."

제기랄. "그만하라고 했지?"

코니는 그에게 시선을 고정시켰다. "내 말 잘 들어. 그렇게 하는 게 좋아. 풀턴이라는 사람도 나름대로 매듭을 짓고 싶기 때문에 저러는 거잖아? 넌 그 사람이 바라는 대로 해 줄 수 없어. 하지만 그런 마음가짐 자체는 옳아. 그리고 네 아버지는 네게 그걸 해 줄 수 있어. 그 모든 일들은 네가 어릴 때 네 아버지가 한 짓이니까. 네가 알고 있는 모든 일들은 말이야."

재즈는 코니에게 자신이 덴트 가에서 어떻게 살았는지 자세히 말하지는 않았지만, 그 집에 진심이나 꽃다발 같은 건 없었다는 것을 알수 있을 정도로는 이야기했다. 이따금 사람 가슴에서 떼어 낸 진짜 심장이 있긴 했다. 장례식에 보낸 꽃다발도 있었고.

재즈는 가능한 부드럽게 코니를 무릎에서 끌어내렸다. 몸이 더 이상 단단해질 수 없을 정도로 단단해져서 감각이 없을 정도였다. "그런 말 하지 마." 재즈는 은신처의 하나밖에 없는 창문 쪽으로 걸어가면서 말했다. 창문에 유리는 없었다. 재즈는 그 자리에 여기저기 긁힌자국이 남아 있는 우윳빛깔의 뿌연 플라스틱판을 스테이플러로 고정시켜 놓았다. 그 틈새로 이 작은 낙원을 세상에서 지켜 주고 있는숲이 살짝 내다보였다.

"아버지는 매듭 같은 건 지어 주지 않아. 그건 아버지가 할 일이 아니야. 그 사람이 희생자들에 대한 이야기를 하기 시작한 건, 변호사들이 그렇게 해야만 사형을 면할 수 있다고 설득했기 때문이야. 빌리 덴트에게 있어 이 세상에서 자기 자신보다 더 중요한 건 아무것도 없으니까. 아버지는 어느 누구를 위해서든 사형 같은 걸 당할 생각은 없어. 나한테도 자신이 저지른 짓에 대해 사과하지 않을 거야. 아버지는그런 것에 연연하지 않으니까."

"아버지가 너한테 사과하지 않아도 돼." 코니가 재즈를 뒤에서 끌어안았다. "그냥 아버지가 네게 어떤 영향을 끼쳤는지만 말하면…."

"안 돼." 재즈는 그 생각만으로도 몸서리를 쳤다. "절대로 그 사람에게 약점을 보여서는 안 돼. 절대로 말이야. 난 아버지를 만나지 않을 거야. 그것만으로도 아버지가 유리해지는 거니까. 연쇄 살인범에 게 어떤 약점을 보이게 되면, 그 뒤에는 그자들이 네 안에 들어가게 되는 거야."

"네 아버지는 이미 네 안에 들어가 있어. 그래서 네가 잊지 못하는 거고." 코니가 안타깝다는 어조로 속삭이듯 말했다.

"잊어버리라고?" 그가 돌아서며 큰소리로 말했다. 코니가 뒤로 물러섰다. "잊어버리라고? 그 사람은 우리 엄마를 죽였어!"

"아직 모르는 일이야. 확실한 것도 아니잖아."

"아니, 난 알아. 어느 날, 엄마가 있었어. 그리고 그다음 날 획 사라 져 버렸지. 엄마 물건도 전부 다 없어졌어. 사진 한 장 남기지 않고 말 이야. 아예 엄마란 사람이 처음부터 존재하지 않았던 것처럼. 아버지 는 엄마를 지워 버렸어. 잘못 쓴 메모지처럼 말이야. 아버지에게 엄마 는 그런 존재일 뿐이었어. 획 버려도 되는 그런 존재."

"경찰이 찾아 줄 거야…"

"아무도 찾지 못할 거야. 하지만 한 가지만은 확실해. 가장 좋은 건 시체를 없애는 거야. 그건 아버지도 잘 알고 있어. 보통 시간이 걸리 긴 하지만, 시간만 충분하다면 시체를 없앨 수 있어. 엄마의 경우, 아 버지에게는 시간이 충분했지. 엄마는 다른 가족이 없었어. 아버지 이 외에는 엄마를 찾을 사람은 없었지. 아버지 말고는!" 그는 마지막으 로 말한 뒤 창문으로 돌아서서 주먹으로 있는 힘껏 내리쳤다. 자신이 무슨 짓을 하고 있는지도 몰랐다.

스테이플러로 박아 놓았던 플라스틱판은 그대로 붙어 있었다. 욱

신거리는 주먹의 고통이 팔 전체로 퍼져나갔다.

"넌 화가 난 거야. 그분한테." 코니가 조용히 말했다.

그분? 엄마한테? 재즈가 이제껏 살아가는 동안, 유일하게 좋았던 사람에게?

"아니. 아니야."

"맞아. 넌 화를 내고 있어. 엄마가 너를 떠났다고 화를 내고 있는 거야." 코니가 자신만만하게 말했다.

"엄마는 살해당했어."

"너를 남겨 두고 떠나신 거야."

그는 웃었다. 그 소리가 씁쓸하게 들렸다. "가끔은 나도 엄마가 어딘가로 떠난 거라고 생각해. 정말 그렇게 생각하는 건 아니지만, 그렇다고 상상하는 거지. 엄마가 어느 순간 아버지가 어떤 사람인지 알고 도망간 거라고 말이야."

"거 봐. 넌 화가 난 거야. 엄마가 너만 남겨 두고 도망갔다고 생각하니까." 코니가 의기양양하게 말했다.

"아니. 그런 걸로 화를 내진 않아. 그건 자랑스러워할 일이지."

"엄마가 어린 아들을 버리고 도망간 게 자랑스러운 일이라고? 너 미쳤어?"

재즈는 어깨를 으쓱했다. "만일 엄마가 도망갔다면 그건 정말 잘한 거야. 아버지에게서 도망친 유일한 사람이 되는 거니까. 결혼한 연쇄 살인범들은 대부분 배우자에게 그 사실을 알리지 않아. 하지만 여자가 정말 모르지는 않겠지. 그래서 엄마도 도망간 거야. 엄마가 나를 데려가지 않았다는 것 때문에 화가 난 적은 없어. 엄마는 기회를 노리다가 간신히 도망쳤을 테니까. 아마 겁에 질렸을 거야…. 하지만 이건 그저 가끔 하는 상상일 뿐이야. 마음속으로는 진실을 알고 있으니까. 엄마는 죽었어. 오래전에 죽었어." 재즈가 상처 입은 주먹을 쓰다듬었다. "그리고 엄마에 관련된 것은 아무것도 남아 있지 않아."

"너는 남아 있잖아. 바로 그게 내가 용서는 해도 잊어버리지 못하는 이유야. 누군가를 잊어버리면, 그 용서는 더 이상 아무 의미가 없어지니까. 그러니까 너도 어머니가 그냥 떠난 거라고 생각해. 그리고 용서해 드려. 그렇게 하는 게 좋아. 그렇더라도 네가 엄마를 잊어버리는 일은 결코 없을 거야." 코니가 말했다.

재즈도 그 말이 맞다는 건 알고 있었다. 아직은 그렇게 받아들이고 싶지 않았지만.

13

새로운 희생자

남자가 말을 걸자, 헬렌은 눈을 빠르게 깜박거렸다. 그녀는 지금 자기가 앉은 채로 사슬에 묶여 있다는 것을 깨달았다. 입에 재갈도 물려 있었다. 지금 있는 장소는 헛간이나 별채인 것 같았다. 머리 위로 비스듬히 새어 들어오는 빛을 따라 먼지가 떠다니고 있었다. 시간은 아직 낮이었다. 그 점이 중요했다. 정말 안 좋은 일은, 끔찍하고 무서운 일들은 대낮에는 일어나지 않는 법이니까.

하지만 정말 그럴까?

남자가 낡고 망가진 의자에서 일어나며 말했다. "걱정돼? 무서워?" 그가 그녀에 다가서며 물었다.

그녀는 어떻게 대답해야 할지 알 수가 없었다. 여전히 혼란스러운 상태였다. 커피숍에서 쓰레기를 버리려고 골목길로 나왔던 것까지는 희미하게 기억이 났다. 그때 남자가… 가까이 다가왔고… 도와달라고 부탁했는데….

그런 다음 약간 따끔했고….

"무서워?" 이번에는 정말 걱정스러운 것 같은 목소리로 남자가 다시 물었다.

남자가 무슨 약을 쓴 건지, 그녀는 아직도 눈앞이 흐릿했다. 헬렌은 가능한 빨리 생각을 정리해 보려고 했다. 뭐라고, 어떻게 대답을 해야 하는 걸까? 친구인 마릴린이 강간범과 마주쳤을 때는 인간성을 강조해야 한다고 말한 적이 있었다. 강간범들이라도 상대방을 사람으로 인지하게 되면, 물건처럼 다루는 것을 멈춘다면서 말이다. 지금 같은 상황에서도 그 방법이 통할까?

그녀로서는 다른 방법이 없었다. 헬렌은 짧게 고개를 끄덕였다. 사실은 두렵다는 것을 인정하는 것도 두려웠다.

"쉬, 쉬. 무서워할 것 없어. 무서워하지 마." 남자가 팔을 뻗으면 닿을 정도로 다가서며 말했다. 그는 주머니에서 낡은 종이를 꺼내 펼치더니, 그 내용을 재빨리 훑어보았다.

"이 내용은 전부 기억하고 있어. 하지만 제대로 하고 있는지 확인하고 싶어서 말이야. 그게 어떤 건지 당신도 잘 알겠지." 남자가 약간 재미있어하는 듯한 목소리로 말했다.

그녀는 남자의 말에 동의한다는 듯 열심히 고개를 끄덕였다. 어떻게든 남자의 비위를 맞추어야 했다. 순간 헬렌의 흐릿하던 시야가 밝아졌다. 그래서 그가 다가서자 얼굴을 제대로 볼 수 있었다. 남자는 평범한 얼굴이었다. 싫증날 정도로 평범했다. 어쩐지 눈에 익는 것 같기도 했지만, 그녀는 매일 커피숍에서 너무 많은 사람들을 봤기에….

하나님 맙소사! 그녀는 남자의 얼굴을 봤다! 보통 범인이 얼굴을 보여 준다는 건 죽이겠다는 의미가 아닌가?

"당신이 무슨 생각하는지 알아." 남자가 부드럽게 말했다. 그가 어쩐지 수줍은 듯한 미소를 지었다. "당신이 내 얼굴을 봤으니 내가 당신을 죽일 거라고 생각한 거지. 안 그래?" 남자는 혀를 끌끌 찼다. "그건 걱정하지 마. 난 아주 평범한 얼굴을 가졌거든. 우리 엄마도 슈퍼마켓 같은 곳에서는 내 얼굴을 잘 못 알아볼 정도니까." 남자가 껄껄거리며 웃었다. 헬렌도 남자를 따라 웃고 싶었다. 남자를 따라 소리내어 웃고 싶은 마음이 간절했다. 하지만 그녀의 입에는 재갈이 물려 있었다.

"자, 그럼 이제 본론에 들어가 볼까." 남자가 다시 한 번 종이를 들여다보며 말했다. "당신 이름이 헬렌 마이어슨이지?" 헬렌이 대답하기 전에, 남자가 어깨 끈이 달린 그녀의 가방을 열었다. "잊지 마. 언제라도 당신의 운전면허증을 보고 확인할 수 있으니까 거짓말할 생각은 안 하는 게 좋을 거야. 이름이 헬렌 마이어슨 맞지?"

그녀가 고개를 끄덕였다.

"웨이트리스로 일하고 있고. 맞아?"

다시 고개를 끄덕였다.

"좋아!" 남자가 미소를 짓더니, 친절하게 윙크까지 날렸다. 그런 다음 종이를 접어 다시 주머니 속에 넣었다. "이제 네 재갈을 풀어 주고, 입속에 틀어박은 지저분한 천 쪼가리도 빼 줄게. '소리 지르지 마.

그랬다간 후회하게 될 거야.' 같은 말을 할 생각은 없어. 그 이유는 잘 알겠지, 헬렌? 원한다면 마음껏 비명을 질러도 돼. 나는 전혀 상관없으니까. 아무도 당신 비명 소리를 듣지 못할 테니 신경 쓸 것 없어. 그러니까 비명이라도 질러서 기분이 나아질 것 같으면 마음껏 지르도록 해."

헬렌은 남자가 허세로 하는 말이라 생각하고, 재갈을 벗기는 즉시 비명을 질러야겠다고 생각했다. 하지만 막상 재갈을 벗자, 그녀는 너무 무서워서 소리를 지를 수가 없었다.

"괜찮아? 아무것도 안 할 거야? 비명도 지를 마음이 없는 건가? 그럼 좋아. 당신 좋을 대로 해." 남자는 한숨을 쉬더니 주머니에 양손을 찔러 넣었다. 그리고 입꼬리가 한쪽만 올라간 미소를 지으며 그녀를 쳐다보았다. 마치 그가 그곳에서 무엇을 할 것인지, 그녀가 무엇을 할 것인지, 애초에 두 사람이 어떻게 이곳에 오게 된 건지 잘 모르겠다는 듯한 미소였다.

"인상주의자가 무슨 뜻인지 알아?" 남자가 느닷없이 물었다.

헬렌은 입술이 바짝 말라 있어서 말하기 전에 입술을 축여야 했다. 그녀는 자기 목소리가 너무 낮고, 생소하게 들려서 깜짝 놀랐다. "그건…." 그녀가 숨을 깊이 들이마셨다. 어리석은 생각인 줄 알지만, 그 질문에 대답을 잘 하면 남자가 그녀를 풀어 줄지도 모를 일이다. 헬렌은 이제까지 이보다 더 말도 안 되는 소리도 들어 봤다. "다른 사람들에게 깊은 인상을 주는 사람이요." 순간 남자가 아무 말도 하지 않자, 헬렌이 다시 물었다. "아닌가요?"

그는 싱긋 웃더니 박수를 쳤다. "하! 그래, 맞아. 그런 셈이지. 하지만 그 대답은 좀 속임수 같지 않아? '인상주의자는 다른 사람에게 깊은 인상을 주는 사람이다.' 그런 식이라면 '연기자는 연기를 하는 사람이다.'나, '일꾼은 일을 하는 사람이다.'라고 말하는 것과 같으니까 말이야. 바로 그 단어를 이용해서 정의를 내리는 거잖아. 하지만 그래도 괜찮아. 당신이… 반은 맞았다고 해 줄게. 내가 원했던 대답의 절반은 들은 셈이니까. 괜찮아. 걱정하지 마. 이 질문에 몇 점 맞느냐는 중요한 게 아니야."

남자는 어슬렁거리며 왼쪽에 놓여 있는 탁자로 다가갔다. 반쯤 썩은 두꺼운 판자에 못을 박아 만든 다리가 건들거리는 낡은 탁자였다. 남자가 그쪽에서 무엇을 하는지 헬렌에게는 보이지 않았다.

"어떻게…." 그녀는 입을 열었다가 그대로 다물었다. 이게 잘하는 짓일까? 헬렌은 알 수 없었다. 하지만 그대로 가만히 있을 수는 없었다. "어떻게 할 작정이죠? 나를?"

"걱정할 필요 없어." 남자가 말했다. 그의 목소리가 다시 부드러워졌다. 남자는 탁자에서 뭔가를 찾고 있었다. 헬렌은 금속과 금속이 철커덕 부딪치는 소리를 들었다. "내가 좀 전에 무섭냐고 물어봤던 거 기억해? 무섭다고 대답했던가?"

"네."

남자가 다시 헬렌 앞에 섰다. 산책이라도 하듯 뒷짐을 지고 있었다. "좋아, 헬렌. 별로 무서워할 필요 없어. 아무것도 말이야. 왜 그런지 알아?"

헬렌은 안도했다. 남자가 다시 미소 지었다. '별로 무서워할 필요 없어. 아무것도 말이야.' 남자는 정확하게 이렇게 말했다.

"나를 풀어 줄 거니까요?" 헬렌이 되물었다.

"어떤 의미로는. 하지만 마지막이기 때문에 무서워할 필요가 없을 수도 있지. 여기에는 당신을 도와줄 사람이 아무도 없으니까." 남자가 대답했다. 그는 가까이 다가오더니 손을 내밀었다. 헬렌은 남자가 연한 푸른색 액체가 들어 있는 주사기를 들고 있는 것을 보았다. 그녀는 숨을 멈췄다.

"헬렌, 이제 솔직하게 말할게. 이걸 맞으면 아플 거야. 아주 많이."

그녀는 있는 힘껏 비명을 질렀다. 좀 전에 말한 대로 남자는 전혀 상관하지 않았다.

초(超) 연쇄 살인범

아무리 코니와 함께 은신처에 계속 머물렀으면 좋겠다고 생각해도, 이제는 그만 집에 가야 한다는 것을 재즈는 잘 알고 있었다. 할머니가 그를 기다리고 있었다.

그는 서둘러 집으로 향했다. 할머니는 낡아 빠진 TV 앞바닥에 엎드려 홈쇼핑 채널을 보고 있었다. 양손으로 턱을 받친 채, 재미있는 시트콤이라도 보는 것처럼 자지러지게 웃고 있었다.

"한 번에 18달러 99센트씩 네 번에 나눠서 내는 거래! 아무렴! 그렇지!" 할머니가 기쁜 듯이 웃었다. 그리고 몸을 옆으로 굴려 가며 배를 부여잡고 웃고, 웃고, 또 웃었다. "상품 수량이 제한되어 있단다! 재스퍼, 너도 들었니? 맙소사!"

"제가 본 중에 가장 재미있네요." 할머니가 십대처럼 낄낄거리며 웃자, 재스퍼가 받아 주었다. "저녁 식사로 뭐 드실래요?"

"벌써 먹었어. 어떤 여자가 닭튀김을 가져다주더구나. 켄터키에서 가지고 왔던데." 할머니가 숨을 헐떡거리며 말했다.

'여자?' 재즈는 불길한 예감이 들었다. 아니나 다를까 주방에 들어가니 멜리사 후버가 개수대에서 접시를 씻고 있었다.

"이제 오는구나, 재스퍼. 조금 있으면 다 끝나." 그녀가 어깨 너머로 말했다.

멜리사가 다시 찾아왔고, 이번에는 할머니 기분이 괜찮았던 모양이다. 할머니에게 닭튀김은 최고의 뇌물이었다. 바삭하면 할수록, 기름기가 많으면 많을수록 좋았다. 할머니가 차 소리를 듣고 창문으로 밖을 살핀 뒤 산탄총을 찾지 못하게, 차를 도로 저쪽에 멀찌감치 세워 두고 집까지 걸어온 것은 아주 영리한 짓이었다. 멜리사는 재즈가 생각했던 것보다 영리했다. 재즈도 그에 따라 멜리사에 대한 경계를 강화하기로 마음먹었다.

그 말은 더 이상 착한 아이처럼 굴지 않겠다는 뜻이다. 재즈는 사회 복지사가 자기를 집에서 쫓아내게 내버려 둘 생각은 없었다. 만일 멜리사 후버가 생각했던 것보다 강적이라면, 그 역시 강하게 맞설 작정이었다.

"여기서 뭘 하는 거예요?" 재즈가 냉장고 문을 손바닥으로 내리치면서, 소리를 버럭 질렀다. 멜리사는 말 그대로 깜짝 놀랐다. 그녀는 충격과 두려움에 떨며 돌아섰다. 수돗물도 틀어 놓은 채, 손은 세제 거품으로 범벅이 되어 있었다.

"이렇게 마음대로 들어와도 되는 건가?" 재즈가 무서울 정도로 목소리를 내리깔며 들으란 듯 중얼거렸다. "환자가 있는 집이에요. 할머니는 변화를 싫어하고, 낯선 사람을 무서워해요."

"할머니는 괜찮으셔. 이번에는 친절하게 맞아 주셨고…." 멜리사가 재즈를 안심시켰다.

"당연히 친절하셨겠죠. 심장마비를 일으킬지도 모르는 닭튀김을 한 아름 가지고 왔으니까요." 재즈는 경멸하듯 콧방귀를 뀌며, 식탁에 놓여 있는 닭튀김이 들어 있는 통을 툭 쳐서 넘어뜨렸다. 닭다리가 밖으로 굴러 나왔다.

"어쩌다 한 번 먹는 건 괜찮을 거야…."

"오늘 밤, 할머니가 저 쓰레기 같은 음식 때문에 배탈이라도 나면 어디 계실 건데요? 할머니가 설사라도 하면 직접 목욕시키고, 침대 시트도 갈아 줄 거예요?"

멜리사가 팔짱을 꼈다. "그 정도로 상태가 안 좋으셔? 나한테 숨기는 거 있니? 할머니에 관한 보고서에는 건강 상태가 양호하다고 돼 있었어. 그럼 할머니가 서류를 위조한 거야? 아니면 네가 그랬니?"

재즈는 될 수 있는 한 건방지게 웃었다. "제발요. 할머니는 노인이 잖아요. 노인들은 배탈이 자주 나요."

"결국 내 생각이 옳다는 걸 네가 확인시켜 주는 셈이구나. 넌 이 집에서 나가야 해. 넌 이제 겨우 열일곱 살이야. 할머니를 보살필 게 아니라, 네 생활을 해야 해."

재즈도 내심 그녀의 말이 옳다는 것은 알고 있었다. 그보다 좀 더 마음 깊은 곳에서는 이게 중요한 것이 아니라는 것도 알고 있었다.

"어째서 나한테 이렇게 신경 쓰는 거예요? 나보다 어려운 애들도 많이 있잖아요. 그런 애들이나 위해 주세요."

"난 너를 돕고 싶을 뿐이야. 네가 이렇게 고집만 부리지 않으면 내 마음을 알 수 있을 텐데."

"시간 낭비하시는 거예요. 난 괜찮아요. 이제 아홉 달만 있으면 열여덟 살이 되요. 그때는 내가 할머니를 보살피는 걸 누구도 막을 수 없을 거예요. 행여 애도 못 가져 본 그쪽이 우리 엄마 노릇을 할 생각은 아니죠?"

탕. 재즈는 그녀에게 가장 잔인하고 비열한 말을 했다. 바로 지금처럼 급작스러운 감정 변화로 멜리사의 혼을 쏙 빼놓을 필요가 있을 때에 대비해 생각해 두었던 말이었다.

예상대로 그 작전은 제대로 통했다. 멜리사는 맹렬하게 돌진하던 모습에서 충격을 받고 상처 입은 모습으로 변했다. 재즈는 그녀를 노려보았다. 그리고 마음속으로 열을 센 다음, 아주 날카로운 눈빛으로 노려보았다. 승패는 뻔했다. 재즈는 상대방을 위협하는 법을 누구보다 잘 알고 있었다.

"좋아. 알았어." 순간 불안에 떨던 그녀가 말했다. 멜리사는 식탁 의자에 놓아두었던 가방을 집어 들었다. "하지만 이걸로 끝이라고 생각하지 마. 다시 돌아올 테니까. 난 너를 위해 어떻게 해야 하는지 잘 알고 있고, 그렇게 만드는 게 내 일이야."

멜리사는 화가 난 듯 빠른 걸음으로 성큼성큼 뒷문으로 향했다. 낡아서 잘 열리지도 않는 뒷문을 열기 전에 재즈가 그녀의 손목을 붙잡았다. "멜리사." 재즈는 최대한 뉘우치는 것처럼 말했다.

"뭐야?" 그녀는 귀찮은 듯하면서도, 약간은 겁먹은 듯 대꾸했다. 하지만 재즈의 손을 밀어내진 않았다.

"죄송해요. 제가 너무… 심했어요. 그렇게 소리 지르지 말았어야 했는데. 그런 말도 하지 않았어야 하는 건데."

그녀가 돌아보자, 재즈는 정말 수치스럽다는 듯 눈을 내리깔았다.

그녀가 숨을 들이마시는 소리가 들렸다.

"넌 지금 아무도 할 수 없는 일을 하려고 하는 거야. 그것도 혼자서는 할 수 없는 일을." 그녀가 다른 손으로 재즈의 손을 토닥여 주었다. "가서 좀 쉬어. 조만간 다시 이야기하자."

그는 멜리사가 할머니의 집 한쪽을 차지하고 있는 관목 사이로 지나가는 것을 지켜보았다. '봐요, 난 정말 따로 연기 연습을 할 필요가 없다니까요, 지니 선생님.' 멜리사는 나중에 지금 재즈와 있었던 일에 대해 생각할 것이다. 아마도 캘버트 어딘가에 있는 세탁소 위에 붙어 있는 작은 원룸 맨션 같은 집에 돌아가면, 재즈가 화를 냈던 것에 대해서는 더 이상 생각하지 않을 것이다. 멜리사는 그저 조금 전에 했던 재즈의 사과만 기억할 것이다. 만일 그가 멜리사의 강인함을 무너뜨릴 수만 있다면, 그녀는 앞으로 좀 더 유순하고, 뜻대로 다루기 쉬운 동맹자가 되어 줄 것이다. 그렇게 되면 멜리사가 그의 생활을 한결 편안하게 만들어 줄 것이다. 그 대가로 그녀의 영혼은 안식을 얻게 될 것이다.

할머니가 여지껏 웃으며, 비틀거리며 주방으로 들어왔다. "오줌을

뉘야겠어. 아주 조금. 아마 그럴 거야." 할머니의 눈이 반짝거렸다. "저거 봐! 닭고기다! 켄터키에서 사 온 거야!"

"드세요, 할머니." 재즈는 닭튀김이 들어 있는 통을 할머니 앞으로 밀어 주었다. 할머니는 양손에 닭 날개를 들고 허둥지둥 TV 앞으로 돌아갔다. 재즈가 멜리사에게 잔소리를 하긴 했지만, 사실 할머니는 강철처럼 튼튼한 위를 가지고 있었다. 할머니의 뇌는 가끔씩만 돌아가지만, 위는 무엇을 먹든 메트로놈처럼 규칙적으로 움직였다. 콜레스테롤? 지방? 재즈는 할머니가 이 지구상에서 82년이나 살았고, 그중 40년은 빌리 덴트라는 아들과 살았다는 것을 생각하면 충분히 이해할 수 있었다. 할머니는 약간의 지방이나 콜레스테롤을 섭취할 자격이 있었다.

"저것 좀 봐! 네 애비가 TV에 나왔어!" 할머니가 닭튀김 껍질을 입에 가득 문 채 큰 소리로 외쳤다.

재즈는 보고 싶지 않았지만, 자기가 볼 때까지 할머니가 계속 부를 거라는 것을 알고 있었다. 할머니가 채널을 돌린 모양이었다. '뉴스' 채널 어딘가에서 빌리 덴트에 관한 셀 수 없이 많은 '다큐멘터리' 중 하나를 틀어 주고 있는 모양이었다. 그 다큐멘터리들에는 전부 똑같은 영상이 나왔다. 빳빳하게 다린 회색 양복을 입고 수갑을 찬 빌리가 그를 둘러싼 수많은 변호사들과 함께 법원 계단을 올라가는 모습이었다.

그 화면 위로 과장된 목소리가 깔렸다. "페리 신케스키 박사는 덴트를 새로운 종류의 연쇄 살인범이라고 생각하며, '초(超) 연쇄 살인범'이라고 지칭했습니다."

화면이 바뀌자 트위드 재킷을 입고 커다란 안경을 쓴 쥐처럼 생긴 남자가 얼굴에 자만심이 섞인 미소를 살짝 지으며 책상 뒤에 앉아 있었다.

"대부분의, 에, 연쇄 살인범들은, 그러니까, 주로 한 명의 신원과, 에 또, 서명을 사용합니다. 하지만 덴트는, 에 또, 몇 년에 걸쳐 신원과 서명을 바꿨고, 매번 체계적으로 감쪽같이 변신했습니다."

그러자 옷깃 사이로 가슴을 환히 드러낸 금발로 염색한 리포터가 다시 물었다. "그렇다면 이런 경우 어떤 특징이 있을까요, 박사님?"

다시 신케스키로 화면이 바뀌었다. "그건, 그러니까, 정신 병리학의, 에 또, 새로운 유형으로 이제 겨우 이해하기 시작한 단계라서요. 그러니까, 초(超) 연쇄 살인범들은, 에 또, 어떤 '유형'도 가지고 있지 않습니다." 박사는 실제로 허공에 인용 부호를 그렸다. "하지만, 에 또, 차라리 모든 사람들이 그들의 '유형'이라고 생각할 수도 있지요."

"들었니? 네 애비가 슈퍼 영웅이라는 구나!" 할머니가 숨을 헐떡거리며 말했다.

재즈는 벽에 머리를 박고 싶었다. 그보다 텔레비전을 뚫고 들어가고 싶었다. 그 대신 그는 TV 앞에 할머니와 닭튀김을 놔둔 채, 할아버지가 살아 계셨을 때 작업실로 쓰던 방에 재빨리 들어갔다. 컴컴하고 먼지투성이인 방 안에는 할머니가 버리지 못한 할아버지의 옷과 책들이 담긴 상자들이 빼곡하게 쌓여 있었다. 잡동사니를 모으는 것도 유전인 모양이다.

그 방에는 골동품이나 다름없는 오래된 자동응답기가 달린 전화기가 있었다. (할머니는 음성사서함을 거절했고, 전화 회사에서 메시지를 엿들을 거라고 주장하면서 받은 메시지들을 이상하게 편집해 놓곤 했다) 자동응답기에 불이 깜박거리고 있었다. "너의 경험을 내가 글로 쓰기만 하면… 금광이 따로 없어, 재스퍼! 우리 둘 다 유명해질 거야. 이 근방에서 일어났던 일 중에 최고라는 건 너도 알 거야." 더그 웨더스가 남긴 메시지에 멜리사의 메시지가 섞여 있었다. 멜리사는 맨 마지막에 이렇게 말했다. "그럼, 나중에 다시 할게." 오늘 밤, 그녀가 다시 전화를 걸 가능성도 있었다. 재즈는 전화선을 뽑은 뒤, 이층으로 올라가 침대에 누웠다. 그 순간 그는 그저 쉬고 싶을 뿐이었다. 아직 9시도 되지 않았지만, 재즈는 그대로 잠이 들었다.

재즈는 현관문을 쉴 새 없이 두드리는 소리와 할머니의 고함 소리에 잠에서 깨어났다. "놈들이 왔어! 저놈들이 왔다고! 놈들이 우리를 찾아낸 거야! 빌리! 존! 어서 총을 가져와! 날 잡아가기 전에 총으로 저놈들 머리통을 날려 버려!"

'존'은 이미 20년 전에 죽었지만, 할머니 머릿속에서는 여전히 살아있는 할아버지의 이름이었다.

재즈는 침대에서 기어 나왔다. 침대 옆에 놓인 시계를 보니 밤 11시가 넘은 시각이었다. 그때까지도 아래층에서 문을 두드리는 소리가 멈추지 않았다. 이렇게 늦은 시간에 누가….

'웨더스다.' 당연했다. 그자 이외에는 이럴 사람이 없으니까.

'내 첫 번째 희생자를 정했다.' 재즈는 비틀거리며 복도로 나와 아래층으로 내려가면서 험악하게 생각했다.

할머니는 낡은 대형 괘종시계 그림자 속에 숨어, 굳게 믿고 있는 산탄총을 현관문에 겨누고 있었다. "하나님의 총알을 쓸 거야! 우라질 지옥 불로 네놈 엉덩이를 날려 주마!" 할머니가 소리쳤다.

'우라질 지옥 불.' 처음 듣는 욕이다.

"제가 알아서 할게요." 재즈가 할머니를 달랬다.

"조심해야 한다, 빌리." 할머니가 말했다. 할머니가 눈을 부라리며 말하다가, 총을 밑으로 내리더니 남아 있는 닭튀김에 군침을 흘리기 시작했다. "너도 총을 가져가. 아버지 총이 있잖아."

잘됐다. 그는 할머니가 자신을 빌리로 착각할 때가 좋았다. "알았어요. 저도 마침 다 없애 버리고 싶다고 생각했어요."

할머니가 껄껄거리며 웃었다. "들었냐?" 문 두드리는 소리가 더 커졌다. "이 애가 네놈들을 다 죽여 버릴 거야…."

재즈는 현관문을 열며 지독한 독설로 더그 웨더스를 쫓아 보낼 준비를 했다. 하지만 그 대신 그의 눈앞에는 G. 윌리엄이 서 있었다. 다시 문을 두드리려는 듯 손을 들어 올리고 있는 보안관의 어깨는 넓었고 자세는 언제나처럼 꼿꼿했다.

하지만 그의 눈은….

무슨 일인지 보안관의 눈빛이 흐릿하고 차가웠다.

'이런.' 재즈는 생각했다. 그리고 G. 윌리엄의 말이 끝나기도 전에 무슨 일인지 알아차렸다. "네 말이 맞았다. 범인은 연쇄 살인범이야. 또 다른 희생자가 나왔어."

15

착한 아이

재즈는 G. 윌리엄을 집 안으로 안내했다. 괘종시계 뒤에 숨어 있던 할머니가 부들부들 떨면서 산탄총을 겨누었다. G. 윌리엄이 억지로 웃음을 보이며 말했다. "안녕하셨습니까? 부인이 거기 계신 줄 몰랐네요. 밤늦게 실례가 많습니다." 그가 모자를 들어 올렸다.

할머니는 낄낄거리면서, 허둥지둥 침실로 들어갔다.

G. 윌리엄이 눈썹을 치켜 올렸다. "할머니 상태가 더 나빠지신 것 같구나, 재즈."

"네? 아니에요. 요즘은 많이 안정적이세요. 그냥 시간이 너무 늦어서 할머니가 기운이 없으신 것뿐이에요."

G. 윌리엄이 신음했다.

보안관은 빌리를 체포한 뒤 이 집에 여러 번 찾아왔기 때문에 재즈가 알려 주지 않아도 주방이 어디 있는지 알고 있었다. 재즈 역시 할머니가 먹다 남긴 음식 찌꺼기를 보고 신음했다. 그는 기름기가 잔뜩 밴 닭튀김 통에 음식 찌꺼기들을 쓸어 넣은 뒤, 개수대로 치웠다.

"커피 드릴까요?" G. 윌리엄이 자리에 앉자 재즈가 물었다.

"이미 함대라도 띄울 만큼 많이 마셨단다. 재즈, 고맙지만 커피는 사양하마." 보안관이 한숨을 내쉬었다. "이번 일로 기분이 썩 좋지 않구나."

재즈는 기분이 좋았다. 그의 생각이 맞았다. 피해자는 피오나 구들링만이 아니었다. 또 다른 누군가가 나올 줄 알았다. 다른 피해자가 나타날 거라는 것을 재즈는 어느 누구보다 먼저 알았다, 아니, 알고 있었다. 재즈는 태너를 보면서 '시련'에 나오는 파리스 목사를 떠올렸다. 목사는 마을을 돕기 위해 열성적으로 나서지만, 진짜 악령이 들었다는 것을 완전히 믿지 못하는 인물이었다.

처음에는. 하지만 결국 생각을 바꿨다. 그럴 수밖에 없었다.

경찰 세계에서 연계 실명은 흔한 일이지만, G. 윌리엄의 경우는 희망 사항에서 비롯된 일이었다. 아버지가 중요한 원칙을 어기고 로보스 노드에서 희생양을 고르기로 결정했을 때, G. 윌리엄 태너는 절망적인 상태였다. 37년 동안 같이 살아온 아내가 1년 여의 투병 생활 끝에 세상을 떠난 직후였다. 아내의 병명은 난소암으로 빌리조차 탄복할 만큼 고통스럽고 지긋지긋한 질병이었다. 그리고 태너는 다음 선거에서 '새바람을 일으키자'라는 슬로건을 내걸고 세대교체를 완곡하게 주장하며 도전한 캘버튼 출신의 젊은 후보에게 밀려날 것이 확실한 상황이었다. 다시 말해, 아내의 죽음과 함께 평생직인 보안관 자리에서도 물러나야 할 상황이었던 G. 윌리엄으로서는 카라 스윈튼 실종 사건에 열중하는 수밖에 없었다. 당시 로보스 노드 고등학교에 의 치어리더였던 카라 스윈튼의 찢어진 스웨터 조각과 금발 머리카락 다발이 우체국 밖 덤불에서 발견되었다. 카라의 부모를 비롯한 모든 사람들이 그녀가 뉴욕으로 떠난 것(카라의 꿈은 모델이 되는 것이었다)이라고 생각하고 있었다. 하지만 G. 윌리엄은 그 사건에서 다른 낌새를 느꼈다.

그리고 일주일 뒤, 또 다른 젊고 예쁜 금발 아가씨 사만다 리드가 배수구에서 시체로 발견되자, G. 윌리엄은 확실히 뭔가 있다는 것을 알아차렸다. 그는 이번 사건을 빌리가 저질렀던 다른 두 건의 살인과 연관시켰다. 전혀 다른 방법으로, 10년의 간격을 두고 벌어진 사건이기 때문에 아무도 연관성을 찾지 못할 거라고 빌리가 굳게 확신하고 있던 사건들이었다. G. 윌리엄 태너는 그 사건들의 연관성을 찾아냈고, 예술가, 그린 잭, 그 외 온갖 별명으로 불리는 범인들이 전부 동일인물이며, 그 남자가 로보스 노드에서 그 사건들을 저질렀음을 알아차렸다.

홀아비. 떨어질 것이 거의 확실한 보안관 자리. G. 윌리엄은 그 두가지 스트레스가 결부된 상태로, 빌리 덴트를 추적하는 동안 거의 폐인이 되기 직전의 상태였다. 재즈는 보안관이 그토록 필사적으로 또 다른 연쇄 살인마를 쫓고 싶어 하지 않은 이유를 잘 알고 있었다.

"계속 전화를 걸었다. 그런데 받지를 않더구나. 방해하고 싶은 마음은 없었다만, 도저히 잠을 잘 수가 없었어. 네 말이 맞았다는 것을 말해 줘야 할 것 같아서 말이야." G. 윌리엄이 말했다.

만일 재즈가 보안관의 사과를 듣고 싶다면, 아주 오래 기다려야 할 터였다. 그럴 일은 없었다. G. 윌리엄으로서는 아무리 생각이 달랐다고 해도 재즈가 범죄 현장에 잠입한 것에 관해서만큼은 용납할 수 없었기 때문이다.

재즈는 보안관의 맞은편에 앉았다. "어떻게 된 건지 저한테 말씀해 주세요."

G. 윌리엄이 어깨를 으쓱했다. "이번 사건과 똑같이 손가락을 자르는 수법의 사건이 최근에 또 있었다는 것을 알게 됐어."

"수법이 아니에요. 그건 범인이 남긴 사인이에요." 재즈는 입술을 깨물었지만, 이미 늦었다. 그 사실을 G. 윌리엄에게 지금 당장 알려 줄 필요는 없었다.

하지만 보안관은 그저 피곤한 듯 고개만 끄덕였을 뿐이다. "그래, 그래. 나도 안다." G. 윌리엄은 재즈에게 잔소리를 하지 않고, 말을 이었다. "어쨌든, 린드버그 주 경계선 근처에서 사흘 전에 시신이 발견됐어. 손가락 두 개가 잘렸는데, 현장에는 한 개만 남아 있었어. 우리 마을에서 일어난 사건과 똑같이 가운뎃손가락이 남아 있었지."

"손가락을 두 개만 잘랐다고요? 그럼 범인이 한 개만 가져갔다는 거예요? 확실한 건가요?"

"우리도 숫자 열까지는 셀 줄 안다. 재즈."

"피해자의 신원은요? 구들링과 무슨 연관이 있던가요?"

"아니. 아직까지는 없는 것 같아. 이름은…." G. 윌리엄이 묵직한 엉덩이를 한쪽으로 들어 올려 바지주머니에서 스마트폰을 꺼냈다. "이름은 칼라 오도넬리. 주립 대학 학생이지. 구들링과는 아무 연관이 없어." G. 윌리엄이 스마트폰을 다시 집어넣더니, 한 손으로 얼굴을 문질렀다. 마치 '짠!' 하고 눈앞에 세상을 변하게 만드는 마법이라도 부리는 것처럼.

하지만 아무 일도 일어나지 않았다.

"내가 이 일을 할 수 있을지 모르겠다, 재즈." 보안관의 목소리가 갈라졌다. "나는 그저⋯." 관자놀이를 누르고 있는 손가락이 떨리고 있었다. 재즈는 보안관이 누군가와 섹스를 하러 들어가면서 당황해서 어찌할 바를 모른 채, 부끄러워하는 것처럼 보인다는 느낌을 받았다. 어쩌면 약간 혼란스러운 것일 수도 있었다. 그는 계속 쳐다보며 유심히 살폈다. G. 윌리엄의 행동과 동작, 말에서 평소 냉정하고 신랄하던 모습은 없었다. 이런 게 바로 해일 목사에게 어울리는 모습일 것이다. '이 일에 완전히 압도된 것처럼 보인다. 더 이상 참을 수 없는 것처럼 보인다.' 재즈는 생각했다. 이런 상황에 딱 맞는 해일의 대사가 있었다. "악마들이 이 마을에 저주를 퍼붓고 있다는 것만큼은 의심의 여지가 없습니다."

해일⋯ 연기⋯.

만일 이 모든 게 연기라면? 한밤중의 방문. 심신이 약해진 모습. 재즈는 그렇게 생각하고 싶지 않았지만 생각해야만 했다. 그런 생각을 하지 않는 것도 무책임한 일이 될 것이다.

만일 범인이 다름 아닌 G. 윌리엄 태너라면?

모두들 보안관이 빌리를 추적하다가 거의 미칠 뻔했다고 말했다. 만일 '거의'가 아니었다면? G. 윌리엄이 완전히 미쳐서 이제 사람을 직접 죽이고 다니는 것이라면? 그럴 수도 있을까?

아니다.

아니. 재즈는 그런 건 믿지 않았다. 모든 사람들이 내면에 살인마를 숨겨 놓고 있는 건 아니다. 모든 사람들이 그와 같은 건 아니었다.

보안관은 크게 헛기침을 한 뒤, 손가락 끝으로 식탁을 두드렸다. "어쨌든 그 여자는 구들링처럼 교살당하진 않았어. 질식사였지. 린드버그에서 보내 준 보고서에 따르면 비닐봉지 같은 것을 이용한 모양이야. 그쪽 경찰이 사건에 관한 기록을 전부 이메일로 보내 줬는데, 아직 다 살펴보지는 못했어. 아직 손가락 수가 왜 다른지는 몰라. 우리는…."

"범인이 수를 세고 있는 거예요." 재즈가 보안관의 말을 가로막았다. 피오나 구들링을 아직 제인 도우로만 알고 있을 때, 이미 범인이 연쇄 살인범이라고 말했을 때처럼 직감이 발동했다. "범인은 희생자 수를 세고 있어요. 구들링은 두 번째 희생자였던 거죠. 아마 오도넬리가 첫 번째 희생자였을 거예요. 범인은 희생자의 순서에 따라 손가락을 가져갔어요. 현장에 손가락을 하나씩 남겨놓는 건 우리를 놀리고 있는 거예요. 그게 바로 범인이 남긴 사인이죠."

"그래, 아마 그럴 거야. 그렇다면 말이 되지."

'이 안에는 보이지 않는 세계가 모두….'

재즈가 몸을 앞으로 내밀었다. "이번 사건을 수사하는 데 제가 필요할 거예요. 보안관님. 제가 도와드릴 수 있어요. 그 보고서를 보여주세요. 구들링과 오도넬리, 둘 다요. 애초에 제 말이 맞았잖아요. 제가 도울게요."

그때 재즈는 G. 윌리엄의 마음이 약해졌다고 생각했다. 하지만 그 순간은 지나갔다. 보안관은 가차 없이 고개를 저었다. "아니, 그럴 일은 없어. 다른 무엇보다도 너를 이 사건에 끌어들인다면 금세 말이 퍼져 나갈 거야. 그렇게 되면 언론이 사방에서 몰려들겠지. 그건 내가 결코 바라지 않는 일이야. 그중에서도 더그 웨더스 같은 얼간이 녀석은 두 번 다시 상대하고 싶지는 않다. 그자는 네 아버지 때와 똑같이 이번에도 이 사건을 계기로 부와 명성을 얻으려고 난리 칠 테니까."

"하지만…."

"안 돼. 이런 터무니없는 사건에 너를 끌어들일 순 없어. 전에도 말했잖아. 네가 할 일은 평범하게 사는 거라고 말이야. 너는 아이답게 살아야 해. 그렇게 어른이 돼서 제대로 된 인생을 살아야지. 넌 이미 너무 많은 것을 봤어."

"그건 보안관님도 마찬가지잖아요."

G. 윌리엄이 냉정하고 엄격한 미소를 지었다. "난 너와 달라. 난 이 일을 하면서 보수를 받잖아."

재즈가 어깨를 으쓱했다. "좋아요. 그럼 이렇게 말씀하시면 되겠네요. 너한테 내 봉급을 나눠 주마."

G. 윌리엄이 커다란 손바닥으로 식탁을 두드리며, 큰 소리로 웃었다. "좋은 시도야, 재즈. 괜찮은 시도였어. 어쨌든 오늘 밤은 할머니가

환대해 주셨다고 내가 너무 오래 있었던 것 같구나. 할머니 화내시기 전에 그만 가 봐야겠다."

재즈는 보안관을 현관까지 배웅했다. "이렇게 조용하고, 편안하고 아무 일 없는 밤이면 어떻게 해야 할지를 모르겠어요."

G. 윌리엄은 그 말에 공감한다는 듯 애매한 콧소리를 내며 현관문을 열고는 모자를 썼다. "푹 쉬어라, 재즈. 그리고… 잘 생각했다." 그것이 보안관이 할 수 있는 가장 사과에 가까운 말이라는 것을 재즈는 잘 알고 있었다.

"앞으로 사건이 더 있을 거예요. 범인은 시체의 숫자를 줄이는 게 아니라 늘려 나가고 있으니까." 재즈가 말했다.

G. 윌리엄은 아무 말도 하지 않았다. 그저 고개만 끄덕이고는 문을 나섰다. 그 모습을 보며 재즈는 보안관이 밤이 되어야만 밖을 돌아다닐 수 있는 죽은 사람처럼 보인다고 생각했다.

꿈을 꾸었다.

칼.

(하나, 둘)

언제나처럼 개수대에 칼이 놓여 있었다.

지금은 그의 손에 들려 있다.

(뭔가 새롭다)

목소리가 들린다.

(빌리의 목소리)

그리고 손이 있다.

(내 손)

칼을 쥐고 있는 손.

'쉽다, 아주 쉬워. 그냥 닭을 자르는 것처럼 하면 되는 거야.'

그리고 또 다른 목소리가 말한다.

(하나, 둘)

'잘했다, 잘했어. 나는….'

칼날에서 핏줄기가 흐른다.

'착한 아이, 착한 아이.'

(한 번 자르고, 두 번 자른다)

'그렇게 하는 거야, 그렇게….'

(하나, 둘)

재즈는 그날 밤 두 번째로 잠에서 깨어났다. 이번에는 누가 문을 두드린 것도 아니었다. 벽 너머에서 이따금 들리는 할머니의 코 고는 소리를 제외하면 사방이 조용했다.

재즈는 완전히 잠을 깨자, 자리에 일어나 앉았다. 머릿속에서 뭔가 윙윙거리며 말하고 있었다. 어쩐 일인지 꿈이 합쳐졌다. 숫자를 세고 있었다. 손가락의 개수. 재즈는 알고 있었다… 하지만 그런 일이 가능한 것일까?

재즈는 불을 켜고, 인터넷에서 피오나 구들링에 대한 정보를 찾았다. 그녀의 시신이 들판에서 발견된 순간부터 신원 확인까지, 재즈가 필요한 모든 정보가 담긴 기사를 더그 웨더스가 썼다는 아이러니가 잠깐이나마 재미있었다. 피오나 구들링의 사인은 교살이었다. 손으로 목을 조른 것이다. 좋아. 그건 확실하다. 하지만 그 외 다른 건? 재즈는 그녀에게 남자 친구가 있었다는 것도 알고 있었다. 그렇다면 피오나 구들링의 나이는?

웨더스는 그녀의 고향 신문 부고까지 인용하고 있었다. 부고에 따르면 그녀의 나이는 27세였다. 재즈는 갑자기 식은땀이 흘렀다. 이건 결코 있을 수 없는 일이다….

칼라 오도넬리는? 그녀는 대학생이었다. 나이는 18세에서 20세 사이일 것이다. 재즈는 경찰이 그녀의 시신을 발견했을 당시 린드버그의 신문 기사를 찾아보았다. 칼라의 시신은 지선 근처에서 철도원이 발견했다. 그가 담배를 피러 나왔다가 재미 삼아 돌을 걷어차지 않았더라면 시신을 발견하지 못했을 것이다. 그 돌이 날아가다 우거진 잡초 사이로 떨어졌을 때 이상한 소리가 났다. 그래서 철도원이 잡초 사이를 들여다본 순간… 그의 인생이 변했다.

잠깐만. 잠깐만 있어보자. 린드버그? 에릭슨이 있었던 곳 아니었나? 그가 거기서 전근 왔다고 했었던 것 같은데? 맞다. 에릭슨은 린드버그에서 왔다.

'그자가 그 범죄 현장도 봤을지 모르겠네.'

하지만 그 기사에는 칼라 오도넬리의 시신을 발견한 범죄 현장에 있던 경찰의 이름까지 나오지 않았다. 어쨌든 에릭슨이 그 자리에 있었다면 그녀가 어떻게 살해당했는지에 대한 정보를 가지고 있을 것이다.

기사에 따르면 칼라의 사인은 질식사로, 얼굴에 비닐봉지를 씌운 뒤 목 주위를 끈으로 묶는 바람에 숨이 막혀 죽은 것 같다고 되어 있었다. 그녀의 나이는 19세였다.

'맙소사. 믿을 수 없어….' 재즈는 입술 위에 고인 땀을 닦으며 생각했다.

재즈는 벽에 붙여 놓은 아버지의 희생자들 사진을 돌아보았다. 마치 그들이 자신을 노려보고 있는 것 같았다. '넌 지금 뭘 기다리고 있는 거야?' 그들이 말했다. '어째서 가만히 앉아만 있는 거지?' 그들이 말했다.

그가 G. 윌리엄의 연계 실명에 대해 화를 냈던 게 불과 이틀 전이었던가? 하! 재즈 역시 연계 실명이었던 셈이다.

'그 손가락… 그 손가락은 내게 던진 것이다. 그 손가락이 범인의 사인이라고 생각했지만, 아니었다. 완전히 다른 것이었다. 범인은 숫자를 세고 있지만, 단순히 세기만 하는 것이 아니었다.'

재즈는 더듬더듬 전화기를 찾아들고 G. 윌리엄에게 전화를 걸었다. 보안관의 음성 사서함이 나왔다. 안내 메시지가 장황했다. "G. 윌리엄 태너 보안관입니다. 급한 용무라면 이 전화를 끊고 바로 911에 신고하세요. 그런 게 아니라면 그냥 메시지를 남겨 주시면 됩니다." 재즈는 미리 할 말을 연습해 보았다. 그리고 삐 소리가 울리자, 숨을 깊이 들이마셨다. 재즈는 자신이 알고 있는 모든 것을 털어놓고 싶었지만, 일단 마음을 차분히 가라앉혔다. 그래야 G. 윌리엄이 이해해 줄 것 같았다.

"G. 윌리엄 보안관님. 저 재즈예요." 차분하고, 냉정하게 정신을 바짝 차리자. 마음속에서는 피가 솟구치고, 영혼이 비명을 지르고 있었지만. "제가 알아냈어요. 앞으로 희생자가 더 있을 거예요. 다음 희생자는…."

16

유죄 지식

가을 아침 햇살이 눈부셨다. 재즈는 전날 밤의 확신이 사라졌다. 자신의 이론을 다시 한 번 확인해 보았지만, 결점을 찾지 못했다. 그 이론이 완전히 미친 소리라는 것만 제외하면 완벽했다. 하지만 G. 윌리엄은 어쩌면 정말 그럴 가능성도 있다는 것을 알아줄지 모른다.

그는 허겁지겁 아침 식사를 마친 뒤, 할머니를 TV 앞에 놓여 있는 가장 좋아하는 의자에 앉혔다. 아침에는 비교적 할머니 상태가 괜찮았기 때문에 보통 재즈가 학교에 가 있는 동안에는 별문제가 없었다. 그러다 오후 서너 시가 되면, 할머니의 상태가 나빠지기 시작했다. 그것도 재즈가 2주일 뒤에 공연 예정인 '시련' 연습에 열심히 참가하는 수많은 이유 중 하나였다. 더불어 그가 방과 후에 아르바이트를 할 수도, 해 본 적도 없는 이유이기도 했다.

재즈는 하위와 커피숍에서 만났다. 아침 시간이라 북적대기도 했지만, 평소보다 훨씬 혼란스러웠다. 그날 아침, 그의 친구는 왼쪽 턱에 커다란 타박상을 입은 채 나타났다. 누군가 동전을 가득 넣은 양말로 얼굴을 후려갈긴 것처럼 보였다.

"어떻게 된 거야?" 재즈가 물었다.

"약품 수납장이란 게 위험해. 수납장 문이 꼭 닌자처럼 튀어나오더라니까. 내 말 명심해. 욕실에서 약품 수납장을 조심하지 않으면 내 꼴 난다는 걸 말이야." 하위가 대답했다.

'저렇게 허약한 몸으로 살아간다는 건 대체 어떤 기분일까?' 재즈는 궁금했다. 그는 자신이 그 답을 알 수가 없다는 사실이 기뻤다. 하지만 그와 동시에 지금과 같은 하위의 유머 감각이 언젠가 사라질까 봐 걱정이 되기도 했다. 적어도 나날이 늘어가는 타박상, 멍, 염증 목록을 모두 다 덮을 정도로 유머 감각이 한정 없이 남아 있지는 않을 것이다.

"아주 무거워 보인다." 하위가 뜬금없이 말했다. 재즈는 하위가 축 처진 그의 눈 밑을 보고 하는 말이라는 것을 알아차렸다.

"맞아. 잠을 별로 못 자서 그래." 그리고 재즈는 하위에게 전날 밤 늦게 G. 윌리엄이 찾아왔다는 것과 사건이 연쇄 살인범의 짓이라는 것이 확실히 드러났다는 것을 알려 주었다.

"잘됐다!" 하위가 의기양양하게 주먹을 쥐고 흔들다가, 문득 범인이 연쇄 살인범이라는 것은 그다지 축하할 일이 아니라는 것을 깨달았다. "그러니까, 너도 알겠지만 내가 '잘됐다'라고 한 건 네 말이 맞아서 그렇다는 거고… 네 말이 맞은 게 '잘됐다'는 건 또 아니라는…."

하위가 말끝을 흐리자, 두 사람은 한참 동안 아무 말 없이 서로를 쳐다보았다.

"그런데 오늘은 왜 이렇게 주문을 받으러 안 오는 거지?" 하위가 가게를 둘러보며 물었다. 헬렌의 모습은 보이지 않고, 다른 직원들만 정신없이 일하고 있었다.

재즈는 그 말에 대답하기 전에, 붐비는 사람들 사이를 뚫고 더그 웨더스가 커피숍 문을 밀고 들어오는 것을 보았다. 끈질긴 인간. 치질 같은 놈이다.

"그냥 나가자." 재즈가 하위를 다른 문 쪽으로 끌어당기며 말했다.

"난 카페인이 필요해! 오늘은 더블 호박 라테를 시도해 볼 생각이었던 말이야. 거품은 빼고, 바닐라 시럽과 정향을 넣은…."

"이리 와. 학교 가서 콜라나 마시자."

두 사람이 학교에 도착하고, 각자 반으로 헤어졌을 때 재즈는 하위의 휴대전화를 빌리는 걸 잊어버렸다는 것을 깨달았다. 그는 G. 윌리엄에게 전화해서, 자신의 이론에 대한 보안관의 생각을 듣고 싶었다. 점심시간에는 이번 주말에 새 문신을 새기러 가자는 하위의 요구 때문에 심란해 보안관에게 전화하는 것을 또 잊어버리고 말았다.

실제로 재즈는 연극 연습 중간에 음정이 틀린 교회 종소리처럼 땡그랑거리는 소리와 함께 강당 뒷문이 열렸을 때까지, 거의 온종일 그 일을 잊어버리고 있었다. 강당 중간에 앉아 있던 지니가 고개를 돌리고 소리쳤다. "조용히 좀 해요! 연극 연습 중이니까!" 그녀는 작은 체구에 반해 목소리가 우렁찼다.

"방해해서 죄송합니다." 에릭슨 부관이 분명하고, 정확한 어조로 말했다. 그는 쿵쾅거리며 통로 중간까지 내려와 우뚝 서서 재즈를 손가락으로 가리켰다. "너. 당장 나와."

무대 위에서 티투바와 존 프록터 사이에 서 있던 재즈는 마치 자신이 마녀로 고발당하기라도 한 것처럼 주위를 돌아보았다. "나요? 왜 그러는데요?"

"당장 따라 나오지 않으면 내가 끌고 갈 거니까 알아서 해." 에릭슨이 말했다.

재즈는 지니에게 다급히 사과하고, 코니에게 걱정하지 말라는 뜻으로 잠깐 손을 잡아 준 뒤, 무대에서 뛰어내려 통로를 따라 나갔다. 에릭슨은 기다려 주지 않았다. 재즈가 그가 서 있던 자리에 도착하기도 전에, 이미 몸을 돌려 문밖으로 나가 버렸다.

수업은 한 시간 전에 이미 끝난 뒤라, 복도에는 아무도 없었다. 에릭슨은 트로피 전시대 앞에 서서 그 유리에 비치는 자기 모습을 노려보고 있었다. 방과 후 클럽은 여러 교실에서 이루어지고 있었다. 아마 하위는 도서관에서 책 선반의 책을 뺐다 꽂았다 하면서, 교생 실습을 나온 매력적인 도서관학과 여대생을 훔쳐보고 있을 것이다. (하위는 갑자기 E. E. 커밍스[미국의 시인이자 화가, 시각에 호소하는 전위적인 시를 씀—옮긴이]의 작품에 찾는 데 열중하고 있었다. 대출 반납대가 그 책 선반에서 제일 잘 보였기 때문이다)

재즈는 에릭슨 뒤에 멈춰 섰다. "대체 그쪽이 뭐라고…."

그는 더 이상 말을 잇지 못했다. 부관이 갑자기 돌아섰기 때문이다. 재즈는 그렇게 빨리 돌아서면서도 에릭슨이 넘어지지 않는다는 사실에 깜짝 놀랐다. 부관은 눈을 가늘게 뜨더니, 재즈의 팔을 붙잡고 주차장으로 끌고 갔다. 그리고 재즈를 순찰차 뒷자리에 난폭하게 밀어 넣었다.

그 정도면 충분했다. 재즈는 에릭슨과 끝장을 보기로 했다. "이봐요. 내게도 권리란 게 있어. 이런 식으로 나를 잡아가거나, 마음대로 할 수는 없을 텐데." 그가 말했다.

"입 닥쳐." 에릭슨이 단호하게 말했다.

도망. 재즈로서는 도망가는 것이 최선의 선택이었다. 차가 속도를 높이기 전에 뛰어내려야 했다. 재즈는 차문 손잡이를 잡았다. 그리고 미처 생각하지 못했던 것을 알아차렸다. 경찰차의 뒷좌석에는 손잡이가 달려 있지 않다는 것을. 당연히 이 순찰차에도 손잡이가 없었다.

에릭슨이 학교 주차장을 빠져나가자, 재즈는 아주 약간이지만, 소름이 끼쳤다. 그는 갇혀 있었다. 에릭슨은 무장한 채, 차를 몰고 있다. 그자는 재즈를 어디로든 데려갈 수 있고, 무슨 짓이든 할 수 있다….

그런 생각이 떠오르자, 재즈는 정신을 바짝 차렸다. 가만히 생각해 보니, 에릭슨은 맨 처음 피오나 구들링이 발견된 현장에 나타났다. 같은 날 밤, 시체 공시소에도 나타났다. 그리고… 그는 칼라 오도넬리 사건이 일어난 린드버그에서 왔다. G. 윌리엄의 신임을 받고 있고…. 에릭슨이 보안관의 음성사서함을 들은 것일까? 재즈가 알아낸 사실, 재즈가 세운 가설을 이자도 알게 된 것일까?

재즈가 아무리 항의하고 질문해도 에릭슨은 아무 말 없이, 경찰서로 향했다. 경찰서에 도착하자, 그는 재즈를 차에서 끌어내려 안으로 들어갔다. 그리고 입을 쩍 벌린 채 두 사람을 쳐다보고 있는 라나 앞을 지나쳤다.

재즈가 경찰에게 끌려 라나 앞을 지나가는 일이 이번 주에만 벌써 두 번째였다. 재즈는 침착함을 잃지 않고, 라나에게 미소를 지어 보였다. 라나 역시 미소를 지었지만, 그 미소는 금세 사라졌다.

"여기 데리고 왔습니다." 에릭슨이 재즈를 G. 윌리엄의 집무실로 밀어 넣으며 말했다. 보안관은 전화를 받고 있었다. 그는 가끔씩 고개를 끄덕였고, 투덜거리기도 했다. 보안관이 손을 휘저어, 에릭슨을 밖으로 내보냈다. 부관의 상처받고 화난 표정을 보자, 재즈는 기분이 좋아졌다.

에릭슨이 문을 쾅 닫고 나갔다. 문을 너무 세게 닫아서, 벽에 걸려 있던 사진 액자가 흔들거릴 정도였다. G. 윌리엄은 그 사실을 알아차리지 못한 것 같았다.

"앉아라." G. 윌리엄이 전화를 끊은 뒤, 재즈에게 말했다.

"괜찮아요." 재즈는 팔짱을 낀 채, 그 자리에 그대로 서 있었다. "대체 무슨 일이에요? 학교에서 저를 아무 이유 없이 납치한 건 아닐 테니, 그 말은⋯."

"대체 무슨 생각을 하고 있는 거냐, 재즈? 네가 시작한 이 역겨운 놀이는 뭐냔 말이야?" G. 윌리엄이 재즈에게 비난을 퍼부었다.

"놀이라니요? 전 아무것도⋯."

G. 윌리엄이 스마트폰을 꺼내, 뭔가 조작했다. 그러자 스마트폰에

서 재즈의 목소리가 흘러나왔다. "G. 윌리엄 보안관님. 저 재즈예요. 제가 알아냈어요. 앞으로 희생자가 더 나올 거예요. 다음 희생자에 대해 알아냈어요. 그 여자의 나이는 25세 전후로, 갈색 머리카락이에요. 웨이트리스로 일하고 있을 거예요. 범인은 여자에게 배수구 용해 세제를 주입해 죽일 거예요. 시신은 마치 기도하는 것처럼, 양손이 묶인 채 무릎을 꿇은 자세로 발견될 거예요. 여자의 손가락은 네 개가 없을 거예요. 하지만 중지는 현장에 남아 있겠죠. 피해자의 이니셜은 H. M.일 거예요. 이상입니다."

G. 윌리엄이 스마트폰을 주머니에 넣은 뒤, 재즈를 노려보았다. 재즈는 어떻게 생각해야 할지 알 수 없었다. 그는 보안관이 이런 말도 안 되는 음성사서함을 듣고, 이토록 정색을 할 줄은 미처 몰랐다.

"죄송해요. 제가 미처 몰랐어요…."

보안관이 의자를 가리켰다. 이번에는 재즈도 앉았다.

잠시 후, G. 윌리엄이 재즈에게 서류철을 던졌다. "설명해 봐." 보안관이 마치 먹고 있던 사과에서 벌레가 나온 것처럼 이를 악물고 말했다.

재즈는 떨리는 손으로 간신히 서류철을 무릎 위에 올려놓았다. 서류철에는 헬렌 마이어슨이라는 라벨이 붙어 있었다.

재즈는 목구멍이 꽉 막히는 것 같았다.

"헬렌 마이어슨." 재즈가 서류철을 펼칠 필요가 없게 G. 윌리엄이 말했다. "나이 25세. 커피숍에서 웨이트리스로 일함. 너도 아마 헬렌이 담당한 자리에 앉았던 적이 있을 거야. 너나 네 친구들 모두 말이지. 갈색 머리. 오늘 아침, 오래전부터 버려져 있던 서쪽 헛간에서 발견했어. 어딘지 알겠지?" 보안관은 재즈의 대답을 기다리지 않았다. "네가 말한 대로야. 정확한 사인은 아직 연구소의 결과를 기다리고 있긴 하지만, 심장마비로 죽은 것처럼 보여. 그리고 시신 근처에 놓여 있는 탁자 위에 주사바늘과 드래노(배수구 용해 세제 상표 – 옮긴이) 통이 놓여 있었지. 처음에는 알아차리지 못했어. 시신이… 놀랄 일도 아니지? 시신이 기도하는 것 같은 자세를 하고 있었으니까. 재즈, 그러니까…." G. 윌리엄이 책상에 걸터앉으며 재즈 쪽으로 몸을 숙였다. "이제 할 말 있으면 한번 해 봐."

'하나님 맙소사, 내 생각이 맞았어.' 재즈는 순간 너무 놀라 아무 말도 할 수가 없었다. 그런 다음 그가 아무 말도 하지 않는 걸 G. 윌리엄이 죄책감 때문이라고 생각할 것인지 궁금했다. "전 아니에요. 제가 한 게 아니라고요." 재즈가 소리쳤다.

G. 윌리엄의 표정이 분노에서 간사한 호기심으로 변했다. "왜 그런 말을 하는 거지? 난 네가 했다고 한 적이 없는데."

체포되기 전에도, 빌리는 자신이 저지른 범죄와 관련된 목격자나 행인으로 여러 번 경찰의 신문을 받은 적이 있었다. 빌리는 그때마다 자신에 대한 수사의 내부 진행 상황을 보며 즐거워했다. 그리고 언제나 진실과는 관계없이 가능한 오래 경찰에 협력했다. 빌리는 재즈에게 한 가지 규칙을 주입시켰다. '경찰이 물어보는 것 이외에 말을 해선 안 된다. 절대, 결코, 절대로 말해선 안 된다!'

재즈는 그 규칙을 깼다.

"제가 아니에요." 그는 다시 한 번 말했다. 깊은 수렁에 빠졌지만, 어떻게 빠져나가야 할 지 알 수가 없었다. 재즈는 '유죄 지식'이란 것에 대해 잘 알고 있었다. 그는 살인자나 목격자만이 알 수 있는 것을 알고 있었다. 그래서 자신이 그 사실을 어떻게 알았는지 해명해야만 하고, 그렇지 못할 경우 경찰은 그를 살인자로 생각할 것이다…. 재즈는 사실 경찰들을 비난할 수도 없었다. 세상에서 가장 악명 높은 연쇄 살인범의 아들이 언젠가 일을 저지를 것이라고 생각하는 것은 당연한 일이니까.

"뭔가 할 말이 있으면 지금 해." G. 윌리엄이 책상에서 몸을 일으키며 말했다. "이곳에는 너와 나뿐이야. 이번 일은 우리가 함께 해결해 나갈 수 있을 거야. 그렇지 않으면 나 혼자 해결해야 되겠지."

G. 윌리엄은 더 이상 전날 밤처럼 스트레스를 심하게 받으며, 불안에 떨던 측은한 모습이 아니었다. 지금의 그는 자신감이 넘쳤고, 확신에 차 있었다. 빌리 덴트가 저지른 마지막 두 건의 살인 사건을 알아내고, 자기 집에 숨어 있던 덴트와 정면으로 맞섰던 바로 그 모습이었다. 재즈는 G. 윌리엄을 처음 봤을 때를 떠올렸다. 그 모습은 그의 눈 속에 각인되어 있었다. 보안관이 오락실에 불쑥 쳐들어와, 재즈의 눈앞에 믿을 수 없을 정도로 커다란 총을 겨누던 그 모습을. '내려놔! 전부 다 바닥에 내려놔! 그렇지 않으면 쏘겠다!'

"제가 하지 않았어요. 우리 아버지예요. 빌리가 한 짓이라고요." 재즈가 다시 한 번 말했다.

17

모방 범죄

"알았어, 좋아. 고맙네. 그래, 고마워. 자네도 잘 있게." G. 윌리엄이 수화기에 대고 말했다. 보안관은 의자에 몸을 기댄 채 재즈를 쳐다보고 있었다. 재즈는 여전히 헬렌 마이어슨의 서류철을 무릎 위에 올린 채 책상 맞은편에 앉아 있었다. 마이어슨. 헬렌이 가져다주는 커피를 천 번도 넘게 받았으면서도 재즈는 그녀의 성도 모르고 있었다. 재즈는 마지막으로 헬렌을 본 게 언제인지를 떠올려 보려고 했다. 이틀 전… 재즈가 웨더스와 커피숍에서 처음으로 얼굴을 한참 동안 맞대고 있을 때였다. 그와 하위는 커피를 받아들자마자 바로 밖으로 나갔다. 그때 팁을 주고 나왔던가? 재즈는 기억이 나지 않았다. 갑자기 그 일이 믿을 수 없을 정도로 중요한 일처럼 느껴졌다.

G. 윌리엄이 전화 통화를 끝냈다. 두 사람이 이미 알고 있는 사실을 확인하는 데는 몇 분밖에 걸리지 않았다.

"빌리는 여전히 감옥에 엄중하게 수감 중이란다. 워든의 말로 빌리는 그곳을 떠난 적이 없다는구나. 밤에도, 낮에도, 또 밤에도 말이야. 지난 4년 동안 그랬듯이. 빌리는 아무데도 가지 않았고, 갈 수도 없어. 그러니 네 아빠가 순간 이동이나 분신술을 쓰지 않는 한은…." G. 윌리엄이 말했다.

재즈는 고개를 저으며 마이어슨 서류철을 내려다보았다. 모든 것을 이해할 수 있었다. 모든 상황이 들어맞았다. 지난 밤 그는 오도넬리와 구들링의 사건을 살피다, 빌리의 희생자들의 사진을 보고 어떤 유형이 있다는 것을 깨달았다. 바로 빌리 덴트에게 들어맞는 유형이었다.

"아버지의 첫 번째 희생자는 캐시 오버턴이라는 여자였어요. 그녀의 생활, 나이, 외모, 죽음…. 전부 다 오도넬리와 일치하죠. 두 번째 희생자는 파라 고든이었어요. 피오나 구들링과 나이와 직업, 머리색이 같았어요. 구들링처럼 교살당했고, 알몸으로 들판에 버려졌죠. 세 번째 희생자 역시 마찬가지예요. 헬렌과 이니셜이 같아요. 이름은 하퍼 맥리오드, 웨이트리스. 25세. 갈색 머리. 아버지는 그때부터 재미를 추구하기 시작했어요. 배수구 용해 세제를 주입하면, 근육 경련이 일어나면서 고통이 심해지죠. 부정맥이 오고, 결국에는 심장마비로 죽게 돼요. 아버지가 시신의 자세를 바꾸기 시작한 것도 그때부터예요. 덕분에 '예술가'라는 별명을 얻었죠." 조금 전 재즈는 G. 윌리엄에게 이렇게 설명했다.

"네 아빠가 한 짓이 아니야." G. 윌리엄이 이제는 친절한 어조로 말했다.

그 말은 이제 안심해도 된다는 뜻이었지만, 재즈의 마음은 편해지지 않았다. 그는 어느 쪽 상황이 더 나쁜지 알 수가 없었다. 빌리가 교도소를 탈출해서 과거의 영광을 재현하기로 결심했다는 편이 나은지, 아니면….

"아마 모방범이겠지." G. 윌리엄은 재즈가 그 사무실 안에 없는 것처럼, 혼잣말을 하듯 중얼거렸다. "누군가 빌리 덴트의 역작을 재현하고 있는 거야."

재즈가 걱정하고 있던 것도 바로 그것이었다. 모방범. 빌리의 범죄에 대해 잘 알고 있는 누군가가 모방 범죄를 저지르고 있다.

하지만 이렇게까지 완벽하게 모방한 경우라면, 사람들은 대부분 범인이 재스퍼 프랜시스 덴트, 곧 빌리 덴트의 아들이라고 여길 것이다. 어쩌면 하위의 생각이 틀렸을지도 모른다. 재스퍼 프랜시스 덴트는 연쇄 살인범에 어울리는 이름일지도 모른다.

재즈는 입술을 축였다. 그로서는 하고 싶지 않은 말을 입에서 꺼내기 위해 거의 1분간이나 숨을 가다듬어야 했다. 하지만 재즈는 알아야만 했다.

"보안관님도 제가 한 짓이라고 생각하는 건 아니겠죠?"

"그런 생각은 하고 싶지 않구나." 보안관의 대답은 마치 누군가에게 확신을 주려는 것처럼 들렸다. 그 자신일까? 아니면 재즈일까?

"그건… 제 질문에 대한 답이 아닌 것 같은데요."

G. 윌리엄은 앉은 자세를 바로 하더니, 느닷없이 그 분위기에 전

혀 어울리지 않게 손가락으로 책상 위를 살짝 경쾌한 리듬으로 두드리기 시작했다. "네 아버지가 저지른 범죄에 대해 자세히 알고 있는 사람은 많아, 재즈. 넌 용의자 명단에서도 한참 밑에 있어."

'하.'

"하지만 용의자인 건 맞잖아요."

G. 윌리엄이 코웃음을 쳤다. "만일 우리 어머니가 살아 계셨다면, 혐의가 완전히 풀리기 전까지는 어머니도 내 용의자 명단에 올라 있었을 거다. 너도 이런 일이 어떤 식으로 진행되는지는 잘 알고 있잖니, 재즈."

그렇다. 재즈도 이런 일이 어떤 식으로 진행되는지 잘 알고 있었다. 하지만 그렇다고 해도 기분이 나아지진 않았다. 그는 세세하고 변덕스러운 경찰의 절차에 만족하며 얌전히 있을 생각은 없었다. G. 윌리엄의 견해는 좋았다. 하지만 이제 이 사건은 로보스 노드의 보안관이 생각하는 것보다 훨씬 커질 것이다. 대책 본부가 세워질 것이고, 기자들이 몰려올 것이며, 온갖 헛소문들이 돌기 시작할 것이다. 그렇게 되면 머지않아, 생각보다 훨씬 빨리 누군가의 입에서 이런 말들이 나오게 될 것이다. '있잖아. 가장 의심스러운 용의자가 고등학교에서 청교도 옷을 입고 머리에 피가 묻어 있다고 고래고래 소리 지르고 있는데 어째서 미지의 범인을 찾는답시고 시간만 낭비하고 있는지 모르겠다니까?'

그렇게 생각하는 게 가장 타당하지 않은가? 결국에는 재즈도 망가져 아버지의 뒤를 따르기로 했다는 것이?

재즈는 아무렇지 않은 표정을 지으려고 애를 썼지만, 뭔가 티가 난 모양이었다. G. 윌리엄이 다시 차분한 목소리로 말했다. "재즈, 걱정할 것 없다. 우리가 그놈을 잡을 테니까. 그건 기정사실이야. 그자는 붙잡힐 거다. 내 말 듣고 있니?"

"앞으로 살인 사건이 좀 더 많이 일어날 거예요. 그자가 벌써 세 번째 범행을 저질렀으니까요. 아버지도 세 번째 범행을 저지른 뒤에 기분이 들떴는지 잇달아 더 빨리 범행을 저질렀거든요. 보안관님도…."

"내 말 잘 들으렴. 들어 봐. 범인은 어쩌면 네 아버지의 범행을 따라하는 게 아닐 수도 있어. 물론 범인이 네 아버지의 영향을 받았을 수는 있겠지. 하지만 그렇다고 그 사건들이 모두 네 아버지가 했던 것을 그대로 따라했다고도 볼 수 없단 말이다. 앞선 두 건의 살인 사건 모두 아주 흔한 방식이잖아. 비닐봉지를 이용한 것도, 교살도." G. 윌리엄이 재즈의 말을 가로막았다.

"아버지가 했던 그대로예요!" 재즈는 G. 윌리엄이 이 사건들을 심각하게 받아들이지 않는다는 것을 믿을 수가 없었다.

"네 아버지 말고도 많은 사람들이 범행을 저지를 때 쓴 방법이야. 비닐봉지를 씌워 질식시킨다거나, 목 졸라 죽이는 게 특이하다고 볼 순 없잖아." 보안관이 차분히 말했다.

"하지만 이니셜은… 희생자들은… 그리고 마지막 희생자는… 완전히 똑같았잖아요!"

G. 윌리엄은 의자에 몸을 기댔다. "네가 도와주고 싶어 한다는 건 나도 알아. 하지만 이런 사건에서는 연계 실명보다 더 나쁜 게 있어."

"그래요? 그게 뭔데요?" 재즈는 빈정거리는 것처럼 말하지 않으려고 애를 썼지만 실패했다.

"그런 놈들을 잡기 위해서는 벽 뒤에 숨어서 충분히 생각해야 하는 법이다. 재즈. 보이는 게 전부는 아니란 말이지. 네가 다른 사람보다 많이 알고 있는 건 사실이야. 연계 실명보다 더 나쁜 건, 자만심이다. 뭔가를 알고 있다고 생각하면, 네가 제대로 알아내기 전에, 이미 다 알고 있다고 생각하게 된다는 거야. 넌 이번 사건들이 전부 함정일 수도 있다는 생각은 안 해 봤지? 응? 범인이 우리를 가지고 노는 걸 수도 있잖아?"

재즈는 어깨를 으쓱했다. 확실히 그럴 수도 있다…. 하지만 마음 한편에서 솟구치고 있는, 몹시 불쾌하고 무시할 수 없는 불안함과 속이 배배 꼬이는 것 같은 느낌이 어우러지면서 그렇지 않다고 말하고 있었다.

"만일 내가 육감에 따라 부하들을 움직이고 싶을 때, 어떻게 하는지 아니? 미리 정해진 순서에 따르는 것처럼 보이게 하는 거야. 한마디로 절차를 따르는 거지. 그러다가 내가 왼쪽으로 갈 거라고 생각할 때 예기치 않게 오른쪽으로 가는 거야." G. 윌리엄이 말했다.

"잘 모르겠어요."

"넌 범인들을 과소평가해선 안 돼. 이번 범인이 네 아버지 같은 부류인 건 맞아. 아주 체계적이고, 영리해. 우리가 헬렌을 어떻게 찾았는지 말해 줄까? 익명의 전화가 왔어. 911에 시내 외곽 공중전화로 신고가 들어온 거야. 구들링 때와 똑같이 말이지. 그렇다면 자, 넌 그 신고 전화를 누가 했을 거라고 생각하니?"

"그야 당연히 범인이겠죠."

G. 윌리엄이 만족스럽다는 듯 미소를 지으며 말했다. "맞아. 그럴 거야. 범인은 우리를 속이고 있어. 빌리를 따라하고 있는 것처럼 보이게 하는 거지. 그런 식으로 보이게 해서, 우리를 그쪽으로 유도하려는 거야. 그렇게 그자가 우리를 '돕고' 있는 거지. 하지만 너도 알 거야, 재즈. 그런 자들이 어떤지. 그런 자들이 한 손을 내밀 때는 다른 손으로 네 머리에 장전한 총을 겨누고 있는 법이야. 범인은 우리를 속이고 있어. 그리고 난 그자의 생각대로 움직일 생각은 없다."

"하지만…."

"봐라. 우린 그 이면을 들여다봐야 해. 모든 측면, 모든 각도에서. 빌리와 같은 시각까지 포함해서 말이야. 아마 연방 수사국과 연계하면, 금세 그 망할 VICAP(흉악범 체포 프로그램)의 설문지를 채워 넣을 수 있을 거야. 그리 되면 구들링과 오도넬리가 동일범에게 살해당했다는 게 확실해지겠지. 그러니 넌 걱정하지 않아도 돼. 우리가 그놈을 잡을 테니까." G. 윌리엄은 생각에 잠긴 채 고개를 끄덕였다. "우리가 그놈을 잡을 거야, 재즈. 또다시 네 아빠 때와 같은 일이 반복되진 않을 거다. 그놈은 아직 두 자리 수에도 미치지 못했잖아. 안 그래?"

재즈는 마지못해 고개를 끄덕였다.

G. 윌리엄이 손으로 책상을 짚고, 자리에서 일어났다. "가자. 학교까지 데려다 줄게."

두 사람은 차를 타고 가는 동안 아무 말도 하지 않았다. 단 한 번, G. 윌리엄은 연극 연습 중에 에릭슨이 재즈를 거칠게 끌고 나온 것에 대해 사과했을 뿐이다.

"괜찮아요." 재즈가 보안관에게 말했다.

"그 친구도 요 며칠 힘들었을 거다. 마이어슨의 시신을 발견한 현장에 제일 먼저 도착한 것도 에릭슨이었단다. 구들링 때도 마찬가지였지." G. 윌리엄이 재미없다는 듯 웃었다. "린드버그에서 전근 오자마자 연달아 시체를 봤으니 안된 일이잖니. 그래서 그 친구도 기분이 많이 안 좋을 거야. 어떤 기분일지는 알겠지?"

"전 정말 괜찮아요."

그들이 학교에 도착했을 때, 연극 연습은 아직 끝나지 않았다. 재즈는 주차장에 동급생들의 차 몇 대와 지니의 낡은 기아 자동차도 주차되어 있는 것을 보았다.

"네가 할 일은 끝났어, 재즈." G. 윌리엄이 차에서 내리는 재즈에게 말했다. "넌 이제 더 이상 수사에는 참여하지 않는 거야. 알았지? 혹시 무슨 생각이 나면 내게 알려 주고. 알아들었니?"

"알았어요."

그는 G. 윌리엄에게 작별 인사를 한 뒤, 강당 안으로 들어갔다. 연극 연습은 거의 막바지였다. 코니와 지니를 제외한 다른 사람들은 모두 그를 보고 깜짝 놀란 것 같았다. 마치 재즈가 지금쯤은 유치장에 갇혀 있을 거라고 기대라도 한 것처럼. 어쩌면 그런 예상이 그렇게 말이 안 되는 건 아닐지도 모른다. 재즈는 그들을 비난할 수도 없었다.

"너를 그런 식으로 끌고 갔다는 걸 도무지 믿을 수가 없었다니까."
연극 연습이 끝난 뒤 지니가 흥분해서 말했다. 다른 역을 맡은 아이들
은 모두 학교를 떠났고, 무대 위에는 지니와 코니, 재즈만 남아 있었
다. "난 정말 네 할머니께 전화를 드리려고 했었어. 하지만 코니가 그
렇게 하지 않는 게 좋을 것 같다고 말리더구나."

"그 말이 맞아요." 재즈는 코니의 손을 잡고 있던 손에 힘을 주었
다. 학교에 돌아온 뒤로 그 손을 계속 놓지 않고 있었다. "고마워."

"그래도 변호사한테 전화는 해야겠어. 내 동생이 아는 변호사가
있는데…."

"그냥 오해였어요." 재즈가 매력을 발산하며 지니를 달랬다. 그러
면서 '이 드넓은 세상에서 잘못된 일은 아무것도 없어요, 달링.'이라
고 말하는 것처럼 사람들을 금세 안심시키는 느긋한 미소를 지어 보
였다. 빌리를 보며 배운 이 미소는 효과만점이었고, 덕분에 상황은 아
주 쉽게 마무리되었다.

아무래도 강당에, 그것도 연극 '시련'의 무대에 서 있어서 그런 것
이겠지만, 재즈는 해일의 대사를 떠올리지 않을 수 없었다. "신학은
요새나 마찬가지입니다. 아무리 작은 틈이라도 가볍게 넘겨서는 안
되는 겁니다." 재즈는 자신의 정신 상태에 대해서도 똑같은 느낌을
받았다. 아무리 작은 틈, 아무리 작은 실수라도 그 결과는….

지니가 재즈의 팔을 쓰다듬어 주었다. "내가 도울 일이 있으면 말
해 줘. 네가 원한다면 내게 편지를 써도 좋고…."

재즈는 애써 웃음을 참았다. 그녀에게 편지를 쓰다니. 지니 데이비

스와 그녀의 유별난 곱슬머리, 그리고 그녀의 영원한 히피 사상에 축복이 있기를!

코니는 재즈의 차에 올라탈 때까지 아무 말도 하지 않았다.

"자, 이제 어떻게 할 거야?" 그녀가 물었다. 비록 코니의 얼굴과 마주 잡고 있는 손에서 긴장감이 느껴지긴 했지만, 그녀는 이미 알고 있었다.

"지금까지 G. 윌리엄이 내게 했던 말은 전부 모르는 척할 거야. 이제부터 내가 어떻게 할지 봐." 재즈가 말했다.

시련

할머니는 단순히 위험한 노망난 괴짜가 아니라, 인종차별주의자이기까지 한 위험하기 짝이 없는 노망난 괴짜였다. 그래서 재즈는 코니를 집에 데려오기 전에 약간의 사전 작업을 해야 했다. 많이 생각한 끝에, 재즈는 예전에 빌리가 주위에 달리 쓸 것이 없을 때만 써야 한다고 했던 '불쌍한 남자의 진정제'라는 것을 써 보기로 했다. 그는 수프에 베나드릴(항히스타민제 상표명-옮긴이)을 약간 넣은 뒤, TV 앞에 있는 할머니에게 가져다주었다. 할머니는 몇 분 되지 않아 고개를 떨어뜨리더니, 빌리가 태어나기 전부터 있었던 닳아 빠진 의자에 그대로 쓰러졌다. 숟가락이 쨍그랑 소리를 내며 그릇에 떨어지면서 남아 있던 수프가 하마터면 할머니 몸에 쏟아질 뻔했지만, 가만히 옆에서 지켜보고 있던 재즈가 때맞춰 검버섯이 가득한 할머니 손에서 그릇을 빼냈다.

재즈는 할머니의 맥박을 재 보았다. 할머니는 괜찮았다. 몇 시간 동안 잠을 푹 잘 것이다. 재즈는 할머니를 안아 올렸다. 할머니에게는 뼈와 피부, 증오와 광기만이 남아 있었다. 그리고 증오와 광기는 무게가 없었다. 재즈는 할머니를 소파 위에 눕혔다. 그런 다음 하위에게 집으로 오라는 전화를 걸었다.

20분 뒤, 재즈는 자기 방에 하위와 코니와 함께 있었다. 하위가 책상을 차지하고 있었고, 코니는 침대 위에 책상다리로 앉아 있었다. 재즈는 코니의 무릎을 베고 누워 있었다.

"끔찍해." 벽에 붙은 희생자들의 사진을 보며 코니가 백만 번째로 말했다.

"범인의 패턴을 알아내는 데 도움이 될 거야." 재즈가 말했다.

"그래도 끔찍하지 않은 건 아니야."

"끔찍하지. 끔찍하고말고." 하위가 맞장구를 쳤다. "정말 소름 끼친다니까아아아아아!" 하위가 27번 희생자를 겨냥해서 고무줄을 발사했다. 고무줄은 27번째 희생자인 마샤 반 호튼의 눈 사이에 명중했다. "저런."

재즈가 눈을 문질렀다. 이마에 고무줄을 맞았다고 마샤에게 문제될 것은 없었다.

"범인의 패턴을 알아낼 필요가 있어. 그래서 너희들의 도움이 필요해." 그가 말했다.

"명 받들겠습니다." 하위가 경례를 하며 말했다.

코니가 재즈의 머리카락을 부드럽게 쓸어 넘겼다. "하지만 난 네가 그만 마음을 가라앉히고, 이 말도 안 되는 일들은 전부 잊어버리라는 말을 하려고 여기 온 거야."

"잊을 수 없어." 재즈가 말했다.

"남자의 일은 남자가 해야지." 하위가 전혀 비슷하지도 않은 존 웨인 흉내를 내면서 천천히 말했다. "가죽 끈에 6연발 권총을 꼽고…."

"6연발 권총 같은 건 없어." 재즈가 하위 쪽은 쳐다보지도 않고 말했다. 그는 보지 않아도 하위가 의기소침한 표정을 짓고 있다는 것을 알았다. "하지만 이 일은 꼭 해야만 해. 아버지가 가르쳐 준 지식들을 이용해 다른 사람들을 괴롭히는 것이 아니라 그 이상의 일을 할 수 있다는 것을 입증해 보일 거야. 뭔가 좋은 일을 할 수 있다는 것을 보여 줘야지."

코니가 재즈의 이마에 키스했다. "그건 태너 보안관이 할 일이야. 네 아버지도 보안관이 잡았잖아. 그러니 네 아버지 흉내를 내고 있는 이번 범인도 잡을 수 있을 거야."

"아버지를 잡은 건, G. 윌리엄이 운이 좋았기 때문이야. 두 번째는 운이 따르지 않을지도 몰라. 더군다나 보안관은 아직도 범인이 아버지의 패턴을 그대로 따라하고 있다는 것을 믿지 않고 있어." 재즈가 말했다.

"패턴이 뭔데?" 하위가 의자를 돌리더니, 벽에 붙어 있는 희생자들을 좀 더 자세히 보기 위해 몸을 앞으로 내밀었다. "희생자 누메로(수를 뜻하는 스페인어 – 옮긴이) 사…."

"쿠에트로(스페인어로 4를 의미 – 옮긴이)야." 코니가 짜증을 내며 말했다.

"…는 바네사 도스. 에, VD잖아. 성병(Venereal disease)과 앞글자가 똑같네." 하위가 깔깔거렸다.

"제발 철 좀 들어라." 코니가 말했다.

"그녀는 배우였어." 재즈는 두 사람의 말을 무시한 채, 천장을 쳐다보며 말했다. 빌리의 희생자에 대해서는 자료를 볼 필요가 없었다. 전부 그의 머릿속에 고스란히 저장되어 있었다. "아이다호 보이시 출신이고…."

"감자가 많이 나는 곳이잖아!"

"…열아홉 살에 뉴욕으로 이사 왔지." 재즈는 여전히 하위를 무시하며 말을 이었다. "그녀는 친구들과 여행 중이었어. 기차를 타고 동부 해안을 따라 내려오던 중에, 아버지와 만나게 된 거야. 그것도 식당 안에서. 그녀는 콘비프 샌드위치를 주문하던 중이었어." 재즈는 침을 삼켰다. 갑자기 빌리가 그때 상황을 설명해주던 때로 되돌아간 것 같았다. 바네사에게 아는 사람인 줄 알고 착각한 척하며 말을 걸었다가 이내 잘못 봤다며 사과를 했다고 말하는 아버지의 눈에 어렴풋한 욕망이 번득였던 것을 재즈는 기억하고 있었다….

심지어 그녀에게 이렇게 말했어. "아가씨는 틀림없이 내가 미쳤다고 생각하겠죠." 빌리는 말했지. "그 여자는 자신만만하게 대답했어. 그렇게 생각하지도 않고, 자주 있는 일이니 괜찮다고 말이야…."

"실제로 그 여자는 광고를 몇 편 찍었어. 대단한 건 아니었지. 전국에 나가는 광고도 아니고, 전부 지역 한정 광고였지. 하지만 아버지는 그런 그녀의 자만심을 이용해, 자기가 위험한 사람이 아니라는 인식을 심어 줄 수 있었어. 그런 다음, 그녀가 혼자 있을 때 음료수를 사 주겠다고 하면 상황 종료되는 거지."

"그런 다음 쾅. 간호사, 드래노 2cc 부탁해요."

"하위! 사람이 죽었어!" 코니가 침대 바닥을 내리쳤다.

하위는 풀이 죽은 채 다시 책상 쪽으로 의자를 돌리더니, 쓸데없이 컴퓨터 마우스를 만지작거리기 시작했다.

"아버지는 이미 그 마을에서 웨이트리스를 한 명 죽인 뒤였어. 아버지는 그때 그 마을에서 3주일을 더 머물렀지. 바네사를 죽인 다음, 그곳을 떠나기 전에 두 명을 더 죽인 거야."

"그럼 이번 범인도 로보스 노드를 떠나기 전에 세 명을 더 죽일 거라는 말이야?"

재즈는 고개를 끄덕이며 일어나 앉았다. 그는 벽을, 특히 바네사 도스를 쳐다보았다. "이 모방범의 희생자들은 전부 아버지의 희생자들과 똑같아. 직업, 머리색, 이니셜, 나이까지. 그러니까 우리는 로보스 노드에서 검은 머리에, V. D.라는 이니셜을 가진 22세 여자를 찾아야 해."

하위가 다시 콧방귀를 뀌었다. 그러다 뒤통수에 코니의 눈에서 나오는 살인 광선을 느끼기라도 한 것처럼 이내 조용해졌다.

"노드는 할리우드가 아니야. 우리 마을에 여배우가 있을 리도 없잖아. 그런데 어디서 그런 사람을 찾는단 말이야?" 하위가 책상에 앉은 채 지적했다.

"범위를 조금 넓혀 보면 어떨까?" 코니가 물었다. 확신이 없는 듯 약간 주저했지만, 진지한 목소리였다.

재즈가 코니를 돌아보았다. "뭐야? 뭔가 생각난 거야?"

"별거 아니야." 그녀가 재즈에게서, 다시 의자를 돌린 하위에게로 시선을 돌렸다. "혹시나 해서…."

"어서 말해 봐." 재즈가 약간 엄한 목소리로 말했다.

"타이난 산마루 너머에 '돌고 도는 인생'이라고 있잖아. 알지? 거기에 배우들이 잔뜩 모여 있어."

재즈와 하위가 거의 동시에 고개를 저었다.

"연기 학교야. 그 남자… 이름이 기억 안 나네. 왜 원숭이가 사건을 해결하는 말도 안 되는 드라마에 나왔던 남자 있잖아."

"코니." 재즈가 최대한 명령조로 재촉했다.

"어쨌든 그 남자가 세운 연기 학교야. 일종의 여름 캠프 같은 거지. 우리가 이리로 이사 왔을 때 거기 들어가려고 알아봤는데, 값이 너무 비쌌어. 하지만 그곳에는 전국에서 찾아온 여배우들이 있을 거야. 노드 출신도 포함해서."

재즈는 고개를 끄덕였다. 그래, 그럴 수도 있다. 하지만 역시….

"'시련'은 어때? 로보스 노드에도 배우들이 있잖아." 하위가 재즈의 마음을 읽기라도 한 것처럼 물었다.

"그 애들은 너무 어려. 아직 고등학생이니까. 하지만 22세면… 어쩌면… 4, 5년 전에 고등학교 졸업하기 전에 연극을 했고, 아직 이 마을에 사는 사람일 수도 있지. 확인해 봐야겠다."

그는 침대에서 뛰어내려 지시를 내리기 시작했다. "코니. 넌 하위 차를 가지고 '돌고 도는 인생'에 가 봐. 그 원숭이 남자 배우에게 찾아가서 우리 기준에 맞는 배우가 있는지 알아봐 줘. 전에 찾아간 적이 있다고 하니까, 그 남자도 너를 알아볼 거야. 나는 하위와 같이 학교에 가서 지난 몇 년간 연극부 명단을 확인해 볼게."

"그냥 보안관한테 알리는 게 나을 것 같아. 그건 우리가 아니라 보안관이 할 일이잖아." 코니가 미심쩍다는 듯이 말했다.

"맞아. 그리고 그보다 중요한 건, 어째서 코니가 내 차를 가지고 가야 하는 건데?" 하위가 말했다.

두 사람의 저항에 부딪히자, 재즈는 생각나는 유일한 행동을 했다. 그는 잠시 주저하면서, 두 사람의 말을 다시 한 번 생각하는 척했다. 그런 다음 말을 꺼냈다가, 이내 멈추고 마치 부끄럽다는 듯 바닥을 쳐다보았다.

"얘들아." 그는 마치 목이 약간 메는 것처럼 머뭇거리며 말을 꺼냈다. 재즈가 다시 고개를 들자, 두 사람 다 넋을 잃고 마음을 뺏긴 듯 그를 쳐다보고 있었다. 그는 배가 아팠다가 괜찮아지는 것 같은 느낌이 들었다. 생각했던 것의 절반도 안 했는데, 일은 이미 끝난 것이나 다름없었다.

"이 일은 나한테 정말 중요해." 재즈는 애써 눈물을 참고 간신히 말하는 것처럼 쉰 목소리로 속삭이듯 말했다. "너희들은 이해하지 못할 거야. 무엇보다 G. 윌리엄 보안관은 우리 말을 듣지 않아. 그러니까 확실한 증거를 찾아 보안관에게 보여 주는 것밖에는 방법이 없어. 그리고 어쩌면… 어쩌면 내가 정말 덴트라는 이름을 선하고 바람직한 이미지로 바꿀 수 있을지도 모르잖아.”

결국 두 사람은 재즈에게 넘어왔다. 코니는 가까이 다가와 그를 꼭 안아 주었다.

잠시 뒤, 그들은 차를 타러 나갔다.

재즈는 여자 친구와 가장 친한 친구를 속인 것이 부끄러웠다….

아니, 잠깐만. 정말 그런 것은 아니다. 솔직히 재즈는 노련하게 코니와 하위를 자신이 원하는 대로 움직이게 만들었다는 것에 대해 한편으로는 자랑스럽게 여기고 있었다. 그건 그에게 필요한 일이었다. 재즈의 생각에 그건 불가피한 일이었다. 그들은 재즈를 막으려고 하지만, 이 세상은 재즈를 앞으로 내몰고 있었다. 그로서는 선택의 여지가 없었다.

그리고 그 특별한 재능을 발휘하는 것이 재미있기도 했다. 딱히 다른 사람에게 해가 되는 것도 아니지 않는가? 아드레날린이 치솟으면서, 순수한 긍정의 힘이 온몸으로 퍼져 나갔다. 재즈는 아무도 죽이지 않았다. 다른 사람에게 해를 끼친 것도 아니다.

그는 학교로 가는 길에 지프의 속력을 좀 더 올렸다. 바깥은 어두웠고, 로보스 노드의 거리는 사실상 텅 비어 있었다. 재즈는 제한 속도 보다 9.65킬로미터 넘게 빨리 달렸다. 로보스 노드의 교통경찰들이 주의 깊게 지켜보긴 하지만, 제한 속도를 11킬로미터 이상 넘지 않는 이상 단속하는 경우가 드물다는 것을 잘 알고 있었기 때문이다.

"이게 과연 잘하는 짓일까? 이런 건 진짜 경찰들이 해야 하는 일 아니야? 살인범의 정체를 밝히기 위해 희생자가 누가 될지 찾아내는 일은?" 하위가 말했다.

"때로는 네가 할 수도 있는 거지." 재즈가 말했다.

"내가 이미 범인이 누군지 짐작하고 있다면?"

재즈가 싱긋 웃었다. 재미있을 것 같았다. "계속 말해 봐."

"내 생각에 범인은 쓰레기 같은 웨더스 놈이야."

재즈는 하위의 추측을 부정하기 위해 입을 열었다가 아무 말 없이 그대로 입을 다물었다.

"그럴 수도 있겠네." 재즈가 천천히 말했다.

"그렇다니까. 고마워. 네가 내 자신감을 살려 줬어."

"그자는 아버지의 범행에 대해 잘 알고 있을 뿐만 아니라, 언론의 관심이 다시 한 번 노드에 쏠리기를 바라고 있으니까."

"거 봐. 그렇다니까?"

재즈는 웨더스와 그의 이기심에 대해 생각했다. 사실 재즈가 이전에 G. 윌리엄을 범인일지도 모른다고 의심했던 것에 비하면, 웨더스는 훨씬 더 범인에 가까웠다. 그런 생각을 했다는 것만으로도 재즈는 자책감에 몸을 움찔했다.

"그럴듯해." 재즈도 인정했다. "하지만 일단 우리는 다음 희생자를 찾는데 집중해야 해. 다음 희생자를 알게 되면 범인의 정체도 밝혀질 거야. 범인이 웨더스든 아니든."

하위는 창밖으로 팔을 내밀어, 손으로 바람의 흐름을 느꼈다. "네

가 나한테 이런 식으로 이야기하다니 믿을 수 없어." 하위가 불만스
럽게 말했다. "아니, 사실은 아니야. 그 말 취소할게. 난 네가 하는 말
이라면 뭐든 믿을 수 있으니까. 다만 이번 일을 코니에게도 말했다는
게 믿을 수 없다는 거지."

"우리 세 사람이 힘을 합쳐 이번 사건을 해결하고 싶었을 뿐이야.
범인은 이제 끝났어. 그자가 아직 그 사실을 모를 뿐이지." 재즈가 말
했다.

"네 아버지는 몇 명이나 죽였어?"

"124명." 재즈는 언제나처럼 엄마를 '공식적'인 합계에 더했다.

"그럼 넌 우리가 범인의 다음 범행을 막을 수 있을 거라 생각해?"

"그자는 붙잡히고 싶은 거야. 예전에 아버지가 말해 준 적이 있어.
그런 자들은 대부분 붙잡히고 싶어 한다고. 이번 범인도·사실은 항복
의 백기를 흔들고 있는 거나 마찬가지지."

하위가 코웃음을 쳤다. "만일 그렇게 되면….."

"만일 그렇게 되면 내가 문신을 두 개 더 새겨 줄게."

하위가 환호성을 지르며, 주먹을 들어 올렸다. "좋았어. 버지니아,
이번엔 산타클로스다!"

재즈가 싱긋 웃으며 고개를 저었다. "너 너무….."

그는 말을 멈추고, 앞을 똑바로 응시했다.

"이런 젠장." 재즈가 말했다.

"재즈!" 하위가 목청이 터져라 비명을 질렀다. 재즈는 눈을 깜박거
리다가, 모퉁이에 부딪히기 직전 간신히 운전대를 왼쪽으로 꺾었다.

그가 브레이크를 밟자, 지프가 미끄러지다가 교차로 중간에서 멈췄다. 다른 차들이 화가 나서 요란하게 울리는 경적 소리에, 도플러 효과로 그들을 앞질러 지나가 이제는 보이지도 않는 자동차에서 울리는 윙윙거리는 소리까지 들렸다. "빨간불이잖아! 저보다 더 빨간색은 없을 거야! 크리스마스 같은 빨간색! 에이, 이것 좀 봐!" 하위가 오른쪽 팔을 내밀었다. 차에 부딪힌 곳에 멍이 들어 있었다.

"잊어버리고 있었어." 재즈는 심장이 무서울 정도로 빨리 뛰고 있는데도, 숨소리는 평소와 조금도 달라지지 않았다는 사실을 알고 깜짝 놀랐다. 바로 조금 전, 그들이 타고 있던 지프는 엄청난 속도로 달리고 있던 다른 차와 부딪힐 뻔했다. 만일 그렇게 됐다면 결과가 좋지 않았을 것이다. 그 지프는 너무 오래돼서 에어백이 달려 있지 않았기 때문에, 아마도 운전대가 재즈의 가슴을 반쯤 뚫고 들어갔을 것이고, 어쩌면 하위는… 안전벨트에 꽉 눌리는 바람에 일어난 내부 출혈로 죽었을 수도 있었다.

"우리 둘 다 죽자는 거야?"

"버지니아. 네가 버지니아라고 했지?" 재즈가 말했다.

"그게 뭐? 그게 네가 우리 둘 다 죽일 정도로 기분 나쁜 말인 줄은 몰랐지…." 하위가 화를 냈다.

"가야 해." 재즈는 가속 페달을 밟으며 지프의 방향을 돌렸다. 바퀴에서 끼익 소리가 나면서 지프는 이제까지 왔던 쪽으로 다시 돌았다.

"어디 가는 거야? 학교는 저쪽인데."

"나도 알아. 우린 학교에 가지 않을 거야. 당장 지니 선생님한테 가야 해."

"지니 선생님? 데이비스 선생님을 말하는 거야? 거긴 왜 가는데?"

재즈는 도로에 집중했다. 이제는 제한 속도를 훨씬 넘겨 시속 11킬로미터 이상 빠르게 달리고 있었다. 하위는 멍청하지 않았다. 금세 알아차렸다.

"맙소사. 지니 선생님. 버지니아 데이비스. 검은 머리의 여배우…." 한참 뒤 하위가 말했다.

"선생님이 몇 살인지는 모르겠지만, 대학을 졸업한 지 얼마 안 됐어. 틀림없이 스물두 살일 거야." 재즈는 경주용 차 선수처럼 몸을 바짝 붙이고, 사람 목을 조르는 것처럼 운전대를 꽉 붙잡았다. "지금 뭐 하는 거야?"

그때 마침 하위가 주머니에서 휴대전화를 꺼냈다. "보안관한테 전화해야지. 이건 보안관이 해야 할 일이야, 말 그대로."

재즈는 위험을 무릅쓰고, 운전대에서 한 손을 떼어 휴대전화를 낚아챘다. "야!" 하위가 투덜거렸다.

"네가 G. 윌리엄 보안관에게 전화를 하면 둘 중 하나야. 하나는 보안관이 우리가 하는 말을 믿지 않아서 우리가 다시 원점으로 돌아가게 되는 거고, 다른 하나는 보안관이 우리가 하는 말을 완전히 믿어서 순찰차 백만 대를 보내 범인을 쫓아내는 거야."

"범인을 쫓아내면 좋은 거 아니야?" 하위가 휴대전화를 다시 받으려고 손을 내밀면서 물었다. 하지만 재즈는 전화기를 다리 사이로 떨어뜨렸다.

"아니. 우리가 범인보다 한발 앞서 나가기 위해서는 범인이 우리와 같은 길에 있어야 해. 무슨 말인지 알아듣겠어?"

"그렇다면 범인이 우리가 지니 선생님에 대해 모른다고 생각해야…"

"어쨌든 우린 선생님을 찾아가야 해. 그래서 지니 선생님한테 최근에 이상한 일이 없었는지 물어보는 거야. 혹시 주위에 따라다니는 남자 같은 건 없었는지 말이지. 만일 그런 사람이 있었다고 하면, 그때는 G. 윌리엄 보안관에게 가서 우리 생각을 전하는 거야. 그럼 보안관이 선생님을 지켜 줄 사복 경찰들을 보내 주겠지. 만일 선생님이 그런 사람이 없었다고 하면, 그때는 이 마을에 선생님과 같은 이니셜을 가진 다른 여배우는 없는지 물어보면 돼. 그렇게 하는 게 학교에서 연극부 명단을 뒤지는 것보다 훨씬 빠를 거야."

"아, 네가 코니 대신 나를 데리고 온 이유를 이제야 알겠다. 결국 불법적인 일을 할 때는 내가 더 좋다는 거잖아." 하위가 투덜거렸다.

재즈가 하위를 보며 싱긋 웃었다. "내가 없었으면 네 인생도 재미없었을걸."

"그래. 네가 범인을 쫓아 버리고 싶지 않은 거라면 속도부터 줄이는 게 좋을 거야. 지옥에서 올라온 박쥐처럼 차가 기울어진 채로 데이비스 선생님의 주차장에 들어가면, 범인도 무슨 일이 생겼다고 생각할 테니까."

듣고 보니 그랬다. 재즈는 브레이크를 가볍게 밟았다. 그래서 그들이 지니 선생님의 집에 도착했을 때는 다른 차들과 마찬가지로 느릿 느릿 움직이고 있었다.

'시련'의 캐스팅이 끝난 뒤, 지니는 비공식적인 대본 읽기와 서로 친목을 다지라는 의미에서 연극에 참여하는 애들을 모두 집에 초대했다. 재즈는 주방에 숨어 있었다. 작은 아파트에 너무 많은 아이들이 있다 보니 불편했기 때문이다. 그는 코니가 이 무리에서 저 무리로 쉽게 왔다 갔다 하는 모습을 지켜보고 있었다. 그리고 그날 밤이 끝나갈 무렵, 재즈는 어떻게 하면 다른 아이들과 어울리는 척을 할 수 있는지 알게 되었다. 그래서 그날 밤은 그에게 유익했고, 지금 지니가 사는 곳을 정확히 알고 있다는 점에서 두 배로 유익했던 셈이다. 그 작은 3층짜리 아파트 건물은 세탁소와 세차장 사이에 짝이 맞지 않는 레고 블록처럼 들어가 있었다.

재즈는 주차장에 들어서자, 지프의 앞 유리창을 통해 보이는 자동차를 가리키며 하위에게 말했다. "선생님 차야. 집에 계신가 보다." 그는 차를 세웠다. 재빨리 주위를 살폈다. 주차장에 이상한 점은 없었다. 다른 주 번호판을 가진 차는 없었다. 시신을 옮기기 쉬운 커다란 밴이나, 세단도 보이지 않았다.

"어서 일을 해치우자." 하위가 긴장한 듯 말하자, 재즈는 웃음이 터질 것 같았다.

재즈는 하위의 휴대전화를 돌려준 뒤, 지프의 시동을 껐다. "가자."

지니는 3층에 살았다. 그 건물에는 엘리베이터가 없었다. 우스꽝스러울 정도로 긴 다리 덕분에 계단을 한 번에 세 단씩 올라간 하위가 재즈보다 먼저 3층에 도착했다.

"이겼다!" 하위가 만족스럽다는 듯 웃으며 문을 두드렸다.

"이겨서 뭘 할 건데?"

"자랑할 거야."

재즈는 더 이상 아무 말도 하지 않았다. 두 사람은 지니가 나오기를 기다렸다. 하지만 아무 반응이 없었다.

"네가 문 두드리는 소리를 못 들으셨나 봐. 좀 더 세게 두드려 봐." 재즈가 말했다.

"그러다 손에 멍들면 어떡해." 재즈가 잊어버리기라도 했다는 듯 하위가 말했다.

그러자 재즈는 하위를 살짝 밀쳐내고, 문을 두드리기 시작했다. 안에서 확실히 들리게 쾅쾅쾅, 크고 빠르게 세 번을 두드렸다.

"집에 안 계신가 봐."

"선생님 차가 주차장에 있었어. 선생님은… 잠깐만."

재즈가 문에 귀를 갖다 대었다.

"뭔데?"

"쉬!" 재즈는 하위에게 조용히 하라고 손짓을 한 뒤, 집중했다. 아파트 안에서 무슨 소린가… 들렸다. "들리는데…."

"선생님이 나오시는 거야?"

재즈는 뒤로 물러나 문을 살펴보았다. 그리고 열쇠 구멍을 확인했다. 재즈는 속이 뒤틀리는 것 같았다. 열쇠 구멍을 통해 집 안의 불빛이 흐릿하게 새어 나오는 것이 보였던가?

지금 그가 무엇을 하고 있는지 궁금해하는 하위를 무시한 채, 재즈는 몸을 숙여 손잡이의 냄새를 맡아 보았다.

접착제. 초강력 접착제가 발라져 있었다.

'혼자 있을 시간이 필요하냐?' 과거 빌리의 목소리가 속삭였다. '특별하게, 방해받고 싶지 않은 시간이 필요해? 그럼 처음부터 방해를 받지 않게 만들면 된다. 무슨 뜻인지 알겠니? 그럴 때는 문을 막아라. 창문도 막고. 아무도 들어오지 못하게 만드는 거야. 그렇게 했을 경우⋯ 경찰이 나타나 문을 부수고 들이닥쳐도 현장이 엉망진창이 된다는 보너스까지 따라오지. 우리에겐 사방이 어지러울수록 유리해, 재스퍼. 현장이 엉망이 되면 증거도 사라지기 마련이니까. 아무래도 주위가 엉망진창으로 어질러져 있다 보면 혼동할 수밖에 없지.'

재즈의 심장 박동이 빨라졌다. 귓가에 찢어질 듯 날카로운 울음소리가 들렸다.

"그자가 지금 여기 있어." 재즈가 속삭였다.

광기

"뭐라고?" 하위가 페리스 대회전식 관람차에 올라탄 꼬마처럼 눈을 동그랗게 뜨고 재즈를 쳐다보았다.

재즈는 하위의 목을 끌어안고, 친구의 귓가에 입을 갖다 댔다. "그 자가 여기 있어."

"젠장."

"하위, 어서 뛰어. 밖으로 나가서 경찰에 신고해. 그리고 범인이 탈출할지도 모르니까, 골목 쪽에 나 있는 비상 탈출구 옆을 잘 지켜봐."

하위는 충격과 공포로 눈을 깜박거리며 앞만 쳐다보고 있었다. 재즈가 하위를 힘껏 밀었다. "어서 가! 지금 당장!" 재즈는 대범하게 안에서 들릴 정도로 큰 소리로 말했다.

하위가 미친 듯이 계단을 뛰어 내려갔다.

재즈는 생각하지 않았다. 생각 같은 걸 할 여유가 없었다. 그는 분명히 안에서 범인의 소리를 들었다. 어쩌면 아직 늦지 않았을지도 모른다.

재즈의 심장은 더 이상 빨리 뛰지 않았다. 숨도 편안하게 천천히 쉴 수 있었다. 마치 이 세상이 몽땅 시럽 속에 잠긴 것 같았다. 모든 것이 천천히 움직이고 있었다. 그가 이 세상의 시간을 모두 가지고 있는 것 같았다.

이 낯설고 갑작스러운 둔주 상태(제한을 받지 않는 이상한 상태에서 자신이 한 일을 기억하지 못하는 것 - 옮긴이)에서, 재즈는 좁은 복도 반대편에 몸을 붙였다. 그리고 빌리에게 배운 대로 앞으로 돌진해 오른 발로 문손잡이 부분을 힘껏 걷어찼다. 문이 흔들렸다. 충격파로 인한 고통이 사타구니까지 퍼졌다. 큰 망치로 허벅지를 내리친 것 같은 느낌이었다. 그 덕에 문손잡이가 부서졌는지 약간 튀어나온 것이 보였다.

바로 그때 아파트 안에서 다급한 발걸음 소리가 들렸다. 그와 동시에 시간의 흐름이 정상으로 돌아오면서, 재즈의 심장이 뇌성마비 환자가 연주하는 팀파니처럼 뛰기 시작했고, 목구멍 속도 뜨거워지면서 숨이 거칠어지기 시작했다.

"도망갈 생각 마! 경찰이 이미 이 집을 포위했다!" 재즈가 외쳤다. 그런 다음 아직까지 남아 있는 다리의 고통을 참으며, 다시 한 번 힘껏 문을 걷어찼다. 결국 문이 안쪽으로 부서지면서, 손잡이와 잠금장치가 요란한 소리를 내며 바닥에 떨어지자, 재즈도 깜짝 놀랐다.

그는 절뚝거리는 다리로 가능한 빨리 안으로 뛰어 들어갔다. 아파트 내부는 컴컴했지만, 짧은 현관 바닥의 중간까지 빛이 드리워져 있었다. 재즈가 기억하기로 지금 불빛이 새어 나오는 방이 거실이었다.

재즈는 거실로 통하는 아치형 입구로 돌아섰다. 그 불빛에 눈이 익숙해지기도 전에, 거실이 전체적으로 시야에 들어왔다. 그가 코니와 손을 잡고 함께 앉아 있었던 소파가 지금은 창문 아래 벽에 위태로운 각도로 비스듬히 기대서 있었고, 그 위에 누군가 서 있었다. 또 다른 호리호리한 몸매를 가진 누군가가 하얀색과 빨간색 무늬의 융단 위에 누워 있었다.

소파 위에 서 있던 남자가 돌아보았다. 그자는 눈 주위가 보이는 검은색 스키 마스크를 쓰고 있었다. 재즈는 순간 그 남자와 정면으로 눈이 마주쳤다. 푸른색 눈동자였다. 광기 어린 눈동자였다.

살인범은 마치 햇빛에 눈이 부신 것처럼 한쪽 팔을 들어 올려 얼굴을 가린 뒤 창문에서 뛰어내렸다.

재즈는 소파를 기어오르려다가, 양탄자가 축축한 것을 느끼고 동작을 멈췄다. 융단은 하얀색과 빨간색 무늬가 아니었다. 원래는 그냥 하얀색이었다.

순간 재즈는 그 자리에 얼어붙었다. 지금 창문으로 쫓아나가면 범인을 붙잡아, 경찰이 도착할 때까지 잡아 놓을 수 있을지도 모른다….

하지만 지니가 있었다.

그녀가 피로 흥건한 융단 위에 쓰러진 채, 온몸을 떨고 있었다. 외과 수술이라도 한 것처럼 오른손에 다섯 손가락이 달려 있던 자리에서는 피가 쉴 새 없이 쏟아지고 있었고, 눈도 뒤집어져 있었다.

재즈는 움직일 수 없었다. 그는 마비된 채로 그녀를 쳐다보고만 있었다.

바로 그때였다. 수도 없이 말로만 들었던 바로 그 순간이었다. 빌리가 신성하게 여기는 순간.

'사람이 죽을 때면 눈에서 빛이 사라진다고 말하지. 하지만 그게 다가 아니야. 재스퍼, 소리도 사라진단다. 점점 소리가 잦아드는 거야. 너무나 아름답고, 평화롭고, 신성해. 너도 가까이 가면 점차 사라져 가는 소리를 들을 수 있을 거야.' 재즈의 기억 속에서 빌리가 속삭였다.

마치 재즈에게 도움을 주는 것처럼, 지니의 목에 난 작은 바늘 자국이 어떻게 된 일인지를 알려 주고 있었다. 마이어슨처럼, 앞으로 나올 두 명의 희생자들처럼 지니에게도 심장 근육을 파괴하는 배수구용해 세제를 주사한 것이다. 손가락이 전부 잘려 나간 충격적인 외상만으로는 충분하지 않은 것처럼, 그녀는 믿을 수 없을 정도의 통증을 느끼며 지독한 심장마비로 괴로워하고 있었다.

재즈는 하위가 911에 연락했기를 기도했다. 그는 망연자실한 상태에서 간신히 정신을 차리고 지니 옆에 무릎을 꿇었다. 눈앞에 보이는 피, 피 냄새, 청바지에 피가 스며드는 느낌에 재즈는 어지러웠다. 피가 너무 많았다. 아직 살아 있는 희생자가 버둥거리고 있는 동안 손가락 다섯 개를 자르고, 동맥도 한두 개 잘랐을지 모른다. '처음에 동맥을 끊었지. 믿을 수 없을 정도로….' 빌리가 말했다.

재즈는 더 이상 빌리의 목소리를 듣지 않았다. 그는 피를 느꼈다. 좀 더 많이 느끼고 싶었다. 재즈는 피에 젖은 융단을 양손으로 쓸어내리고 싶었다. 그는 아무것도 원하지 않았다. 도망가고 싶었다.

'안 돼! 절대 도망가면 안 돼! 선생님을 도와야지! 선생님을 도와 드려야 해!'

지니가 그를 알아볼 수 있을까? 아니면 이미 너무 늦어 버린 걸까? 재즈는 알 수가 없었다. 그녀의 표정에서 뼛속 깊이, 숨구멍 하나에까지 배어든 공포와 공황 상태를 볼 수 있었다, 만일 지니가 그를 알아본다면 무슨 생각을 할까? '하나님, 감사합니다. 재스퍼가 왔어요!' 이런 생각을 할까.

아니면 '오, 하나님 맙소사. 제발 재스퍼만은 안 돼요!'라는 생각을 할까.

재즈는 그녀에게 무슨 말이라도 해야 할 것만 같았다. 하지만 그는 자기 목소리를 믿을 수가 없었다. 그 자신에 대해 아무것도 믿을 수 없었다. 그 순간 재즈가 원하는 것은 몸을 앞으로 숙여 지니의 목을 양손으로 조르는 것뿐이었다….

젠장! 제기랄! 빌어먹을 빌리 덴트에, 빌어먹을 그의 아들 같으니. 재즈의 눈에 눈물이 고였다. 지니는 죽어 가고 있었다. 그의 눈앞에서 죽어 가고 있는데도, 그녀를 도울 수 있을지 스스로를 믿을 수가 없었다. 이 상황에서 자기 손으로 직접 그녀의 목숨을 끝내지 않으리라는 것을 믿을 수가 없었기 때문이다.

"그냥 해!" 재즈가 자기 자신에게 소리 질렀다. 아파트의 밀폐된 공간에서 울리는 그의 목소리가 지독하게 을씨년스러웠다. "선생님을 구해야해. 이 쓸모없는…."

그는 말을 끝마치지 못했다. 순간 지니의 숨소리가 거칠어지고, 숨이 찬 듯 헐떡거리다가 멎어 버렸기 때문이다. 그녀는 심장마비로 극심한 고통을 받고 있었다.

재즈는 생각하지 않았다. 더 이상 자신을 괴롭히지 않았다. 지니의 머리를 뒤로 젖히고, 숨소리를 들어보았다. 순간 강렬한 쾌감이 밀려왔다가, 이내 창밖으로 뛰어내리고 싶을 정도로 혐오감이 밀려왔다.

'아직 아니야. 선생님은 아직 죽지 않았어.'

지니의 머리를 여전히 뒤로 젖힌 채, 재즈가 그녀의 코를 잡고 입으로 인공호흡을 실시했다. 지니의 가슴이 부풀어 오를 때까지 숨을 불어넣고, 그 동작을 다시 반복했다.

여전히 지니는 그 자리에 누워 있었다.

재즈는 손가락으로 그녀의 가슴을 더듬어 검상돌기(복장뼈의 아래쪽 끝부분 – 옮긴이)를 찾은 뒤, 흉부압박을 시작했다. 서른 번쯤 가슴을 압박했을 때, 그는 깜짝 놀랐다. 아무 반응이 없었기 때문이다. 재즈는 다시 지니의 가슴이 부풀어 올랐다가 내려갈 때까지 입에 숨을 불어넣었다. 그런 다음 또다시 흉부압박을 실행했다.

"안 돼요, 선생님. 이대로 가시면 안 돼요. 제 앞에서 돌아가시면 안 돼요." 그가 말했다. 재즈는 눈물을 흘렸다. 이유는 알 수 없었다. 필사적으로 그녀를 구하려고 했기 때문인 건지, 그저 시도만 했던 자신에게 화가 났기 때문인 건지 알 수 없었다. 머릿속에서 목소리가 들렸다. 빌리의 목소리는 아니었다. 그 목소리가 재즈 자신의 소리일까 봐 두려웠다. 목소리는 만약 지니가 죽었다면, 그 이유만으로도 이 자리에 있어야 한다고 속삭였다. 적어도 죽어 가는 모습을 지켜볼 수 있으니까.

인공호흡. 흉부압박. 인공호흡. 다시 흉부압박. 영원히 끝나지 않을 것 같았다. 재즈는 지니를 살리려고 애쓰는 동안 세월이 흘러 부쩍 나이를 먹은 것 같은 느낌이 들었다. 어깨와 팔이 빠질 듯이 아팠고, 입술도 바짝 말라 터졌다. 지니의 손에서 쏟아지던 피가 서서히 멈추기 시작했다. 벌써 응고된 것일까? 아니면 심장이 멈춘 바람에 혈액순환이 멈췄기 때문인 걸까? 재즈는 어느 쪽인지 알 수가 없었다. 알고 싶지도 않았다.

재즈는 끝까지 망연자실한 채, 지니의 피로 범벅이 된 바닥에서 무릎을 꿇고 있었다. 그녀는 떠났다. 이제 그가 할 수 있는 일은 아무것도 없었다. 지니는 이제 몇 분이면 완전히 숨이 끊어질 것이다.

그리고 재즈는 느꼈다….

그는 몰랐다. 그게 무엇인지 몰랐다. 마음속 한편으로 이날이 오는 것을 두려워하고 있었다. 처음으로 생생한 살인과 마주하게 될 이 순간을. 재즈는 자신의 내면에서 얕은 잠을 자고 있던 무언가가 갑자기 깨어날까 봐 두려웠다. 하지만 그런 반면, 이런 날이 올 거라는 것도 예상하고 있었다. 기대하고 있었다. 그도 아버지처럼 죽음에 대한 갈망을 가지고 있는 걸까? 그 질문의 답이 어느 쪽인지 알게 되는 날이 올 것을 알고 있었다.

그리고 그는 아직 여기에 있었다. 산산이 부서지고, 스러져 가는 생명 앞에 무릎을 꿇고 있었다. 아무것도 할 수 없었다.

재즈는 지니를 구하려고 애를 썼다. 그렇지 않은가? 그게 의미가 있을까? 하지만 그녀는 그가 죽이지 않았다. 어쩌면 재즈가 지니를 구하려고 한 것은 그녀의 죽음에 관여하지 않기 위해서일 수도 있다. 아니면 정말 그녀를 살리고 싶었던 건지도 모른다. 그는 도무지 알 수 없었다.

재즈는 노력했고, 실패했다. 정말 최선을 다한 걸까? 마음 한편에서 망설이진 않았던가? 그가 한 일이라고는 죽어 가는 그녀에게 손을 대기만 한 건 아니었을까? 지금껏 모든 일들이 그의 마음을 무겁게 내리눌렀다. 마음속으로는 사악한 의도를 가진 채, 겉으로 보기에만 멀쩡해 보이는 응급 소생술을 했을지도 모른다. 지니의 입술에 입술을 포개고, 얼마 전 자신의 가슴에 맞닿았던 그녀의 가슴에 손을 올리고….

압도적인 정적이 흘렀다. 빌리의 말이 맞았다. 지니가 떠나자, 소리도 같이 사라졌다. 한순간, 그 자리에는 흉부압박을 하면서 저도 모르게 내뱉었던 그의 신음 소리와 거친 숨소리 외에 무언가 그녀에게서 들리는 소리가 있었다. 다음 순간 그 무언가는 사라지고, 그녀의 숨이 멎었다. 그리고 조용해졌다. 그는 그 고요함에 귀를 기울였다. 지금 재즈가 느끼는 감정들은 이치에 맞지 않았다. 두려움, 희망, 슬픔, 기쁨, 갈망. 빌리 덴트와 같은 자들이 느끼는 감정은 아니었다. 그렇지만 보통 사람들이 느끼는 감정도 아니었다.

대체 지금 난 뭘 하고 있는 것일까?

고요함은 처음 느꼈을 때와 마찬가지로 갑자기 사라졌다. 멀리서 울리던 사이렌 소리가 점점 가까워지고 있었다. 하위가 911에 신고를 한 모양이었다.

하위를 밖으로 내보낸 뒤 시간이 얼마나 지났을까? 창문에서 뛰어내린 범인은 얼마나 멀리 도망갔을까? 아직 붙잡을 수 있을까?

재즈는 자리에서 벌떡 일어나, 창가에 걸쳐진 소파 위로 기어 올라갔다. 창문 아래를 내려다보자, 사이렌 소리가 점점 더 커졌다.

골목길을 내려다보니, 세차장에서 새어 나오는 불빛에 넓게 번진 피 웅덩이 속에 누군가가 쓰러져 있는 것이 보였다.

하위였다!

일촉즉발

　재즈는 미처 생각하지 못했다. 지금 그가 결정 메탐페타민을 맞은 원숭이처럼 창문에서 뛰어내린 뒤 비상탈출구를 내려가, 마지막 1미터 80센티미터의 높이에서 지저분한 골목 포장도로 위로 뛰어내린 것처럼, 범인 역시 그렇게 했을 거라는 것을. 대체 시간이 얼마나 지난 것일까? 그가 지니를 상대하는 동안 시간이 얼마나 흐른 것일까?

　그의 발이 바닥에 닿자마자, 사이렌 소리가 갑자기 그치고, 바로 앞에 구급차가 멈췄다. 구급 요원 두 명이 뛰어내리다시피 구급차에서 내렸다. 그중 한 명은 검은 가방을 들고 있었다.

　재즈는 그들보다 앞서 하위에게 달려갔다. 하위는 여전히 숨을 쉬고 있었고, 아스팔트에 얼굴을 붙인 채, 쓰러져 있었다. 이 피는 대체 어디에서 흐르는 걸까? 재즈는 상태가 악화될까 봐 하위의 몸을 움직이고 싶지 않았다. 하지만 피가 어디서 흐르는 건지 알아야 했다.

뒤쪽에서 다른 사이렌 소리가 들렸다. 경찰차가 주차장에 들어오고 있었다. 지니가 사는 집은 병원이 경찰서보다 가까운 곳에 있었다. 아니, 지니 선생님이 살았던 집이라고 해야겠구나. 재즈는 생각했다.

"하위, 내 말 들려? 하위? 정신차려 봐. 하위?"

"뛰어내린 거야?" 구급 요원이 달려와 지붕까지의 높이를 확인하며 물었다. "어떻게 된 일이지? 3층에서 신고가 들어왔는데…."

"시간이 없어요. 이 애는 A형 혈우병 환자예요." 재즈가 지시하듯 말했다.

"잠깐만. 얘야. 우린 3층으로 오라는 신고 신고를 받았어. 그 동시에…." 두 번째 구급 요원이 말했다.

"3층에 있는 여자는 이미 죽었어요." 재즈는 마음을 가라앉히려고 노력을 하면서 말했다. 실제로도 마음이 많이, 아주 많이 가라앉았다. "여기 있는 애는 A형 혈우병 환자예요. 필요한 건…."

"팔찌를 차고 있지 않아." 하위 옆에 무릎을 꿇고 살피던 첫 번째 구급 요원이 말한 뒤, 하위의 목에 손을 댔다. "맥박이 약해."

"이 애한테는 제8혈액 응고 인자가 필요해요." 재즈가 말했다. 그는 핏속에 빠진 것 같은 느낌을 받았다. 지니의 피에, 이제는 하위의 피까지. 여전히 의심스럽다는 듯 옆에 서 있던 두 번째 구급 요원이 재즈의 바지를 가리켰다.

"바지에 묻은 건 네 피니? 어떻게 된 거야?"

"제발요." 하위는 이미 많은 피를 흘렸다. 그리고 이 자리에서 모두가 힘을 합쳐 빨리 수습하지 않으면 더 많은 피를 흘리게 될 것이다.

4.7리터. 하위가 가지고 있는 피는 전부 4.7리터다. 그런데 지금 피를 물대포처럼 쏟아 내고 있었다. 그 골목에 로보스 노드의 경찰들이 진을 치기 시작하면서, 상황은 더욱 복잡해졌다. 그들은 건물 안에 있는 다른 경찰과 대화를 하는 듯 어깨에 달고 있던 무전기에 소리를 지르고 있었다. 잠시 뒤 또 다른 남자가 나타났다. 에릭슨 부관이었다. 정복이 아니라, 청바지와 티셔츠를 입고 있었다. 대단해. 도대체 어디서 나타난 걸까?

재즈는 고개를 저었다. 지금은 하위가 가장 중요했다. "제발요. 어서 그 약을 주지 않으면…."

"애야. 이 아이는 의료 정보 팔찌를 차고 있지 않아. 그러니 그 약을 줄 수가…."

"이 친구는 의료 정보 팔찌를 차는 걸 늘 잊어버려요." 재즈가 말했다. 그때쯤 두 번째 구급 요원은 재즈도 치료를 받아야 한다고 판단했다. 그래서 재즈의 팔에 혈압계를 두를 준비를 했다. 그러자 재즈는 고개를 저으며 말했다. "이 애는 의료 정보 팔찌를 차는 걸 잊어버린 거예요. 제 말을 믿으세요. 어서 조치를 취하지 않으면 피를 너무 많이 흘려서…."

"우리가 할 일은 알고 있어. 네가 누구길래 자꾸 이래라저래라 하는 거냐?"

그러자 재즈는 더 이상 참을 수 없었다.

재즈는 보통 사람들처럼 화를 내지 않았다. 보통 사람들은 이럴 경우 팔을 휘두르고, 발을 구르며, 목청껏 소리치거나, 하늘을 올려다보며 고함을 지를 것이다. 아니면 눈물을 흘릴 것이다.

재즈는 말이 없어졌다. 그는 자신에게 혈압계를 두르려고 했던 구급 대원의 손목을 번개같이 낚아챈 뒤 계속 노려보며 앞으로 끌어당겼다.

그 순간 재즈의 모습은 빌리 덴트와 똑같았다.

"내가 누구냐고? 말해 주지. 내가 바로 이 마을에 살고 있는 사이코패스야. 당신이 내 친구를 살려내지 못하면, 그땐 당신이 알고 있는 모든 사람들을 찾아갈 거야. 내가 그 사람들에게 어떻게 하는지 당신 눈으로 똑똑히 봐. 차라리 죽여 달라고 애원하게 만들어 줄 테니까. 난 그런 사람이야."

우스꽝스러운 짓이었다. 어리석은 짓이었다. 그렇지만… 상대방은 완전히 믿었다. 구급 대원은 재즈가 지금 말한 그대로 할 거라는 것을 믿어 의심치 않았다. 뿐만 아니라, 재즈가 매순간 즐기면서 그런 짓을 저지를 것이라고 믿었다.

"그러니까…." 구급 요원이 침을 꿀꺽 삼켰다. "A형이라고?"

"그래."

"지금 구급차에 제8혈액 응고 인자는 없지만, 대신 병원에 도착할 때까지 DDAVP(데스모프레신)는 줄 수 있어."

"그럼 빨리 그거라도 해." 재즈가 구급 요원을 밀어내며 지시했다. 그러자 그때까지 꼼짝도 하지 않고 서서 그 광경을 지켜보던 에릭슨이 재즈에게 다가오더니 수갑을 채웠다.

21

분노.

에릭슨은 재즈를 벽에 밀어붙이며, 미란다 원칙을 읊기 시작했다. 재즈가 에릭슨을 아무리 싫어해도, 지금 이 순간만큼은 그를 비난할 수 없었다. 재즈는 구급 대원을 위협했다. 그리고 현장에 있던 다른 경찰들은 무전으로, 아파트 3층 문이 부서져 있고 창문은 열려 있으며, 거실 바닥에는 여자 시체가 있다는 사실을 전해 들었다. 재즈가 경찰이었다고 해도 틀림없이 그에게 수갑을 채웠을 것이다.

"이제 네 권리가 뭔지 이해했겠지? 제대로 알아들었어?" 에릭슨이 물었다.

"물론이죠. 그런데 이봐요. 그쪽은 비번일 때도 수갑을 가지고 다녀요? 여자 친구가 수갑을 좋아하는 모양이죠?" 재즈가 물었다.

"입 닥쳐." 재빨리 재즈의 복장 검사를 능숙하게 하면서 에릭슨이 말했다. 재즈는 에릭슨의 손이 허벅지 사이로 들어오자, 입을 꾹 다물고 가만히 서 있었다. 하위였다면 재치 있게 이 상황에 딱 어울리는 대꾸를 했을 것이다. 하지만 재즈는 한마디도 생각나지 않았다.

에릭슨이 재즈의 몸을 돌리자, 재즈는 그 부관의 눈을 볼 수 있었다. 푸른색 눈동자였다.

살인자와 똑같은 파란색인가? 재즈는 확신할 수 없었다. 골목의 조명이 지니의 아파트 조명과 많이 달랐기 때문이다. G. 윌리엄의 목소리가 귓가에 들리는 것 같았다. '눈동자 색은 증거가 될 수 없단다, 재즈.'

"사진을 찍어. 이번에는 오래 걸릴 거다." 에릭슨이 재즈를 노려보며 딱딱하게 말했다.

"비번인데, 이 근처에 무슨 볼일이실까?" 재즈가 빈정거리며 말했다. "칼라 오도넬리와 헬렌 마이어슨의 시신도 그쪽이 제일 먼저 발견했다면서요?"

"무슨 수작인지 모르겠군. 난 두 블록 옆에 살아."

"그런데 무슨 혐의로 날 체포하는 거예요?" 재즈가 물었다. 에릭슨 뒤로 구급 대원들이 하위를 실은 들것을 옮기고 있는 것이 보였다. 정맥 주사는 이미 준비되어 있었다. 그들은 신속하게 움직이면서, 대부분 약어와 숫자로 된 짧은 문장으로 말하고 있었다. 하위의 상태. 하위의 약. 하위의 생명이 의학 전문 용어로 바뀌었다.

"혐의야 얼마든지 있지." 에릭슨이 말했다. 그는 골목으로 되돌아온 다른 경찰에게 손짓했다. "이 아이를 서로 데려가게. 나도 금세 갈 거야."

"혐의가 뭡니까?" 그 경찰이 물었다.

"그러게요. 나도 막 같은 질문을 하던 참이었어요." 재즈가 끼어들었다.

"입 닥쳐." 에릭슨이 다시 말했다. "이 지겨운 녀석은 이번 사건 용의자야. 공식적인 조서는 내가 서에 들어가서 쓸 테니, 일단 이 녀석을 내 눈앞에서 당장 치워 주게."

"잠깐!" 재즈가 외쳤다. "이봐요. 지금 날 끌고 갈 순 없어요. 하위와 함께 병원에 가게 해 줘요."

"제정신으로 하는 말이야? 내가 보기에 저 애를 죽인 건 너야."

"하위가 죽었다고요? 그 애는 아직…."

"이 녀석을 끌고 가." 에릭슨이 말했다.

경찰이 끌어당기자, 재즈가 저항했다. 문이 닫히는 소리가 들리고, 구급차가 출발했다. 구급차는 사이렌을 울리며 달리기 시작했다. 그건 좋은 징조였다. 하위가 죽었다면 사이렌을 울리지 않았을 테니까.

골목에서 지니의 아파트 주차장까지 끌려나온 재즈는 앞으로 아주 비참하고 끔찍한 시간이 기다리고 있다는 것을 알았다. 주차장에는 다름 아닌 더그 웨더스가 버티고 있었다. 저자는 대체 여기서 무엇을 하고 있는 걸까?

웨더스는 순간 무슨 일이 일어났는지를 알아차렸다. 하지만 재즈 역시 웨더스가 지금 눈앞에 벌어지고 있는 일들을 알아차리자마자, 속으로 어떤 계산을 하고 있을지 훤히 알 수 있었다. 재즈가 수갑을 차고 있다. 현장에는 경찰이 있다. 구급차가 요란하게 사이렌을 울리며 지나갔다. 이 모든 일들은 엄청난 특종이자 빌리 덴트와 연관된 기삿거리로, 다시 한 번 CNN과 주요 언론들이 더그 웨더스를 주목하게 만들어 줄 것이다.

웨더스는 재빨리 주머니를 뒤져 휴대전화를 꺼내더니, 눈높이까지 들어 올렸다. 정말 대단했다. 그는 재즈가 가까이 다가오면 바로 사진을 찍을 준비를 하고 있었다.

재즈는 그렇게 내버려 둘 생각이 없었다.

"이봐, 재스퍼! 웃어야지!" 웨더스가 기쁨을 감추지 못한 목소리로 외쳤다.

웨더스가 사진을 찍기 전에 재즈는 머리를 숙인 채, 부관을 떼어 놓고 앞으로 돌진했다. 등 뒤로 수갑을 차고 있었기 때문에, 재즈는 웨더스를 향해 몸을 날렸다. 재즈의 어깨가 복부에 강하게 부딪치자, 웨더스는 힘없이 비틀거리면서 휴대전화를 땅에 떨어뜨렸다. 경찰이 뒤에서 큰 소리로 불렀지만, 재즈는 계속 돌진했다. 웨더스는 그대로 뒤로 넘어져 엉덩방아를 찧었다. 재즈는 한쪽으로 비틀거리다가, 웨더스의 휴대전화를 밟아 못 쓰게 만들었다.

재즈는 확실하게 하기 위해 다시 한 번 힘껏 밟았다. 휴대전화의 플라스틱 케이스가 부서졌다.

"이봐! 이것 보라고! 그런 짓 하지 마!" 웨더스가 펄펄 뛰면서 소리쳤다.

경찰이 재즈를 붙잡아 다시 끌고 갔다. 휴대전화는 마치 누군가 첨단 기술로 만들어 낸 커다란 바퀴벌레를 밟아 버린 것처럼, 부서진 케이스 밖으로 전선들이 튀어나와 있었다.

"이 자식을…!" 웨더스가 일어나 재즈 앞에 섰다. "넌 사유 재산을 파괴했어, 꼬맹아. 분명히 말하는데, 네놈을 고소해서 체포…."

"이미 체포됐어요. 그리고 이런 일로 꼴사납게 날 고소하지는 못할 걸요." 재즈가 차분하게 말했다.

"꼴사납다니!" 웨더스가 눈을 부릅뜨자, 재즈는 사람 눈이 어떻게 그렇게 움푹 들어갈 수 있는지 궁금했다. "꼴사납단 말이지! 너도 한번 당해 봐라."

"이봐요, 내가 실수했어요. 내가 잘못했어요. 휴대전화는 새로 사줄게요."

재즈가 기자와 경찰 사이의 틈을 발견하고 옆으로 한 발짝 비켜서려는 순간, 웨더스가 공격했다. 그의 주먹에 어깨가 빗맞자, 재즈가 신음했다.

"이 사람도 폭행죄로 체포하면 안 돼요?" 재즈가 경찰에게 물었다.

"이런 젠장." 웨더스가 다시 한 번 주먹을 심하게 휘두르자, 경찰이 투덜거렸다. 결국 이번에는 세 명 모두 엉덩방아를 찧고 말았다. 재즈는 넘어지면서 얼굴을 찡그렸다.

"꼴사납다고 했겠다! 네놈도 꼴사납게 만들어주마. 이 작은…." 웨더스가 큰소리쳤다.

그때 에릭슨이 나타나 고함을 질렀다. 그는 그 싸움판에 헤집고 들어와 웨더스와 재즈를 떼어낸 뒤, 재즈를 경찰이 있는 쪽으로 떠밀었다. 그는 수완이 좋은데다 은근히 힘이 세서, 웨더스가 설탕 부대보다

가볍다는 듯 옆으로 밀어 버렸다. 재즈는 에릭슨을 조금이라도 힘들게 만들려고 발로 걷어차며 온몸을 흔들었다.

그때 갑자기 비친 전조등 불빛에 눈이 부셨다. 재즈는 수갑 때문에 손을 들고 눈을 가릴 수가 없었기 때문에, 그저 두 눈을 꼭 감을 수밖에 없었다. 눈을 감자 세상이 온통 선명한 붉은색으로 물들었다. 그 차는 가까운 곳에 멈춰 섰다. 차문이 열리는 소리가 들렸다.

누군가 말했다. "여기서 뭘 하고 있는 거야?"

재즈는 G. 윌리엄의 목소리가 그토록 반가웠던 적이 없었다.

30분 뒤, 병원에 도착한 뒤에도 재즈의 손목은 여전히 아팠다. 에릭슨이 수갑을 너무 꽉 채웠기 때문이다. 지금 재즈는 로보스 노드 종합 병원 대기실에 앉아, 수갑에서 풀려난 양쪽 손목을 번갈아 가며 문지르고 있었다.

G. 윌리엄은 에릭슨에게 하위가 병원으로 이송되고 있다는 것까지 포함해, 즉시 전체 상황을 요약해서 보고하라고 명했다. 이윽고 더그 웨더스가 광분하게 된 사연까지 모든 것을 다 알고 나자, G. 윌리엄은 본인이 직접 재즈를 병원에 데려다 주고 올 테니, 에릭슨에게 그동안 현장을 지키고 있으라고 명했다.

재즈는 병원으로 가는 동안, G. 윌리엄에게 거의 말을 하지 않았다. 마음 한편에서는 직관으로 어렴풋이 범죄 현장에서 에릭슨을 믿지 말라고 G. 윌리엄에게 경고를 해야 한다는 생각이 들었지만, 일단은 다른 무엇보다 하위를 걱정하는 마음이 우선이었다. 괜히 보안관과 논쟁이라도 벌였다가 병원에 늦게 도착하고 싶지 않았다.

재즈가 도착했을 때 하위는 여전히 수술 중이었다.

G. 윌리엄이 지니의 사건 현장을 수습하고 나면, 온갖 간섭을 다 하면서 엄청 괴롭힐 것이라는 걸 재즈는 잘 알고 있었다. 그보다 더 나쁜 건 하위의 부모님이 보험서 양식을 채우고 돌아오면, 그들 특유의 방식으로 재즈를 괴롭힐 것이라는 점이다. 하위의 엄마는 아들이 재즈와 만나는 것을 반대해 왔고, 하위가 멀쩡했을 때도 그 사실을 매번 강조하는 사람이었다.

그때 문이 열리고, 코니가 땋은 머리를 휘날리면서 숨을 헐떡거리며 뛰어 들어왔다. 재즈가 자리에서 일어나자, 코니는 그의 품에 뛰어들었다. "무슨 일이야? 넌 괜찮은 거야? 하위는 어때? 대체 어떻게 된 거야?" 코니가 타이난 산마루 중간쯤 갔을 때, 재즈가 G. 윌리엄에게 빌린 전화로 그녀에게 병원으로 오라고 전했다.

그는 사건의 전말을 간추려 말했다. 지니, 살인범, 하위. "골목에서 범인을 막아서다가 칼에 찔린 것 같아." 재즈가 말을 마쳤다. "그리고 그땐 이미…."

"지니 선생님은? 선생님은 돌아가신 거야?" 갑자기 코니의 몸에서 힘이 빠지면서, 재즈는 그녀가 바닥에 쓰러지는 것을 막기 위해 있는 힘껏 부축했다. 그리고 코니를 조금 전에 자기가 앉았던 의자로 데리고 가, 조심스럽게 자리에 앉혔다.

"정말 유감이야. 그 일은…." 재즈가 말했다.

코니가 흐느껴 울기 시작했다. 몸을 지탱하지 못할 정도로 몹시 격하게 흐느껴 울었다. 재즈는 그녀 앞에서 어떻게 해야 할지를 몰라 당혹스럽기만 했다. 영화나 책에서 보면 항상 남자들이 우는 여자를 안아 주지만, 재즈는 어떻게 그렇게 할 수 있는 건지 이해할 수 없었고, 지금도 역시 알 수가 없었다.

그래서 그는 평범하게, 몸을 숙여 코니의 등을 감싸 안았다. 코니의 울음이 점차 잦아들면서, 훌쩍거릴 때마다 그의 가슴에 부딪히던 그녀의 몸도 더 이상 움직이지 않았다.

"아무 일 없을 거야." 재즈는 바보 같은 말이라고 생각하며 말했다. 아무 일이 없을 수가 없었다. 이미 일은 터졌다. 지니는 죽었고, 하위는 수술을 받고 있다. 그중에서도 최악은 살인범이 여전히 바깥세상을 돌아다니고 있다는 것이다. 사실은 보통 큰일이 아니었다.

바로 그때 병원 문 특유의 나지막한 소리와 함께 대기실 문이 다시 열리더니, 하위의 부모님이 총이라도 맞은 것처럼 비틀거리며 안으로 들어왔다. 거스텐 씨의 얼굴은 골목에 쓰러져 있던 하위의 얼굴만큼이나 창백했다. 거스텐 부인은 남편의 어깨에 얼굴을 파묻고 있어서 제대로 보이지 않았다.

"우리가…." 코니는 말을 꺼냈다가 하위의 부모님이 처음부터 재즈를 좋아하지 않았다는 사실을 떠올리고 말을 멈췄다.

거스텐 부부는 몸이 붙은 샴쌍둥이처럼 그 상태로 소파에 주저앉았다. 그때 대기실 위쪽에서 사람을 찾는 방송이 나왔다. "종양학과 맥도웰 박사님. 종양학과 맥도웰 박사님." 그 소리가 사라지자, 대기실 안은 흐느끼는 울음소리로 가득 찼다.

"혹시 저 애한테…." 거스텐 부인이 말했다.

"그런 소리 하지 마. 우리 아들은 강해." 재즈가 듣기에는 전혀 확신 없는 목소리로 거스텐 씨가 대답했다.

"저 애는 강하지 않아! 얼마나 연약한데! 저 애는…." 거스텐 부인이 소리쳤다. 그런 다음 말을 잇지 못하고 계속해서 흐느껴 울었다.

재즈는 애써 시선을 돌리지 않았다. 그러다 거스텐 씨와 눈이 마주쳤다. 그 순간 마치 두 사람이 연극에서 이상할 정도로 남자답고, 금욕적인 역할을 맡아 서로를 존중하는 것 같은 느낌이 들었다. 하지만 거스텐 씨는 바로 무너져, 눈물을 흘리기 시작했다.

"그렇다는 건…." 재즈가 중얼거렸다. 그 순간 거스텐 씨가 자기 앞으로 다가와 폭력을 휘두르지는 않더라도, 최소한 말로라도 비난을 퍼부을 거라고 생각했다. 하지만 거스텐 부부는 그 자리에서 움직이지 않았다. 아무 말도 하지 않았을 뿐만 아니라, 심지어 거스텐 부인이 남편의 어깨에서 고개를 들고 난 뒤에도 지도처럼 붉게 충혈된 눈으로 노려보는 일도 없었다.

그들이 자신을 비난할 생각이 없다는 것이 확실해지자, 재즈는 코니와 함께 약간 큰 의자에 앉았다. "무슨 일이 있었는지 말해 줄까?" 그가 교회처럼 조용한 대기실 분위기를 해치지 않을 정도의 부드러운 목소리로 물었다.

코니가 눈물을 닦으며 고개를 끄덕였다.

"이 이야기를 듣는 게 그리 편하진 않을 거야." 재즈는 마음속으로 그날 있었던 사건들을 정리하며 말했다. 코니가 모든 것을 다 알아야 할 필요는 없었다. "지니 선생님의 본명이 버지니아라는 것이 기억나자, 선생님이 다음 희생자가 될 완벽한 후보라는 것을 깨달았어." 재즈가 말을 꺼냈다. 그런 다음 그 뒤에 무슨 일이 있었는지 이야기했다. 하지만 지니가 죽어 가던 끔찍한 모습과 그 광경을 보면서 복잡했던 자신의 반응에 대해서는 말하지 않았다.

대기실 안에서의 시간은 아무 의미가 없었다. 재즈가 코니에게 이야기를 하는 동안 몇 시간이 흐른 것 같았지만, 실제로는 시간이 얼마 지나지 않았다는 것을 잘 알고 있었기 때문이다. 마침내 의사가 작은 문소리를 내며 문을 열고 들어와 거스텐 부부에게 다가갔다.

"거스텐 씨와 부인이시죠? 전 모겔로프 박사라고 합니다. 아드님의 수술을 집도했습니다."

재즈는 옆에 앉아 있던 코니의 몸이 뻣뻣해지는 것을 느꼈다. 하지만 재즈는 의사가 말을 꺼내기도 전에, 그 몸짓과 말투로 무슨 말이 나올지 알 수 있었다. "아드님의 수술이 예상했던 것보다 훨씬 성공적으로 끝났습니다. 아드님의 몸 상태와 외상의 정도를 고려해 본다면 정말 놀라운 회복력입니다. 제 생각에는⋯."

모겔로프 박사는 말을 이을 수 없었다. 거스텐 부인이 기쁨의 눈물을 흘리며 남편에게 기댔고, 거스텐 씨가 의사의 손을 붙잡고 힘차게 흔들었기 때문이다. 그러자 외과 의사인 모겔로프 박사도 그간 아껴 두었던 환한 미소를 지어 보였다.

"아드님은 지금 회복실에 있는데, 자는 동안은 혼자 두는 게 좋을 것 같습니다. 하지만 곧 괜찮아질 거예요. 이제 살아났습니다."

거스텐 부부가 다시 소파에 앉자, 코니도 안도의 한숨을 내쉬었다. 재즈는 얼어붙은 호수 아래 갇혀 버린 것 같았다. 깨진 틈이나 구멍을 찾으면서 두꺼운 얼음판 밑을 두드리며 이리저리 미친 듯이 헤엄을 치고 있는 것 같았다. 얼음 너머로 햇살이 보이고, 바깥세상이 보이지만, 숨을 쉴 수가 없고 마지막 남은 숨이 차기 시작했다. 이제 그의 목숨은 정해진 수명이 아니라 몇 초밖에 남지 않은 것 같았다. 그리고 갑자기 그 검은 물과 암울한 죽음이 재즈의 몸을 덩굴손처럼 에워싸고 얼마 남지 않은 목숨을 조여오고 있을 때, 마구 휘젓던 손에 얼음이 깨지면서, 그는 수면 위로 올라가 입을 크게 벌리고 마음껏 달콤한 공기를 들이마시는….

재즈는 갑자기 코니의 품에 쓰러져 그대로 깊이 잠들었다.

깊이 잠든 재즈를 누군가 부드럽게 흔들었다.

…일어나라, 일어나. 재스퍼, 내 아들….

재즈는 깜짝 놀라 눈을 떴다. 그를 깨운 사람은 코니였다. 거스텐 부부의 모습은 보이지 않고, G. 윌리엄이 앞에 서 있었다.

"내 말 들리니, 재즈? 일어났어?"

재즈는 투덜거리며 일어나 앉아, 턱까지 흘러내린 침을 닦았다. 평소처럼 칼이 나오는 꿈이 아니라, 이번에는 러스티가 나오는 꿈을 꾸었다. 그는 흐릿한 눈을 깜박거리며 잠을 쫓았다.

…일어나라….

"응. 하위는…."

"그 애도 괜찮다. 지금 집중 치료실에 있지. 모겔로프 박사가 오늘 밤에는 면회가 안 된다고 했지만, 상황이 상황인지라 예외를 인정해 주기로 했어. 너희 두 사람의 이야기를 함께 들어 봐야 하니까. 오늘 밤 있었던 일을 시간 순서대로 맞춰 봐야겠다." G. 윌리엄이 시계를 봤다. "정확하게 말하자면 어젯밤 일이다만."

코니가 재즈에게서 몸을 떼며 자리에서 벌떡 일어났다. "어서 가 보자."

"미안하구나." G. 윌리엄은 진심으로 사과하는 것 같았다. "면회는 가족만 된단다. 나와 재즈는 공무상 만나는 거고. 그러니 너까지 들여 보내 주진 않을 것 같구나. 하지만 내일쯤이면 면회가 가능할 거야."

평소에 코니는 누군가 자신에게 하지 말라고 하는 일들을 잘 받아 들이는 편이었다. 하지만 이번에는 그녀가 왼쪽 엉덩이를 비스듬히 올리고, 팔짱을 낀 소위 건방진 자세로 보안관을 노려보기 시작했다. 재즈 역시 아주 잘 알고 있는 바로 그 눈빛이었다.

재즈는 코니가 보안관에게 싸움을 걸기 전에, 재빨리 자리에서 일 어나 두 사람 사이를 가로막았다. "코니, 그렇게 하는 게 좋을 것 같 아. 너도 집에 가 봐야지. 가서 푹 쉬어. 내일, 하위를 보러 다시 오자. 알겠지?"

"나도 하위 친구야." 그녀가 분노로 이글거리는 눈빛으로 턱을 앞 으로 내밀며 말했다.

"알아." 재즈가 그녀를 끌어안았다. 코니는 팔짱을 풀지 않았다. 재 즈는 코니의 기분이 풀어질 때까지 뺨에 키스한 뒤, 보안관이 보지 못하는 방향에서 다정한 표정으로 작별을 고했다.

G. 윌리엄이 모자를 쓰며 싱긋 웃었다. "저 친구는 네가 똑바로 살 수 있게 도와주는 것 같구나. 재스퍼 프랜시스. 저 애를 놓치지 마라."

보안관은 재즈의 어깨를 한 대 툭 친 뒤, 문을 열고 복도로 나갔다. 병원은 조용했다. 간호사들의 발소리조차 신발의 고무바닥 덕분에 소리가 나지 않았다. 재즈는 꿈속에서 복도를 걷고 있는 것 같은 느낌이었다. 그곳은 소리가 존재하지 않는 곳이었다. 소리가 없고, 어쩌면 살아 있는 사람들도 없는 그런 곳.

심한 정적을 깨며 재즈가 말했다. "묻고 싶은 게 있어요…. 바보 같은 질문일지는 모르겠는데…. 지니 선생님, 데이비스 선생님 말이에요. 선생님은 정말…."

"유감이구나, 재즈. 네가 최선을 다했다는 건 나도 알고 있어. 하지만 그렇단다."

"알았어요. 제가 혹시 잘못 알았을 수도 있다고 생각했어요. 그러니까 선생님의 맥박을 잘못 짚었다거나…."

'…바로 여기에 손가락을 대고 확인하는 거다, 재스퍼. 확실히 확인해야 해. 시체가 다시 일어나 네가 무슨 짓을 저질렀는지 세상에 떠드는 꼴을 보고 싶지 않다면 말이야….'

그런 일은 없었다. 당연히 그럴 것이다. 그래도 재즈는 일말의 희망을 가지고 있었다.

"오늘 사건에 관한 이야기는 최대한 서둘러 끝내자꾸나. 할머니가 걱정하고 계실 테니, 너도 빨리 집에 가야지." G. 윌리엄이 화제를 돌렸다.

할머니. 너무나도 엄청난 상황이라, 재즈는 할머니를 까맣게 잊어 버리고 있었다. 시간이 얼마나 흘렀는지도 모르고 있었다. 그는 그날 이 며칠인지, 몇 년인지조차 확실하게 기억이 나지 않았다. 시간이 유연하게 마음대로 변형되어 있었다.

할머니의 상태가 제일 안 좋은 시간은 밤 시간이었다. 하지만 베나드릴을 먹였기 때문에 아직까지 잠을 자고 있을 것이다. 재즈는 할머니가 깨어났을 때 혼자라는 것을 알게 되면 무슨 짓을 벌일지 상상조차 하기 싫었다. 무슨 일이든 가능했다. 재즈가 유괴된 거라고 마음대로 생각하고, 특공 대원처럼 할머니 혼자 옆집에 침입할 가능성도 충분했다.

하지만 지금 당장은 그런 생각을 해 봐야 소용없었다. 그는 G. 윌리엄을 도와야 했다. 그런 다음….

"여기야." G. 윌리엄이 병실 문을 가리켰다.

아무래도 이건 공정하지 않았다. 그 문 뒤에 누워 있을, 이 세상에서 가장 친한 친구를 위험한 상황에 몰아넣은 것은 바로 재즈였다. 마치 그가 직접 그 칼을 휘두르기라도 한 것처럼, 너무 쉽게 최고의 친구를 죽음 직전까지 몰고 갔다. 그렇지만 그 문은 복도에 있는 다른 문과 다를 바 없어 보였다. 그 문에 특별한 건 아무것도 없었고, 그래야만 했다.

"들어갈 준비됐니?" G. 윌리엄이 물었다.

재즈는 준비가 되지 않았다. 하지만 그가 고개를 끄덕이자, G. 윌리엄이 병실 문을 열었다.

재즈가 걱정했던 만큼 하위의 상태는 심하지 않았다. 그렇다고 해도 상태가 좋은 건 아니었지만.

"만일 내가 운이 나쁜 게 아니라면, 그저 운이 없었던 거겠지." 하위가 재즈를 보자마자 싱긋 웃으며 말했다.

그 모습은 하위였지만, 동시에 하위가 아니었다. 재즈의 친구는 거의 하얀색으로 보일 정도로 연한 푸른색 담요를 가슴까지 덮고 병원 침대에 누워 있었다. 담요에 길게 주름이 잡혀 원래 막대기처럼 가냘픈 하위의 몸이 훨씬 더 마른 것처럼 보였다. 하위의 안색은 창백했고, 움푹 들어간 눈 주위가 시꺼멓게 변했고, 눈 밑은 축 처져 있었다. 양쪽 팔에는 위아래로 타박상을 줄줄이 입었고, 링거 주사 줄도 드리워져 있었다.

주사 줄.

재즈가 세어 보니 세 줄이었다. 한 줄은 수분 공급을 위한 식염수를, 다른 한 줄로는 수혈을 하고 있었다. 세 번째 줄은 뭔가 다른….

"저녁 식사 하는 중이야." 마치 재즈의 어수선한 생각을 무선으로 들기라도 한 것처럼, 하위가 링거 통을 가리키며 농담처럼 말했다.

포도당. 맞다. 하위가 음식을 마지막으로 먹은 건 몇 시간 전이었다. 수술과 마취를 했기 때문에 아직 제대로 된 음식을 먹을 수 없을 것이다….

하위의 가슴에 붙어 있는 선 두 개는 침대 옆에 놓여 있는 심박계와 연결되어 있었다. 심박동은 분당 60회였고, 심전도 선은 천천히 일정하게 오르내리고 있었다. 상태는 양호했다.

"아무래도 그놈이 주요 장기는 다 내버려 두고, 혈관 하나만 끊어 놓은 모양이야. 너 같으면 벌떡 일어나서 그놈을 붙잡았을 텐데. 나? 나야 끝내 내가 흘린 피에 얼굴 박고 쓰러졌지. 형편없는 혈액 응고 인자에 만세 삼창! 다음 번에는 날 이렇게 찌른 놈을 네가 꼭 잡아 줘야 해."

"넌 찔린 게 아니야. 베인 거지. 그 두 개는 다른 거야." 재즈가 잠시 주저하다가 말했다.

"어느 쪽이든 상관없어." 하위가 침대에서 자세를 바꾸며 얼굴을 찡그렸다. "적어도 내 상처를 보고 CSI가 실력을 발휘해 범인이 어떤 칼을 사용했는지 알아낼 것이고, 그 칼을 어디에서 구입했는지 추적한 다음, 특수부대가 출동해서 범인에게 본때를 보여 줄 거잖아?"

이번에는 G. 윌리엄이 재즈보다 먼저 대답했다. "그렇게는 안 될 것 같구나. 미안하다. 칼에 베인 상처로는 어떤 칼을 썼는지 알아낼 수 없단다. 찌른 상처로만 가능하지. 만일 그자가 너를 베는 대신 찔렀다면 그때는 과학수사대의 도움을 받을 수 있었겠지만…." G. 윌리엄은 자기가 두서없이 말끝을 흐리고 있다는 것을 깨닫고, 목청을 가다듬었다. "아무튼 의사들 말로는 네가 괜찮을 거라고 하더구나. 정말 다행이야."

재즈는 감히 하위 옆으로 다가가지 못하고 문 앞에 그대로 서 있었다. 하위가 침대에 누워 있는 모습을 보자마자 그는 죄책감과 충격을 받았다. 그 충격파의 힘이 그를 하위에게 다가가지 못하게 만들고 있었다. 재즈에게는 이 죄책감, 적어도 죄책감과 비슷한 이 감정이 낯설기만 했다. 사람을 조종한 것에 대해 죄책감을 느끼는 걸까? 확실했다. 언제나 그랬다. 하지만 재즈는 일을 하는 대가로 그 죄책감을 떨쳐 버리곤 했었다. 하지만 이번엔 달랐다. 하마터면 사람을 진짜 죽일 뻔했다.

그는 사람을 죽였다.

하위가 힘겹게 손을 들어 올려, 재즈에게 가까이 다가오라고 손짓을 했다. "밤새 거기서 문만 지킬 셈이야? 내 수술 자국 보고 싶지 않아? 정말 끔찍하다니까." 하위는 '끔찍하다'는 말을 기분좋게 속삭이듯 말했다.

재즈는 침대 옆으로 다가가 G. 윌리엄의 맞은편에 섰다. 그는 하위를 직접 손으로 만지고 싶었다. 그 종이처럼 가녀린 몸과 침대가 비칠 듯 투명한 피부가 환각이 아니라, 정말 살아 있는 친구의 것임을 확인하고 싶었다.

하위는 기력이 떨어진 체력과 주렁주렁 달고 있는 링거 줄이 허락하는 한도 내에서 가능한 몸을 일으켰다. 이미 약해질 대로 약해진 목소리 때문에 말을 할 때 힘이 하나도 없었다. "나도 이제 생겼어. 이런. 너한테 수술 자국을 보여 줄 수 없잖아. 병원 사람들이 그 위에 거즈와 반창고를 붙여 놨어."

재즈는 장단을 맞춰 주었다. "너도 이제 흉터가 생긴 거야?"

하위가 얼굴을 찡그렸다. "조그만 걸로 한 개. 난 커다란 흉터를 만들어 줬으면 했는데, 내가 의식이 없어서 그랬는지 아무도 나한테 물어보지 않지 뭐야. 이게 말이 된다고 생각해?"

"나쁜 놈들." 재즈가 중얼거렸다. 그런 다음 그는 생각했던 대로 행동했다. 하위가 몸을 덮고 있는 담요 위에 손을 올려 보았다.

완전히 원형으로 봉합되어 있었다. 하위의 약한 피부를 팽팽하게 당겨 연결해 붙여 놓은 것이다. 그 순간 재즈의 마음 깊은 곳에 있던 무언가가 산산조각 났다. 그리고 말이 생각에 앞서 먼저 튀어나왔다.

"내 잘못이야. 선생님이 죽은 것도 내 탓이고." 재즈가 속삭이듯 말했다.

"아니야."

"맞아. 네가 차 안에서 G. 윌리엄 보안관님께 전화하자고 했었잖아. 네 말대로 했더라면…."

"우리가 그렇게 했어도 결과는 똑같았을 거야. 이미 범인이 선생님을 죽인 뒤였으니까." 침대에 누워 있는 하위의 목소리는 약하지만, 단호했다.

"하위의 말이 옳다, 재즈." G. 윌리엄이 부드럽게 말했다. 그는 이제껏 수도 없이 두들겨 맞았던 코를 문지르고 있었다. "네가 전화를 했어도, 우리가 그보다 빨리 현장에 도착하진 못했을 거야. 도리어 네가 그렇게 한 덕분에 그놈의 계획이 어긋났지. 네가 그놈을 방해한 거야. 범인을 겁에 질리게 만들었어. 이제까지 그놈은 항상 사후에 손가락을 잘랐는데, 이번에는 피해자가 살아 있을 때 손가락을 잘랐으니까 말이야."

"오, 예." 재즈는 입맛이 무척 썼다. "우리의 승리네요. 지니 선생님이 들으면 좋아하시겠어요. 이런, 잠깐만요. 맞다, 선생님은 이미 죽었죠."

G. 윌리엄은 재즈가 분노와 죄책감을 가라앉힐 때까지 잠시 시간을 준 다음, 목청을 가다듬었다. "이제 너희들이 정확하게 무엇을 했고, 어떤 걸 봤는지 말해 줬으면 좋겠구나. 녹화해도 괜찮지?" 보안관은 스마트폰을 꺼내 카메라로 두 사람을 조준했다.

재즈와 하위는 녹화에 동의했고, 재즈는 하위 옆에 의자를 바짝 붙여 앉았다. 그는 친구가 아무데도 가지 못하게 하려는 것처럼 한 손을 하위에게 올려놓았다. 두 사람은 지니의 아파트에 가게 된 상황과 그 이후에 있었던 일들에 대해 논리정연하게 자세히 설명했다. 재즈는 지니의 죽음에 대해 이야기할 때도 자신의 목소리가 담담할 수 있다는 것에 깜짝 놀랐다. 그리고 그때 있었던 일들을 설명하면서, 그로 인한 괴로움이 조금씩 줄어들고 있다는 것을 알아차렸다. 이제 슬픔은 분노로 바뀌어 있었다. 범인을 놓친 자신에 대한 분노일 뿐만 아니라 아버지를 따라하고 있는 범인에 대한 분노였다.

"…911에 전화를 걸었죠. 그때 골목 쪽에서 이상한 소리가 났어요. 그래서 다시 되돌아갔더니…." 하위가 기침을 했다. "범인이 칼을 들고 나를 공격하는 바람에, 그대로 놓쳐 버렸어요." 하위가 말했다.

"제대로 봤니? 어떻게 생겼는지 말할 수 있겠어?"

하위가 힘없이 미소를 지었다. "네. 아주 길었어요." 하위가 손을 들어 올리더니, 10센티미터 정도로 벌렸다. "강철로 된 가느다란 칼이에요. 끝이 뾰족하고, 날카로웠어요."

재즈는 자신도 모르게 웃고 말았다.

"넌 어떠니, 재스퍼?"

재즈는 고개를 저었다. 그는 얼굴이든 눈동자든 범인에 관한 것은 무엇이든 떠올려 보려고 애를 썼다. 하지만 범인이 창문에서 뛰어내려, 하위의 배에 칼을 휘두르기 직전, 아주 잠깐 봤을 뿐이었다. 그자는 푸른색 눈동자를 가지고 있었다. "제가 확실하게 말씀드릴 수 있는 건, 보안관님도 이미 알고 계시다시피 범인이 백인 남자라는 것뿐이에요. 키는 173센티미터에서 185센티미터 사이쯤 될 거예요." 그가 손을 흔들었다. "눈이 푸른색이었어요."

G. 윌리엄은 두 사람에게 고맙다고 인사를 한 뒤, 재즈에게 하위가 쉴 수 있게 그만 가자고 손짓했다. 하지만 재즈는 알아야만 했다. "혹시 뭔가 소품이 나오진 않았나요? 선생님 아파트 안에서 말이에요."

보안관은 잠시 망설이다가 고개를 끄덕였다. "그래. 장난감 활과 화살, 그런 것들이 나왔다. 네가 알고 있는 대로."

예술가라는 별명으로 불리는 동안, 빌리는 희생자들의 자세를 바꾸어 놓곤 했다. 네 번째 희생자는 밸런타인 데이에 이니셜에 맞춰 V. D.라고 새겨진 활을 겨누고 있는 자세로 발견되었다. 빌리의 범행 중 열두 번째까지는 재즈가 태어나기 전에 저지른 것이라, 재즈도 빌리가 왜 그렇게 했는지는 알지 못했다. 어쩌면 수십 년 동안 경찰들이 자신을 추적하지 못하도록 혼란시키려는 고도의 전술이었는지도 모른다.

"제 말이 맞았잖아요." 재즈가 말했다.

"그런 것 같구나. 범인은 확실히 빌리의 범죄를 모방하고 있어."

"손가락은 어떻게 됐어요?"

"피해자가 살아 있을 때 잘라 냈어…. 그건 너도 이미 알고 있겠지. 그렇더라도 범인의 수법이 바뀐 건 아니라고 생각하고 있다. 아마 너희들이 오는 소리를 듣고, 서두르다 보니 그렇게 된 거지."

서둘렀다…. 재즈가 아파트 현관문을 두드리고, 문을 부수고 들어가기까지 걸린 시간은 다 합쳐 1분도 되지 않았을 것이다. 인상주의자는 기록적인 시간 내에 지니의 손가락들을 잘라 냈다.

"다른 사건과 마찬가지로 가운뎃손가락이 남아 있었어. 소파 밑에서 찾았지."

재즈는 그 방 안에 뛰어 들어가다 자기가 그 손가락을 걷어찬 건 아닌지 의심스러웠다. "이제 어떻게 해야 할지 아시겠네요." 재즈는 G. 윌리엄을 계속 쳐다보았다.

보안관은 스마트폰을 들여다보지 않아도 다 알고 있었다. "빌리의 다음 희생자 이름은 이사벨라 에르난데스였어. 호텔에서 종업원으로 일했지. 나이는 35세. 아침이 되면, 제일 먼저 부하들에게 이 근처 호텔들을 수배해서 I. H.라는 이니셜을 가진 직원이 있는지 알아보라고 할 거야."

"아침에요? 지금 당장이 아니라?"

"범인이 빌리의 패턴을 따르고 있다면, 다음 범행이 일어날 때까지는 사흘이라는 시간이 남아 있어. 그러니 날이 밝은 다음에 일을 시작하는 게 더 나을 것 같구나."

"그다음 희생자들은 어떻게 해요? 아버지가 저지른 범죄의 피해자들에 대해 순서대로 알고 있잖아요. 다음 희생자 한 명만이 아니라 전부 다 찾아봐야죠."

G. 윌리엄이 고개를 저었다. "재즈, 그건 힘들 것 같구나. 가장 시급한 위협에 인력을 동원해야 하니까." 보안관은 재즈가 말을 가로막지 못하게 손을 들어 올려 막았다. "만일 네 아내가 다음 희생자가 되어 살해당했는데, 그때 경찰이 네 아내를 보호하기 위해 최선을 다하지 않았다는 사실을 알게 되면 어떨 것 같니?"

좋은 지적이다. "연방수사국은 어떻게 됐어요? 이번 사건에 수사 협조를 요청하면 되잖아요?"

G. 윌리엄이 코웃음을 쳤다. "아직은 안 돼. 아직 VICAP 설문지를 다 채우지 못했으니까." 재즈가 재빨리 다시 끼어들기 전, 보안관이 말을 이었다. "재즈, 그 설문지는 열세 장이나 되고, 180문항이 넘는 문제에 답을 써야 해. 그것도 제대로 대답을 하지 않으면 아무 소용이 없어. 더군다나 지금 당장은 확신할 수 있는 게 아무것도 없단 말이야. 지금으로서는 패턴이 같다는 것밖에 아는 게 없어. 범행 수법도, 사인도 특별할 것이 없고…."

"그 패턴이 바로 사인이에요!" 재즈가 의자에서 벌떡 일어나며 말했다. "보안관님, 제발요!"

"재즈, 지금으로서는 확실한 게 아무것도 없어. 비공식적으로 연방수사국에 연락을 했지만, 첫 번째 살인 사건이 독특한 유형이 아니라서….”

“잘린 손가락이 있는데….”

“저기요?” 재즈와 G. 윌리엄은 말을 멈추고, 지친 듯 힘없이 두 사람 사이에 누워 있는 하위를 내려다보았다. “예쁜 간호사 누나가 준 약 덕분인지, 두 사람이 떠드는 말이 나한테는 윙윙거리는 소리로밖에 들리지 않아요. 그래서 기분이 점점 안 좋아요.” 하위가 나른하게 웃었다. “어쨌든 더 이상은 버티기 힘들 것 같아요. 잠이 쏟아지고 있어요.”

“미안하구나.” G. 윌리엄이 물에 빠진 아이 같은 소리를 내면서 목청을 가다듬었다. “이제 그만 쉬게 해 주마.” 보안관은 별다른 저항 없이 곧장 문 쪽으로 향했다.

“잠깐만. 기다려 봐.” 하위가 말했다.

재즈가 침대 쪽을 돌아보자, 하위가 그에게 손짓을 했다.

G. 윌리엄은 그대로 복도로 나갔고, 재즈는 하위 옆으로 다시 다가갔다. “뭐 필요해? 약 먹을 시간이야? 물이라도 줄까? 아니면 화끈한 간호사나 봉 춤추는 스트리퍼라도 불러 줄까?” 재즈가 물었다.

하위가 소리 내어 웃다가 얼굴을 찡그렸다. “웃기지 좀 마. 간호사나 스트리퍼는 일주일 뒤에 불러주면 좋겠어. 지금은 이것 때문에 부른 거야, 너한테 주고 싶어서.”

하위는 잠시 침대 옆 탁자 서랍을 뒤지더니, 휴대전화를 재즈에게 건네주었다. “난 당분간 전화가 필요 없어. 네가 가지고 다니면 도움이 될 거야.”

"고마워." 재즈는 휴대전화기를 쳐다보았다. "하지만⋯."

하위가 재즈의 손목을 있는 힘껏 붙잡았다. 하지만 힘이 별로 없어서, 마치 아기가 붙잡는 것 같았다. 하위처럼 이상할 정도로 긴 손가락을 가진 아기가 있다면 말이지만. 그래도 하위의 그런 노력과 절박한 눈빛에 재즈는 주목할 수밖에 없었다.

"가져가라니까." 하위가 남아 있는 힘을 끌어 모아 속삭이듯 말했다. "그놈을 잡으려면 전화가 필요할 거야. 그러니 가져가."

"하위. 난 더 이상 할 일이 없어. 너도 조금 전에 G. 윌리엄 보안관의 말을 들었잖아. 이 사건은 보안관이 알아서 할 거야. 경찰이 해결하겠지."

"G. 윌리엄 보안관은 네가 아니야. 그놈을 잡는 건 바로 너야. 네가 해야 해."

"아니야."

"날 위해 해 줘."

"하위. 난 못해. 정말이야. 일이 너무 커졌어. 네가 하마터면⋯." 그는 손을 잡아 뺐다. "난 더 이상 할 일이 없어."

"넌 그럼⋯." 하위가 힘겹게 침을 삼켰다. 시간이 한참 걸렸다. "내가 몇 바늘 꿰맨 것 때문에 넌 이 일을 그만두겠다는 거야? 내가 피 좀 흘린 것 때문에?" 하위는 거기에 생명줄이 달려 있는 것처럼, 재즈의 손에 전화기를 억지로 쥐어 주었다. "잘 들어. 그 때문에라도 넌 이 일을 해야 하는 거야⋯." 하위는 천천히, 한참 동안 눈을 깜박였다. "그게 네가 이 일을 해야 하는 이유⋯." 그가 낄낄 웃었다. "와. 이거 정말 끝내주는데…."

하위는 그대로 잠이 들었다.

재즈는 깊이 숨을 들이마신 뒤, 친구의 손을 토닥여 주었다.

그런 다음 휴대전화기를 주머니에 집어넣고, 병실을 나섰다.

희생자의 벽

코니가 하위의 차를 몰고 집으로 돌아갔고, 지프는 지니의 주차장에 남아 있었기에 재즈는 오도 가도 못 하는 상황이었다. 재즈로서는 다시 가고 싶지 않은 곳이긴 했지만, 결국 지니의 아파트까지 G. 윌리엄이 태워다 주었다.

이제 밖에서 봐서는 무슨 일이 있었는지 전혀 알 수 없게 되어 있었다. 주차장에 순찰차가 두 대 서 있기는 했지만, 순찰등도, 시동도 꺼져 있는 상태였다. 그래서인지 경찰들이 도넛 이야기나 잡담을 나누느라 잠깐 서 있는 것처럼 보이기도 했다. 이따금씩 골목길 벽에서 어른거리는 손전등 불빛이 보였다. 경찰들이 혹시 범인이 남겼을지도 모를 단서를 찾아 현장을 수색하고 있는 것이었다. 아마 발자국 같은 것을 찾고 있을 것이다. 아니면 범인이 떨어뜨린 칼을 찾고 있는 것일 수도 있고….

여하튼 그들은 단서를 찾고 있었다. 재즈는 마음 한편으로 그들과 같이 일하고 싶었지만, 이미 이제는 더 이상 아무것도 하지 않을 거라고 하위에게 말한 뒤였다. 그 말은 진심이었다. 재즈는 범인의 프로파일링에서 손을 떼기로 마음먹었다.

제인 도우 사건 때까지만 해도, 그 일을 재미 삼아 기분 전환 거리가 될 거라고 생각했던 건 사실이다. 하지만 그의 손 밑에서 지니 선생님이 죽었다. 아마 재즈가 지니에게 마지막 숨을 불어넣어 주었을 것이다. 더군다나 하위까지 죽을 뻔했다….

"괜찮은 거냐?" G. 윌리엄이 물었다.

재즈는 망설였다. 범인의 프로파일링에서 손을 떼기로 한 건 사실이지만, 마음 한편으로는 여전히 수사를 도와주어야 한다는 마음도 있었다. 마치 경찰들만의 힘으로는 사건을 해결할 수 없다는 것처럼.

그렇다고 재즈가 이 사건을 해결할 거라고 어느 누가 생각하겠는가? 프로파일링은 과학이 아니라 기술이다. 확실히 재즈는 자기가 그 살인범에 대해 어느 정도 파악하고 있다고 생각했다. 하지만 지난 2002년에 있었던 벨트웨이 스나이퍼 사건(존 앨런 무하마드와 양자인 존 리 말보가 워싱턴 D.C.의 순환외곽도로인 벨트웨이에서 무차별 저격으로 10여 명의 사상자를 낸 사건-옮긴이)을 돌아보면, 그 당시 경찰들 역시 그 사건의 범인에 대해 제대로 파악했다고 생각했을 것이다. 경찰은 범인이 아이가 없는 젊은 백인 남자일 거라고 생각했다. 그러니 막상 범인으로 존 앨런 무하마드를 체포했을 때 그들이 얼마나 놀랐겠는가. 무하마드는 재즈와 비슷한 또래의 아들이 있는 40대 흑인 남자였다.

"재즈? 혹시 내가…."

재즈는 순식간에 결정을 내렸다. "네, 전 괜찮아요. 태워 주셔서 감사합니다."

그는 집까지 제한 속도보다 조금 빠르게 차를 몰았다. 하위는 이제 괜찮다는 것을 알았으니, 이제 그를 필요로 하는 다른 사람, 바로 할머니에게 주의를 돌려야 했다. 재즈는 재빨리 계기판의 시계를 보고, 할머니를 얼마나 오랫동안 혼자 둔 것인지 확인했다. 맙소사. 그가 생각했던 것보다 시간이 훨씬 많이 지나 있었다.

재즈는 그동안 할머니가 어리석은 짓을 저지르지 않았을지 걱정스러웠다. 혹시라도 자해를 했다거나, 다른 사람을 다치게 했다거나. 무슨 일이 일어났다면, 멜리사가 바라는 대로 재즈를 보육 기관에 보내는 일이 한결 쉬워질 것이다. 설령 베나드릴의 약효가 아직 떨어지지 않았다고 하더라도 할머니가 소파에서 굴러떨어져 어딘가 골절을 입었을 가능성도 있었다.

재즈가 현관문을 열고 집에 들어가자, 실내는 깜깜하고 조용했다. 평소에는 할머니가 어둠 속에서 돌아다니지 않게 불을 켜 놓곤 했는데, 이번에는 깜박 잊어버리고 말았다. 하위, 코니와 같이 이 집을 나섰던 일이 아주 오래전 일인 것처럼 느껴졌다. 그는 잠시 현관에서, 문이 제대로 잠겼는지 확인하기 위해 딸깍하는 잠금장치 소리에 귀를 기울였다. 어쩐지 서늘한 기운이 들었고 뭔가 거슬리는 것 같았다.

그는 뭔가를 본 것 같다는 느낌이 들었다.

누군가 집 안에 있었다.

'집 안에 누가 있는 게 당연하지. 할머니가 계시니….'

재즈는 그 생각을 끝마칠 수 없었다. 어리석었다. 그는 두려움을 떨쳐 버리려고 애를 썼다.

'두려움을 느끼는 건 괜찮아.' 예전에 빌리가 말했다. 아버지는 항상 희생자들이 살아남기 위해 필사적으로 쓸데없는 시도를 하거나 공포에 떠는 모습을 우스꽝스럽게 여기는 말만 했었기 때문에, 재즈는 막상 그런 말을 듣자 깜짝 놀랐다. 빌리는 희생자들이 두려워하는 모습을 보며 비웃곤 했다. 사람마다 각기 독특하고 다양한 방식으로 두려움을 드러냈다. '두려움은 너를 살아남게 해 줄 수 있어. 하지만 두려움에 압도당해선 안 돼. 두려움이 너를 지배하게 만들어서도 안 되고. 만일 네가 두려움을 느꼈을 때는 어떻게 해야 하는지, 가장 보편적인 대처법을 알려 주마. 그건 바로 도망가는 거야. 하지만 뛰어선 안 된다. 허둥대지 말고. 가능한 차분하게 그 자리에서 걸어 나가는 거야. 두려움은 너를 바보로 만들 수도 있어.'

G. 윌리엄에게 전화를 걸어 볼까? 아직 주머니 속에 가지고 다니는 게 익숙하진 않았지만, 하위의 휴대전화를 가지고 있다는 것이 그나마 안심이 되었다.

아니다. 아니야. 어리석은 짓이다. 집 안에는 아무도 없다.

재즈는 조심스럽게 거실로 들어갔다. 할머니는 여전히 소파 위에서 가볍게 코를 골며 잠들어 있었다. 가까이 다가가 보니, 할머니는 담요를 덮고 있었다.

재즈가 나갈 때 할머니는 담요를 덮고 있지 않았다.

그는 눈이 어둠에 익숙해지자, 컴컴한 실내를 천천히 둘러보았다. 아무도 없었다.

어쩌면 할머니가 직접 담요를 덮은 것일 수도 있다. 담요는 바로 옆에 있는 의자 위에 놓여 있었다. 할머니가 자다가 추위에 깨서, 정신이 없는 상태로 담요를 끌어당겨 덮고 그대로 잠이 든 것일 수도 있다.

'이 집에는 아무도 없어. 그저 신경과민일 거야. 간밤에 그런 큰일을 겪었으니 당연한 거 아닌가.'

재즈는 싱긋 웃었다. 세상에서 가장 악명 높은 연쇄 살인마의 아들인 그가 지금 어둠을 무서워하고 있다니. 다음에는 뭐가 또 무서워지려나. 부기맨(못된 아이를 데려간다는 귀신 – 옮긴이)? 옷장 속에 괴물? 침대 밑에 그렘린(보이지 않는 꼬마 마귀 – 옮긴이)?

재즈는 불도 켜지 않은 채, 감촉과 기억에만 의지해 조용히 도둑처럼 집 안을 배회하기 시작했다. 만일 집 안에 정말로 누군가 있다면, 자기가 그 사실을 알고 있다는 걸 알리고 싶지 않았다. 그는 침입자를 잡고 싶었다. 재즈는 1층에 있는 방들을 하나씩 살폈다. 만일의 경우에 대비해 부엌 옆에 있는 작은 창고까지 살폈다. 이런 상황이 아니었다면 우습기만 할 어리석은 편집증이었지만, 혹시 범인이 소라게처럼 그 안에 몸을 웅크린 채 공격할 기회를 엿보고 있을지도 모른다는 생각에 개수대 밑까지 확인했다. 다행히 개수대 밑에는 스펀지와 두루마리 키친타월, 온갖 종류의 세제, 할머니가 그곳에 두어야 한다고 고집부린 빈 시가 상자만 들어 있었다.

재즈는 2층에 올라가 재빨리 침대 밑을 살피고, 벽장 속을 확인했다. 그런 다음 지하실로 내려가 난방기와 온수기 뒤를 살폈다(거미줄, 먼지, 여기저기 굴러다니는 바싹 마른 거미 껍질, 돌처럼 딱딱해진 생쥐 똥 무더기를 보며, 그가 해야 할 여러 가지 일들 중에 '쥐덫'을 사는 것도 포함시켜야겠다고 생각했다). 그는 할머니가 '틀에 박힌 지하실'이라고 부르는 계단 밑에 있는 오래된 벽장까지 기어들어가 확인했다. 그 벽장은 한때 빌리의 어린 시절과 청년 시절의 물건들을 보관했던 곳이다. 공책, 졸업앨범, 신문 오려 낸 것을 모아 놓은 상자, 하나뿐인 수영 대회 트로피('내가 이걸 받은 게 뭐 어때서?' 빌리는 어깨를 으쓱하며 말했다) 같은 것들을 보관했었다. 그 물건들은 재판 기간 동안 전부 몰수당했다. 몇 가지 서류만 준비하면 돌려받을 수 있었지만, 재즈는 그렇게 하고 싶지 않았다. 지프와는 달리 그 물건들은 아무 필요가 없었다.

그 벽장에서 밖으로 나오자, 재즈는 자기가 지금 뭐하는 짓인지 생각하며 웃었다. '됐다. 이젠 그만 자도 되겠지, 이 겁쟁이야?'

재즈는 터벅터벅 이층 계단을 올라갔다. 침실에 올라가기 전에 한 번 더 할머니의 상태를 확인했다. 할머니는 깊이 잠들어 있었다. 소파에 그대로 내버려 두는 편이 나을 것 같았다. 할머니가 아침에 깨면 조금 혼란스러워하겠지만, 한밤중에 그러는 것보다는 아침에 그러는 편이 나았다. 그래서 재즈는 그냥 이층으로 올라갔다. 그날 저녁 처음으로 전등을 켜고, 세수를 하고 이를 닦았다.

재즈는 침실로 돌아와 시간을 확인한 뒤 신음 소리를 냈다. 새벽 4시 15분이었다. 학교에 갈 때까지 세 시간 정도밖에 남지 않았다. 잠이 부족한 건 문제가 아니었다. 아침이 되면 지니의 죽음이 학교 구석 구석까지 퍼져 모두가 알게 될 것이고, 재즈가 지니의 사건 현장에 있었다는 소문도 퍼질 것이다…. 재즈는 고등학교에서 소문이 어떻게 도는지 잘 알고 있었다. 그날 하루가 지날 때쯤이면 학생 중 절반은 재즈가 지니를 죽인 범인이며 그 사실을 숨기고 있다고 믿게 될 것이다. '저 애 아빠… 있잖아, 저 애 아빠가 빠져나가는 법을 가르쳐 줬다더라….'

실제로 아버지는 범죄를 저지른 뒤 걸리지 않고 빠져나가는 법을 그에게 가르쳐 주었다. 그렇다는 사실이 더 끔찍했다.

재즈는 옷을 벗고, 하위의 휴대전화를 침실용 탁자 위에 올려놓은 뒤 침대에 들어갔다. 천장을 올려다보니, 창살을 통해 들어온 어스름한 달빛에 검은색과 회색 무늬가 새겨져 있었다.

사건에서 손을 떼기로 한 것이 옳은 결정이었을까? 그렇다. 재즈는 그렇게 믿었다. G. 윌리엄에게 맡겨 보는 거다. 보안관은 능력이 뛰어났다. 만일 G. 윌리엄이 재즈의 도움을 청한다면, 재즈는 기꺼이 응할 것이다. 물론 그쪽에서 먼저 청했을 때 일이지만.

재즈는 한숨을 내쉬었다. 졸렸다. 벽 쪽으로 돌아눕다가… 그는 침대에서 벌떡 일어났다. 잠이 확 달아났다. 재즈는 더듬거리며 전등 스위치를 찾았다. 스위치를 올리자마자, 아드레날린이 솟구치기 시작해 다시 스위치를 내렸다. 그러다 결국 참지 못하고 다시 스위치를 올렸다.

벽.

빌리의 희생자들 사진을 붙여 놓은 벽.

누군가 첫 번째부터 네 번째 희생자의 사진에 붉은색 펜으로 1, 2, 3, 4 라고 쓴 뒤, 귀신 들린 사람처럼 눈동자를 빨갛게 칠해 놓았다.

다섯 번째 희생자인 이사벨라 에르난데스의 사진에는 한 번에 그려지지 않은 듯 겹쳐서 다시 그은 붉은 원이 그려져 있었다. 이사벨라의 웃는 얼굴 위에는 다음과 같이 쓰여 있었다.

인상주의자의 호의를
기대하라

23

마마보이

동이 틀 무렵, 경찰들이 몰려와 그 범죄 현장(재즈는 자기 집을 그렇게 생각하고 있었다)을 에워쌌다.

재즈의 전화를 받고 G. 윌리엄은 시간을 낭비하지 않았다. 그럴 생각도 없었다. 개인적으로 과학수사반을 꾸려 재즈의 집에 보냈다. 그들은 집 안을 철저하게 조사했다. 도청 장치가 달려 있지 않은지 확인하고, 그 근방을 빠짐없이 돌아다니면서 이웃들을 탐문했다(새벽 5시에 잠을 깨워 '덴트 가'에 대한 질문을 받았으니 이웃 사람들은 틀림없이 오싹했을 것이다). 그리고 평면처럼 보이는 모든 곳에 지문 감식용 가루를 거의 1천 킬로그램쯤 뿌렸다.

하지만 아무것도 나오지 않았다.

재즈는 주방에 앉아 아주 진한 커피를 마시고 있었다. 기운을 얻기 위해 기분 나쁠 정도로 설탕을 듬뿍 탄 커피였다. 할머니는 경찰이 도착하기 전에 일어났다. 살짝 몸이 휘청거리기는 했지만, 정신은 맑았다. 비록 경찰이 도착했을 때 1957년도 고등학교 댄스 파티에 가 있기는 했지만. 할머니는 수줍은 듯 속눈썹을 깜박거리며, 잠옷 차림으로 온 집 안을 돌아다녔다. 경찰들은 그 상황을 기분 좋게 받아 주었다. 심지어 경찰 중 한 명은 할머니와 잠시 찰스턴(1920년대에 유행한 사교춤-옮긴이)을 추기도 했다.

이제 할머니는 침실 주위를 어슬렁거리고 있었다. 옷을 갈아입고 나타나거나, 어쩌면 완전히 다른 사람이 되어 나타날 것이 분명했다. 조사를 마친 경찰들이 장비를 챙기기 시작하자, G. 윌리엄이 재즈가 있는 주방에 들어왔다.

"벽에 붙어 있는 사진들은…."

재즈는 한숨을 쉬었다. 그는 G. 윌리엄이 그 피해자 사진들 중 처음 다섯 장, 바로 '인상주의자'가 손을 댄 사진들을 압수해 갔다는 것을 알고 있었다.

"저 사진들은 언제부터 가지고 있었던 거야?"

"1년쯤 됐어요."

"컴퓨터의 화면 보호 장치는 어떻게 된 거냐? '바비 조 롱을 기억하라'라고 되어 있던데. 연쇄 살인범 이름이지? 어떻게 된 거야?"

"그건 범인이 한 게 아니에요. 원래 있던 거예요. 제가 깔아 놓았어요." 재즈가 어깨를 으쓱했다. "바비 조 롱은 살인범이에요. 하지만 한 명의 피해자를 풀어 줬죠. 리사 멕베이라는 이름을 가진 여자였어요. 바비 조 롱은 그녀가 경찰들을 끌고 올 거라는 것을 알았어요. 하지만 그 여자를 그냥 풀어 줬죠. 그도 어쩔 수 없었던 거예요. 충동적이었죠. 전 그저….” 그가 다시 어깨를 으쓱했다. “가끔은 그런 식의 충동도 있다는 것을 알게 되서 좋았어요. 어쩌면 그렇게 바람직한 충동만 느낄 수도 있다는 거잖아요.”

G. 윌리엄이 혀를 끌끌 찼다. 순간 재즈는 식탁 위로 뛰어올라가 그 혀를 뽑아 버리고 싶었다. 지금 그는 신경이 무척 날카로워져 있었다. 자기 집에 침입자가 있었다. 어느 누구라도, 설사 G. 윌리엄이라고 할지라도 자신을 무시하는 것을 용납할 기분이 아니었다.

“그런 생각은 그만해, 재즈. 빌리는 빌리일 뿐이다. 넌 네 아버지가 아니야. 더 이상 신경 쓸 필요 없어.”

“이 집에 침입한 범인도 그렇게 생각했을까요?” 재즈가 날카롭게 말했다.

“이 일은 너와는 상관없는 일이야. 개인적인 일로 받아들이지 마.”

“제가 상관하는 게 당연하잖아요! 개인적인 일이기도 하고요! 범인이 우리 집에 들어왔어요. 그자가 내 침실에 들어왔단 말이에요. 그리고 내 벽에 메시지를 남겼어요. 전부 다 나와 관계된 일이에요.”

보안관은 무슨 말인가 하고 싶은 것처럼 보였다. 잠시 망설이는 것 같더니, 말하지 않는 게 낫다고 생각한 모양이었다. 그가 스마트폰을 꺼냈다.

“지문도 없고, 실밥 하나 남기지 않았어. 하지만 우리가 이 집에 떨어져 있는 건 전부 다 수거했으니, 하나하나 분석하다 보면 뭔가 나올 수도 있겠지. 범인은 이 집 자물쇠를 딸 때 흔히 쓰는 도구를 사용했어. 그 도구의 상표를 알아내긴 했지만, 특이할 만한 점은 없더구나. 그게 다야."

"아뇨. 이제 우린 그자의 이름을 알잖아요."

"'인상주의자.'" G. 윌리엄이 등을 뒤로 젖히자, 배가 임신한 것처럼 앞으로 툭 튀어나왔다. "그래. 생각해 보니 그것도 말이 되는구나."

"범인을 꼭 찾아야 해요. 보안관님. 그자를 찾거나, I. H.라는 이니셜을 가진 다음 희생자를 찾아내거나."

"이미 반경 32킬로미터 이내에 있는 호텔과 모텔, 여관, 아침 제공 숙박 업체의 목록을 작성했어. 그자는 다섯 번째 범행을 저지르지 못할 거야. 재즈. 약속하마."

재즈는 보안관의 생각대로 되기를 바랐다. 인상주의자는 계속해서 그들보다 한 발자국 앞서가고 있었고, 심지어 그들이 그자의 패턴을 알아낸 지금도 마찬가지였다. 재즈가 뭔가를 놓친 것이 확실했다. 인상주의자가 이제껏 저지른 일 중에서나, 현재 진행 중인 경찰들의 대비책 중 무언가 놓친 게 있었다.

"오늘은 학교에 가지 말고 집에 있어라. 좀 쉬어야지."

"보안관님도 쉬셔야 할 것 같은데요." 재즈가 대답했다. G. 윌리엄의 눈 밑이 병원에 있는 하위만큼이나 축 처져 있었기 때문이다. 맙소사, 하위! 하위를 보고 온 지 몇 시간밖에 되지 않았는데도, 굉장히 오래된 일인 것처럼 느껴졌다.

"난 집무실에서 눈 좀 붙이면 돼. 집 앞에 순찰차를 남겨 놓을 테니…."

"우." 재즈가 양손에 얼굴을 묻으며 신음했다. "그건 안 돼요. 제발 부탁이에요. 안 그래도 사람들은 이 집이 인디언 묘지 위에 지어진 것처럼… 생각한단 말이에요. 그런데 집 앞에 순찰차까지 세워 놓으면 모두들 내가 무슨 짓을 저질렀다고 생각할 거예요. '미친 텐트의 아들이….'"

"범인은 한 번 이 집에 들어왔어." G. 윌리엄의 목소리에는 타협의 여지가 없었다. "그건 다시 들어올 수도 있단 말이야. 난 그자가 마음 내킬 때마다 이 집을 들락날락하게 내버려 둘 순 없다. 범인은 이 일을 게임처럼 생각하고 있을 수도 있어. 하지만 난 아니야. 내 말 알아듣겠니?"

재즈가 대답하기 전에, 현관문이 열리는 소리와 함께 참나무를 깐 현관 바닥 위에 또각또각 울리는 구두 소리가 들렸다. 저런 소리를 낼 수 있는 사람은…?

멜린다의 아무것도 모르는 척하는 목소리가 들리자, 재즈가 G. 윌리엄을 쳐다보았다. "재스퍼? 어디 있니, 재스퍼?"

"보안관님이 불렀어요?" 재즈가 물었다.

"할머니 상태가 점점 더 나빠지고 있잖아."

"할머니는 언제나 약간씩 안 좋았어요…."

"그래. 항상 약간씩 안 좋으셨지. 그런데 지금은 많이 안 좋으셔."

"보안관님은 절 고아원에 보내실 생각인 거예요? 그래요?"

"내가 전화한 게 아니야. 멜리사가 전화했어."

멜리사가 다시 부를 때까지, 두 사람은 한참 동안 아무 말 없이 서로를 노려보고 있었다.

"주방에 있어요." G. 윌리엄이 대답했다.

잠시 뒤, 멜리사가 주방에 들어왔다. 그녀는 예의바르게 모자를 들어 올리는 보안관에게 살짝 고개를 숙여 인사한 뒤, 가방을 식탁 위에 내려놓았다. 새벽 5시밖에 되지 않았는데도 멜리사는 전문직 여성다운 정장을 단정하게 차려입고, 완벽하게 화장한 모습이었다. 그녀만의 전투복인 셈이다.

"지금 이성적으로 내 말을 들을 수 있겠니?" 멜리사가 재즈에게 물었다.

평소처럼 말싸움을 하거나, 위협을 하기에는 너무 지친 상태인지라 재즈는 그저 어깨만 으쓱해 보였다.

멜리사가 반짝거리는 붉은색으로 칠한 입술을 꾹 다물었다. 그녀는 재즈가 반응을 보이기를 바라고 있었다. 그녀에게는 재즈의 반응이 필요했다. 하지만 재즈는 멜리사가 원하는 대로 해 줄 마음이 전혀 없었다.

이렇게 말하기 전까지는….

"재스퍼. 난 보고서를 다 썼고, 월요일에 제일 먼저 제출할 생각이야. 그 사실을 너에게 미리 알려 주고 싶었어. 더군다나 지금 이곳에서 일어난 일을 생각해 봐. 이 환경은… 난 보고서에 너를 보육 기관으로 보내야 하고, 할머니는 요양 시설에 보내야 한다고 썼어. 만일 네가 그 보고서에 내 의견에 반대한다는 의견을 첨부하고 싶다면 그렇게 해도 좋아. 하지만 그 의견서는 일요일 밤까지 보내 줬으면 좋겠구나. 내 이메일 주소는 알고 있겠지?"

멜리사는 마치 재즈가 말을 가로막을까 봐 두려워하는 것처럼 단숨에 이야기를 끝마쳤다. 하지만 재즈는 싸울 힘이 남아 있지 않았다. 지금은 없었다.

'사람은 중요하다. 사람은 실제로 존재한다. 사람은 중요하다.' 그는 확신할 수 없었다.

"하고 싶은 대로 해 봐요. 무엇이든." 재즈는 멜리사를 쳐다보지도 않고 말했다. 그 대신 앞에 놓인 커피 잔을 쳐다보고 있었다.

"그렇게 하는 게 최선이라는 건….."

"할 말 다 했으면 그만 내 집에서 나가요." 재즈가 말했다.

주방이 너무 조용해서 재즈는 멜리사의 맥박 소리까지 들을 수 있을 것 같았다. 그러자 그녀가 돌아서서 가방을 집어 들더니, 주방에서 나갔다. 잠시 뒤, 현관문이 열렸다가 다시 닫히는 소리가 났다.

"네가 심란한 건 알겠다만….."

"혼자 있고 싶어요, G. 윌리엄 보안관님."

"네가 심란한 건 알겠어. 하지만 그렇게 말하는 건 옳지 않은 것 같구나. 전화해서 사과하도록 해라." 보안관이 다시 한 번 시도했다.

"사과요?" 재즈가 의자에서 벌떡 일어났다. 리놀륨 바닥에 의자가 끌리는 바람에 끼익 소리가 났다. "사과하라고요? 저 여자가 나를 보육 시설에 집어넣으려고 하고, 할머니를 하루 23시간 동안 침대에 묶어 놓는 요양원에 보내려고 하는데! 그런데도 저 여자에게 사과해야 한단 말이에요?"

G. 윌리엄이 어깨를 으쓱했다. "미안하다, 재즈. 나도 그렇게 되는 게 이상적이지 않다는 건 알고 있어. 그렇지만 그게 네가 원하지 않는 일이라 할지라도, 지금은 멜리사의 말이 옳다는 것도 알고 있단다. 안 그러니?"

재즈는 아무 말도 할 수가 없었다.

모두 떠난 뒤에야, 재즈는 코니에게 전화를 걸어 그간 있었던 일과 학교에 가지 못한다는 말을 전했다. 두 사람은 오후에 만나 하위의 병 문안을 가기로 했다. 코니는 보육 시설 건에 대해서는 걱정하지 말라고 했다.

"궁극적으로는 잘된 일일 수도 있어. 그 집에서 나가는 게 말이야. 그렇게 되면 할머니가 아니라 네 자신만 생각하면 되니까. 그리고 어쩌면 보육 시설에 가지 않게 될 수도 있잖아. 혹시 네 고모가…."

"그래. 아버지 여동생이 482킬로미터 떨어진 곳에 살고 있긴 하지. 그럼 어떻게 할래, 코니? 우린 어떻게 될 것 같아?"

코니는 대답하지 못했다. 재즈는 그녀의 입을 막아 버렸다는 것에 약간 미안한 마음이 들긴 했지만, 아주 약간이었다. 그는 그에게 무엇이 좋다고 말하는 사람들에게 지쳐 있었다.

재즈는 그날 낮에라도 쉬어야 했지만, 할머니와 함께 있는 것은 1분 마다 재미있게 놀아 달라고 조르는 아기를 보살피는 것과 같았다. 할머니는 경찰이 떠난 뒤 20분 동안, 초조해하며 허둥거렸다. 혹시 그들의 마음을 상하게 한 건 아닌지 걱정하면서(여전히 경찰들을 50년대의 댄스 파티에서 만난 사람들이라고 생각하고 있었다), 어린 소녀처럼 소리 내어 울었다. 그리고는 주방에 가서 창문 밖에 버려진 채 놓여 있는 수반을 보며, 저렇게 놔두니 새들이 모여들지 않는다고 소리소리 지르며 야단을 쳤다. "저 수반이 왜 저 모양인지 변명이라도 해 봐. 저 수반에는 수십, 수백, 수천 마리 새들이 모여 있었던 적도 있었어. 너는 저걸 수반이라고 부를 자격이 없다! 네가 새들을 쫓아내는 거야. 왜 새들을 싫어하는 거니?" 할머니가 소리쳤다.

그리고 할머니는 산탄총을 집어 들고 밖으로 나가 수반을 겨누며 지칠 때까지 무거운 총을 흔들면서 소리소리 질렀다. 그런 다음 다시 비틀거리며 거실로 들어왔다.

"잘했어, 빌리." 할머니가 바짝 마른 손으로 재즈의 뺨을 두드리며 말했다. "착하기도 하지." 그런 다음 바짝 마른 입술로 재즈의 이마에 키스했다. "엄마를 이렇게 보살펴 주다니 정말 착해."

재즈는 몸서리를 쳤다.

할머니가 게임쇼를 보는 동안, 재즈는 침실로 올라가 낮잠을 청했다. 몇 분 지나지 않아 잠이 들었고, 칼과 목소리, 살 덩어리가 나타났다. '그냥 닭을 자르는 것처럼 하면 돼.' 재즈의 상상인지, 과거의 일인지 빌리가 속삭였다. '자르는 것처럼 하면 돼….'

그리고 재즈는 잠에서 깼다.

…일어나라, 일어나….

러스티까지 떠오르면서, 이제는 두 가지 악몽이 하나로 합쳐졌다. 얼마나 재미있고, 즐겁고, 환상적인지. 재즈는 빌리의 첫 번째 희생자 사진이 붙어 있던 벽의 빈 공간을 쳐다보다가, 새로 사진들을 뽑아 빈 자리를 메웠다. 그리고 얼마나 오랫동안인지 모르지만 계속 그 사진들을 쳐다보았다.

'내가 베고 있는 건 누구일까? 꿈속에서. 아니면 이미 베어 버린 걸까? 엄마일까? 아버지가 나한테….'

아니다. 이제 다시는 이런 생각을 하지 않을 거다.

여전히 잠이 부족했지만, 재즈는 결국 멍하니 아래층으로 내려갔다. 할머니는 TV 앞에 없었다. 재즈는 깜짝 놀라 창문 밖을 내다보았다. 여전히 경찰이 집 앞을 지키고 있었다. 다행이다. 그렇다면 할머니는 집 안에 계신 거야.

그는 한때 식당으로 사용했던 곳에서 할머니를 발견했다. 지난 몇 년간 그곳에서 식사를 한 사람은 아무도 없었다. 그리고 그곳에 놓여 있는 장식용 찬장 역시 오랫동안 비어 있었다. 할머니는 낡은 식탁에 책상다리를 하고 앉아 있었다. 앙상한 허벅지가 드러날 정도로 잠옷을 걷어붙인 채, 양손으로 무릎을 잡고 있었다. 할머니는 예전처럼 냉정하고 따가운 시선으로 그를 노려보았다.

"엄마, 여기서 뭘 하고 계신 거예요…." 할머니를 찾아 마음이 놓인 재즈가 말했다.

"네가 왜 나를 '엄마'라고 부르는 거냐?" 할머니가 귀에 거슬리는 낮은 목소리로 물었다. "아기처럼 집 안을 돌아다니면서, 엄마를 찾고 있는 모양이구나. 불쌍한 것."

맙소사.

"엄마." 할머니가 입가에 잔인한 미소를 지으며 애처롭게 외쳤다. "엄마, 어디 있어요? 엄마! 엄마!"

"그만해요, 할머니…."

"엄마! 엄마! 하! 네가 꼬맹이였을 때 기억나니, 재스퍼? 강아지마냥 네 어미만 졸졸 따라다녔지. 네 어미 치마에 딱 달라붙어 있었어."

재즈가 마른침을 삼켰다.

"하지만 네 어미는 이젠 없어, 애야. 네 어미는 떠나 버렸으니까. 알았었니? 가 버렸단 말이다." 할머니가 낄낄거리면서 잔인하게 활짝 웃었다. "떠났어, 떠났단 말이다. 가 버렸다고! 하나님께 감사하게도, 가 버렸어!"

재즈는 입을 꾹 다물었다.

"네 어미는 끔찍한 인간이었어. 그년 잘못으로, 네 애비가 저렇게 된 거야. 그년과 같이 살기 전까지는 네 애비도 괜찮았는데…." 할머니가 몸을 약간 더 앞으로 숙이자, 잠옷이 점점 더 위로 올라갔다. 재즈는 속이 뒤집어지는 것 같았다. "네 어미가 내 아들을 악으로 물들여서, 그 애의 영혼을 타락하게 만들고 파멸시킨 거야."

그건 사실이 아니었다. 진실과는 완전히 동떨어져 있었다. 재즈는 더 이상 견딜 수가 없었다. "엄마에 대해 함부로 말하지 마세요, 할머니." 재즈가 경고했다.

할머니가 입술을 핥았다. "마마보이 같으니. 내가 말한 그대로야. 네 어미는 악마였어. 그년이 네 애비를 악마로 만든 거야. 그리고 사악한 그년에게서 네가 태어난 거지. 네놈이 뭐가 될 것 같으냐?"

재즈는 치밀어 오르는 화를 주체하지 못하고 주먹을 불끈 쥔 채 할머니 앞으로 다가갔다.

"계속 해 봐, 재스퍼." 할머니가 교활한 눈빛으로 쳐다보며 속삭였다. "날 때리려는 거잖아. 마음대로 해 보란 말이야. 내가 너한테 맞는 게 처음이라고 생각하니? 그래?"

재즈는 성난 소리를 내며 돌아섰다. 대신 장식용 찬장에 주먹을 날렸다. 안에 남아 있던 접시 한 장이 떨어지면서 와장창 깨졌다.

할머니가 웃음을 터트렸다. "마마보이!" 할머니가 기분 좋게 웃었다. "한 대 칠 배짱도 없는 거냐? 마마보이한테 약은 하나뿐이야, 재스퍼."

재즈는 돌아서서 성큼성큼 식당에서 나갔다. 하지만 할머니의 목소리가 복도까지 따라왔다. "약은 하나뿐이야! 바로 네 애비처럼 되는 거지! 그게 너의 유일한 희망이야. 바로 네 애비처럼 될 거라는 거…."

바비 조 롱을 기억하라

그날 재즈는 할머니를 죽일 방법을 생각하면서 많은 시간을 보냈다. 상상할 수 있는 가장 끔찍하고 고통스럽게 죽일 방법을 구체적으로 세웠다. 그 결과 그의 상상력이 굉장히 뛰어나다는 것을 알 수 있었다.

재즈는 그날 남은 시간 동안 그 계획을 실행해서는 안 된다는 것을 자신에게 반복해서 주입했다.

할머니는 대부분 바보 같고 유치하게 굴었기 때문에, 가끔씩 할머니가 미친 와중에도 얼마나 교활한 사람인지를 잊어버리기 쉬웠다. 할머니는 재즈의 약점을 알고 있었다. 그래서 어디를 건드리면 되는지 잘 알고 있었다. 오른쪽 시냅스(두 개의 신경 세포 사이나 신경세포, 분비세포, 근육세포 사이에서 전기적 신경 충격을 전달하는 부위 – 옮긴이)가 잘못된 순서로 신호를 받았을 때, 할머니는 그렇게 잔인해지고 기분이 좋아진다.

코니를 만나러 나가야 할 즈음, 할머니는 어린 소녀의 모습으로 돌아가 혀 짧은 소리를 내며 자기는 착한 아이이고, 항상 기도를 하니 푸딩을 줄 수 있냐고 재즈에게 물었다(할머니는 재즈를 성직자 같은 사람이라고 생각하는 것 같았다). 재즈는 할머니의 목을 조르고 싶은 충동을 억눌렀다. 할머니가 냉장고에 남아 있던 요거트를 진짜 푸딩이라고 믿는 데는 2분도 채 걸리지 않았다.

재즈는 소파에 앉은 할머니에게 담요를 덮어 주고, 낡은 곰 인형을 쥐어 준 뒤, TV의 어린이 채널을 찾아 주었다. 그런 다음 지프를 몰고 코니를 데리러 갔다. 그녀는 조수석에 올라타자마자 긴 키스로 그의 기운을 북돋아 주었다.

"괜찮아? 지난밤도 그렇고, 오늘 아침에도⋯." 한참 뒤 두 사람의 입술이 떨어지자, 코니가 물었다.

"괜찮아." 재즈는 그렇게 대답하는 자신에게 깜짝 놀랐다. 심지어 진심인 것처럼 들리기까지 했다. 그는 말할 수 없었다. 자신의 세계가 이해할 수 없는 방식으로 변했다는 것을. '시련'의 헤일 목사는 이렇게 말한다. "여러분, 잊지 마세요. 악마로 떨어지기 한 시간 전까지만 해도 하나님은 그를 천국에서 가장 아름답다고 생각했다는 것을 말입니다." 그건 변화였다.

두 사람은 병원에 도착할 때까지 즐거운 시간을 보냈다. 하지만 병원 로비에서 그들을 기다리고 있던 더그 웨더스를 보자 기분을 바로 잡쳤다.

"이봐, 어젯밤 일은… 마음에 담아 두지 말자, 알았지? 거스텐이 그렇게 된 줄은 몰랐어. 그래도 상태가 좋다니 다행이야."

"난 할 말 없어요." 재즈가 말했다.

웨더스가 가식적인 웃음을 큰 소리로 웃어 대자, 접수대에 있던 간호사가 얼굴을 찌푸렸다. "그렇다면 헬렌 마이어슨에 대해 이야기하는 건 어때? 너도 그 사건에 대해서는 들었지? 마이어슨과 네 학교 선생님, 그리고 해리슨 들판에서 일요일에 발견된 그 여자를 보니, 이 마을에서 또다시 사건이 제대로 터진 것 같은데 말이야."

"사람이 죽었어, 나쁜 놈아!" 코니가 말했다.

"어! 잠깐만!" 웨더스가 방어하듯 양손을 들어 올렸다. "난 그저 상황을 설명한 것뿐이야. 만일 이 사건들이 전부 어떤 식으로든 연관되어 있다면 어떨까?" 웨더스의 눈동자가 싸구려 스트리퍼가 춤추는 걸 볼 때처럼 빛이 났다. "아주 흥미로운 이야기잖아?"

"무슨 말이 하고 싶은 거예요?" 재즈가 물었다.

"그냥 말해 본 거야. 어쩌면 뭔가 기사를 쓸 수도 있고. 이 분야의 전문가로서 네 견해를 들어 보고 싶은 것일 수도 있지. 어때?" 웨더스가 입술을 핥았다. "모두 자기가 원하는 것을 얻는 거야."

재즈는 전혀 화가 나지 않았지만, 코니가 점차 흥분하고 있다는 것을 알았다. 재즈가 그대로 지나치려 하자, 웨더스가 말했다. "네 친구도 좀 띄워 볼 생각이야. 소년이 살인범과 마주쳐 칼에 베여 쓰러졌다는 기사를 한 꼭지 내보내는 거지."

재즈는 엘리베이터로 가다가 그대로 멈춰 서서 웨더스를 돌아보았다. "지금 뭐라고 했죠? 지금 '베였다'고 말했어요? 하위가 찔린 게 아니라 베였다는 것을 당신이 어떻게 알고 있는 거죠?"

웨더스가 싱긋 웃었다. "이런, 재스퍼. 나도 정보원이 있어. 누구라고 밝힐 수는 없지만 말이야."

재즈는 더그 웨더스의 눈을 쳐다보았다. 연한 회색에 갈색 반점이 있었다.

"콘택트렌즈 꼈어요?" 재즈가 기자에게 물었다.

"뭐라고?"

"앞으로 두고 볼 거예요." 재즈가 한껏 위협적으로 말한 뒤, 코니의 손을 잡고 엘리베이터에 올라탔다.

"대체 무슨 꿍꿍일까?" 엘리베이터 문이 닫히고, 두 사람만 남자 코니가 물었다.

"별거 아니겠지. 나도 모르겠어." 그가 고개를 저었다. "하위나 보러 가자. 지금은 그 일이 가장 중요해."

병실에 들어가니, 하위는 약에 취해 비몽사몽간이었다. 침대 옆에서 간호를 하고 있던 하위의 부모님은 그 자리에서 꼼짝도 하지 않았다. 코니가 하위의 부모님이 먹을 음식을 사러 나가자, 병실에는 재즈만 남게 되었다. 재즈는 한쪽 구석에 박힌 채, 하위의 부모가 그를 돌아보며 분노의 말을 퍼붓기를 기다렸다.

그런 일은 없었다. 하위의 부모는 화를 내기에는 마음도 많이 누그러졌고, 당장은 많이 지쳐 있는 것처럼 보였다. 그렇지만 지금이 아니더라도 언젠가는 그날이 온다는 것을 재즈는 알고 있었다.

하위는 저녁 식사 시간이 다 되어서야 잠깐 정신을 차리더니, 엄마 손을 잡으며 물을 달라고 했다. 그는 재즈가 와 있는 것을 알아차리고, 눈을 찡긋해 보이며 말했다. "이 약 정말 끝내-준다!" 그 상황에서 하위가 할 수 있는 말은 그게 다 인지라, 재즈와 코니는 그곳을 나와 저녁 식사를 하러 갔다. 두 사람은 마주 앉아 샌드위치를 먹었다.

"경찰에서 새로운 소식은 없었어? 단서는 찾았대?" 코니가 감자튀김 중에 바삭하게 튀겨진 것을 골라 집으며 물었다.

"아니. 아직 아무 얘기 못 들었어. 뭔가 알게 되면 말해 주겠지. 아닐 수도 있고. 잘 모르겠어." 재즈의 베이컨, 양상추, 토마토 샌드위치에서 살짝 썩은 맛이 났다. 처음에는 몰랐지만, 한 입 베어 물 때마다 썩은 맛이 심해졌다. "오늘 학교는 어땠어?"

코니는 빨대로 음료수를 마시며 뜸을 들였다. "엉망이었지. 오늘 아침 인터넷에서 지니 선생님 소식을 본 애들이 있었는지, 홈룸 시간에 그 소식이 쫙 퍼졌어. 자세한 상황을 몰라서 그저 수군거리는 정도였지만. 안내 방송을 통해 공식적으로 발표되기 전까지는 사실이 아닐 거라고 생각하는 애들도 많았어. 그다음에는 많이 울었지. 재즈, 너무 끔찍한 일이야. 정말 끔찍해."

코니가 탁자 위에 한 손을 올렸다. 재즈는 한참 쳐다본 뒤에야 그녀가 손을 잡아 주기를 바란다는 것을 알아차렸다. 그는 코니의 손을 꼭 잡아 주었다.

"'시련' 단원들과 점심을 같이 먹었어. 그리고 우리가 할 수 있는 일이 무엇인지 생각해 보기로 했어. 추도식 같은 거 말이야." 코니가 새로 고이기 시작한 눈물을 닦았다. "우리가 뭔가 하고 싶어."

추도식. 재즈는 그 생각만으로도 거북했다. 물론 추도식을 하는 것은 연쇄 살인범이 전리품을 남기는 것과 같은 건 아니다. 빌리가 희생자들의 물건들을 가져가는 것과는 전혀 달랐다. 하지만 비슷한 부분도 있었다. 죽은 사람을 추모한다는 건 너무 감상적인 것 같았다. 너무 강박적이다. 하지만 사람들은 그렇게 한다. 그들은 죽은 사람을 기렸다.

"뭔가 생각해야겠구나. 너희 모두 다 말이야." 재즈가 코니에게 말했다.

"너도 생각해 봐야지. 연극부 일원이니까. 아직 아무도 네가 그 자리에 있었다는 건 몰라." 코니는 그가 하려는 말을 안다는 듯이 재빨리 말을 이었다. "네가 선생님이 죽어 가는 모습을 지켜봤다는 건 아무도 모른다고."

"다 알게 될 거야." 인터넷에 알려졌다면, 결국 TV에도 나올 것이다. 인기 많은 젊고 예쁜 교사가 살해당한 사건에 대해 자세하게 보도할 것이다. 그리고 분명히 살인자가 도주하는 걸 목격한 사람이 있다는 것도 알려질 것이다. 그중 한 명은 부상을 당했다. 하위는 지금 병원에 입원해 있었고, 로보스 노드의 주민들은 일 더하기 일이 뭔지 잘 알고 있었다. 재즈와 하위가 바로 그 답이었다.

"그만 갈까?" 그가 물었다. 두통이 오른쪽 관자놀이를 꿰뚫고 허약한 신경들을 쑤시기 시작했다.

"샌드위치 거의 손도 대지 않았잖아."

"남길 거야." 재즈가 뒤적거리며 돈을 찾아 탁자 위에 지폐 몇 장을 남겼다. "그만 가자."

재즈가 집에 도착해 보니, 할머니는 아침 일찍부터 부린 난동에 지쳤는지, 곰 인형을 베개 삼아 TV 앞에 드러누운 채 코를 골며 자고 있었다(언제인지 할머니가 스피드 채널로 돌려놓았다).

재즈는 할머니를 내려다보며 의아하게 생각했다. 어떻게 이처럼 평화롭고, 만족스러운 표정을 짓고 있는 사람이 그런 미친 괴물이 될 수 있는 걸까? 어떻게 순수 악의 결정체를 낳고, 젖을 물려, 그 자체가 기괴하고 완벽한 브랜드가 되게 키울 수 있었던 것일까?

할머니를 이층 침실로 데려가는 건 너무 힘들었기 때문에, 재즈는 할머니를 그냥 그 자리에 내버려 두기로 했다. 밖에는 여전히 경찰차가 서 있었다. 그 일 역시 또 다른 소문거리가 되어 곧 마을 소식통을 통해 퍼져 나갈 것을 그는 잘 알고 있었다. 경찰이 밖에서 지키고 있어도, 재즈는 현관문과 주방에서 나가는 뒷문, 창문들을 모두 이중으로 확인한 뒤에야 이층으로 올라갔다. 머리가 깨질 듯이 아팠다. 두통 때문에 머리 한쪽이 무거웠다.

그럼에도 불구하고 그는 해야 할 일이 있었다. 이제 주말이 다 됐다. 멜리사의 보고서는 월요일에 제출될 것이고, 재즈는 그 보고서 내용을 반박하는 글을 써야 했다. 그가 이 집에 계속 머물고 싶다면 멜리사의 보고서가 그냥 통과되게 내버려 둘 수 없었다.

컴퓨터 화면에 '바비 조 롱을 기억하라'라는 글귀가 떴다.

"정말 이 집에 있고 싶긴 한 거야?" 재즈가 책상에 털썩 주저앉으며, 혼잣말을 중얼거렸다. 컴퓨터 화면을 똑바로 보는 것이 너무 힘들고 괴로웠다. "보육 기관이 휴양지일 수도 있지. 사만사 고모의 집이 축복일 수도 있고."

그런 식으로 생각하고 싶기도 했지만, 일단 집에서 나가 그런 시설에 한 번 들어가게 되면 다시는 돌아올 길이 없다는 것을 그는 잘 알고 있었다. 재즈는 지난 4년간 할머니가 그를 보살펴 주었을 거라고 생각하는 사회 복지 기관이 정말 어리석다고 생각했다. 실상은 정반대에 가까웠기 때문이다. 그리고 재즈는 사만사 고모의 얼굴을 한 번도 본 적이 없었다. 고모는 그를 보고 싶어 하지 않았다. 어떻게든 18세가 될 때까지 이 집에서 버틸 방법을 찾아야 했다. 그때가 되면 원하는 것은 무엇이든 할 수 있고, 아무도 그를 막지 못할 것이기 때문이다.

'난 원하는 건 무엇이든 할 수 있어.' 예전에 빌리가 전리품들 앞에서 활짝 웃으며 말했었다. 한 손으로는 희생자의 목걸이를 어루만지며, 다른 한 손으로는 재즈의 머리를 쓰다듬고 있었다. '아무도 나를 막지 못해. 난 그들의 신이니까. 내 맘대로 저들의 생사를 결정하지. 이 세상 최고의 느낌이야.'

컴퓨터 자판 위에 올려놓은 재즈의 손가락이 떨렸다. 아무래도 사람들이 그를 데리고 가게 내버려 두어야 할 것 같았다. 아무래도 그게 최선일 것 같았다.

꼭두각시

인상주의자는 TV를 배경 음악처럼 켜 놓은 채, 다음 행동 계획을 검토하고 있었다. 모든 준비는 끝났다. 더 이상 준비할 건 아무것도 없었다. 계획대로 실행하기만 하면 된다.

그때 TV 화면이 그의 시선을 사로잡았다. 꼭두각시 두 개가 들판을 가로지르며 달리는 시늉을 하는 광고였다.

그 순간 그는 생각에 잠겼다. 꼭두각시에 대해.

조종당하는 것에 대해.

인상주의자는 모든 사람들이 뭔가에 조종당한다는 것을 알고 있었다. 배우자에게, 부모에게, 상사에게, 친구에게. 자신의 충동에, 내면의 선한 마음이나 악한 마음에.

모든 사람들은 무언가의 꼭두각시다.

대부분의 사람들이 그 줄을 보지 못할 뿐이다. 그래서 그들은 자신들이 처음부터 꼭두각시였다는 것을 믿지 않는다.

인상주의자는 자기에게 달린 끈을 볼 수 있었다. 그 끈이 얼마나 오래전부터 달려 있었는지도 알고 있었다. 그 끈의 장력을 알고 있었다. 그 끈이 얼마나 느슨한지도.

그는 그 줄을 잡아당기는 것이 누구인지도 알고 있었다.

하지만 그는 의아했다.

자기 끈을 볼 수 있는 꼭두각시에 대해 궁금했다.

그는 알고 싶었다⋯. 꼭두각시가 그 끈을 자를 수 있다면 어떻게 될까?

물리학과 논리학에 따르면 그 꼭두각시는 그대로 쓰러져, 움직이지 못할 거라고 할 것이다.

하지만 그렇게 되지 않는다면?

꼭두각시가 자기 줄을 끊은 뒤, 그 모든 논리를 거부하고 강한 의지로 정말 살아난다면? 스스로 꼭두각시 주인이 된다면?

정말 그렇게 된다면?

인상주의자는 재스퍼 덴트를 끌어들일 생각이 없었다. 그는 그 규칙을 어겼다.

그로서도 어쩔 수 없었다. 인상주의자는 자신이 강력한 의지를 가진 존재가 되어야 한다는 것을 알고 있었지만, 재스퍼 덴트를 만났을 때⋯ 그의 모든 이성적인 부분이 그 아이를 피해야 한다고 외치고 있었다. 하지만 뭔가 좀 더 깊은 원초적인 충동이 그를 이끌며, 덴트와의 충돌을 원하고 있었다.

인상주의자는 궁금했다. '사랑에 빠지는 게 이런 느낌일까? 사람들은 사랑할 때 이런 느낌을 경험하는 걸까?'

그는 덴트의 사진이 나올 때까지 휴대전화기의 화면을 넘겼다. 다른 사람들은 재스퍼 덴트를 어떻게 볼 것인지 궁금했다. 그들은 그 아이를 십대로, 소년으로, 학생으로밖에 보지 않을 것이다. 그들은 자기들 속에 무엇이 걸어 다니고 있는지 정말 모르고 있었다.

'우리가 원하는 것은 무엇이든 할 수 있어. 아무도 우리를 막지 못해.' 인상주의자가 생각했다.

26

망자의 추도식

　다음 날, 학교는 사실상 고요했다. 홈룸 시간이 시작되기 전에 복도를 오고갈 때면 언제나 들리던 시끌벅적한 고함 소리는 들리지 않았다. 그 대신 나지막이 이야기를 주고받는 웅성거림과 가끔씩 흐느끼는 울음소리만 들릴 뿐이었다.

　재즈는 모두를 망연자실하게 만든 지니의 죽음이, 피로 물든 목걸이의 진주 한 알에 불과하다는 것을 알아도 그들이 지금과 같은 감정을 느낄지 궁금했다. 앞으로 이틀 뒤면, I. H.라는 이니셜을 가진 여자가 죽을 것이다. 그녀는 질과 항문 양쪽으로 강간을 당할 것이다. 그런 다음 배수구 용해 세제로 주사를 맞고(앞선 두 명의 희생자들이 그랬던 것처럼), 호텔 욕실에서 낚싯줄과 못에 의지한 채 샤워하는 자세로 발견될 것이다. 인상주의자는 빌리가 예술가로 불리던 시기에 했던 그대로 재현해 낸 뒤, 거기에 더해 자신만의 역겨운 사인으로 여자의 손가락 여섯 개를 잘라 낼 것이다.

홈룸 시간을 시작하는 종이 울리자, 재즈는 공책을 펼쳤다. 글씨로 쓰면 머리로는 알 수 없던 것들을 떠오르기를 바라며 용의자들의 이름과 사건에 관련된 정보들을 적기 시작했다. 하지만 아무것도 떠오르지 않았다. 아무 소용이 없었다. 그가 생각한 용의자는 두 명뿐이었다. 에릭슨과 웨더스. 범인은 그중 한 명일 수도 있고, 둘 다 아닐 수도 있었다. 재즈는 차마 G. 윌리엄의 이름은 쓰고 싶지 않았다. 자신이 보안관을 의심했었다는 것을 떠올리기만 해도 얼굴이 달아오르는 것 같았다.

그는 해리엇 클레인의 아버지인 제프 풀턴도 떠올려 보았지만, 이내 지워 버렸다. 슬픔에 빠진 남자가 극단적인 선택을 한다는 것도 이론상으로는 가능하다. 하지만 보통 슬픔은 그런 식으로 표출되지 않는다. 만일 풀턴이 완전히 미쳤다고 하더라도, 빌리의 범죄를 모방하기보다는 재즈나 빌리를 죽이려고 했을 것이다.

아울러 재즈는 범인이 자기가 아는 사람 중에 있어야 할 이유가 없다는 것을 깨달았다. 범인은 그가 전혀 모르는 인물일 확률이 높았다. 그건 재즈가 정보를 아무리 많이 가지고 있다고 해도, 결론을 내릴 수 없다는 말과 같았다. 새로운 건 없었다.

"학생 여러분. 데이비스 선생님을 위해 묵념합시다." 안내 방송에서 교장의 목소리가 흘러나왔다.

간혹 새어 나오는 작은 흐느낌을 제외하면, 재즈의 반에는 정적이 흘렀다.

이틀 남았다. 이틀 뒤에 또 다른 살인이 일어난다. 인상주의자는 로보스 노드를 마음껏 휘젓고 다니고 있었지만, 그자를 막을 방법이 하나도 떠오르지 않았다. 재즈는 아무도 모르게 책상 밑에서 하위의 휴대전화기로 G. 윌리엄에게 '새로운 소식 없어요???'라는 문자를 보냈지만, 묵념이 끝나고, 수업이 시작할 때까지 보안관의 답신은 없었다.

온종일 답신이 없었다. 재즈는 아무래도 그 작은 기계가 익숙하지 않아 문자가 왔다는 신호음을 듣지 못했을 거라고 생각하고 수시로 전화기를 확인했다. 하지만 그가 아무리 전화기를 두드리고, 찌르고, 툭 치고, 함부로 다뤄도 G. 윌리엄의 문자는 도착하지 않았다.

재즈는 그날 학교에서의 시간을 평소보다 다른 사람들과 어울리지 않고, 심지어 눈도 마주치지 않으며 침묵과 고독 속에서 견뎌 냈다. 이제는 그가 지니가 죽을 때 같이 있었다는 것을 모두가 알고 있었다. 재즈가 예상했던 대로, 사람들은 단편적인 소식들을 통해 추론했고, 밤새 모두에게 퍼져 나갔다. 그들이 모르는 것은 지니의 죽음이 다른 사건들과 연관되어 있다는 것뿐이었다. G. 윌리엄은 여전히 FBI의 VICAP 보고서를 기다리고 있었다. 보안관은 그 보고서를 통해 린드버그에서 있었던 첫 번째 살인 사건이 다른 사건들과 연관되어 있다는 것이 공식화되면, 그때부터 공개수사에 돌입할 생각이었다. 그래서 아직까지 경찰들은 들판에서 발견된 시신과 죽은 웨이트리스, 죽은 교사 사건이 아무 연관이 없는 척하고 있었다.

로보스 노드 같은 작은 마을에서 살인 사건이 너무 많이 일어났다.

의심도 많았다.

재즈는 온종일 사람들로부터 그런 의미심장한 의심의 눈초리를 잔뜩 받았다.

그가 평범한 다른 아이들처럼 될 수 있을 거라고 생각했던 것 자체가 어리석었다. 지난 4년 동안, 재즈는 더 이상 어리석을 수 없을 만큼 바보 같았던 것이다. 처음 빌리가 체포되었을 때는 동정을 받았다. 그 동정심이 사라지고, 이제는 의심만 남게 되었다.

변한 건 없었다. 아무것도 사라지진 않았다. 사람들은 그를 믿지 않았다. 그 사람들이 재즈를 믿지 못한다고 해도 그들을 비난할 수가 없었다. 재즈는 자기가 아닌 다른 누군가였다면 지니를 구할 수 있었을지도 모른다는 것을 알고 있었다. 최소한 그녀의 죽음을 마음 한편에서 즐기는 그런 역겨운 마음을 가지고 있지는 않았을 것이다….

당연한 일이지만, 지니가 죽은 뒤 연극 연습은 중단되었다. 하지만 코니는 수업이 끝나자 에디 비갈로의 집에서 열리는 연극반 모임에 재즈를 끌고 갔다. 그는 아무 말도 없이 방 한쪽 구석에 서 있었다. 그곳에 참석한 사람들 중에 재즈 옆으로 오는 사람은 아무도 없었다.

아무도 말을 꺼내지 못한 채, 한참 동안 침묵이 흘렀다. 많이 울고 있었다. 재즈는 그들과 함께하고 싶었다. 같이 울고 싶었다. 그들을 무섭게 만들지 않고 도움이 될 수 있는 방향으로 지니의 마지막 순간에 대해 말해 주고 싶었다.

"우린 선생님을 기려야 해. 선생님은 우리에게 많은 걸 해 주셨어." 코니가 말했다.

다들 동의했다. 그리고 눈물을 멈추고, 애도와 함께 필사적으로 절박한 의견들을 내놓기 시작했다.

"액자를 만들면 어떨까." 누군가 제안했다. 재즈는 그 말을 듣고 자신도 모르게 움찔했다.

"썰렁해. 그럴 거면 조각상 정도는 만들어야…" 애비게일 역을 맡은 소녀가 비웃으며 말했다.

재즈는 초조해졌다. 액자, 조각상. 전리품들.

"그럼 조각상들을 연작으로 만들면 어떨까. 이를테면 선생님이 대학이나 뭐 다른 데서 연기했던 배역들을 토대로 해서 말이야." 자일스 코레이 역을 맡은 아이가 말했다.

연극반 아이들은 그 의견이 마음에 드는 듯 여기저기서 웅성거리기 시작했다. 그때 누군가의 힘찬 목소리에 그 웅성거림이 멈췄다. "정말로 선생님과의 추억을 기리고 싶어?"

모두들 깜짝 놀라 재즈를 쳐다보았다.

그는 말하고 싶지 않았지만, 도저히 참을 수 없었다. 이제는 모두가 재즈를 쳐다보고 있었기 때문에 말을 계속 이어 나가는 수밖에 없었다.

"있잖아." 재즈는 처음에는 주저했지만, 한 마디씩 내뱉을 때마다 자신감이 생겼다. "정말 선생님과의 추억은 그런… 그런 물건 같은 것으로 기릴 수 있는 게 아니야. 그런 건 인생을 보여 주지 않아. 우리가 가진 어떤 것으로도 다른 사람의 인생을 기억할 수는 없는 거야." 장갑, 아이팟, 운전면허증, 립스틱…. "만일 누군가를 진정으로 기리고 싶다면, 그런 물건을 만드는 걸로는 아무것도 되지 않아. 무조건 행동으로 보여 줘야지."

아이들은 계속 재즈를 쳐다보고 있었다. 이제 모두의 눈에서 놀라움은 사라지고, 호기심이 엿보였다.

재즈는 자신의 생각을 말했다.

해가 지자, 학교 미식축구장에서 촛불 추도식이 시작되었다. 코니는 재즈도 참석해야 한다고 고집을 부렸다. 자기가 구하지 못한 사람의 추도식에 참석한다는 것은 이 세상에서 제일 하고 싶지 않은 일이었다. 그건 잔인하고 위선적으로 느껴졌다.

"모두 나만 쳐다보고 있잖아. 모르겠어?" 재즈가 사람들 틈에 자리를 잡으며 코니에게 속삭였다. 조용한 가운데, 그들 주위로 학교 안에 있던 모든 사람들이 좋은 자리를 차지하기 위해 모여들었다. 아이들만 참석하는 게 아니었다. 마을 주민의 절반 가까운 사람들이 추도식에 참여했다.

"보긴 누가 본다고 그래."

"전부 다."

"그렇다면 사람들이 네가 선생님을 구하려고 했다는 걸 알고 있기 때문이야. 이제는 모두들 네가 선생님을 발견한 걸 알고 있으니까."

"나를 비난하는 거야." 재즈가 말했다.

"아무도 널 비난하지 않아."

'모두 비난해.' 하지만 재즈는 그 말을 입 밖에 내지 않았다.

"네가 낸 의견, 정말 굉장했어. 네가 정말 자랑스러워." 코니가 몸을 바짝 붙여 재즈를 끌어안으며 말했다.

"그대로 하려면 일이 많아. 우리가 정말 그 일을 할 수 있을지부터 알아봐야 할 거야." 재즈가 경고했다.

"우린 할 수 있어. 난 알아, 우리가… 아, 이제 시작하나 보다."

추도식은 학교를 막 졸업한 젊고, 정열적이고, 아이들을 가르치는 일에 관한 온갖 종류의 터무니없는 계획들로 가득했던 지니를 채용하는 일이 얼마나 위험하게 느껴졌는지에 대한 제프리스 교장의 회고로 시작되었다. 교장은 단언했다. 결국 그녀를 고용하지 않았더라면 그게 정말 위험한 일이었을 거라고….

교장은 단조로운 목소리로 말하고 있었다. 재즈는 순간 교장의 저의가 의심스러웠다. 교장은 지니가 얼마나 훌륭했었는지에 대해 이야기하면, 지니의 죽음에 관한 자신의 기분이 나아질 것이라고 생각하는 것일까? 그건 말도 안 된다.

재즈 주위의 모든 사람들이 눈물을 흘리며 소리 내어 울고 있었다. 아이들도, 어른들도 마찬가지였다.

제프리스 교장이 이야기를 하고 싶은 사람이 있으면 앞으로 나오라고 했다. 몇몇 학생들이 마이크 앞에 서서 우물거리며 중얼거렸다. 지니의 대학 친구라는 사람도 나와 몇 마디 했다.

그리고 제프 풀턴이 앞에 나섰다. 재즈는 깜짝 놀랐다.

"죄송합니다. 제가 여러분들의 슬픔을 방해하는 것이 아니었으면 좋겠습니다. 하지만 어렴풋이, 바로 이 때문에 하나님께서 저를 이곳에 보내셨을지도 모른다는 생각이 들었습니다. 몇 년 전, 로보스 노드 출신 남자가 제 딸 해리엇을 죽였습니다." 풀턴은 빌리의 이름을 말하지 않았다. 그럴 필요도 없었다. "그러다 마침 사업차 이 근방에 오게 되자, 전 딸을 죽인 남자가 살았던 이 마을을 직접 봐야겠다는 생각이 들었습니다. 이유는 모르겠어요. 아마 제 스스로 이 일에 매듭을 짓고 싶었기 때문일 겁니다." 그가 무례하게 소리 내어 웃었다. "'매듭'이라. 정말 많이 쓰는 말이죠. 안 그렇습니까? 전 그 때문에 이곳에 왔고, 이미 마음속에서는 끝난 일이라는 것을 깨달았습니다. 제 딸을 죽인 자를 용서할 수는 없지만, 이제는 제 인생에서 그자를 떨쳐 버리기로 했습니다. 이제는 떠나 보낼 겁니다. 그것이 제게 필요한 일이니까요. 정말 그렇게 할 거라고 여러분 앞에서 말씀드리고 싶습니다. 당신, 그리고 당신. 또 당신." 그가 사람들을 가리켰다. "우리 인간들은 서로를 공포에 질리게 만들 수 있는 능력이 있습니다. 하지만 우리는 또한 그런 공포에서 벗어날 수 있는 능력도 가지고 있죠. 아시다시피, 전 데이비스 양을 잘 알지 못합니다. 하지만 여러분의 말씀을 들으면서, 전 그런 생각이 들었습니다…." 그는 잠시 주저했다. 순간 마이크에서 뒤로 물러나는 것처럼 보였다. "데이비스 양이 제 딸 해리엇의 친구가 되어 줄 수도 있겠다는 생각이 말입니다." 풀턴의 얼굴에 눈물이 흘러내리기 시작하면서 목소리가 잠겼다. "어쩌면 이미 하늘나라에서 두 사람은 친구가 되었을지도 모릅니다. 감사합니다. 여러분 모두에게 감사드립니다."

풀턴이 비틀거리며 단에서 내려가자 박수갈채가 쏟아졌다. 손에 들고 있던 촛불에 비친 코니의 뺨도 촉촉하게 젖어 있었다. 그 뒤로 연사들이 나와 버지니아 데이비스의 장점과 미덕을 이야기하는 동안 코니는 계속 재즈의 손을 꼭 붙잡고 있었다. 재즈도 그 분위기에 동조하고 싶었지만, 사람들의 눈물이나 흐느낌을 봐도 아무런 느낌이 없었다. 우는 건 아무 소용이 없다는 것을 너무나 잘 알고 있었기 때문이다. 재즈는 아주 어렸을 때, 그 사실을 알게 되었다….

…일어나라, 일어나. 재스퍼, 내 아들….

그리고 그다음.

'오늘 러스티를 처리할 거다. 네가 거들 필요는 없지만, 지켜보기는 해야 한다.'

러스티는 재즈가 여덟 살이 될 때까지 함께 지낸 친구였다. 연한 캐러멜 색의 코커스패니얼과 리트리버의 잡종이었다. 그들은 뒷마당에서 함께 뛰어놀았으며, 소파에 나란히 앉아 TV를 보는 사이였다. 그러던 어느 날 밤, 재즈는 빌리가 살아 있는 러스티의 껍질을 벗기고, 배를 가르는 광경을 지켜봐야 했다.

돌이켜 생각해 보면, 그는 그 불쌍한 동물이 가차 없는 고통 속에서 그렇게 오랫동안 숨이 붙어 있다는 것에 충격을 받았다. 하지만 그당시에는 자기 개가 고통 속에 죽어 가고 있다는 것밖에 몰랐다. 그상황에서 그는 아무것도 할 수 없었다. 재즈는 울었다. 빌리가 끈질기게 러스티의 목숨을 칼로 난도질하는 동안 계속해서 한참을 울었다.

러스티가 마침내 죽고, 방구석에 번들거리는 내장들과 살 덩어리, 축축하고 미끈한 뼈와 근육 뭉치가 쌓이게 되자, 빌리는 고래고래 소리를 지르며 울어 대는 아들 옆에 무릎을 꿇었다. 빌리는 재즈를 끌어 안으며 속삭였다. "괜찮아, 괜찮다." 그는 재즈가 말을 알아듣고 이해할 수 있을 정도로 진정될 때까지 부드럽고 다정한 목소리로 달래 주었다. "울어도 좋아. 더 울어도 돼. 상관없어."

재즈는 그런 격려가 필요 없는 상태였다. 압력을 받아 쉴 새 없이 물을 뿜어 내는 깊은 우물처럼, 계속해서 눈물을 펑펑 쏟고 있었다. 그는 아버지에게 몸을 기댔다. 그래, 아버지는 살인자고, 고문자였지만, 재즈의 아버지이기도 했다. 생물학적인 본능이 재즈의 마음을 풀어 주었다. 그때 빌리가 말했다. "눈을 감아라." 재즈가 눈을 감았다. 감은 눈에서도 눈물이 계속 흘러내렸다. 그러자 빌리는 재즈를 끌어 안았다. 그리고 재즈의 흐느낌이 잦아들기 시작하자, 빌리가 다정한 목소리로 말했다. "이제 눈을 떠 봐라. 네가 봐야 할 것이 있다." 재즈는 마법이 일어났을지도 모른다는 유치한 생각을 하며 눈을 떴다. 하지만 그의 눈앞에는 여전히 러스티의 잔해가 쌓여 있었다. 그때 빌리가 말했다. 사악한 저의가 깔린 즐거워하는 것 같은 목소리였다. "봤지, 재스퍼? 그렇게 울었지만 달라진 게 있니? 아무것도 없어. 아무것도 없단 말이야."

재즈는 미식축구 경기장을 둘러보았다. 사람들의 시선은 모두 50미터 전방에 임시로 만든 연단을 향해 있었다. 에릭슨 부관조차 이제는 슬픔을 극복했다는 것을 여실히 알 수 있는 제프 풀턴 옆에 서서 추도사를 하는 사람들을 지켜보고 있었다.

단 한 사람만 다른 곳을 쳐다보고 있었다.

재즈는 믿을 수 없었다. 더그 웨더스가 재즈를 쳐다보고 있었다. 그러자 다른 사람들의 시선도 그를 따라 재즈가 있는 쪽을 쳐다보기 시작했다.

맙소사, 저 남자는 안 나타나는 곳이 없다! 저자는 정녕 무서운 것이 없을까? 아무것도?

재즈의 마음속에서 이제까지 경험한 적이 없는 강렬한 분노가 솟구쳤다. 그는 웨더스가 차라리 죽여 달라고 빌게 만들 정도로 무시무시한, 말로 할 수 없는 끔찍한 처벌을 내리고 싶었다. 재즈는 상상의 나래를 마음껏 펼쳤다. 그러자 기분이 나아졌다.

연쇄 살인범들은 종종 자신이 죽인 희생자의 장례식이나 추도식에 참석했다. 빌리도 조심스럽게 변장을 하고, 그런 행사에 가곤 했다. 연쇄 살인범들 중에는 살인을 한 뒤에도 희생자에 대한 소유권을 확인하는 차원에서 그런 자리에 참석하고 싶은 충동을 느끼는 사람이 많았다.

"재즈." 코니가 속삭였다.

재즈는 그녀의 손을 아플 정도로 꼭 움켜쥐었다가, 이내 손의 힘을 빼며 미안하다고 속삭였다. 그런 다음 코니의 손을 완전히 놓고, 신선한 공기를 좀 쐬고 와야겠다는 말도 안 되는 소리를 웅얼거렸다. 그리고 재즈는 사람들 틈을 뚫고 출구로 향했다.

웨더스의 시선이 사람들 틈을 뚫고 지나가는 재즈를 따라왔다. 재즈는 이내 추모객들에게서 벗어나 경기장의 엔드 존(경기장 양 끝에 골라인과 엔드 라인 사이 구역 - 옮긴이)에 도착했다. 이제 미식축구 경기장을 빠져나갈 길도 멀지 않았다.

재즈는 밖으로 나갈 수 없었다. 그 대신 G. 윌리엄과 부관 두 명이 출구로 들어오는 것을 보았다. 보안관은 그 앞에서 재즈와 마주치자 깜짝 놀라 다시 한 번 쳐다보더니, 곧장 재즈를 향해 걸어왔다.

재즈는 주위를 살폈다. 더그 웨더스의 모습은 보이지 않았다. 다행이었다.

"재즈. 문제가 생겼어. 시체가 발견됐다. 예상보다 이틀 빨리 시체가 나왔어." G. 윌리엄이 말했다.

프로파일

피해자의 이름은, 피해자는 한때 이렌느 헬러라 불렸던 여자였다. 재즈는 일단 사람이 죽은 뒤에는 어떤 식으로 불러야 하는 건지 알 수가 없었다. 죽은 뒤에도 이름은 남는 것일까? 재즈는 자신이 예상했던 모습 그대로 샤워기 아래 서 있는 그녀의 시신을 쳐다보았다. 발견된 뒤로 아직 손대지도, 옮기지도 않은 상태였다.

G. 윌리엄이 재즈로서는 볼 필요가 없는 이사벨라 에르만데스의 범죄 현장 사진을 건네 주었다. 샤워실의 타일이 다르다는 것과 피해자가 이사벨라와 이렌느라는 점만 제외하면 재즈의 눈앞에 보이는 현장과 그 사진은 완전히 똑같았다.

"피해자는 호텔 종업원이 아니야." G. 윌리엄이 비참하게 말했다. "호텔 종업원들은 전부 다 확인했어. 이번 피해자는 전업주부야. 아이들이 학교에 다닐 나이가 되자, 남편 수입에 보태려고 낮에 다른 사람 집을 청소해 주는 부업을 하고 있었어."

"하는 일은 똑같네요." 재즈가 중얼거렸다. 그는 이렌느 헬러의 시신이 발견된 것을 아무렇지도 않게 받아들이고 있는 스스로에게 약간 놀랐다. 재즈는 인상주의자가 단서를 남기진 않았는지 자세히 살피기 시작했다. 피해자는 부분적으로 사후 경직이 일어난 상태였다. 그건 그녀가 살해당하고, 그 자세로 남겨진 지 몇 시간 정도 지났다는 뜻이었다.

미식축구 경기장에서 만났을 때, 사건 때문에 마음이 급해진 G. 윌리엄이 재즈에게 현장을 직접 보겠냐고 물었다. "난 무엇이든 할 거야." 보안관은 엔드 존에서 진심을 털어놓았다. "너를 이 일에 끌어들이고 싶진 않지만…. 그래, 네가 정말 도움이 될지 안 될지도 모르는 일이지. 그래도 한번 해 보겠니?"

당연히 재즈는 그 제안을 받아들였다. 그는 하위의 휴대전화로 코니에게 전화를 걸어 급한 일이 생겼다고 말한 뒤, G. 윌리엄을 따라 약간 작은 난평면 주택(1층과 2층 사이에 중간 2층이 있는 집 – 옮긴이)으로 갔다. 집은 낡았지만, 로보스 노드 동쪽의 간선도로에서 약간 떨어진 곳에 위치한 깨끗한 동네에 자리 잡고 있었다. 지금 재즈와 G. 윌리엄은 이렌느 집의 욕실에 서 있었다. 이렌느의 남편이 일을 끝내고 돌아와 시신을 발견한 바로 그곳이었다. 아이러니하게도 아이들은 수업이 끝나자마자 지니 데이비스의 추도식에 참석하러 갔기 때문에 집에 없었다.

"지금 이곳에서의 범행과 아버지가 에르난데스에게 저지른 범행

사이에는 차이점이 없어요. 손가락만 제외하면 말이에요." 재즈가 말했다.

이렌느 헬러의 오른손에는 지니처럼 손가락이 하나도 없었다. 이렌느의 왼손 가운뎃손가락이 욕실 바닥, 배수구 근처에 놓여 있었다.

"성폭행은요?" 재즈가 물었다.

G. 윌리엄이 헛기침을 했다. "검시를 하기 전까지는 확실하진 않아. 하지만 부검의 소견은 당한 것 같다고 하더구나. 정액은 남아 있지 않지만."

"그런 건 남기지 않았을 거예요. 아버지도 항상 조심하셨으니까. 콘돔을 썼죠. 하지만…." 재즈가 쭈그리고 앉아, 범죄 현장을 아래에서 위로 올려다보았다. "확실한 건 아니지만, 범인이 실제로 피해자를 강간하지는 않았을 것 같아요. 자기 것이 아니라… 무슨 말인지 아시겠죠? 그자는 음, 그러니까 자위 기구 같은 걸 사용했을 거예요."

"어째서?"

재즈는 어깨를 으쓱했다. 그는 기분이… 좋았다. 힘이 넘치고 자신감이 솟구치는 것을 느꼈다. 어쩌면 G. 윌리엄이 자신을 필요로 하기 때문에 그런 것일 수도 있지만, 그보다는 자기가 잘하는 일을 하고 있기 때문일 것이다.

"범인은 자신을 인상주의자라고 불러요. 그자는 아버지의 범죄를 모방하고 있죠. 범인은 독창성이 없어요. 자신감과 개성도 없고요. 그자는 자신이 아닌 다른 사람의 흔적을 남기고 있어요. 아버지가 여자들을 강간한 건, 자신의 권위와 지배력을 보여 주기 위해서였어요."

'그리고 재미있기도 하지. 그 점을 잊지 말아라. 너도 언젠간 알게 될 거야.' 빌리의 목소리가 속삭였다.

재즈는 갑자기 온몸을 떨기 시작했다. G. 윌리엄이 깜짝 놀라 재즈의 팔을 잡고 자리에서 일어나게 했다. "얘야, 이리 와라. 어서…."

"아뇨. 아니요. 전 괜찮아요." 재즈는 G. 윌리엄을 밀어내며, 이렌느 헬러 쪽으로 다가갔다. "그자는… 그자는 지배하지 않아요. 지배당하고 있어요. 머릿속에 우리 아버지가 누구에게 무슨 짓을 했는지에 대한 생각만 들어 있죠. 범인의 인격은 거기에 종속되어 있어요. 우리 아버지의 명성과 유산을 숭배하고 있죠. 그자는 아버지에 대한 건 모두 공부한 것이 분명해요. 범인은 어떤 면에서는 자신을 빌리 덴트라고 생각하고 있을지도 몰라요."

보안관이 신음했다. 재즈가 말을 멈추자, G. 윌리엄이 계속하라고 고개를 끄덕였다.

"범인은 아마 발기불능이었을 거예요. 그자는 빌리 덴트와 같은 자극을 받지 못했을 테니까. 말하자면 그렇다고요. 아버지는 강간을 할 수밖에 없었어요. 하지만 강간은 아무나 할 수 있는 게 아니에요. 쉽지 않죠. 범인은… 강간을 하고 싶었을지는 모르지만, 할 수 없었어요. 왜냐하면 그자는 그저 빌리 덴트인 척하고 있는 것뿐이니까. 범인은 누가 자기 머리에 총을 겨누고, 죽이겠다고 위협하더라도 자기가 직접 강간하지는 못했을 거예요. 그러니 뭔가 다른 도구를 이용했을게 분명해요."

G. 윌리엄이 헛기침을 하며, 스마트폰에 그 내용을 기록했다. "그

밖에는?"

재즈가 작은 욕실을 둘러보았다. "범인은 예정을 앞당겼어요. 빌리 덴트가 이사벨라 에르난데스를 죽인 건 이틀 뒤였죠. 인상주의자는 그보다 빨리 움직였어요. 우리가 자신에 대해 알고 있다는 것을 알았을지도 몰라요. 시체가 쌓여 가기 시작하니, 아무래도 번호를 매겨야겠어요." 재즈는 잠시 생각에 잠겼다. "다음에 살인이 일어나면 여섯 번째네요. 그자가 거기서 멈출까요?"

"글쎄, 만일 그자가 손가락에 집착한다면, 아홉 명까지만 죽이겠지. 손가락 한 개는 현장에 남겨 놓아야 할 테니까. 하지만 여섯 명이면 빌리가 예술가로 불리던 시기까지 저질렀던 살인과 숫자가 일치하겠구나." 보안관은 생각에 잠겼다. "빌리가 바뀌기 전까지…."

"그린 잭으로 말이죠." 재즈가 보안관의 말을 받았다.

재즈는 G. 윌리엄을 돌아보았다. 보안관은 완전히 오그라든 것처럼 보였다. 마치 누군가 그의 등에 붙어 있던 손잡이를 잡아당겨, 몸 안에 있던 산소와 생명이 모두 다 빠져나간 것 같았다. 불그스름한 커다란 코를 제외한 나머지 얼굴은 창백했다.

"네가 필요하다면 최종 보고서의 복사본을 주라고 하마." 보안관이 재즈에게 말했다.

"네. 그렇게 해 주세요." 재즈가 딴 생각을 하며 대답했다. 마음 이면에 떠오른 어떤 생각이 의식과 무의식의 경계선을 넘나들며 그를 괴롭히고 있었다. 재즈는 그 생각을 무시하기로 하고, 그 생각을 떨쳐버리려고 해 보았다. 잘 되지 않았다. 그 생각이 점점 더 커져만 갔다.

그가 원하든 원하지 않든. "생각을 좀 해 봐야겠어요." 재즈가 말했다.

그들이 욕실에서 나와 침실로 들어갔을 때 재즈는 귀에 익은 목소리를 들었다. 돌아보니, 에릭슨 부관이 침실 창문의 먼지를 채취하는 법을 과학수사대원 중 한 명에게 교육하고 있었다. 에릭슨은 재즈가 자신을 쳐다보고 있다는 것을 알아차리자 비웃었다.

재즈는 그대로 떠날 수는 없었다. "이봐요, 에릭슨 부관님! 이번에도 범죄 현장을 제일 먼저 발견하셨나 보네요?"

방 안이 조용해졌다. 침실 안에 있던 경찰들이 모두 에릭슨을 돌아보았다. 에릭슨의 얼굴이 벌겋게 달아올랐다. 입을 벌렸지만, 아무 소리도 나오지 않았다.

G. 윌리엄이 재즈의 팔꿈치를 붙잡고, 침실 밖으로 끌고 나갔다. 그제서야 에릭슨의 입에서 터져 나온 고함 소리가 들렸다. "내가 그런 말을 들을 이유가 없…." 그 말이 끝나기 전에 보안관이 침실 문을 닫아버렸다.

"지금 뭐하는 짓이냐? 에릭슨을 의심하는 거야? 이런 식으로 공격하는 이유가 뭐지? 너도 알다시피 오늘 이 현장에 제일 먼저 도착한 사람은 에릭슨이 아니었어. 핸슨이었지." 보안관이 재즈를 붙잡고 흔들면서 물었다.

그렇다. 물론이다. 재즈는 지니의 추도식에서 에릭슨을 두 눈으로 똑똑히 봤다. 이번에는 에릭슨이 범죄 현장에 제일 먼저 도착할 수가 없었다.

재즈는 G. 윌리엄의 열에 들뜬, 따가운 시선을 쳐다보았다. "죄송해요. 제가 너무 피곤해서 그랬어요. 저 사람 때문에 화가 났을 뿐이에요."

"넌 세상 전체에 화가 난 거잖아. 재스퍼 프랜시스."

"제가 저자한테 사과라도 하길 바라시는 거예요?" 재즈는 그 생각만으로도 속이 울렁거리는 것 같았다.

"아니, 됐어. 그 일은 이제 잊자." G. 윌리엄이 재즈를 데리고 현관으로 향했다. "거칠게 대해서 미안하구나."

"괜찮아요."

"처리해야 할 일이 산더미 같아. 그리고 너한테 할 말이 있다…. 재즈, 지금까지는 이 사건을 덮어 두려고 했지만 더 이상은 그럴 수 없을 것 같구나. 내일 아침 콴티코 기지에서 연방수사관들이 올 거야. 그리고 애틀랜타 경찰국에서도 수사 요원을 보내겠다고 했어. 여기에 대책 본부가 세워질 거야. 그래서 오늘 밤, 기자 회견을 하기로 했다. 이미 준비는 끝났어. 내가 가서 말만 하면 돼. 그리고 사람들에게 다음 희생자가 누가 될지 경고해야지."

다음 희생자라…. 나이 26세, 금발 머리. 직업은 비서, 이니셜은 B.Q일 것이다. 다시 배수구 용해 세제로 목숨을 잃게 될 것이고, 성폭행을 당할 것이며, 자세는 주방에서….

"알겠어요." 재즈가 말했다.

"너의 집 앞에는 계속 순찰차를 배치해 놓으마. 너도 알겠지만, 상황이 나빠질 것에 대비해서 말이야."

그 말인즉, 자경단원들이 또다시 반복해서 일어나고 있는 빌리 덴트의 범죄를 빌리 덴트의 자손을 제거함으로서 해결하려고 할 수도 있다는 뜻이었다.

"알았어요."

"기자 회견에 참석하고 싶니?"

재즈는 사람의 피부가 파랗게 변했거나, 이마 한가운데 젖꼭지가 튀어나와 있기라도 한 것처럼 G. 윌리엄을 빤히 쳐다보았다.

"넌 용의 선상에 없다고 말해 줄 수 있어. 네가 우리를 도와주고 있다는 말도 할 수 있단다."

"아니에요. 말씀은 감사하고, 정말 그렇게 하고 싶지만. 하지만…." 스포트라이트. 관심 집중. 이미 재즈는 빌리 때문에 대중의 멸시를 받았던 적이 여러 번 있었다.

"알았다, 재즈. 잘 알았어. 사람들이 흥분하지 않도록 내가 잘 말해 두마."

두 사람은 악수를 나누었다. 재즈는 보안관의 손에서 강인함이 아닌 절망을 느꼈다. 그리고 재즈는 지프에 올라탔다. 혼자 생각을 정리해야 했다.

재즈는 은신처로 향했다.

28

결단

은신처로 가는 길에 라디오를 켜자, 지방 하드 록 라디오 방송국에서 속보가 흘러나왔다. G. 윌리엄의 목소리가 들렸다. 재즈는 보안관이 집무실 앞 계단에 임시로 만든 연단에 올라서서, 별로 더운 날씨도 아닌데 그 특별한 손수건을 꺼내 이마의 땀을 닦고 있을 모습을 떠올릴 수 있었다. 카메라 플래시가 여기저기서 터지고, G. 윌리엄의 발표를 듣고 나면, 참석한 기자들이 웅성거리기 시작할 것이다….

"…최근 로보스 노드에서 벌어진 살인 사건들과 다른 주에서 일어난 살인 사건이 최종적으로는 연관이 있다는 충격적인 소식을 알려드립니다…."

재즈는 아랫입술을 깨물었다. 지금쯤 좀 더 많은 카메라 플래시가 터지고 있을 것이다. 이제 잔뜩 흥분한 기자들의 웅성거림도 점점 더 커질 것이다. 지금 무슨 소리를 하고 있는 거지…?

"…그 범죄 사건들의 범인은 '인상주의자'라는 별명으로 불리는 자로 보여집니다. 인상주의자는 여러 해 전 윌리엄 코넬리우스 덴트가 저질렀던 사건들을 모방하고 있으며…."

바로 그때였다. 시쳇말로 군중이 미쳤다. 카메라 플래시가 연이어 터지기 시작했고, 사방에서 큰 소리로 질문들이 뒤섞인 채 쏟아져 나왔고, 해명을 요구했다. G. 윌리엄은 그 소란의 틈바구니 속에서 자신의 말을 전달하려고 애쓰고 있었다. 앞쪽에 자리 잡고 있던 더그 웨더스는 전국 텔레비전에 나오고 있을 자신의 모습을 떠올리며 기분 좋게 웃고 있을 것이다. 빌리에 관한 일화를 낱낱이 털어놓은 뒤, 어쩌면 수갑을 차고 있던 빌리의 아들과 벌였던 난투극도 살짝 언급할 생각일 것이다.

재즈는 라디오 전원 버튼을 거칠게 눌러 꺼 버렸다. 그렇다. 이건 기정사실이다. 빌리 덴트의 이름을 부르는 것만으로도 먼지 쌓인 낡은 책에 적혀 있는 마법의 주문을 외우는 것처럼 근대 역사상 가장 지독한 연쇄 살인범이 저지른 끔찍한 행각을 떠올리게 된다. 현실 세계에 그 주술의 영향력을 전파하는 건, 언론보도라는 악마와 대중의 관심이다. 그리고 처음부터 평범할 수 없었던 재즈의 인생을 또다시 뒤엎어 놓을 것이다.

재즈는 그 풍파를 또다시 견뎌 낼 수 있을 만큼 자신이 강해질 수 있을지 알 수 없었다.

지프를 몰고 은신처로 통하는 비포장도로를 따라 서 있는 나무 숲

사이로 들어가자, 재즈는 앞쪽에 하위의 작은 강청색 혼다가 서 있는 것을 보았다. 하위가 타고 왔을 리는 없으니, 코니가 온 모양이다. 그 사건 이후로 코니는 하위의 차를 몰고 다녔다.

그는 지프를 주차한 뒤, 숨을 여러 번 깊이 들이마셨다. 이렌느 헬러가 샤워기 밑에서, 균형을 잡기 위해 신중하게 배치된 팔다리가 잘 보이지도 않는 단섬유로 고정되어 있던 모습이 잊히지 않았다. 그녀의 온몸이 범인을 고발하고 있었다.

이제껏 재즈는 험한 장면을 많이 보아 왔다. 인상주의자가 살인범인 건 사실이었지만, 범죄 현장은 세심하게 구성되어 있었고, 깔끔해 보이기까지 했다. 목에 남아 있는 배수구 용해 세제를 주입한 주사바늘 자국. 잘린 손가락. 그 외 다른 폭행의 흔적은 없었다. 고통스러웠겠지만, 빨리 끝났을 것이다. 깨끗하다. 재즈는 만일 연쇄 살인범 중 누군가의 손에 죽어야만 한다면, 인상주의자를 고르는 것도 그리 나쁜 선택은 아니라고 생각했다. 특히 장례식에서 관 뚜껑을 열어 두고 싶다면 말이다.

여전히 이렌느 헬러의 모습이 사라지지 않았다. 그녀는 샤워기 아래 벌거벗은 채로 서 있었다.

'이 일은 네 잘못이 아니야.' G. 윌리엄이 말했다. 순간 재즈는 그 말을 믿었다.

하지만 그건 사실이 아니다. 만일 재즈가 좀 더 똑똑했거나, 통찰력이 뛰어났다면⋯ 조금만 더 뛰어났다면 이렌느 헬러는 죽지 않았을지도 모른다. 그리고 그녀의 남편이 두 아이에게 이렇게 말하는 일도 없었을 것이다. 너희들이 선생님의 추모식에 가 있는 동안 무슨 일이 있었는지 아니? 재미있는 일이란다. 뭘까? 엄마가 그 선생님과 똑같은 일을 당했단다.

재즈는 천천히 지프에서 내려 은신처로 향했다. "안녕, 자기야. 나 왔어!" 그가 짐짓 활기찬 척 말했다.

코니는 긴 다리를 깔고 빈백 의자에 앉아 있었다. 빛이라고는 창문에 붙인 젖빛 플라스틱 사이로 새어들어 오는 것뿐이었다. 거의 컴컴하다시피 한 실내에서, 코니는 호두나무로 새긴 조각상처럼 보였다.

그녀가 팔짱을 낀 채, 재즈를 쳐다보았다. "어떻게 된 건지 나한테 말해 봐."

재즈의 미소에는 흔들림이 없었다. "뭘 말이야? 이야기할 건 아무것도 없는데. 그보다 하위의 상태가 갑자기 안 좋아지면, 그 부모님이 네가 저 차를 계속 쓰게 해 줄 거라고 생각해?"

그의 잔인한 농담에 코니가 고개를 푹 떨어뜨렸다. "어째서 그런 말을 하는 거야?"

"그냥 생각나서 해 본 말이야." 재즈가 가볍게 대꾸했다.

코니는 의자에서 벌떡 일어나더니, 재즈가 피할 새도 없이 뺨을 때렸다. 두 사람은 서로를 노려보았다.

"미안해." 재즈가 코니를 끌어안으며, 중얼거렸다. 그는 코니의 이마에 키스한 뒤, 그녀를 끌어안았다.

"내가 바보 같았어." 그가 속삭였다.

"아냐. 넌 바보가 아니야." 그녀가 말했다. 그의 가슴에 얼굴을 묻고 있어서 목소리가 뚜렷하지 않았다.

"맞아. 난 바보야."

"아냐. 넌…." 그녀가 재즈의 품에서 벗어나며 말했다. "넌 바보가 아니야." 코니가 속삭였다. 하지만 그녀의 표정은 다른 말을 하고 있었다. "넌 바보가 아니야." 코니가 다시 말했다. 이번에는 가슴에 팔짱을 끼고, 방어하는 자세로 섰다. "그래서 너는 지금 바보처럼 행동하는 거야. 넌 나를 빌리처럼 대하고 있어!"

"코니…."

"그래. 바로 그거야! 넌 날 속이고 있어! 네 시덥잖은 농담에 발끈해서 오늘 밤 있었던 일에 대해 잊어버리고 있었잖아. 이런 젠장!"

"미안해."

재즈가 그녀에게 다가갔지만, 코니가 물러섰다. "네가 나를 이런 식으로 쫓아내려고 한다니 정말 믿을 수가 없어. 난 추도식에서 먼저 빠져나와서 여기 앉아 네가 오기만을 기다렸단 말이야. 그 여자가 죽었다는 사실에 네가 당황했을 거라는 걸 알고 있었으니까. 그래서 난 여기서 너를 기다렸어. 그런데 넌 나를… 마치 나를… 네 아버지가 어떻게 불렀다고 했지? …맞다, 먹잇감처럼 대하고 있잖아. 넌 나한테 빌리처럼 굴었어. 나한테!"

"그럴 생각은 없었어. 그저 반사적인 행동이었을 뿐이야." 재즈가 말했다.

"난 너를 생각해서 여기 오고 싶었던 것뿐이야. 어째서 나한테 이렇게 적대적으로 구는 거야?" 코니가 물었다.

"알았어." 그가 다시 팔을 벌렸다. 그러자 코니가 품에 안겼다. 그녀의 느낌이 좋았다. 코니의 온기, 심장 박동이 느껴지자, 재즈는 그녀를 좀 더 힘껏 끌어안았다. "알고 있어." 그가 말했다. 그리고 코니의 정수리에 키스했다. 머리카락이 헝클어지지 않도록 여러 가닥으로 땋아 내린 머리카락 사이에 조심스럽게 키스했다. "난 너한테 아버지처럼 굴고 싶지는 않아." 그가 말했다. 그러자 코니도 힘껏 그를 끌어안았다.

두 사람은 끌어안은 채, 빈백 의자에 나란히 앉아 있었다. 코니가 가끔씩 몸을 떨었다. 재즈는 힘을 주어 코니를 끌어안으며, 귓가에 부드럽게 속삭였다. "내가 널 따뜻하게 해 줄 수 있는데."

그녀가 몸을 비틀어 빠져나가며 재즈를 노려보았다. "시도는 좋았어. 말만 번지르르한 인간 같으니라고. 하지만 이 다리를 벌리는 일은 절대 없을 거야." 마치 그 말을 강조하듯이, 코니는 옆으로 비껴 앉으며 양쪽 발목을 포갰다.

재즈는 코니를 설득할 자신이 있었다. 코니를 만나기 전에는 그의 침대로 들어오려고 달콤한 말을 하며 위험할 정도로 접근하는 여자들이 있었다. 대부분 재즈보다 나이가 많은 여자들이었다. 예를 들면 라나도 그랬다. 그녀를 가질 수도 있었다. 다른 십대 소년들이었다면 절대로 그냥 넘어가지 않았을 것이다.

하지만 재즈는 보통 십대 소년이 아니었다. 빌리 텐트 밑에서 성장한 재즈는 보통 십대들이 가지지 못한 이점을 가지고 있었다. 소시오패스는 어떤 감정이든 상대방이 완벽하게 믿을 수 있게끔 거짓으로 표현할 수 있는 능력을 가지고 있었다. 그래서인지 재즈는 항상 결정적인 순간에 물러나곤 했다. 그러던 어느 날, 그는 그 이유를 갑자기 깨달았다. 재즈가 그렇게 물러나는 이유는 자기 보호 본능 때문이었다. 그는 섹스가 공포로 이어질 수도 있다는 것을 알고 있었다. 그렇기 때문에 모험을 할 수가 없었다. 그 사실을 깨달은 뒤부터, 재즈는 더욱 조심했다. 그 역시 다른 아이들과 마찬가지로 어떻게든 동정을 떼고 싶었다. 하지만 그와 동시에 다른 아이들과 달리 동정을 떼는 것이 무섭기도 했다.

코니는 안전했다. 코니와 함께 있으면 모든 것이 달랐다. 그는 그녀와 있을 때면 어떤 두려움도 느끼지 않았다. 두 사람이 함께 있을 때는 빌리의 그림자를 느낄 수 없었기 때문이다. 왜냐하면….

재즈는 그 이유를 알고 있었다. 그는 그 사실을 인정하는 것이 불편했다. 하지만 그건 코니 역시 마찬가지였을 수도 있다. 어쩌면 재즈가 코니에게 다리를 벌리라고 말하지 못하는 것은 섹스에 대한 두려움 때문만이 아니라, 말로는 하지 못할 의심 때문인지도 모른다. 그런 말을 한 적은 없지만, 코니는 재즈를 사랑하고 있었다. 그리고 재즈는 그녀의 순결을 앗아 간다는 것을 생각만 해도 견딜 수가 없었다.

아니면 그보다 훨씬 단순한 이유로 그가 코니를 사랑하기 때문인 것일까?

재즈는 확신할 수 없었다. 그는 아무리 원한다고 해도, 그녀가 하고 싶지 않은 일을 하자고 말하고 싶지 않았다.

재즈는 소리 내어 웃었다. 적어도 이런 점에서만큼은 평범한 십대 소년이었다. 코니 옆에 있는 남자라면 누구나 청바지를 벗어던지고 싶을 것이다.

"뭐가 그렇게 웃겨?" 그녀가 물었다.

"아무것도 아니야."

"말해 보라니까."

재즈는 오두막 안에서 날씨가 추워졌을 때를 대비해 가져다 놓은 담요를 찾았다. "정말 아무것도 아니라니까."

코니는 재즈와 함께 담요를 덮고 말했다. "그럼 그 여자에 대해 말해 봐."

재즈가 한숨을 내쉬었다. "이름은 이렌느 헬러야…." 그는 자기가 알고 있는 모든 내용을 코니에게 말했다. 그 집에서 G. 윌리엄에게 들었던 내용과 인상주의자가 남긴 현장을 보고 자신이 직접 알아낸 사실까지 모두 말했다.

코니는 목을 쭉 내밀어 재즈의 턱에 키스했다. "자책하지 마. 네가 미리 알아낼 수 있었던 일이 아니야."

"내가 좀 더 잘 했어야 했어. 좀 더 범위를 줄여 줬어야 했어. G. 윌리엄 보안관에게 말해서 미리 언론에 공개를…."

"차라리 뭔가 도움이 될 만한 일을 해. 이제 투덜거리는 건 그만하고, 범인을 밝혀내는 거야. 만일 네가 범인을 알아내지 못한다 해도, 그건 네 잘못이 아니야. 아무도 너한테 로보스 노드의 그랜드 푸바(젠체하는 인물, 고위 관직에 있는 사람을 의미함. 길버트와 설리반의 오페라 '미카도'에 나오는 등장인물 – 옮긴이)가 되라고 한 적 없어."

재즈는 코니가 그의 목에 키스하게 내버려 두었다. 그녀의 입술은 부드럽고, 느낌이 좋았다. 그는 눈을 감았다. 그러자 이렌느 헬러뿐만 아니라, 아버지의 희생자들의 얼굴이 모두 나타났다. 그들 모두 재즈를 비난하고 있었다. '어째서 우리를 구해 주지 않았지, 재즈? 네 아빠가 무슨 짓을 하는지 알고 있었잖아. 어째서 우리를 구해 주지 않은 거야?'

"논리적으로 생각해 보자. 누가 범인일까? 염두에 두고 있는 사람 있어?" 잠시 뒤, 코니가 물었다.

재즈는 공책에 적었던 이름을 떠올려 보았다. "몇 명 안 돼. 그리고 그중 아무도 확실하지 않아. 아직은. 가장 큰 문제는…." 재즈는 잠시 주저했다. "정말 걱정되는 건, 범인을 내가 알고 있는 사람들 중에서만 생각하고 있다는 거야. 내가 알고 있는 사람이나 만난 적이 있는 사람 가운데서만 범인이 있다는 건 상식적으로 말이 안 되잖아. 로보스 노드 같이 작은 마을에서도 내가 모르는 사람이 수두룩한데 말이야. 그리고 이 마을을 지나가는 사람들도 많잖아. 누구나 범인이 될 수 있어.

"내가 좀 더 잘 했어야 했는데." 이미 머릿속이 끔찍한 생각으로 가득해진 재즈가 말했다. 그는 그 생각을 입 밖으로 꺼내지 않으려고 애를 썼다. "내가 그자를 막았어야…."

"재즈." 코니가 그를 끌어당기며, 몸을 돌렸다. 그 결과 두 사람은 서로의 얼굴을 마주 보게 되었다. "그만해. 네 잘못이 아니야. 네가 그 여자를 죽인 건 아니야. 넌 지니 선생님을 죽이지 않았어."

"내가 좀 더 잘 했어야 했어."

"그건…."

"아니. 아니. 내 말 좀 들어 봐. 만일 내가 그 범죄를 막을 수 있었는데 막지 않았다면, 그때는 그 여자를 내가 죽인 거나 마찬가지잖아. 그렇지? 안 그래?"

"하지만 넌 막을 수 없었어. 넌…."

재즈는 천장을 올려다보았다. "내가 막을 수 있었다면? 만일 내가 좀 더 뭔가를 할 수 있었는데, 내 안에 들어 있는, 내 마음 깊은 곳에 들어 있던 아버지에게 물려받은 사악한 마음이 못하게 한 거라면? 내가 그냥 그 여자를 죽게 내버려 둔 거라면 어떡하지?"

코니가 재즈의 팔을 주물러 주었다. 그를 달래 주기 위해 어깨를 세게 주무른 다음, 손목으로 내려오며 문지르고 다시 어깨 쪽으로 올라갔다. "그렇지 않아. 네가 그랬잖아. 아무나 죽이는 게 아니라고 말이야. 연쇄 살인범들은 선호하는 타입이 있다고 했잖아. 안 그래?"

재즈는 움찔했다. 그는 그런 특별한 주제로 나아가고 싶지 않았다. 사실은 그랬다. 연쇄 살인범들은 보통 특정한 타입의 희생자들을 죽이고 싶어 한다. 다만 빌리의 경우에는 선호하는 희생자들의 범위가 너무 넓어서 좀처럼 추적하기가 어려웠다. 빌리는 여자라면 모두 선호했지만, 단 하나 확실한 예외가 있었다. 그에게 희생된 여자들 중에 아프리카계 미국인은 한 명도 없었다.

재즈는 코니를, 그녀의 매끄러운 피부를 쳐다보았다. 그는 그녀에게 지금 자기가 느끼는 감정을 말할 수 없었다. 재즈가 처음 코니에게 반한 것도, 빌리가 죽이고 싶어 하지 않을 것이 확실한 몇 안 되는 여자들 중 한 명이었기 때문이다.

그래서 재즈는 코니에게 빠졌고, 그녀만은 안전하다고 말할 수 있었던 것이다.

"연쇄 살인범들은 선호하는 타입이 있어. 하지만 아버지는 그런 규칙 중 많은 것을 어겼지. 그리고 아버지는…." 결국 재즈는 대답할 수밖에 없었다. 그러다 그는 TV에서 봤던 신케스키 박사를 떠올렸다. 갑자기 신케스키 박사가 한심하고 우스꽝스럽게 여겨지지 않았다. "만일 내가 새로운 타입의 연쇄 살인범이라면? 아버지는 항상 내가 뭔가 새로운 부류의 사람이 됐으면 좋겠다고 말씀하셨어. 뭔가 특별한 존재가 되라고 말이야."

"그런 말 하지 마. 네가 어떤 사람이 되길 아버지가 원하시든, 넌 그 이상이 될 테니까. 넌 너야. 네 아버지 마음대로 너를 조종할 수는 없어."

재즈는 코니의 말이 사실이기를 바랐다. 코니는 영리하고, 감정이입도 잘했지만, 그녀가 아무리 뛰어나다고 해도 빌리 덴트의 아들로 자란다는 것이 어떤 것인지 이해하지 못할 것이다. 빌리는 실제로 사람들을 조종하는 초능력을 가진 건 아니었지만, 정말 그런 능력을 가지고 있는 것처럼 보였다. 희생자들이 보기에 빌리는 매력적이었고, 무엇이든 도와줄 것처럼 보이는 동정심과 인정이 많던 사람이 갑자기 악마로 변한 것처럼 보였을 것이다. 빌리는 달콤함으로 먹잇감을 유혹한 다음 꿀꺽 삼켜 버리는 식충 식물이었다.

그리고 그의 아들에게는….

빌리는 아들에게는 신이었다. 전쟁의 신과 사랑의 신, 그 둘이 뒤섞여 있는 기분 나쁜 잡종 신이었다. 빌리 덴트는 따뜻한 사랑과 완력을 번갈아 가며 보여 주었고, 그다음에는 그 두 가지를 섞었다. 그리고 재즈에게 피투성이가 된 범죄 현장의 뒷정리를 시킬 때는 자연스럽게 아버지로서의 사랑을 표출했다. 아버지가 필요하다고 생각했기 때문에 재즈에게 러스티가 죽어 가는 모습을 보여 준 것이다.

'닭고기를 자르는 것과 똑같아.'

하지만 꿈에 나타나는 일은 러스티에게 한 것이 아니었다. 재즈는 꿈속에서 사람을 베었다. 인간의 살 덩어리. 사람의 피. 빌리의 명령에 따른 것이다. 그럼에도 재즈는 아버지를 사랑했다. 어찌된 일인지 모르겠지만.

어쨌든 아들이 아버지를 존경하는 건 자연스러운 일이었다. 그리고 그 아버지가 자식에게 사회 규범 같은 건 지킬 필요 없고, 다른 사람들은 모두 사물이나 먹잇감과 마찬가지이며, 이 세상은 다름 아닌 그들 두 사람만을 위해 만들어졌다고 가르치는 카리스마 넘치는 용과 같은 인물일 때는 더 그랬다….

그건 자식을 지배하는 최악의 방법이었다. 빌리가 체포되기 직전, 재즈는 그 지배에서 간신히 벗어나려 하고 있었다. 비록 그의 성장과정에서 그런 반항은 아무 소용이 없었지만, 이 세상의 법이 중요하지 않다는 빌리의 말은 거짓이라는 것을 알게 되었기 때문이다. 그리고 그제서야 재즈는 천천히, 너무나도 천천히 아버지가 신이 아니라 악마라는 사실을 깨달았다.

"아버지가 현재의 나를 만드셨어. 착한 사람이든 나쁜 사람이든 마찬가지야. 너도 그걸 부정할 수는 없을 거야, 코니."

"우리 부모님 역시 지금의 나를 만들어 주셨어. 그게 어떻다는 건데? 우리는 부모에게 영향을 받기도 하지만, 우리를 둘러싸고 있는 이 세상의 영향을 받기도 해. 우리를 둘러싸고 있는 사람들의 영향도 받게 되고. 그러다가 결국 우리는 우리 자신이 되는 거야." 코니가 팔꿈치에 기대며, 그를 올려다보았다. 코니의 땋은 머리가 달랑거렸다. "아들이 아버지와 똑같아지는 건 아니야. 착한 사람이든 나쁜 사람이든. 그리고 아들에게는 두 번째 기회가 있어. 네가 네 아빠처럼 되는 일은 없을 거야." 코니는 한참 동안 재즈의 눈을 들여다보았다. 재즈는 어쩐지 자기 눈빛 때문에 그녀가 최면에 걸린 것 같다는 생각이 들었다. "넌 아버지의 눈이 싫다고 말했지. 얼음처럼 차가운 푸른색 눈이라면서. 네 할머니의 눈동자도 똑같은 색이라고 했어. 하지만 네 눈은 그런 푸른색이 아니야. 넌 네 아버지와 다른 눈을 가지고 있어. 그러니까 넌 아버지와 똑같은 삶을 살지는 않을 거야." 순간 그의 품에 안겨 있던 코니의 몸이 갑자기 굳어졌다. "저 소리 들었어?"

"무슨 소리?"

"무슨 소리가 들려. 밖에 누가 있는 것 같아." 그녀가 경계했다.

"너구리야. 항상 먹을 게 없는지 밖에서 돌아다니니까."

"확실해?"

"내가 저 커다랗고 못된 너구리 녀석에게서 너를 지켜 줄게." 재즈가 말했다.

코니가 키득거리며 웃더니, 그에게 기댔다. "정말이지?"

"그럼. 나한테서도 지켜 줄 거야."

"너한테서까지 지켜 줄 필요는 없어." 코니가 킬킬거리며 웃었다.

"그런 말 하지 마."

재즈는 갈비뼈까지 욱신거렸다. "난 네가 무섭지 않아. 너를 잘 아니까."

"네가 다치는 건 원하지 않아." 재즈가 속삭였다.

"네가 그럴 리 없어."

"그건 너도 모르는 거야. 알 수 없어."

"알아."

'우리가 하나가 되면.' 재즈는 눈을 꼭 감았다. 그는 머릿속에 떠오른 것을 말하고 싶지 않았다. 하지만 멈출 수가 없었다. 재즈는 코니에게 의무가 있었다. 그는 그녀에게 정직해야 했다.

"내가 너를 죽일 수도 있다는 거 알지?" 그가 조용히 말했다. 재즈의 목소리는 신중하고 차분했다. "지금 당장이라도 그럴 수 있어. 그리고 넌 어떻게 해도 나를 막지 못해. 비록 내가 이렇게 말을 한다 해도 말이야."

코니는 계속 그와 맞섰다. "넌 그렇게 못할 거야."

결국 재즈가 폭발했다. "네가 그걸 어떻게 알아?" 그가 코니를 밀어냈다. "어떻게? 말해 봐! 젠장!" 어디선가 눈물이 솟구치며 뺨 위로 흘러내리기 시작하자, 재즈는 깜짝 놀랐다. 어째서 눈물이 흐르는 건지 알지 못했지만 그런 건 상관없었다. 손바닥으로 눈물을 닦아 내자, 갑자기 눈물이 살을 뜨겁게 짓눌렀다. "왜 도망가지 않는 거야? 어째서 무서워하지 않는 거지? 코니, 네가 그걸 어떻게 알아?" 그가 속삭였다. "내가 너를 죽이지 않을지 나 자신도 모르겠는데. 네가 어떻게 안다고 말할 수 있는 거지?"

재즈는 온몸에서 힘이 다 빠지면서, 그대로 코니에게 쓰러졌다. 그녀는 주저하지 않고 바로 그의 어깨를 감싸 안으며 그를 부축해 주었다. 재즈는 그녀의 가슴에 머리를 묻은 채, 온몸을 떨며 흐느끼기 시작했다.

"난 알아. 왜냐하면…."

"그만둬!" 순간 재즈가 코니의 품에서 황급히 벗어나면서 소리쳤다. "그만하란 말이야, 코니! 그런 허튼소리에 더 이상 속지 않아! 난 너를 도와주려는 거야!" 그는 은신처 안을 맴돌기 시작했다. 분노와 공포에 온몸을 떨면서, 말을 쏟아 내고 있었다. 마치 흔들리는 땅 위에서 뛰고 있는 사람처럼 발음이 정확하지 않았다. "우린 이렇게 할거야. 널 속여서 유인한 다음, 네 동정심과 감성에 매달리는 거지. 만일 네가 운이 좋다면, 미처 알아차리기 전에 죽어 있을 거야. 그런 다음 우리는… 우린…."

재즈는 말을 끝마칠 수 없었다. 그는 어둠 속에서 멈춰 서 가쁜 숨을 몰아쉬며, 벽 앞에서 담요를 뒤집어쓴 채 웅크리고 있는 그녀를 쳐다보았다. 그러자 외계인이라도 나타난 것처럼 이 꽉 막혀 있는 은신처가 갑자기 환해졌다. 이곳은 현대 문명에 속하지 않는 곳이라, 재즈는 여기서 오직 고대의 충동과 성서의 분노, 중세의 고통만을 이야기할 수 있었다. 더불어 인간 본연의 타고난 야만성에 대해서도.

코니는 일어날 것이다. 이곳을 떠날 것이다. 심지어 차에 타기도 전에 휴대전화로 G. 윌리엄에게 전화를 걸 것이다. 재즈의 온 신경이, 그가 가지고 있는 소시오패스의 능력을 몽땅 다 발휘해 코니를 속이고 달래서 이곳을 떠나지 못하게 만들라고 외치고 있었다. 그녀가 일단 여기서 나가면 재즈가 했던 말을 G. 윌리엄에게 전할 것이고, 그렇게 되면 모든 것이 끝이기 때문이다. G. 윌리엄은 인상주의자 사건에 더 이상 재즈의 도움을 받으려고 하지 않을 것이고, 인상주의자는 계속 살인을 저지를 것이다. 재즈는 결국 어딘가 시설에 보내질 것이고, 정신병자들을 가두는 방 안에서 자기 영혼의 마지막 조각을 찾게 될 것이다.

하지만 그의 마음 한편에서는….

그의 마음 한편에서는 코니가 떠나기를 바라고 있었다. 자신에게서 도망가기를 바라고 있었다.

그리고 그 순간 재즈는 자기가 코니를 사랑하고 있다는 것을 깨달았다. 자기 자신보다 다른 사람이 더 중요하다는 생각이 든 건 이번이 처음이었다.

코니가 일어났다.

그녀는 그를 노려보았다.

"마음대로 해." 코니가 조용하지만, 무서우리만치 자신만만한 목소리로 말했다. "정말 지겹다." 그녀는 목소리에 마찰이라도 생긴 것처럼 절박함과 열기를 담아 말을 이었다. "그렇게 그 지긋지긋하고, 끝없는 연민 속에 너 자신을 던져 봐. 난 널 사랑해. 이 바보야. 난 이제까지 널 이해하고 지지해 주려고 노력했어. 하지만 넌 내가 널 하나도 이해하지 못한다는 것처럼 굴었지. 계속해서 나를 겁주거나, 밀어내려 하고 있어."

"코니⋯."

"입 다물어! 내 차례니까. 네가 내 입을 막고 싶다면, 날 죽여야 할 거야. 네가 아까부터 떠들던 대로 말이야. 다시 한 번 말할게. 마음대로 해 봐. 더 이상 위협만 하지 말고, 끙끙대지 말고, 뭐든 해 보란 말이야. 대신 네가 못할 것 같으면, 그때는 그냥 입 다물고 내가 너를 돕게 내버려 둬. 그렇게 할 수 없다면 그땐 네 미친 아빠가 이긴 거고, 우리 미친 아빠가 바라는 대로 나 역시 백인과 사귀는 걸 그만둬야겠지. 하지만 어느 쪽이든 네가 헛소리를 하고 있다는 것만은 알아 둬. 그리고 이제 나한테 그 헛소리 좀 그만해!"

재즈는 그녀를 쳐다보았다. 코니는 무슨 생각으로 저렇게 말하는 것일까? 그녀는 무엇을 자극하고 있는 걸까? "난⋯."

"그만!" 코니가 손을 들어 재즈의 말을 가로막았다. "일단 잘 생각해 봐, 재즈. 지금 무슨 말을 하려는 거야? 만일 네가 '난 너한테 너무 위험해' 같은 헛소리를 할 거면, 난 전부 포기하고 죽어 버릴지도 몰라. 그럼 넌 어떻게 할 거야?"

재즈는 허공에다 손을 휘저었다. 간절히 뭔가를, 누군가를 후려갈기고 싶었고, 고통을 느끼고 싶었다. 하지만 지금 그의 앞에는 코니밖에 없었다. 그리고 그동안 그의 마음의 일부, 가장 커다란 그 부분이 자기가 그녀에게 정확하게 무슨 짓을 할 것인지, 정확히 어떻게 할 것인지를 알고 있었다. 그리고 다른 부분(작지만 아주 강력한 마음)이 그런 그의 마음과, 내면에 숨 쉬고 있는 아버지의 목소리와 싸우고 있었다.

재즈는 분노와 좌절감에 괴성을 지르면서, 코니를 밀치고 밖으로 뛰어나가 공터 끝까지 달렸다. 그리고 떨어진 나뭇잎과 흩어진 잔디밭 위에 무릎을 꿇었다. 마음속에서 코니와 인상주의자의 희생자들의 모습이 뒤섞인 채로 빙글빙글 돌고 있었다. 들판에 쓰러져 있는 코니, 헬러의 샤워기 아래 서 있는 코니, 원래 하얀색이었던 지니의 융단 위에 쓰러져 있는 코니, 재즈는 피를 흘리며, 생명의 빛이 빠져나가고 있는 그녀 옆에 무릎을 꿇고 앉아 있었다. 이번만큼은 그가 그녀의 마지막 숨결을 빼앗고, 그녀의 영혼을 삼켜 버렸다.

'지금 내가 무슨 짓을 하고 있는 거지? 그게 내가 해야 할 일인가? 아니면 코니가 말한 대로일까? 이 모든 것이 그저 연극에 불과한 걸까? 그렇다면 나는 무슨 말을 해야 하는 거지? 어떻게 이해해야 하는 걸까?'

재즈는 마음속에 떠오른 영상들이 흩어질 때까지 차가운 바닥 위에 계속 무릎을 꿇고 앉아 있었다. 그때 은신처의 문이 열리는 소리가 들렸고, 마른 나뭇잎을 밟고 지나가는 코니의 발소리가 들렸다.

그는 코니가 다가와 그의 어깨를 쓰다듬어 주기를 기다렸다. 그녀가 쓰는 달콤한 샴푸 냄새도 맡고 싶었다.

그래서 기다렸다.

그때 하위의 차에 시동이 걸리는 소리가 들렸다.

그래. 그는 고개를 푹 숙였다. 이런 대접을 받는 것이 당연했다.

재즈는 그 자세로 한참 동안 가만히 있었다. 영원히 이렇게 있을 수도 있겠다는 생각이 들었다.

갑자기 이렌느 헬러의 모습이 떠오르지 않았다면.

인상주의자는 그녀의 눈꺼풀을 감겨 놓았다. 마치 샴푸가 그녀의 눈에 들어갈까 걱정된다는 듯이.

하지만 재즈는 그 눈꺼풀 아래 무엇이 있는지 알고 있었다. 그는 죽은 사람의 멍한 눈빛을 알고 있었다.

아버지가 죽인 희생자들의 눈을 보았다. 피오나 구들링의 눈도 보았다.

그리고 지니 데이비스의 눈도 보았다.

그건 결코 잊지 못할 일이었다.

오늘 밤 이렌느 헬러를 지키는 사람은 없을 것이다.

아무도 이렌느를 지키지 않을 것이다. 어딘가에서 누군가는 그녀를 아무도 지키지 않았으면 좋겠다고 생각할 것이다.

코니의 말이 맞았다. 이건 재즈나, 재즈의 문제나, 과거에 관한 것이 아니다. 이렌느와 피오나와 칼라, 그리고 불쌍한, 너무나도 불쌍한 지니 선생님에 관한 일이었다. 재즈는 그들의 복수를 하기 위해 무엇이든 해야만 했다.

그리고 이제 그가 할 수 있는 일은 단 한 가지였다.

재즈는 자리에서 일어나 밤하늘을 올려다보았다. 숨을 깊이 들이마신 다음, 친친히 내뱉었다.

그런 다음 밤하늘과 자기 자신에게 큰소리로 외쳤다. 실천하겠다는 다짐이었다.

"아버지를 만나야겠어."

29

광대의 서커스

코니는 밤에도, 다음 날 아침에도 전화하지 않았다. 재즈 역시 코니가 정말로 전화를 걸어 줄 거라고는 기대하지 않았다. 정말 코니에게 전화하고 싶었지만, 매번 손이 전화기 위를 맴돌다가 번번이 수화기를 다시 내려놓곤 했다. 그녀에게 무슨 말을 한단 말인가?

할머니는 사유지에 인접한 도로 경계면 진입로 앞에 기자들이 몰려 있는 것을 보고 화를 내며 소리소리 질러 댔다. 할머니는 그 사람들을 기자라고 생각하지 않았다. 그들은 적군의 군인으로 집을 약탈하고, 불태운 다음 차세대 군인들을 낳게 하기 위해 할머니를 강간할 거라고 굳게 믿었다. 그 무리 가운데 눈에 띄는 흑인이나 라틴 아메리카계 기자들 몇 명의 모습이 할머니의 공포심을 더욱 자극했다.

이런 할머니의 모습을 본다면, 멜리사 후버는 자기가 보고서에 쓴 내용을 눈으로 확인할 수 있을 것이었다.

"저 기자들을 상대하느니, 차라리 약탈당하는 편이 낫겠다." 재즈가 커튼 사이로 기자들을 지켜보며 중얼거렸다. 그는 언론이 자기의 생활을 구경거리로 만드는 것에 분노했다. "적어도 그건 빨리 끝나기라도 하지."

"저들이 몰려온다! 와, 저들이 몰려와!" 할머니가 주방 바닥을 기어가, 한 손에 길고 날카로운 바비큐용 포크를 집어 들었다. 할머니의 눈이 날카롭게 빛났다. 순간 그 모습에서 아버지의 모습을 떠올리지 않았다면, 재즈는 아마 웃음을 터트렸을 것이다.

"지금쯤이면 저들도 지칠 때가 됐는데." 재즈가 말했다.

예상했던 대로, 더그 웨더스는 그 무리의 맨 앞에 버티고 있었다. 그는 제일 먼저 이곳에 도착했다. 실제로 타이난 산마루에서 온 TV 보도 기자보다 30분 먼저 도착했다. 이제는 모든 사람들이 이 집에 집중하고 있었다. 하지만 재즈는 머지않아 그들이 기다리는 것에 지칠 것이라는 사실을 알고 있었다. 그러면 언론들은 아무 내용도 없이 그 주제에 관해 서로 인터뷰를 하는 말도 안 되는 짓을 하기 시작할 것이다. 그때 웨더스는 자신의 목적을 이룰 수 있을 것이다.

G. 윌리엄은 약속대로, 경찰 두 명을 더 보내 원래 집 앞을 지키고 있던 불쌍한 경찰을 지원해 주었다. 그들은 진입로에 순찰차를 세우고, 언론이 그 안으로 들어오는 것을 막아 주었다. 아직까지는 아무도 사유지를 넘어오지 않았지만, 그 방어선이 무너지는 건 시간문제였다. 로보스 노드에 나타난 연쇄 살인범? 또다시? 이 지역 출신 소시오패스의 아들 사진을 구해 오는 저속한 기자에게 보너스를 주자!

"저자들이 나를 강간해서 혼혈아를 낳게 만들 거야! 그 혼혈아들이 백인들을 죽이겠지! 그리고 저자들이 에이즈를 옮겨서 나를 죽일 거야!" 할머니가 소리쳤다.

재즈는 한숨을 쉬며 창문에 이마를 기댔다. 그는 여기서 나가야만 했다.

할머니는 약효가 강한 진정제를 가지고 있었다. 재즈는 그 약을 쓰는 것을 좋아하지 않았다. 아주 강한 약이기 때문이다. 할머니가 증오와 광기로 똘똘 뭉쳐 있긴 해도, 사실은 허약한 노인에 불과했다. 하지만 이런 상황에서는 선택의 여지가 없었다. 재즈가 빌리를 만나러 가는 동안 할머니를 이대로 내버려 둘 수는 없었다. 저렇게 밖에 언론이 진을 치고 있을 때는 말할 것도 없었다. 할머니는 틀림없이 진입로로 뛰쳐나가, 쓸모없는 산탄총을 들고 저들을 위협할 것이다. 고래고래 소리를 지르면서, 잠옷 자락을 박쥐 날개처럼 펄럭거리며….

그래서 재즈는 20분 전에, 할머니의 아침 식사인 오트밀에 그 강력한 진정제를 몇 방울 탔다. 그가 얼마나 오래 밖에 나가 있어야 할지 알 수도 없었고, 밖에는 기자들이 버티고 있기 때문에 베나드릴 정도로는 어림도 없었다. 그는 할머니가 어서 잠들기를 바랐다.

고함지르며 미친 듯이 화를 내던 할머니는 몇 분이 지나자, 바닥에 쓰러지더니 그대로 잠이 들었다. 손에는 여전히 바비큐 포크를 꼭 쥔 채였다. 재즈는 포크를 할머니 손에서 조심스럽게 빼내, TV 앞에 올려놓은 다음 할머니를 힘겹게 안고 이층 침실로 옮겼다. 재즈는 할머니를 침대에 편안하게 눕힌 뒤, 침실의 커튼과 블라인드가 제대로 쳐져 있는지 잘 확인했다. 할머니는 그날 내내 그 상태로 깨어나지 않을 터였다.

'아버지를 만나야겠어.' 그는 전날 밤 그렇게 말했다. 날이 밝은 뒤에도, 아버지를 만나야 하는 이유에는 변함이 없었다.

불행히도.

재즈는 검은 선글라스를 끼고, 가장 눈에 안 띄는 옷을 입었다. 그리고 곧장 현관으로 나가 다른 곳은 전혀 쳐다보지 않고 앞만 응시한 채, 지프를 세워 둔 곳으로 향했다. 언론에서 일하는 독수리들이 환장했다.

"이봐, 재스퍼!"

"…여기 좀 봐…."

"…얘야, 그러면 안…."

"재스퍼!"

"…할 말 없어?"

"덴트 군!"

"…네 아버지가 저지른…."

"…여기 카메라 좀 봐 주지 않을래?"

"네가 필요한 건…."

"…한 마디만 해 줘!"

"…넌 용의자가 아니라지만…."

"…여기 좀 보라니까!"

재즈는 지프에 올라타 시동을 걸었다. 그리고 진입로를 빠져나갔다. 그 자리를 지키고 있던 순찰차가 도로에서 기자들을 최대한 멀리 떨어뜨려 주었다. 재즈는 위협적으로 속도를 올렸다. 지프가 기자들 사이를 뚫고 지나가려 하자, 기자들이 몰려들기 시작했다. 카메라 플래시가 터졌다. 비디오카메라가 돌아가기 시작했다. 언젠가 누구라도 지금 빌리 덴트의 아들이 몰고 있는 이 차가 살인마 덴트가 사람들을 죽일 때 타고 다녔던 바로 그 차라는 것을 밝혀낸다면, 지금 이 필름들은 케이블 채널과 인터넷에서 끝없이 재생될 터였다.

재즈는 기자들도 새처럼 차로 달려들어 쫓아 버리고 싶었지만, 대신 창문을 내리고 고함을 질러 쫓아 버렸다. 그때도 그는 그들을 쳐다보지 않았다. 비록 더그 웨더스가 어디 있는지 찾아보고 싶긴 했지만, 막상 그자를 보게 되면 차로 밀어 버리지 않는다는 자신이 없었기 때문이다. 재즈는 기자들 사이를 뚫고 나가자, 아무도 차를 타고 뒤쫓아오지 못하게 속도를 올렸다.

목적지에 도착해서도 상황은 비슷했다. 경찰서를 신문사와 방송사에서 나온 기자들이 겹겹이 둘러싸고 있었다. 재즈는 장례식장 옆문에 차를 세운 뒤, 아무도 눈치채지 못하게 장례식장과 경찰서의 연결 통로로 들어갔다.

안에 들어가 보니, G. 윌리엄의 집 같던 작은 경찰서는 마치 월스트리트의 주식 거래장에서나 볼 수 있을 법한 정신없는 광경이 벌어지고 있었다. 재즈가 보기에 FBI인 양복을 차려입은 낯선 사람들이 큰 소리를 지르거나 전화로 지시를 내리고 있었다. 재즈가 이제껏 본

중에 제일 많은 수의 경관들이 한자리에 모여, 좁은 책상을 나눠 쓰면서 커다란 화이트보드를 어디에 놓을 건지를 두고 아웅다웅하고 있었다. 라나는 그 혼란스러운 상황을 최대한 정리해 보려고 애쓰고 있었지만, 태플론(열에 강한 합성수지 상표 – 옮긴이)으로 가공한 호랑이와 싸우는 거나 마찬가지였다. 사무실 안에서 오래 묵은 탄 커피의 알싸한 냄새가 사람들의 체취와 총에 칠하는 기름 냄새와 뒤섞였다. 끊임없이 울리는 전화벨 소리 위에 휴대전화기에서 울리는 소리가 겹쳐져, 아주 요란한 소리를 내고 있었다.

아무도 재즈가 들어온 것을 알아차리지 못했다. 에릭슨 부관만 제외하고. 그자는 혼자 구석에 서서, 두꺼운 서류철을 뒤적거리고 있었다. 그는 계속 눈으로 재즈를 쫓았지만, 얼굴 표정을 읽을 수가 없었다. 재즈가 읽지 못할 정도라면, 다른 사람은 말할 필요도 없었다.

재즈는 최대한 에릭슨을 무시하려 애를 쓰며, 허둥대는 경찰들 사이를 뚫고 지나갔다. '실례합니다. 용서하세요. 연쇄 살인범의 아들이 지나가겠습니다.' 그는 속으로 말했다.

G. 윌리엄의 집무실은 정신 산만한 혼돈의 사막 속에 있는 오아시스였다. 달라진 게 있다면 책상 뒤에 새로 코르크판을 세우고, 인상주의자의 범죄 현장을 찍은 사진들이 붙어 있다는 것뿐이었다.

"우리 서커스단이 마음에 드니?" 재즈가 집무실 문을 열고 들어오자, 보안관이 냉정하게 물었다.

"광대가 좀 더 있어야 할 것 같은데요."

"광대는 너무 많은데. 새로운 소식을 듣고 싶겠지?"

"네."

"헬렌 마이어슨의 독성 검사 보고서가 나왔어. 너도 알겠지만, 시간이 좀 걸렸지." 로보스 노드는 너무 작은 마을이라, 자체적인 과학수사연구소가 없었다. 그래서 대부분의 검사는 다른 지역에 의뢰해야 했다. 그러다 보니 시간이 걸렸다. 몇 시간이면 검사 결과가 나오는 TV 드라마와는 달랐다. "혈액과 간을 조사해 보니 확실하더구나. 성분이 배수구 용해 세제라는 것이 밝혀졌지만 사실 놀랄 것도 없는 일이지. 헬러의 집에서 진공 청소기로 수거한 것 중에서는 피해자나 아이들, 남편의 것이 아닌 털이 조금 나왔어. 우리 쪽 사람들의 것일 수도 있긴 하지만…."

"하지만 그런 건 비교할 대상이 없으면 아무 소용이 없잖아요."

"용의자를 붙잡게 되면, 적어도 헬러의 집에 그자가 있었는지 아닌지 정도는 확인할 수 있겠지. 하지만 그뿐이야. 그래도 범인이 뭔가를 남긴 건 이번이 처음이니까. 그나마 다행이잖니. 적어도 난 그렇게 생각하고 있다."

재즈 때문에 지니의 아파트에서 찾은 증거들을 아무 소용없어졌고, 그래서 증거가 더 부족하다는 말을 두 사람은 하지 않았다. 재즈가 지니가 피를 흘리며 쓰러져 있는 곳에 그대로 들어가, 이리저리 돌아다니는 바람에 융단 위에 남아 있던 범인의 발자국을 못 쓰게 만들어 버렸고, 시신에 손을 대고, 창문을 비롯해 범인이 손을 댄 모든 장소를 건드렸기 때문이다….

G. 윌리엄은 유감스럽다는 듯이 미소 짓더니, 눈을 문질렀다. "오

늘은 어쩐 일로 온 거냐? 뭘 해 주면 좋겠니, 재즈?"

재즈는 G. 윌리엄이 빌리를 만나겠다는 생각에 반대할 거라고 생각했지만, 보안관은 그 대신 고개만 끄덕였다. 고개를 들고 천장을 쳐다보면서 입술로 퍽퍽 소리를 내며 곰곰이 생각에 잠겼다. 그리고 G. 윌리엄은 책상에 놓여 있는 전화기를 들었다.

"내가 교도소장에게 전화를 하면, 오늘 오후에 빌리를 만나 볼 수 있을 거야." 보안관이 말했다.

재즈는 깜짝 놀라 그를 다시 처다보았다. "보안관님은 제게 지난 4년 동안 계속 아버지를 잊어버리라고, 아버지가 죽었다고 생각하고 아무 상관없이 살라고 하셨잖아요?"

G. 윌리엄이 수화기를 들었다. "재즈. 이 일이 그냥 너에 관한 일이고, 너의 행복에 관한 문제였다면, 나도 절대 이렇게 하진 않았을 거야. 알겠니? 네 나이에 가장 크게 고민해야 할 문제라면 어느 대학을 갈 것인지, 자동차 보험료를 어디서 구할 것인지 하는 것이어야지. 하지만 이번 일은 너나 나, 혹은 우리가 바라는 그 어떤 것보다도 심각해. 우린 사람들을 죽이고 돌아다니는 미치광이를 붙잡아야 해. 정말 그자가 네 아빠의 패턴을 완벽하게 따라하고 있다면, 그자는 로보스 노드에서 한 명을 더 죽일 거야. 그리고 사라졌다가, 석 달쯤 뒤에 어디선가 다시 나타나 완전히 다른 방식으로 사람을 죽이기 시작하겠지. 우린 그자를 놓쳐선 안 돼. 우리에게 기회는 이번 한 번뿐이야. 우린 그자의 다음 희생자의 이름만 빼고 모든 것을 다 알고 있어. 자세히 설명했고, 경고도 내렸어. 대책 본부에도 말해서 반경 80킬로미터

이내에 있는 모든 금발 머리 비서에게 전화로 알리라고 했지. 그러니까 만일 우리에게 도움이 될 만한 무언가를 알아낼 수 있다면, 네가 네 아버지를 만나는 걸 찬성한다."

재즈는 아무 말도 하지 않았다. 무슨 말을 하겠는가?

G. 윌리엄은 전화를 걸었다. 재즈는 의자에 앉아 보안관이 교도소장과 반갑게 인사를 나눈 뒤, 몇 분 동안 전화 통화하는 모습을 지켜보았다. G. 윌리엄이 전화를 끊을 때, 덥수룩한 콧수염 아래 살짝 미소를 짓고 있었다.

"빌리가 널 만나겠다고 하는 구나. 교도소장이 오후에 일정을 잡았다. 웜마켓 교도소까지 순찰차로 데려다 주라고 하마."

"에릭슨한테 시키진 마세요." 재즈가 말했다. 아무래도 그 말이 약간 빨리 튀어나왔다.

G. 윌리엄이 입술을 오므렸지만, 아무것도 묻지 않았다. 그는 그저 고개만 끄덕인 뒤, 우렁찬 목소리로 불렀다. "핸슨!"

"먼저 병원부터 들러야겠어요." 재즈가 말했다.

G. 윌리엄이 고개를 끄덕였다. "그래. 원하는 대로 하렴."

핸슨 부관이 집무실 문 앞에서 고개를 내밀었다. "부르셨습니까, 대장?"

"일단, 내가 몇 번이나 말했지? 난 대장이 아니라 보안관이라고 말이야. 다음은 재즈를 데리고 병원에 들렀다가 웜마켓으로 가 주게. 사이렌을 울리면서 가도록 해. 자네 엄마나 딸내미보다 훨씬 중요한 일이란 것만 명심하고, 핸슨."

핸슨은 멍하니 머릿속으로 재즈와 웜마켓 주립 교도소의 연관성을 찾다가, 마침내 해답을 찾아낸 듯했다. "아, 맞다." 그가 속삭였다.

"'아, 맞다' 같은 건 머릿속으로나 생각해, 핸슨. 어서 가 봐."

재즈는 웜마켓에 가기 전에 하위를 보고 싶었다. 이유는 말할 수 없었지만, 가장 친한 친구의 얼굴을 보고 몸 상태를 확인하는 일이 중요했다.

병원에 도착하니 세 가지 놀랄 일이 있었다. 제일 먼저, 하위의 부모님이 점심 식사를 하러 나가고 없었다.

두 번째로 코니가 병실에서 하위의 부모님이 식사를 하고 올 동안 하위의 간호를 하고 있었다. 세 번째는 침대에 앉아 있는 하위의 안색이 창백하긴 해도 이제는 제대로 하위처럼 보인다는 것이었다.

"의사 선생님이 오늘 밤에는 집에 가도 된대. 좀 더 쉬어야 한다나 봐. 하지만 대체 언제까지 쉬라는 말일까?" 하위가 재즈에게 말했다.

재즈는 그 말을 듣고 진심으로 기뻤다. "정말 잘됐어." 그가 의자를 끌어당겼다. "이제부터는 피를 흘리지 않도록 노력해 봐. 알겠지?"

"최선을 다해야지. 넌 문신하기로 약속한 거 잊으면 안 돼." 그러다 하위가 걱정스럽다는 듯 고개를 갸웃했다. "그런데 너희들 무슨 일 있었어?"

재즈와 코니는 잠깐 시선을 주고받았다. "그게 무슨 소리야?" 코니가 물었다.

"난 혈우병 환자지만, 바보는 아니야. 그리고 이건 내 생각이지만,

아무래도 병원에서 맞은 약 때문에 의식 수준이 더 높아진 것 같아. 너희들 싸웠구나."

"싸운 건 아니야." 코니의 말에 재즈는 깜짝 놀랐다.

"아니라고?"

"오, 그럼 틀림없이 좋은 일이겠네." 하위가 말했다.

하위의 말을 무시하며, 코니가 재즈에게 말했다. "그래, 바보야."

"하지만 지난 밤 네가 떠났을 때…."

"화는 났어. 우리 뜻이 일치하지 못했으니까. 그래서 떠난 거야. 그렇다고 세상이 끝난 건 아니잖아. 어젯밤에 말했지. 난 널 사랑한다고. 잠시 다툰 걸로 그 마음이 변하지는 않아."

재즈는 무슨 말을 해야 할 지 알 수 없었다. 다행히 하위가 그 틈을 메워 주었다. "녀석, 이제 바빠지겠네. 진하게 키스라도 해 줘."

재즈와 코니는 한참 동안 키스를 나누었다. 하위가 점수를 8.5점으로 매겼다.

이렇게 코니의 손을 잡고 있으니, 재즈는 갑자기 자기가 이제 무엇을 할 것인지 친구들에게 이야기할 용기가 생겼다. "얘들아." 재즈가 숨을 깊이 들이마셨다. "오늘 아버지를 만나러 갈 거야."

코니의 눈이 휘둥그레졌다. 그리고 감각이 없어질 정도로 재즈의 손을 꼭 잡아 주었다. 그녀는 입을 벌리고 무슨 말인가 하려 했지만, 아무 말도 하지 않았다.

"으악, 너 진짜야?" 하위가 은어인지, 아일랜드 사투리인지, 그 중간인지 알 수 없는 억양으로 물었다.

"그래. 지금 갈 거야. G. 윌리엄 보안관이 자리를 마련해 줬어."

하위가 약하게 웃었다. "네 아빠한테 내가 안부 묻더라고 전해 줘."

"진심이야?"

"아니! 너 미쳤어? 네 아빠한테 난 이미 죽었다고 전해. 예전에 죽었다고 말이야." 하위가 몸서리를 쳤다.

그들은 살짝 주먹을 부딪쳤다. 코니는 재즈를 배웅하기 위해 복도까지 따라 나왔다.

"정말 괜찮겠어?" 코니가 물었다.

"이게 내가 할 수 있는 마지막 일이야."

"네가 아버지를 생각하는 것만으로도 두려워하는 줄 알았는데."

"맞아. 그런데 간밤에 누가 나한테 헛소리를 한다면서, 내가 좀 더 강해져야 한다고 다그치더라. 그래서 괜찮다는 걸 알았어. 그럴 거야." 재즈가 코니를 보며 활짝 웃었다.

"네가 자랑스러워. 정말이야." 그녀가 말했다.

"코니, 넌 정말 대담하더라. 어젯밤에. 네가 말할 때 말이야." 그가 말했다.

"나도 알아. 덕분에 성과가 좋잖아." 코니가 재즈에게 환한 미소를 지어주었다.

"저기 있잖아, 이상한 소리처럼 들릴지 모르겠지만, 내가 없는 동안 더그 웨더스는 멀리하겠다고 약속해 줘." 재즈가 말했다.

코니는 깜짝 놀란 듯 눈을 깜박였다. "애초에 내가 왜 그런 상종 못할 인간을 가까이 할 거라고 생각하는 거야?"

"그리고 새로 온 에릭슨이라는 부관 옆에도 가지 마. 만일 경찰에 전화할 일이 있으면, 바로 G. 윌리엄 보안관한테 걸어. 알았지? 그리고 어떤 경우에라도 에릭슨은 보내지 말라고 해."

코니가 재즈의 뺨을 어루만졌다. "뭔가 있구나? 넌 에릭슨이나 웨더스를…."

"사실은 잘 모르겠어. 전부 우연일 수도 있겠지. 아마 내가 잘못 알고 있는 걸 거야. 그래도 나중에 후회하는 것보다는 지금 조심하는 게 낫잖아." 재즈가 인정했다.

"그렇다면 넌 그 사람들 중 한 명이라고 생각하는 거야…?" 코니는 소리 내어 말하고 싶지 않다는 듯 말끝을 흐렸다.

"어쩌면. 지금으로선 그래." 재즈가 잠시 말을 멈췄다. "아니면 두 사람이 함께했을 수도 있고. 이를테면 공범이라는 거지."

코니가 숨을 들이키며 말했다. "하나님 맙소사."

"내가 틀렸을 수도 있어. 어제도 말했지만, 내가 아는 사람이 범인이어야 할 이유는 없으니까. 그런 법칙은 없어. 하지만 조심해야 해. 알았지? 금세 돌아올 테니까."

"정말 아버지를 만나러 가도 괜찮겠어?" 두 사람이 끌어안았을 때, 코니가 다시 한 번 물었다.

"내가 아버지를 만나야 한다고 말한 사람이 바로 너였잖아. 기억 안 나? 이 모든 일이 시작되었을 때 말이야."

"난 그냥 아버지와 있었던 일을 매듭지으라는 의미였지, 옛 상처를 들추자는 건 아니었어."

"상대가 우리 아버지면 매듭 같은 건 지을 수 없어. 하지만 뭔가 알게 될지도 모르지. 범인에 대한 정보를 얻을 수도 있고. 다음 희생자를 구할 수 있거나, 인상주의자를 막을 수 있는 방법이라든가."

"정말 그렇게 생각하는 거야?"

재즈는 그녀의 희망을 무너뜨리고 싶지는 않았지만, 솔직히 말할 수밖에 없었다.

"아니. 전혀. 그래도 시도는 해 봐야지."

30

해후

웜마켓 주립 교도소는 지옥에서 튀어나온 시멘트 건물처럼 지평선 위에 우뚝 솟아 있었다. 교도소 부지는 3미터 높이의 이중 울타리에 둘러싸여 있었고, 그 위에는 햇빛에 눈부시게 반짝거리지만 위험해 보이는 날카로운 가시 철조망을 휘감아 놓았다. 1년 전, 야외 작업을 하던 수감자들 몇 명이 덤불에 불을 낸 적이 있었다. 그래서 아직까지 건물 외부에 탄 자국과 검게 그을린 자국들이 드문드문 남아 있어, 중세풍 건물의 외관이 얼룩덜룩했다.

핸슨은 사이렌을 울리자, 자신의 내면에 숨어 있던 안드레티(마리오 안드레티. 자동차 경주 선수─옮긴이)를 만족시키려는 것처럼 제한 속도를 무시하며 정신없이 달린 끝에 거의 두 시간 만에 로보스 노드에서 웜마켓에 도착했다. 그보다 가까운 곳에는 빌리 덴트를 수용할 만한 감옥이 없었다.

빌리는 검사와 몇 가지 거래를 했다. 주 정부나 연방 정부에서는 그의 범죄를 심판하기 위해 빌리의 혈관에 화학 약품을 치사량 주입해야 한다는 결정을 고수하고 있었다. 하지만 빌리는 마지막 거래를 통해 결국 로보스 노드에서 제일 가까운 웜마켓 주립 교도소에서 죽을 때까지 갇혀 지내는 것으로 목숨을 보존할 수 있게 되었다. "그래야 내 아들을 만날 수 있을 테니까." 빌리는 변호사에게 말했다.

재즈는 전혀 개의치 않았다. 그리고 지금은….

"그래." 그들이 G. 윌리엄의 집무실을 떠난 이후로, 핸슨이 처음으로 말을 걸었다. 그들 앞으로 웜마켓이 점점 더 가까워지고 있었다. "거의 다 왔구나."

재즈는 잡담을 할 기분이 아니었다. "같이 들어가고 싶어요?" 그가 핸슨에게 물었다.

"아니!" 핸슨이 엉겁결에 대답했다. 그러다 다시 정신을 차리고 말했다. "그러니까 내 말은 이건 별로 좋은 생각 같지 않다는 거야."

교도소 밖에는 세 사람이 모여 있었다. 여자 두 명과 남자 한 명이 나란히 서서, 시위 피켓을 들어 올리며 그에 맞춰 발을 구르고 있었다. 핸슨이 순찰차를 더 가까이 몰고 가자, 재즈는 그 피켓과 세 사람이 입고 있는 티셔츠에 같은 내용이 적혀 있는 것을 알아차렸다.

'빌리 덴트를 석방하라!'

그랬다. 이 세상에는 빌리를 억지로 가둬 놓고, 강제로 자백시켰다고 생각하는 미친 사람들이 있었다. 재즈는 인터넷에서 그런 사람들에 관한 내용을 본 적이 있었다. 하지만 실제로 그런 사람을 보는 건 이번이 처음이었다. 분명히 전국적인 운동이었다. 재즈는 저런 바보들이 한 번에 세 명씩밖에 모이지 않는 것이 그나마 다행이라고 생각했다.

"멍청한 것들." 핸슨이 혼잣말로 중얼거렸다.

교정국 직원이 손을 흔들어 두 사람을 이중 울타리 안으로 통과시켜 주었다. 그리고 콘크리트 벽 쪽에 붙어 있는 작은 주차장으로 안내했다. 벽에는 아직 작년 화재의 여파가 삐죽하게 남아 있었다. 입구에서 두 사람은 또 다른 교정국 직원을 만났다. 핸슨은 휴게실로 가라는 지시를 받고, 재즈는 곧장 교도소장실로 안내되었다.

"정말 만날 거냐?" 교도소장이 물었다. 그는 키가 크고, 탄탄한 체격을 가진 남자였다. 재즈는 어떤 이유에선지 교도소장을 보자 코뿔소가 떠올랐다. 교도소장은 내내 온몸의 근육을 모두 조이고 있는 것처럼 보였다. 계속 경계 태세를 풀지 않고 있었다.

아무래도 교도소장은 재즈를 의심스럽게 여기는 것 같았다. 인상주의자의 범죄를 재즈가 빌리와 공모한 거라고 생각하는 걸까? 아니면 그저 이 주 안에서 가장 위험한 자들과 매일 같이 생활하다 보니 생존에 필요한 당연한 의심인 것일까?

"물론이죠." 재즈가 대답했다.

교도소장이 고개를 저었다. "빌리는 지난 4년간 아무도 만나겠다고 한 적이 없었다. 그가 가장 최근에 만난 사람은 변호사 중 한 명이었지. 난 빌리가 너도 만나지 않을 거라고 생각했다. 하지만 놀랍게도 널 만나겠다고 하더구나. 네가 그자를 만나는 걸 내가 막을 순 없어. 그렇지만 가능하다면 어떻게든 너를 말리고 싶구나."

"아버지는 절 해치지 않아요." 재즈가 실제로 느끼는 것보다 훨씬 자신만만하게 말했다. 그는 빌리가 정말로 무슨 짓을 할 것인지 알지 못했다. 더군다나 빌리는 신체적인 접촉이 아니더라도, 사람을 다치게 만드는 방법을 잘 알고 있었다. 그는 상대방에게 손 하나 대지 않고도, 고통을 줄 수 있었다.

"그 남자를 만나려면 각별한 주의가 필요할 거다. 빌리는 심리 조종의 대가야. 그뿐만 아니라 내가 이제껏 만난 사람 중 최고의 거짓말 쟁이이기도 하지. 정신과 의사들을 제대로 물 먹였을 정도니까. 내 말 듣고 있니?" 교도소장이 말했다.

재즈가 기분이 좋은 상태였다면, 교도소장이 하필 그에게 빌리 덴트가 얼마나 위험한 인물인지를 경고하려는 발상 자체가 재미있다고 여겼을 것이다.

"만일 빌리 덴트가 나한테 자기 이름에 대해 말하면, 출생 증명서를 확인해야 할 정도라니까." 교도소장이 말을 이었다.

그리고 그는 재즈를 한참 동안 쳐다보았다. 보통 사람들이라면 겁을 집어먹을 정도의 시간이었다. 하지만 재즈는 '보통' 사람이 아니었다. 그도 교도소장을 마주 쳐다보았다. 재즈는 교도소장이 그의 시선을 피하지 않자, 유감스럽긴 해도 상대방 역시 대단하다는 것을 인정할 수밖에 없었다. 재즈는 그렇게 사람을 빤히 쳐다보는 법을 빌리

에게 배웠고, 그 눈빛에 흔들림 없이 이렇게 오래 버틸 수 있는 사람
은 별로 없었다.

"마지막으로 한 번만 더 물어보마. 정말 만나고 싶은 거니?"

재즈는 태연히 어깨를 으쓱했다. 사실 공포와 전율이 강하게 섞인
칵테일을 꿀꺽 삼킨 것 같은 기분이었다. 아버지를 만난다는 생각만
으로도 끔찍하게 무서웠지만, 어떤 면에서는 평소보다 기운이 넘치
는 것처럼 느껴지기도 했다. 재즈는 바로 이런 기분이 스카이다이버
들이 낙하산 줄을 당기기 직전에 느끼는 감정일 거라고 생각했다. 하
지만 그는 누구에게도, 적어도 교도소장에게만큼은 이런 생각을 알
릴 마음이 없었다.

교도소장이 콧방귀를 뀌었다. "그럼 좋아. 이제 가자."

그리고 잠시 뒤, 재즈는 작은 회색 방에서 교도소장과 간수 두 명
과 함께 콘크리트 바닥에 고정시켜 놓은 금속 탁자 앞에 앉아 있었
다. 의자 역시 바닥에 고정되어 있었다. 벽은 페인트칠을 하지 않은
콘크리트 벽이었다. 재즈는 예전에 재소자들의 마음을 달랠 수 있을
거라고 생각해서 벽을 파스텔 색으로 칠한 감옥에 관한 책을 읽었던
것을 떠올렸다.

재소자들은 벽에 칠한 페인트를 모두 벗겨 냈다. 그리고 그 가루를
먹어 버렸다.

그 방에는 둔탁한 금속제 철문이 벽에 수직으로 두 개 달려 있었
다. 재즈는 그중 한쪽 문을 통해 들어왔다. 다른 문으로는 누가 들어

올지 알 것 같았다.

천장 위쪽에는 창살이 박힌 좁은 창문이 붙어 있었다. 날이 흐리고 우중충하지 않았다면 그 창문으로 햇빛이 들어올 것 같았다. 대신 그 방의 유일한 조명은 높은 천장에 달려 있는 알전구뿐이었다. 재즈는 재빨리 높이를 재 보았다. 만일 탁자 위에 올라서면, 그 전구를 낚아챌 수 있을 것이다. 비상시에 그 전구를 무기로 쓸 수 있을까?

가능할 거라는 생각이 들었다.

그는 굳게 확신했다.

재즈는 손가락에 핏기가 사라질 때까지 탁자 가장자리를 꼭 붙잡고 있었다. '무기는 필요 없어.' 그는 마음속으로 생각했다. '무기는 필요 없어….'

…일어나라, 일어나….

…어서 해!

"너무 겁낼 것 없다, 얘야." 재즈가 손가락에 핏기가 없어질 만큼 탁자를 꽉 붙잡고 있는 것을 자제하고 있는 것이 아니라, 겁을 내는 거라고 오해한 교도소장이 말했다. "간수들이 널 안전하게 지켜 줄 테니까."

"전 괜찮아요. 보통 죄수가 면회할 때는 이렇게 늘 교도소장님이 같이 계시나요?" 재즈가 물었다.

교도소장이 갑자기 웃음을 터트렸다. 눈에 띌 정도로 체격이 좋은 남자가 깜짝 놀랄 정도로 높은 소리를 내면서 온몸을 떨며 웃었다. 재즈는 그 남자의 후두를 잡아 찢고 싶었다. 그 여자 같은 웃음소리를 없애 버리고 싶었다.

그 대신 재즈는 그 남자를 죽이고 싶다는 생각은 하지도 않은 것처럼, 가장 공손하게 보이는 미소를 지었다.

버저가 울렸다. 두 번째 문의 눈높이 위치에 달린 창살 틈으로 재즈는 간수의 얼굴을 보았다. "죄수 도착했습니다!" 그 간수가 외쳤다.

교도소장이 고개를 끄덕이자, 방 안에 있던 간수 중 한 명이 문을 열었다. 밖에서 소리친 간수가 안으로 들어와 옆으로 비켜섰다.

재즈는 4년 만에 처음으로 아버지를 만났다.

빌리 덴트는….

그는 행복한 것처럼 보였다.

지금 그 방에 있는 사람들은 그러지 않겠지만, 만일 다른 사람들이 보면 장난기가 다분하다고 오해할 정도로 빌리는 눈을 반짝거리며 크게 뜨고, 한쪽 입술을 살짝 올린 채 짓궂은 미소를 짓고 있었다. 그는 느긋하게 걷고 있었다. 마치 금세라도 음악이 흘러나오기를 기대하며, 춤을 출 것인지 말 것인지 고민하는 사람처럼 걷고 있었다. 빌리는 밝은 주황색 죄수복 바지와 셔츠의 단추를 채우지 않은 채 입고 있었다. 셔츠 안에는 깨끗한 흰색 티셔츠를 받쳐 입었다.

재즈는 빌리가 어느 정도 지저분하게 보일 거라고 예상했었다. 그을음과 재, 먼지를 뒤집어쓰고 있을 거라고 생각했다. 하지만 그렇기는커녕 빌리가 막 샤워를 하고, 갓 세탁한 옷을 입고 나온 것처럼 보여서 재즈는 실망했다. 빌리는 더 이상 모래색 금발 머리카락을 밀지 않고 다시 길러서, 처음 머리를 밀기 전보다 약간 길긴 했어도 거의 그때와 똑같은 단정한 모습을 하고 있었다.

"어서 오게, 빌리. 여기가 바로 면회실이라네. 자네가 한 번도 이용한 적이 없으니 소개를 해야 할 것 같아서 말이야." 교도소장이 비웃듯 말했다.

빌리가 발을 질질 끌며 걸어왔다. 그는 손과 발에 수갑과 족쇄를 차고 있었다. 손목에 차고 있는 수갑의 길이는 대략 8센티미터 정도이고, 발목에 차고 있는 족쇄의 길이는 대략 13센티미터가량 되었다. 손목과 발목의 수갑과 족쇄를 연결한 쇠사슬의 길이가 조금 짧은 바람에, 빌리는 몸을 약간 앞으로 숙이고 있었다. 그가 걸을 때마다 철커덩거리는 소리가 났다. 빌리의 뒤에는 또 다른 간수가 서 있었다. 그래서 면회실 안에는 빌리와 함께 들어온 간수 두 명, 원래 이 자리에 있던 간수 두 명, 교도소장까지 있었다. 그렇게 다섯 명이 빌리와 재즈 사이에 버티고 서 있었는데도, 재즈는 여전히 그곳을 지배하는 사람이 빌리인 것처럼 느껴졌다. 빌리는 아들을 똑바로 쳐다보았다. 여전히 미소를 띤 채, 결코 흐려진 적이 없는 반짝이는 눈빛으로.

"빌리에게 경고문을 읽어 주게." 교도소장이 앞에 있는 간수에게 말한 뒤, 면회실 밖으로 나갔다.

"이제 놀이 시간이다, 빌리." 간수가 진지한 목소리로 말했다. "한 번만 말할 테니까 잘 들어라, 알겠나? 이곳에서 어떻게 할지를 알려 주겠다. 네가 여기 의자에 앉으면, 내가 네 수갑을 탁자에 고정시킬 거야. 그리고 나와 동료들이 바로 문밖에 있을 거다."

그가 가리켰다. 재즈는 아버지의 눈을 쳐다보고 있었다. 아버지는 눈 한 번 깜박하지 않았다. 빌리는 여전히 재즈를 쳐다보고 있었다. 마치 그곳에 두 사람만 있는 것처럼.

"저 문은 잠겨 있지 않다. 넌 이 탁자 중간에 보이지 않는 상상의 칸막이가 있다고 생각하는 게 좋을 거야. 바로 이 한가운데 말이지. 네가 이 칸막이를 만지거나, 몸을 지나치게 앞으로 내밀면 우리가 문을 박차고 들어와 벌을 줄 거다, 빌리. 그 말은 곤봉으로 때리거나, 전기 충격기를 쓰겠다는 말이 아니야. 훨씬 더 큰 벌이지, 빌리. 아주 심한 벌을 받게 될 거야. 또 아주 장시간 받게 될 거다. 여기 있는 네 아들이 집으로 돌아가 잠자리에 들고 난 뒤에도 너는 계속 벌을 받게 될 거라는 뜻이야. 알아들었나? 그러니 그 벌이 얼마나 심한 건지 똑똑히 알았을 거라고 생각한다. 전부 다 알아들었겠지?"

여전히 재즈에게서 시선을 떼지 않은 채, 빌리 덴트는 고개만 한 번 끄덕였다.

그 간수가 이번에는 재즈를 쳐다보았다. "얘야, 정말 괜찮겠니?"

재즈는 갑자기 어떤 목소리가 나올지 자신이 없었다. 그는 아버지가 한 그대로 고개를 끄덕였다. 고개를 두 번 끄덕인 것만이 달랐다. 그런 자신의 행동을 깨닫자, 재즈는 아버지에게 약한 모습을 보인 자신을 저주했다.

간수들이 빌리를 자리에 앉힌 다음, 손목에 찬 수갑을 탁자에 고정시켰다. 빌리는 양손을 포갰다.

그리고 재즈는 아버지와 둘만 남게 되었다. 두 사람은 탁자를 사이에 두고 마주 앉은 채 서로를 쳐다보고 있었다. 눈에 보이지 않는 칸막이와 60센티미터 높이의 텅 빈 공간만이 두 사람의 사이를 갈라놓고 있었다.

"벌써 아버지의 날이 된 거냐?" 마치 시간이 전혀 흐르지 않은 것처럼, 지난 4년이 존재하지 않았던 것처럼 빌리가 쾌활하게 물었다.

재즈는 말을 신중하게 골랐다. 빌리 덴트는 얼핏 보면 시골뜨기나 무식한 멍청이처럼 보였지만, 사실은 전혀 달랐다. 그의 아이큐는 통상적인 수준을 넘어섰고, 그는 정신과 의사 두 명(한 명은 FBI에서, 다른 한 명은 피해자의 권리 집단에서 보내 주었다)이 일을 그만두게 만들었다. 빌리의 내면에는 탁월한 지성과 순수한 악이 공존하고 있었다. 그 사실을 잊은 채 빌리와 이야기를 나누는 것은 위험했다.

"여기서 지내는 게 좋으신가 봐요? 즐거워 보이는데요?" 재즈가 온화하고 단조로운 목소리로 물었다.

빌리는 소리가 나게 목을 왼쪽으로 꺾었다가, 다시 오른쪽으로 꺾었다. "인생은 즐거운 거란다, 재스퍼. 죽기 전까지는 늘 그렇지." 그가 싱긋 웃었다. "너도 행복한 사람이 되면, 어디서든 즐거움을 찾을 수 있을 거야. 이런 곳에서라도 말이지."

"일전에 TV에서 끔찍한 이야기를 들었어요. 아버지가 감옥에서 자살할 거라고 하던데요." 재즈가 단조로운 목소리로 말했다.

빌리가 소리 내어 웃었다. "내가 자살을 해? 이 세상이 전부 끝장이 난 모양이지?" 그는 족쇄 때문에 손을 마음대로 움직일 수 없었다. 그러자 고개를 들고 면회실을 죽 둘러보았다. 그곳이 미국이고 우주나 마찬가지였다.

"사실 너무 멀쩡해 보여서 깜짝 놀랐어요. 감옥에는 서열이란 게 있는 줄 알았는데."

"서열이야 있지!" 빌리가 몸을 뒤로 젖히며 껄껄 웃었다. "그 망할 놈의 서열! 네 아빠의 서열은 거의 맨 위쪽이란다. 이름 옆에 세 자리만 붙으면 이곳에서는 왕이 될 수 있지. 체커게임(체스 판에 말을 놓고 상대방의 말을 먼저 따먹는 쪽이 이기는 게임 – 옮긴이)이나 마찬가지야. 알겠니?"

"전 누군가 아버지를 괴롭힐 거라고 생각했어요. 자기가 빌리 덴트를 쓰러뜨린 대단한 사람이라는 것을 입증하기 위해서 말이에요."

"그건…." 빌리가 감상에라도 잠긴 것처럼 천천히 말을 꺼냈다. "지난 2년 동안, 그런 일이… 그런 걸 뭐라고 부르지? 그래, 분쟁이 전혀 없었다고는 말 못하겠구나. 분명히 '분쟁의 시기'라고 부를 만한 일들이 있었지."

빌리는 미소를 지었다. 다른 사람이었다면 그 미소에 진정한 온정이 담겨 있다고 여길 것이다. 재즈는 5분 안에 무릎 관절을 박살 내는 법을 가르쳐 주었던 밤에도 빌리가 그런 미소를 지었던 걸 기억하고 있었다. ('먼저 종지뼈 아래를 걷어차는 거야. 의사들이 슬개골이라고 부르는 곳 말이다. 알겠니?')

"하지만 이제는 나도 여기 있는 모두와 잘 지내고 있어. 그들도 나를 받아들여 주었고, 나도 그들을 받아들인 거지. 우리 같은 사람들에게 감옥은 그렇게 나쁜 곳이 아니란다, 재스퍼."

재즈는 그 말에 동요하지 않고 뻣뻣하게 버텨 보려고 했지만, 이미 반응을 보이고 말았다. 빌리는 그 반응을 보았다. 재즈가 소름 끼쳐 한다는 것을 알아차린 것이다. 재즈는 반박하고 싶은 마음을 꾹 참았다. '전 아버지와 달라요.' 왜냐하면 빌리는 벌써 그 말에 반박할 준비가 되어 있다는 것을 알았기 때문이다.

"잘 지내신다니 다행이네요." 재즈는 대신 이렇게 말한 뒤, 진심인 척했다.

빌리는 재즈의 말을 믿어야 할지 말아야 할지 판단하려는 듯 잠시 주저했다. "어쨌든 네가 이 아버지가 죽기를 바라는 거라고 생각하지는 않아. 어째서 그렇게 생각하게 된 건지 아니? 우리 아버지도 돌아가셨어. 난 아버지를 사랑했지. 아버지가 돌아가셨을 때 난 그냥 기뻐하는 척했어. 우리 같은 사람들에게는 종종 있는 일이야. 게인(에드 게인, 미국의 7대 살인마로 꼽히는 희대의 연쇄 살인범 – 옮긴이)이나 스펙(리처드 스펙, 1966년 시카고에서 간호사와 여대생을 대량으로 죽인 살인범 – 옮긴이), 드레(질 드레, 푸른 수염이라는 별명을 가진 중세 프랑스의 연쇄 살인범 – 옮긴이)가 그랬어. 나도 그렇고. 어쩌면 너도 그렇겠지. 네 생각은 어떠냐? 만일 네 소원이 내가 죽고 인연을 끊는 거라고 해도 걷어차지 않을 테니…." 빌리는 말꼬리를 흐리며 재즈를 쳐다보았다. "이제 우울한 이야기는 그만하자꾸나." 그가 미소 지었다. "남자는 필생의 사업을 끝마치고 나면…. 재스퍼, 물론 성공해야겠지. 그때는 행복하게 은퇴할 수 있는 거란다."

재즈는 코웃음을 쳤다. 마치 자기가 스스로 원해서 '은퇴'했다는 것처럼 허풍 칠 수 있을지는 몰라도, 빌리가 바깥세상에서 훨씬 더 행복하다는 것은 두 사람 모두 잘 알고 있었다. 먹잇감들이 도처에 널려 있는.

"지금 뭐라고 하셨어요? 은퇴요? 사실 생각보다는 그 시기가 일렀 잖아요. 아닌가요?"

빌리는 또다시 온화한 살인마의 미소를 지었다. "그랬나?"

한참 동안, 두 사람은 탁자 가운데 상상 속 칸막이를 뚫고 서로를 노려보았다. 빌리가 포갠 손을 풀더니, 탁자 위에서 주먹을 쥐었다. 재즈는 아버지의 손가락 관절에서 새로 한 지 얼마 되지 않는 교도소 문신을 볼 수 있었다. 문신 자국이 채 아물지도 않은 상태였다.

오른쪽 주먹에는 L-O-V-E(사랑), 왼쪽 주먹에는 F-E-A-R(두려 움)가 새겨져 있었다.

"문신이 근사하네요." 재즈가 말했다.

빌리는 어깨를 으쓱했다. "새로 한 거야. 네 마음에 든다니 다행이 구나. 이걸 봐라. 이 안에서 네 아빠가 죽을지도 모른다는 걱정은 안 해도 된다, 재스퍼. 그런 일은 일어나지 않아. 내가 보장하마. 난 이 안 에서 존경받고 있어. 네가 말한 그 '서열'에 의해서 말이다. 난 처음부 터 열외였어. 진짜 질이 나쁜 놈들은 따로 있지. 그래도 난 아이들에 게는 손을 대지 않았잖아."

재즈는 화가 치솟았다. 거짓말쟁이! 위선자! 재즈는 빌리가 원하 는 대로 반응을 보였을 것이다. 하지만 어쩔 수 없었다. 빌리 덴트가 어떤 심리 조작을 유도하든 상관없었다. 그는 이 말을 하지 않고는 참 을 수가 없었다.

"아이를 건드리지 않았다고요? 그럼 조지 하퍼는 어떻게 된 거죠?"

"조지 하퍼라…." 빌리는 마치 천장에 이름이 쓰여 있기라도 한 것처럼 올려다보았다. 빌리는 사진처럼 정확한 완벽한 기억력을 가지고 있었다. "아, 생각났다." 빌리가 변명하듯 말했다. "그 아이는 열아홉 살이나, 스무 살처럼 보였어. 너도 사진을 봤지. 그 애는 도저히 열다섯 살로는 보이지 않았다." 그는 고개를 저었다. 재즈를 용케 자극해 얻어 낸 반응에 기뻐하는 것이 역력했다. "애들은 아주 빨리 자라잖아? 너도 그랬어, 재스퍼. 넌 아이를 가질 생각이 없는 거냐? 내게 손주를 안겨 줄 마음이 없어? 손주가 있다면 내 삶에 낙이 될 텐데 말이야. 내가 종신형을 무더기로 선고받았다는 건 알고 있어. 하지만 과학 기술의 힘으로 그때까지 살 수 있을지도 모르는 일이잖니. 네 생각은 어떠냐?"

재즈는 아이를 가진다는 생각만으로도 구역질이 났다. 할머니의 광기, 아버지의 광기, 그 자신의 광기라는 유전적 실수를 물려 준다니…. 아니, 그런 일은 절대 없을 것이다. 재즈는 차세대의 빌리 덴트를 만들 생각이 없었다.

"네가 지금 무슨 생각하고 있는지 안다, 재스퍼." 빌리가 말했다. 나지막하고 매혹적인, 다 알고 있다는 듯한 목소리였다. 소시오패스의 완벽한 목소리였다. 재즈는 그 목소리가 끔찍하게 싫었다. 자신의 목소리와 너무 닮았기 때문이다. 재즈 역시 선생님들한테 뭔가 부탁할 일이 있을 때 그런 목소리를 내곤 했다. G. 윌리엄이나 멜리사 후버를 대할 때도 마찬가지였다. 아니, 사실은 모든 사람들에게 그런 목소리로 말했다는 걸 인정할 수밖에 없었다. 그건 눈을 깜박이는 거나, 잠을 자는 것처럼 자연스러운 일이었다.

"넌 이 세상에 덴트 가의 핏줄을 더 이상은 내놓지 않을 거라고 생각했을 거야. 네가 무슨 생각하는지 다 들리는구나. 그리고 그 마음도 이해해. 하지만 이런 일은 네가 결정하는 게 아니란다. 네 뒤를 졸졸 따라다니는 여자애들은 없니? 너처럼 잘생기고, 말 잘하는 아이를 여자애들이 가만 놔두지 않을 텐데. 너랑 자고 싶어 하는 여자애들이 줄을 섰을 거야. 안 그래? 안 그러냐?"

재즈는 순간 참지 못하고 고개를 저었다. 젠장! 그는 아버지에게 어떤 정보도, 만족도 주지 말자고 맹세했었다. 그런데 지금 이 한 번의 동작으로 재즈는 빌리에게 그 두 가지를 다 넘겨주고 말았다.

"넌 그런 여자애들은 쳐다보지도 않는 모양이구나. 그거 좋다. 그러니까 넌 여자애 한 명하고만 잔다는 말이잖아. 그것도 아주 특별한 여자애랑. 그건 괜찮다, 재스퍼. 우리 같은 남자들은 일관된 것을 좋아하니까. 내 말이 무슨 뜻인지 아니? 그래야 놀랄 일이 없단 말이야. 너무 많은 밭을 일구어 놓으면, 어디에 자갈이 있는지 절대 알 수 없는 법이지. 한 군데에만 매달려야 알 수 있는 법이야. 자갈이 있는지, 바퀴 자국이 있는지, 패인 자국이 있는지 말이다. 재스퍼, 그래도 말이다. 난 네가 착하고, 책임감 있는 아이라는 건 알아. 왜냐하면 내가 그렇게 키웠으니까. 어쨌든 넌 항상 콘돔을 쓰겠지? 응? 아니면 여자애가 피임약을 먹고 있니? 그런 걸 지나치게 믿어선 안 된다, 재스퍼. 콘돔은 항상 제대로 확인하고 써야 해. 알겠니? 여자애가 피임약을

먹는 것도 반드시 눈으로 확인해야 한다, 재스퍼." 빌리가 큰 소리로
웃었다.

"젠장, 넌 네가 어떻게 태어난 건지 알고 있냐? 오, 그래. 맞아." 빌
리가 몸을 앞으로 내밀며 말을 이었다. 재즈가 보기에 빌리는 그 상상
의 칸막이를 넘은 것이 확실했지만… 분명히 넘었다! 하지만 면회실
의 문은 여전히 닫혀 있었고, 아무도 재즈를 구하러 들어오지 않았다.
"네가 생긴 건 내 인생에서 가장 놀라운 일이었다, 재스퍼. 그래서 네
엄마에게 너무 화가 났었지. 처음엔 말이야. 너한테 말할 수 없는 일
들을 네 엄마에게 해 버릴까 생각도 했었지. 그런 짓을 하면 네가 태
어나지 못할 테니까. 얘야, 하지만 난 그런 짓을 하지 않았다. 네가 얼
마나 예민한지는 나도 알아. 그때 네가 태어났어. 네 엄마가 고통도,
힘든 걸 느낄 새도 없이 쑥 미끄러지듯 아주 쉽게 태어났지. 그대로
미끄러져 내 품에 떨어진 것 같았어. 내 아기, 내 아들, 나의 미래. 그
래서 네 엄마가 한 짓도, 날 속인 것도 모두 용서했지."

"엄마한테 무슨 짓을 한 거예요?" 재즈가 물었다. 목이 꽉 막힌 것
같은 소리였다. 그는 그런 질문을 할 작정이 아니었다. 묻고 싶지 않
았다. 하지만 어쩔 수 없었다. 다른 희생자들처럼 빌리 덴트의 주술에
서 벗어나기 위해서는 어쩔 수 없었다. 재즈 또한 그들과 같은 희생자
였기 때문이다. 정말 그런 것일까?

"무슨 짓이라니? 내가 네 엄마한테 무슨 짓을 했다는 거냐?" 빌리
는 어깨를 으쓱했다. "아무 짓도 하지 않았다."

…닭을 자르는 것처럼….

…착한 아이….

"그렇다면 대체 나한테 무슨 짓을 시킨 거죠?" 재즈가 속삭이듯 물었다.

빌리가 싱긋 웃었다.

"나한테 무슨 짓을 시킨 거예요? 엄마를 죽이라고 한 거예요?"

빌리가 소리 내어 웃었다. "기억이 나지 않니?"

재즈는 기억하지 못했다. 기억나는 것도 별로 없을 뿐만 아니라, 그나마도 드문드문 기억날 뿐이었다. 재즈는 빌리가 러스티의 가죽을 벗겼던 것과 그 속성 교육을 기억하고 있었고, 그보다 훨씬 끔찍했던 일들도 기억하고 있었다. 하지만 정말 중요한 건 아무것도 기억하지 못했다. 그는 기억할 수 없….

…해치워!

…잘라 내….

'그 칼.'

'그건 바로 엄마였다. 난 칼로 엄마를 베었다. 빌리가 그렇게 시킨 것이다.'

재즈는 면회실 안이 빙글빙글 도는 것 같았다. 이건 미친 짓이다. 실수다. 엄청난 일이다. 여기에 온 것부터가 미친 짓이었다. 빌리 덴트는 심리 조종의 대가였다. 교도소뿐만이 아니라, 아버지와 아들 사이의 정신적인 공간에서도 왕이었다. 재즈의 마음을 좌지우지하는 존재였다. 무엇보다 애초에 재즈의 마음을 만든 것 또한 빌리가 아니었던가? 그가 다른 아버지들처럼 재즈를 만들고, 키우고, 앞날을 계획하고 감독하지 않았던가? 결국 아버지가 재즈를 만든 것이 아니었 던가?

빌리. 과거의 빌리는 재즈에게 칼을 쓰라고 다그쳤다. 현재의 빌리 는 여전히 미소를 띤 채, 속삭이고 있다. "그 애 이름이 뭐냐, 재스퍼? 아빠에게 네 애인 이름을 말해 주렴. 난 네가 행복할 거라고 생각하고 싶어. 그러기 위해서는 그 애 이름을 알아야겠다. 어서 그 애 이름을 말해 봐."

'코니.' 재즈는 생각했다. 하지만 절대로 그 이름을 말하지 않을 것 이다. 그는 코니의 이름을 빌리 덴트의 귀나 머릿속에서 더럽힐 수 없 었다. 재즈는 빌리 덴트가 코니의 이름을 소리 내어 부르는 것은 고사 하고 알고 있다는 생각만 해도 견딜 수가 없었다.

"얘야, 그 애 이름을 말해 봐."

'코니….'

그 순간 코니의 말이 떠올랐다. 코니는 재즈가 아버지처럼 되지 않 고, 그 모든 것을 이겨 낼 수 있을 거라고 말했었다. '아들이 아버지와 똑같아지는 건 아니야. 착한 사람이든 나쁜 사람이든. 아들에게는 두 번째 기회가 있어. 네가 네 아빠처럼 되는 일은 없을 거야. 넌 네 아버 지와 다른 눈을 가지고 있어. 그러니까 넌 아버지와 똑같은 삶을 살지 는 않을 거야.'

"아직 동정이에요." 재즈가 빌리에게 말했다.

빌리는 넌덜머리가 난다는 듯 코웃음을 치면서, 몸을 뒤로 젖혔다. 재즈는 갑자기 면회실 안이 신선한 공기로 가득 찬 것 같다고 느꼈다. 이제 그는 숨을 쉬기가 한결 편해졌다.

"아니. 아냐, 그럴 리 없어. 넌 지금 그 이야기를 계속하기 싫어서 거짓말을 한 거야." 빌리가 말했다.

빌리가 거짓말이라고 생각해도 재즈는 상관없었다. 그건 중요하지 않았다. 정말 중요한 건 그가 이제 주술에서 풀려났고, 다시 생각할 수 있게 되었다는 것이다.

재즈에게는 무너졌던 상상의 칸막이를 다시 세울 수 있는 힘이 생겼다.

"죄송해요." 재즈는 뉘우치고 있다는 것처럼 말했다. "거짓말할 생각은 아니었어요. 총각 딱지는 뗐어요. 그 애 이름은⋯."

'하이디 린다 레이 돌로레스 후아니타 첼시 토냐'

"⋯토냐예요."

"토냐?" 빌리가 얼굴을 찌푸렸다. "예전에 죽인 여자들 중에 토냐라는 애가 있었어. 작지만 완벽한 젖가슴을 가지고 있었지. 염색한 빨간 머리도. 그건 끔찍했지."

"기억나요. 그 전리품도." 재즈가 말했다.

빌리가 기분이 좋은 듯 다시 몸을 앞으로 내밀었다. "그게 뭐였는지 말해 봐."

"가죽 장갑이요, 염소 가죽 장갑. 거의 붉은색으로 보이는 짙은 갈색이었어요. 아주 부드럽고 매끈했어요. 여자란 그런 느낌일까 상상했던 게 기억나요." 재즈가 말했다.

빌리가 소리 내어 웃었다. "내 기억력을 물려받았구나, 재스퍼. 하지만 넌 네 엄마처럼 말을 해. 이런, 그녀가 그립구나."

"전 그 장갑을 껴 보곤 했어요. 오락실에서 말이에요. 아버지가 화 내실까 봐 말은 안 했지만."

"아빠 장난감을 가지고 놀았으니까."

"전 그 장갑을 끼고 뺨에 대 보았어요. 입술에도요. 상상으로라 도…."

"여자와 같이 있는 것처럼 말이지." 빌리가 눈을 빛내며 말을 받았 다. "그래서 지금은? 이제는 여자와 있어 봤잖아? 상상했던 것처럼 좋았어?"

"네, 좋았어요. 훨씬 더요. 하지만 최고는 아니었어요. 그래요. 아버 지가 제게 가르쳐 주셨던 게 기억났어요. 가끔…."

'코니.'

"…토냐와 같이 있을 때면 아버지 말처럼 그 애가 공포에 질린 모 습이 보고 싶을 때가 있어요."

"곧 보게 될 거다. 때가 되면 보게 될 거야. 약속하마." 빌리가 속삭 였다.

그들은 탁자를 사이에 두고 한참 동안, 아주 오랫동안 서로를 쳐다 보았다. 재즈는 자신이 얼마나 오래 버틸 수 있을 지 궁금했다. 얼마 나 오랫동안 빌리의 노예인 척할 수 있을까? 그런 생각에 흥분한 것 처럼 얼마나 오래 가장할 수 있을까? 그보다 더 나쁜 건, 그게 정말 가 장하는 것일까? 정말 그런 척하는 것일까?

"어쨌든, 재스퍼. 네가 여자를 안아 봤다니 기쁘구나. 진작 여자를 구해 줬어야 했는데. 내가 너무 무심했어. 사과하마. 그 외엔 해 줄 게 없어."

"괜찮아요."

"그런데 넌 무슨 일로 날 찾아온 거냐?" 탁자에 연결된 족쇄 쇠사슬의 길이 안에서 빌리는 몸을 뒤로 젖혔다. 어쩐지 그는 편안하고, 평온해 보였다. "난 너를 자기 자신을 생각하는 아이로 키웠다. 제일 먼저, 마지막까지, 언제나 말이야. 그러니 네가 여기까지 온 건 나한테 뭔가 원하는 게 있기 때문일 거야."

"맞아요."

"어서 털어놔 봐."

"전…." 과연 잘하고 있는 걸까? 지난 몇 분간 그는 빌리에게 동조하는 것처럼 굴고 있었다. 그런데 그가 인상주의자를 붙잡게 도와달라고 부탁하는 즉시… 빌리가 그걸 알아차리는 건 아닐까? 상상 속 칸막이 같은 건 무시한 채, 화가 잔뜩 나서 탁자 건너편에 앉아 있는 재즈에게 달려들지 않을까?

아마 그럴 것이다. 그렇게 될 경우 재즈는 빌리가 간수들에게 죽을 정도로 두들겨 맞을 거라는 걸 알고 있었다. 그래서는 두 사람 모두에게 이로울 것이 없었다.

"아버지 도움이 필요해요. 누굴 좀 찾고 있어요."

"그래? 누군데?" 빌리가 정말 관심 있다는 것처럼 물었다.

"좀 이상하게 들리실 거예요. 그래도 제 말을 끝까지 들어주세요, 알았죠? 전… 전 연쇄 살인범을 찾고 있는 중이에요."

재즈는 빌리가 웃음을 터트리거나, 화를 낼 거라고 생각했다. 하지만 빌리는 예상과 다르게 나왔다. 그저 좀 더 환한 미소를 지었을 뿐이다. "그래."

"여기서도 뉴스를 보시죠? 인상주의자에 대해 들어 보셨어요?"

"인상주의자라." 빌리가 그 이름을 천천히, 또박또박 발음했다. "아니라고는 말 못하겠구나."

"그자가 아버지의 살인을 그대로 흉내 내고 있어요. 배수구 용해 세제를 이용해서 죽이고, 피해자들의 이니셜도 똑같아요."

재즈는 빌리의 반응을 조심스레 살폈다. 하지만 빌리의 얼굴은 여전히, 소시오패스 특유의 평온함을 유지하고 있었다.

빌리가 천천히 고개를 끄덕였다. "그런데 너는 그자를 왜 찾고 있는 거지?"

'제 영혼이 구원받기 위해서요. 애초에 영혼이라는 걸 가지고 있었다면.'

"정직하게 말씀드릴까요? 전 경찰들을 돕고 있어요."

이번에는 빌리가 화를 낼 것이다.

"재미있구나, 아주 재미있어." 빌리가 중얼거렸다.

"그것밖에 할 말 없어요? 제가 경찰을 도와 아버지와 같은 누군가를 잡으려고 하는 게 '재미'있단 말이에요?"

"아니. 그거야 딱히 재미있을 게 없지. 너와 정반대편에 있는 자들이 어떤지 알아보는 건 당연한 일이잖니. 전혀 이상할 게 없는 일이야. 나 역시 너보다 약간 나이가 많았을 때 경찰 아카데미에 3주일 동안 나갔던 적이 있으니까."

"그러셨어요?" 재즈는 속에서 부아가 치미는 것 같았지만, 침착하게 아무 관심 없다는 것처럼 보이려고 애를 썼다. 빌리는 경찰들의 방식을 알기 위해 그들을 연구했다. 하지만 재즈는 달랐다. 살인자의 마음이 어떤지 알아내려 하고 있었다. 정말 자신의 마음이 살인자들의 마음과 같은지 알고 싶었다.

"재미있는 건 네가 나한테 사실을 말하고 있지 않다는 점이지. 네가 이 일을 하는 건, 경찰을 돕기 위해서가 아니야. 경찰이야 어떻게 되든 상관없잖아. 너 자신을 위해 이 일을 하는 거지. 너 자신을 이해하기 위해서 말이야. 너의 본성을 일깨우는 것이 무엇인지 알고 싶기 때문이지."

"아니에요."

"재스퍼, 그보다 더 중요한 건 네가 해야 하기 때문에 그 일을 하게 될 거라는 거야. 애야, 개는 사냥을 해야 해. 지금으로선 네가 다리가 세 개 달린 새 사냥개라는 것을 알게 될 거다. 사냥을 나가서 새를 찾아 쫓아가다가 결국에는 넘어지고 말거야. 앞으로도 그렇겠지. 넌 태어날 때부터 사냥꾼으로 키워졌으니까. 넌 냄새를 맡을 줄 알아. 먹이를 원하고 있어. 넌 먹잇감을 찾으러 나가고 싶은 거야. 너한텐 그게 필요해."

"아니에요."

빌리가 말했다. "그건 네 안에서 기다리고 있다. 잠재되어 있지. 알겠니? 호랑이처럼 소리 없이 숨어서 기다리다가, 전혀 예상하지 못한 순간에 뒤에서 덮칠 거야. 그러니 너 자신을 속이지 마. 그건 늘 그 자리에 있었어. 바로 거기에서. 가만히 기다리고 있는 거야."

"난 살인자가 아니에요."

"그야 그렇지. 넌 아직까지는 아무도 죽이지 않았으니까."

"도와줄 거예요, 말 거예요?"

"하. 원래대로라면 빈손으로 널 돌려보내야 하는 건데. 나한테는 아무도 손을 잡고 어떻게 하라고 가르쳐 준 사람이 없었으니까. 하지만 요즘 애들이 어떤지는 알고 있어. 부모들이 모든 것을 다 해 준다더구나. 그런 걸 헬리콥터 부모라고 한다지. 안 그래?" 그가 소리 내어 웃었다. "〈뉴스위크〉지에서 봤어. 나에 관한 기사와 같이 실려 있더구나. 그래, 좋아. 널 도와주마. 재스퍼. 하지만 너도 날 도와줄 일이 있다."

재즈는 온몸을 휘감는 절망감을 느꼈다. 소시오패스는 무슨 일이든 공짜로 해 주는 일이 없었다. 그리고 재즈는 빌리 덴트를 이 세상에 다시 풀어놓을 순 없었다.

"잊어버리세요." 재즈가 음절 하나하나 내뱉을 때마다 후회의 쓴맛을 느끼며 말했다. "이 안에서 아버지를 빼 드릴 수는 없어요. 그건 못해요."

"누가 그렇게 해 달라고 하든?" 빌리는 그런 생각 자체를 굴욕이라고 여기는 것처럼 보였다. "재스퍼, 아까도 말했지. 이 안에서는 내가 왕이야. 왕이 무엇 때문에 왕관과 백성을 버린단 말이냐? 난 아무데도 가지 않아. 시신 운반용 가방에 실려 나가지 않는 한은 말이다. 하지만 그건 아직 먼 훗날의 일이겠지."

"그럼 원하는 게 뭐예요? 여기서 아버지를 몰래 빼내는 일이 아니라면…."

"그런 건 바라지 않는다."

"그럼 뭐예요?" 재즈가 포기하고 두 손을 들었다. "대체 원하는 게 뭐죠?"

그러자 빌리가 대답했다.

31

사랑과 두려움

재즈는 인상주의자에 대해 자신이 알고 있는 내용을 빠짐없이 털어놓았다. 그는 빌리의 반응을 경계하면서 주의 깊게 살폈다. 빌리는 누군가 그런 식으로 자신에게 '존경'을 바치기로 결심했다는 것에 우쭐해할 수도 있었다. 아니면 감히 자신을 따라하는 또 다른 살인마에게 분노할 수도 있었다. 어느 쪽도 가능했다.

하지만 빌리는 인상주의자에 관한 이야기를 들으면서도, 어떤 느낌을 받았는지 전혀 티를 내지 않았다. 그저 수갑의 쇠사슬의 길이가 닿는 한도 내에서 몸을 뒤로 젖힌 채, 눈을 감더니 입가에 살짝 행복해 보이는 미소를 짓고 있었다. 재즈가 지난주에 있었던 사건에 대해 자세히 설명하는 동안에도 그 미소는 조금도 흔들리지 않았다.

재즈가 모든 설명을 끝마치자, 빌리는 여전히 눈을 감은 채, 콧구멍을 벌렁거리며 숨을 깊이 들이마셨다가 내뱉었다. 그리고 조용히 말을 꺼냈다. "흥미로운 딜레마라는 건 분명하구나. 확실히 범인은 흥미로운 인물이야." 빌리는 편안하게 낮잠을 자다 깨어난 것처럼, 눈을 번쩍 뜨더니 하품을 했다. "그렇지만 내가 널 위해 뭘 해 줘야 할지 잘 모르겠구나."

"아버지도 아시죠. 아버지를 따르는 추종자들이 있다는 것 말이에요." 재즈는 웜마켓 교도소 밖에서 음모론을 주장하며 사람들이 '빌리 덴트를 석방하라!'고 시위를 벌이고 있는 것을 떠올렸다. "소시오패스 열혈 팬들 말이에요. 그런 쪽으로 중독된 사람들이요. 여자들은 아버지와 결혼하고 싶어 해요. 또 아버지를 추앙하는 웹사이트들도 있고요. 팬레터를 보내는 사람들도 있을 거예요."

빌리도 동의했다. "그렇긴 하지. 하지만 난 대부분 읽지 않는다. 전부 다 허접한 내용들뿐이야. '빌리, 매일 밤 당신이 했던 것과 똑같은 일을 할 수 있는 힘을 달라고 기도하고 있어요', '덴트 씨, 제 피는 당신의 피입니다', '오, 빌리. 당신은 이 지구상에 유일한 진짜 남자예요'. 젠장, 그래, 나도 알아. 전부 다 쓸데없는 내용의 편지들이지. 그중에는 나처럼 되고 싶다고 말하는 자들도 있어. 내게 배우고 싶다고 난리들이지. 내 제자가 되겠다니. 그게 말이 된다고 생각하니? 난 제자는 더 이상 필요 없어. 이미 한 명 있으니까. 바로 너 말이다."

재즈는 빌리의 마지막 말은 무시했다. "범인은 아버지의 추종자가 분명해요. 만일 그 편지들을 볼 수 있다면…."

"전부 버렸어. 아까도 말했듯이… 난 관심 없으니까."

재즈는 화가 치밀었지만, 애써 마음을 가라앉혔다. "그렇다면 혹시 그중에 기억나는 사람이라도….”

"분명히 말하지만, 그자는 나와 접촉한 적이 없었을 거다." 빌리가 'FEAR'가 새겨진 왼손으로 턱을 문질렀다. "그자는 자기 의사대로 움직이고 있다고 생각하고 있을 거야. 그는 그러니까… 그걸 뭐라고 하더라, 그래, 주제와 변주를 하고 있어. 마치 재즈 음악가들처럼, 같은 멜로디를 연주하지만, 자신만의 곡조가 있다는 거지.”

"옛날 록 노래를 샘플링하는 래퍼들처럼 말이죠?”

빌리는 코웃음을 쳤다. "무엇으로든 알아들었으면 됐어. 굳이 따지자면, 힙합 하는 멍청이들도 마찬가지라고 할 수 있겠구나. 그리고 그자는 제법 잘 해내고 있어. 아무도 그자에게서 도망치지 못했을 거야. 너도 알다시피, 그건 쉬운 일이 아니지. 멍청한 놈들, 그러니까 게이시나 번디, 꼴 보기 싫은 데이머 같은 놈들은 대부분 어느 시점에 이르면 희생자를 그냥 보내 주게 되어 있어. 의도적이든, 우연이든 일단 희생자가 도망가면, 그때부터 몰락이 시작되는 거야. 물론 난 그렇지 않았지만." 세상에서 가장 차가운 사파이어인 빌리의 푸른색 눈동자가 반짝거렸다. "난 아니야. 한 명도 도망치게 내버려 두지 않았지. 그런 어리석은 짓은 절대 하지 않았어.”

"그자도 그렇죠." 재즈가 본래의 주제로 돌리며 말했다.

"그자는 막 시작했을 뿐이야. 아무리 바보라도… 몇 명이라고 했지? 그래, 다섯 명쯤은 걸리지 않고 죽일 수 있어. 그자가 앞으로, 20명, 30명을 지나 천 명쯤 죽이고 나면 그때 나한테 와서 이야기해 주렴. 그쯤 되면 정말 인상적일 거야. 그때는 그자를 위해 케이크를 굽거나,

뭐라도 해 줘야지." 빌리가 환한 얼굴로 말했다. "재스퍼, 이제 내 생각을 말해 주마. 넌 그자를 잡지 못해. 그러니 그냥 기다려라. 어느 시점이 되면 그자가 직접 자기 발로 찾아올 거야. 그때 잡으면 돼."

"그런 해답은 받아들일 수 없어요." 재즈가 차분하게 대답했다.

빌리는 어깨를 으쓱했다. "왜 안 되는데? 다섯이 죽든, 열다섯이 죽든, 쉰이 죽든… 사람은 누구나 죽어. 그건 만고불변의 진리야. 그저 시기가 다를 뿐이지."

"더 이상 사람이 죽는 걸 바라지 않아요."

"정말이냐?" 빌리가 또다시 그 보이지 않는 칸막이에 닿을 정도로 몸을 바짝 앞으로 내밀었다. "재스퍼, 정말이야? 그렇다면 해 줄 말이 있다. 난 네가 그 사람들에 대해 정말 신경 쓰는 건 아니라고 생각해. 그걸 내가 어떻게 아는지 아니?"

"말씀해 보세요." 재즈가 단조롭게 말했다. 하지만 내심 자신에 대해 가장 잘 알고 있는 빌리가 정신분석을 한다는 생각만으로도 심장이 두근거리고 있었다.

"왜냐하면 그 사람들은… 그러니까… 그러니까 저쪽에 있는 가상 인물들, 그자가 아직 죽이지 않은 그 사람들… 그들은 네가 모르는 사람이야, 재스퍼. 그 사람들은 너와 아무 상관이 없어. 설령 그자가 그 사람들을 죽인다고 해도 그게 너와 무슨 상관이 있지? 지금 이 순간에도 계속해서 누군가 죽어 가고 있어." 빌리가 'LOVE'가 새겨진 오른손으로 탁자를 가볍게 두드리면서 말했다. "지금도 말이다." 'LOVE'가 다시 탁자를 쳤다. "또 지금도." 다시 두드렸다. "인도의 어떤 거지, 국경에 있는 어떤 멕시코인, 모델이 되고 싶었지만 대신 창녀가 된 뉴욕의 어떤 여자애. 지금 이 순간에도 그런 사람들이 죽어나가고 있어." – 탁 – "지금도." – 탁 – "바로 지금도." – 탁 – "다시 지금도." – 탁 – "그게 너와 무슨 상관이지? 그게 대체 나와 무슨 상관이란 말이야?"

"그 사람들이 추상적인 존재라고 해서, 중요하지 않다는 건 아니잖아요." 재즈는 자신이 느끼고 있는 흔들림이나 떨림, 그 외 다른 감정을 드러내지 않기 위해 애써 목소리를 억눌렀다. 빌리의 말이 맞았다. 정말 그랬다. 사람들은 매순간 죽어 나간다. 그는 그들을 모르고, 심지어 그들에 대해서도 모른다. 그래도 그 사람들이 중요한 것일까?

'사람은 중요하다. 사람은 실제로 존재한다.'

"그자가 먹잇감을 구하는 일에 대해 넌 더 이상 관여하지 마. 네 자신에 대해서만 신경 쓰면 돼. 이번 일에 네가 연루되지 않았다는 것만 확실하게 해 둬. 다른 사람들과 마찬가지로 평범한 사람이 될 수 있다는 걸 입증하는 거지. 네가 신경 써야 할 건 그것뿐이야. 재스퍼."

그 말도 진실이었다. 재즈가 듣고 싶었거나, 들어야 할 진실은 아니었지만, 그럼에도 불구하고 진실이었다. 하지만 그게 완벽한 진실은 아닐지도 모른다. 어쩌면 빌리의 빈정거림이 섞여 있을 수도 있지만, 진실에 좀 더 가깝긴 할 것이다.

"동기 같은 건 중요하지 않아요. 도와주겠다고 했잖아요. 도와줄 거예요, 말 거예요?" 재즈가 빌리에게 말했다.

빌리는 혀를 끌끌 찼다. "인내심을 좀 가지렴. 난 몇 년 동안 아들을 보지 못했어. 그런데 시간을 좀 끌었다고 나를 비난하는 거냐?" 빌리는 과자를 훔치다가 걸린 아이처럼 환하고 해맑은 미소를 지었다.

재즈는 그 미소에 넘어가지 않았다. 그는 아버지를 노려보았다.

"알았다." 빌리가 자세를 고쳐 앉으며 말했다. "넌 재미없는 모양이구나. 자, 그렇다면 먼저 넌 그자처럼 생각하는 법을 배워야 해. 그건 너한테는 어려운 일이 아닐 거야, 재스퍼. 그자는 나처럼 생각하고 있고, 넌 내 일부니까 말이지. 그자는 인상주의자야. 인상주의가 뭔지 알고 있니?"

재즈가 고개를 저었다.

"요즘 학교에서는 대체 뭘 가르치는 거지?" 빌리가 걱정 많은 부모 시늉을 하며 말했다. 순간 재즈는 로보스 노드에 있는 선생을 모두 다 죽이는 것이 빌리의 목표인 것처럼 느껴졌다. "인상주의란 사물이 무엇인지가 아니라, 전체적인 인상이 어떤 것인지 보는 거다. 사물의 실체가 아니라, 그 사물에서 어떤 인상을 받았는지가 중요하단 말이야. 알아듣겠니?"

"알 것 같아요."

"그럼 그 가장 최근에 당했다는 가련한 희생자, 불쌍한 헬러라는 여자는…." 빌리는 그녀의 죽음을 애도하는 것 같은 목소리로 말하다가, 다시 본래의 목소리로 돌아왔다. "그 여자는 진짜 호텔 종업원이 아니지만, 그와 비슷한 일을 했다고 했지? 그자에게는 그게 중요한 거다."

"그리고 그 여자를 너무 빨리 죽였어요. 아버지는 네 번째와 다섯 번째 사이에 좀 더 시간을 두었잖아요."

"그래? 얘야, 가끔 미술관에 가서 모네의 그림을 봐라. 아주 가까이에서, 가장 가까이에서 본 다음, 클로드가 그린 한 번의 붓질이 다른 붓질에 비해 두드러지게 좋아 보였을 때가 어떤 날이었는지 내게 말해 주렴. 시기는 중요한 게 아니야, 그자에게는. 그자가 신경 쓰는 건 전체적인 인상이야."

그럴듯했다. 하지만 그런 걸로 본질적인 문제가 해결되는 건 아니었다.

"그렇다면 그자의 다음 희생자를 어떻게 찾아야 하는 거죠?"

빌리는 한숨을 푹 쉬더니, 마치 신에게 어째서 이 모든 일을 혼자 해야 하느냐고 묻고 있는 것처럼 위를 올려다보았다. "그자의 방식을 보면 세부적인 사항들을 비틀고 있지만, 전체적인 인상을 그대로 유지하고 있어. 네 선생님처럼 말이야. 그 여자는 진짜 배우는 아니었지만 비슷하긴 했지. 이번에도 마찬가지야. 그자는 사무실에서 일하는 금발 머리를 고르지 않아. 그자는 로터리 클럽의 비서나, 학부모 회의에서 커피를 날라 주는 여자를 선택할 거야."

"하지만…."

"하지만 같은 건 없어!" 빌리가 처음으로 약간 흥분한 듯 말했다. "그자는 정확하게 따라하고 있어, 재스퍼. 하지만 완전히 똑같은 건 아니야. 그자는 이 지역 싸구려 식당에서 커피를 나르던 별 볼 일 없는 여자를 죽였지. 내 여자는 해변 가에 있던 근사한 레스토랑에서 일하는 웨이트리스였어. 관광객들이 아주 많이 찾는 곳이었지. 내 여자가 하룻밤에 버는 팁이, 그 작자의 여자가 일주일 동안 받는 팁보다 많았을 거야." 빌리는 희생자들이 자기 것이라도 되는 양, 소유격으로 말했다. 어떤 면으로는 정말 그렇게 여기고 있을 것이다. 갑자기 빌리가 인상주의자를 혐오한다는 사실이 확연하게 드러났다. "나는 바네사 도스를 죽였지. 아름다운 바네사." 그는 한숨을 쉬며 몸을 뒤로 젖혔다. 고급 음식을 떠올리는 것 같은 표정이었다. "그녀는 배우였어. 막 시작한 단계이긴 했지만, TV에도 나왔고, 전도가 유망했지. 이번 사건의 범인, 그자가 누구를 죽였다고? 연극부 교사? 네가 다니는 고등학교의 연극부 교사라고 했지? 그런데도 똑같다고 하는 거야? 지금 농담하는 거냐?"

그와 동시에 재즈도 흥분과 분노가 치솟는 걸 느꼈다. 하지만 겉으로 드러내지 않으려고 노력했다. 바로 그거다. 재즈가 찾고 있던 것. 처음부터 알았어야 했다. 인상주의자가 빌리의 범죄를 따르는 데 집착하면서도, 그 자신의 필요에 따라 내용을 바꾸고 있다는 것을. 희생자들이 모두 빌리에게 희생되었던 사람들과 너무나 비슷했기 때문에 재즈가 그 차이를 알아차리지 못했던 것이다. 어떻게 이런 사실을 놓칠 수 있단 말인가?

"그 희생자를 찾으면, 그자도 찾을 수 있어요." 재즈가 말했다.

"그렇겠지. 하지만 그와 동시에 그 남자의 정체도 파악해야만 해. 그자는 우리 마을에서 잘 지내고 있을 거야." 빌리가 싱긋 웃었다. "아마 커피숍에서 아침 식사를 하고, 도서관에서 책을 빌리겠지. 그자는 로보스 노드를 편안하다고 느낄 거야. 이곳에서 사람이 많이 죽었다는 것도…. 그래, 그자의 입장에서 보면 편안하겠지.”

재즈는 갑자기 어떤 생각이 떠올랐다. “범인이 이 마을 사람일 거라고 생각하시는 거예요? 혹시 아버지를 아는 사람이 아닐까요? 아니면 이 근방 사람이거나?”

빌리가 어깨를 또다시 으쓱했다. “그런 건 아무래도 좋아. 정말 중요한 건, 범인이 아주 잘 융화되는 사람이라는 거야. 한마디로 눈에 잘 띄지 않는다는 거지. 바로 그런 게 우리 같은 사람들에게는 가장 중요하고, 대단한 기술이야. 보통 사람들은 자기들도 시신을 절단하는 법이나, 작고 예쁜 여자애들을 유혹해 차로 끌어들이는 방법을 알고 있다고 생각해. 아니. 전부 허튼소리야. 그런 건 인터넷에서도 배울 수 있는 거니까. 우리의 진짜 기술은 융화되는 거야. 우리가 잘 해야 하는 것도 바로 그거지.” 빌리가 환하게 웃었다. “그들은 우리가 다가가는 걸 절대 알지 못해. 우리가 그들과 비슷한 행동을 하는 것처럼 보이니까. 우리는 인간처럼 보이는 거지.”

재즈는 마음이 어지러웠다. 바로 그것이… 인상주의자를 붙잡을 실마리다.

재즈는 당장 G. 윌리엄에게 이 사실을 전해야만 했다. 그는 자리에서 벌떡 일어났다. “벌써 가려는 거냐? 난 아직 네 야구 시합과 축구 시합 이야기도 물어보지 못했는데.” 빌리가 상처받은 것처럼 말했다.

재즈는 아버지의 손을 내려다보았다. LOVE. FEAR.

“그만 가 봐야겠어요. 도와주셔서 감사해요. 정말 고맙게 생각해요.” 재즈는 힘겹게 말을 꺼냈다. 그런 다음 문 앞에서 간수를 불렀다.

"우리 약속을 잊지 마라, 재스퍼." 간수가 들어오자 아버지가 말했다. "절대 잊지 마."

"안 잊어요." 재즈가 약속했다. 그리고 문밖으로 나가자, 간수들이 빌리의 수갑과 연결되어 있던 쇠사슬을 탁자에서 떼어 내, 다시 족쇄에 연결했다.

"재스퍼."

재즈는 이미 문밖에 있었지만, 아버지를 돌아보았다. 아버지는 수갑을 찬 채, 무장한 훈련받은 간수들에게 둘러싸여 있었다. 아버지는 철저하게 감금되어 있었다.

"네?"

"넌 여기에 올 때… 이 세상에서 제일 차갑고, 못된 아들이라는 갑옷을 걸치고 왔어. 그러다 내 비위를 맞춰 주는 것처럼 행동했지. 양가죽 장갑이니 뭐니 하는 허튼소리를 하면서 말이야. 넌 내 마음을 좌지우지했어. 제법 잘 하더구나."

그 말과 그 말에 담긴 진심이 척추에 박힌 고드름처럼 재즈의 등에서 흘러내렸다. "난 아버지와 달라요."

"네가 더 뛰어나지." 빌리가 말했다.

"난 악마가 아니에요." 다른 상황에서, 다른 누군가에게 이런 말을 했다면 과장하고 있다고 느꼈을 것이다. 하지만 지금 이 자리에서 빌리에게 하는 말로는 이것도 부족했다.

빌리가 입술 끝을 올리며 능글맞게 웃었다. "선과 악의 차이를 알고 싶어?" 대답도 기다리지 않고, 빌리는 LOVE를 새긴 오른손을 들어 올리더니 손가락을 부딪쳐 딱 소리를 냈다.

"맞아, 바로 이게 차이점이야. 너는 그 선을 넘었다는 것조차 돌아가는 길에 백미러로 보기 전까지는 모를 거야."

"그만하면 됐어, 빌리." 간수 중 한 명이 고함을 질렀다. 그리고 그들이 빌리를 다른 문으로 끌고 갔다. 재즈가 만일 아버지가 마지막까지 고래고래 소리를 지르며 독설을 퍼부을 거라고 기대했다면 실망했을 것이다. 빌리 덴트는 웜마켓 주립 교도소의 심연 속으로 철거덩거리는 쇠사슬 소리만 남긴 채 조용히 사라졌다.

핸슨은 돌아오는 내내 아무 말도 하지 않았다. 그저 이번에도 사이렌을 울리며 폭주족처럼 달렸을 뿐이다. 시끄럽게 끊임없이 울려 대는 사이렌 소리에 재즈는 머리가 지끈 아파오기 시작했다. 두통을 애써 무시하며, 재즈는 하위의 휴대전화기로 G. 윌리엄에게 전화를 걸어 큰 소리로 말했다.

"…그러니까 아버지는 우리가 생각하는 것 같은 진짜 비서가 아닐 거라고 했어요. 아무래도 비서라는 직함은 없지만 비서와 비슷한 일을 하는 사람을 찾아야 할 것 같아요." 재즈가 말했다.

전화기를 통해서도 G. 윌리엄이 안도하고 있음을 느낄 수 있었다. "네가 엄청난 양의 일거리를 던져 주었구나. 하지만 그런 일이라면 얼마든지 해야지."

재즈는 눈을 감고, 자꾸만 떠오르는 빌리의 모습을 떨쳐 내려고 해 보았다. 하지만 사이렌 소리와 빌리의 목소리가 겹쳐지면서 계속해서 귓가에 맴돌고 있었다.

'난 네가 그 사람들에 대해 정말 신경 쓰는 건 아니라고 생각한다.'

'너는 그 선을 넘었다는 것조차 돌아가는 길에 백미러로 보기 전까지는 모를 거야.'

'난 제자는 더 이상 필요 없어. 이미 한 명 있으니까.'

'그야 그렇지. 넌 아직까지는 아무도 죽이지 않았으니까.'

재즈는 침을 꿀꺽 삼켰다. 어쩌면 그 말은 자기가 엄마를 죽이지 않았다는 말일 수도 있었다.

아니면 빌리가 그를 가지고 노는 것일 수도 있었다. 재즈는 자기가 코니에게 말했던 것을 기억하고 있었다. '연쇄 살인범에게 어떤 약점을 보이게 되면, 그 뒤에 그자들이 네 안에 들어가게 돼.'

핸슨이 경찰서 앞에 도착했을 때, 하늘은 새로 멍이 든 것처럼 짙은 푸른색으로 변해 있었다. 이번에도 재즈는 뒷문으로 몰래 들어가, G. 윌리엄을 보러 갔다. 보안관은 새로 얻은 정보를 토대로 인상주의자의 다음 희생자를 찾는 일이 너무 바빠서 이야기할 틈이 없었다. 그래서 재즈는 기자들을 피해 장례식장 쪽으로 빠져나와 지프를 타고 집으로 돌아갔다.

운전을 하는 동안 안도감이 밀려왔다. 그는 해냈다. 호랑이 굴에 들어가서 무사히 살아 돌아왔을 뿐만 아니라, 귀중한 보물까지 안고 돌아왔다. 그 정보면 인상주의자의 범행을 막을 수 있을 것이다. 재즈는 새롭게 태어난 것 같은 느낌이 들었다. 완전히 새로운 사람이 된 것 같았고, 새로운 인생이 펼쳐져 있는 것 같았다.

그는 지프의 중앙 콘솔에 뭔가 꽂혀 있는 것을 알아차렸다. 신호등에 걸려 차를 세웠을 때, 그것을 꺼내 보았다. 제프 풀턴의 명함이었다. 재즈는 풀턴이 지니의 추도식에서 했던 감명 깊은 연설을 생각하며 한숨을 쉬었다. 이 사람에게 5분 정도 시간을 내준다고 한들 누가 다치는 것도 아니지 않는가? 재즈는 아버지의 희생자들의 슬픔에 잠긴 가족들과 이야기하는 선례를 남기고 싶지는 않았다. 하지만 그 남자에게 약간의 친절을 베풀지 못할 이유도 없었다. 내일 아침에 풀턴에게 전화를 걸기로 마음먹었다. 그런 일은 연쇄 살인범은 결코 할 수 없는 일이고, 소시오패스라면 상상도 못할 일이다. 그런 생각이 들자 재즈의 기분이 좋아졌다.

　집에 도착하자, 재즈는 집 앞에 버티고 있던 수많은 기자들이 사라진 것을 보고 깜짝 놀랐다. 진입로에는 집을 지켜 주는 순찰차만 남아 있었다. 재즈는 그 경찰에게 다가가 어떻게 된 일인지 물어보았다.

　"두 시간쯤 전에 태너 보안관이 나타나서 사람들을 모두 보냈어. 너에 대한 위협이 있어서 너와 할머니를 보호해야 한다고 하더구나."

　"그런 게 있었어요?"

　"나도 몰라." 경찰은 그런 대화 자체를 불편하게 생각하는 것 같았다. "어쨌든 모두 떠났어. 집에 잘 돌아왔다."

　재즈는 집에 들어가 문을 잠궜다. 할머니를 살펴보니, 여전히 꿈나라였다. 어쩌면 할머니도 꿈속에서는 정상일지도 모른다. 재즈는 배에서 꼬르륵 소리가 요란하게 나는 것을 느꼈다. 그제서야 그날 아무것도 먹지 않았다는 것을 깨달았다.

주방에 내려가 먹을 만한 게 있나 찾아보니 서리가 맺힌 아이스크림 조금과 며칠 전 멜리사가 할머니에게 사다 준 볼품없는 닭다리 두 조각이 남아 있었다. 재즈는 식탁에 앉아 차가운 닭다리를 먹은 다음, 아이스크림의 위쪽을 걷어 내고 먹기 시작했다. 냄새가 좀 안 좋긴 했지만 먹을 만했다.

재즈는 음식을 먹으면서 뒷마당으로 통하는 주방문을 쳐다보았다. 대략 8평방미터쯤 되는 마당은 봄과 여름마다 잡초와 엉경퀴, 길게 자란 잔디로 뒤덮이곤 했다. 하지만 지금은 가을이라 모두 말라 죽고, 도구 창고까지 이어지는 길이 황량하게 노출되어 있었다.

수반만 제외하면.

그 수반에 특별한 건 없었다. 금이 간 콘크리트로 만든 받침에, 중앙에 놓은 물고기 조각상의 입에서 나오는 물이 수반으로 떨어지게 되어 있었다. 이제 날씨가 추워지기 때문에 재즈는 2주일 안에 수반에 연결한 호스를 뺄 참이었다.

지금 당장은 물이 기분 좋게 흘러나오고 있었다. 새는 없었지만.

'그래, 좋다. 널 도와주마, 재스퍼. 하지만 너도 날 도와줄 일이 있다.' 빌리가 말했었다.

"그럼 뭐예요?" 재즈는 자기가 포기하고 두 손을 들었던 것을 떠올렸다. "대체 원하는 게 뭐죠?"

재즈는 식탁에서 일어나, 남은 아이스크림을 쓰레기통에 버린 뒤 문을 열고 나가 수반 앞으로 갔다.

'어머니 집 뒷마당에 수반이 있는 건 알지?'

'네, 알아요. 그건 왜….'

'조용히 하고 내 말부터 들어라, 재스퍼. 이제부터 내가 하는 얘기를 잘 들어야 한다. 그 망할 물건은… 내가 어렸을 때부터 있었던 거야. 난 40년 동안 어머니에게 말씀드렸어. 그 수반에 새가 모이지 않는 이유는 위치가 잘못되었기 때문이라고 말이야.'

'그래서요? 그게 대체 이 일과 무슨….'

'입 다물고 내 말부터 들으라고 했지, 재스퍼!' 그때 처음으로 빌리는 화가 난 것 같았다. 통제가 안 될 정도로.

수반 때문에.

'어머니는 수반을 서쪽으로 보이게 놔뒀어. 너도 알지? 그래서 그쪽으로 아침 햇살이 들지 않기 때문에 새들이 오지 않는 거야. 그 수반을 잔디밭의 반대쪽으로 옮겨야 해. 여러 번 어머니에게 옮기자고 말했지만, 어머니는 듣지 않으셨어. 그리고는 온종일 새들이 보이지 않는다며 욕을 하고 불평을 늘어놓았지.'

'그래서….' 재즈는 신중하게 생각했다. '그래서 아버지가 도와달라는 일이… 대체 뭐죠? 그 수반의 위치를 옮기라고 할머니를 설득하는 거라면….'

'아니. 어머니를 설득하라는 게 아니야. 그냥 그 망할 수반을 옮겨버려. 어머니가 잠드셨을 때 그냥 옮기란 말이야. 커다란 플라타너스 나무가 심어져 있는 곳으로. 일단 새들이 모여들면 어머니도 네가 무슨 짓을 했든 신경 쓰지 않으실 거야. 만일 어머니가 불평을 하거나 물어보면 원래 그곳에 놓여 있었다고 말해. 어머니는 정신이 오락가

락하니까, 전혀 기억하지 못하실 거야.'

'그럼, 그게 아버지가 절 도와주는 대가예요?' 재즈가 믿지 못하겠다는 듯이 물었었다.

빌리는 한숨을 쉬고는 LOVE를 새긴 오른손 위에 FEAR를 새긴 왼손을 포갰다. '네 할머니를 기쁘게 해 드리려는 거야, 재스퍼. 내가 여기 갇혀 있는 동안 어머니를 보살펴 주는 유일한 사람이 너니까.'

그러자 재즈도 동의했다. 그리고 지금 그는 그 수반을 처다보고 있었다.

웃기기 짝이 없는 일이다. 말도 안 되는 일이다.

'아버지는 원래 그랬어.'

사실 빌리의 말이 맞았다. 할머니는 언제나 새들이 오지 않는다고 불평을 늘어놓았다. 수반을 옮기면 새들이 올지도 모른다.

재즈는 호스를 뺀 뒤, 수반을 기울였다. 생각했던 것보다는 가벼웠다. 전체가 콘크리트로 되어 있는 줄 알았는데, 받침만 콘크리트였던 모양이다.

재즈는 아버지의 부탁이 그저 수반을 옮기는 단순한 일은 아닐 거라 생각했다. 틀림없이 이 밑에 무언가를 묻어 둔 것이 분명했다.

하지만 수조를 기울이자, 그 아래에는 손을 댄 흔적은 없고 말라죽은 잔디밖에 보이지 않았다.

'그럼… 안 될 이유가 있나?'

재즈는 끙끙대며, 수반을 옆으로 굴렸다. 못 옮길 정도로 무거운 건 아니었지만, 크기가 제법 거추장스러워서, 위치를 반대편으로 옮기는데 꽤나 고생했다. 원래 연결했던 호스의 길이가 짧아 그 옮긴 위치까지는 닿지 않아, 집 안에 들어가 긴 호스를 가지고 와야 했다. 재즈가 긴 호스를 연결하자, 수반에서 다시 물이 나오기 시작했다.

"내일 아침이 되면 뭐가 뭔지 알 수 있겠지." 재즈가 말했다.

집 안에 들어오자, 그는 주방 식탁에 놔두었던 하위의 휴대전화기에서 울리는 짧은 벨소리를 들었다.

재빨리 휴대전화기를 들고 확인하자, 보안관이 보낸 문자가 들어와 있었다.

'그 여자를 찾은 것 같다. 도와줘서 고맙다. -gwt(G. 윌리엄 태너의 머릿글자—옮긴이)'

재즈는 싱긋 웃었다. 이제 경찰이 다음 희생자를 찾아냈으니, 그 여자를 지키며 범인이 모습을 드러내기만 기다리면 된다. 하루에 한 일치고 나쁘지 않았다. 아주 좋았다.

그는 이층으로 올라갔다. 믿을 수 없을 정도로 피곤했다. 컴퓨터 위에 멜리사 후버의 보고서에 반박할 글을 써야 한다는 메모를 붙여 놓았지만, 너무 졸려서 아무 생각도 할 수 없었다. '내일 하자.' 그는 자기 자신과 약속했다. '내일 쓰면 돼. 전부 다 내일 처리하자.'

아직 시간이 일렀지만, 재즈는 옷을 벗고 속옷 차림으로 침대에 기어들어갔다.

해리슨 들판에서 피오나 구들링이 발견된 이후 처음으로, 그는 아무 꿈도 꾸지 않고, 푹 잠들 수 있었다.

32

예술가의 범죄

인상주의자는 나지막이 욕설을 내뱉으며, 재빨리 나무 뒤로 숨었다. 밤이라 어둡고 가로등도 켜지 않아, 몸을 숨길 곳은 많았다.

하지만 그곳엔 경찰도 많았다.

경찰!

브렌다 큄비. 30대 중반. 금발 머리. 인상주의자는 여자의 남편이 매달 가는 메이슨 출장을 떠날 때까지 계속 지켜보고 있었다. 그녀의 직함은 컴퓨터 상담 부서의 데이터 분석가였지만, 비서나 다름없는 업무를 하고 있었다. 그게 인상주의자가 가장 중요하게 여긴 부분이었다.

일단 그녀를 찾아내자, 그는 며칠 동안 주시했다. 오늘 밤 여자를 끌어내, 다음 예술 작품을 만들 계획이었다. 빌리 덴트가 개인적인 발전을 이뤄 다음 단계로 넘어가기 전, 예술가로 불리던 시절에 바치는 마지막 경의였다.

하지만 지금 여자의 아파트를 경찰이 에워싸고 있었다.

오, 저들은 자신들이 똑똑하고, 특별한 경찰이라고 생각하고 있었다. 지금 저들은 자신들이 빤히 보이는 곳에 감쪽같이 숨어 있다고 믿으며, 은밀한 위장으로 그를 속일 수 있다고 생각하고 있었다.

인상주의자는 바보가 아니었다. 그는 경찰들의 속임수를 바로 간파할 수 있었다.

하지만 경찰이 어떻게 알아냈을까? 어떻게 저들이 이런 생각을 하게 된 걸까? 어떻게 저들이 선수를 칠 수 있었던 것일까?

그 모든 의문의 해답이 번개처럼 머릿속을 스치고 지나갔다. 덴트의 아들이다. 덴트의 아들이 한 짓이다. 다른 해답은 없었다. 답은 하나뿐이다. 인상주의자가 로보스 노드에서 저지른 유일한 실수는 덴트의 아들을 과소평가한 것이었다.

이제 더 이상의 실수는 없을 것이다.

인상주의자는 덴트의 집 앞 진입로로 조용히 걸어 들어갔다. 해가 지고, 별 하나 뜨지 않은 칠흑같이 어두운 밤이었다. 그곳에는 순찰차가 한 대 서 있었고, 차에 타고 있던 경찰이 그의 접근을 알아차렸다. 인상주의자는 기분 좋게 손을 흔들었다. '봤지? 걱정할 것 없어. 내가 연쇄 살인범이라면 이렇게 손을 흔들면서 시선을 끌지는 않을 것 아니야? 안 그래?'

그는 순찰차 옆에 다가가, 몸을 숙인 뒤 열려 있는 차창으로 경찰을 쳐다보았다. "무슨 일 있습니까, 경관님?" 그는 주머니에서 소음기를 단 권총을 꺼내 경관의 관자놀이에 명중시키며, 짐짓 걱정스럽다는 듯 물었다. 권총에서는 기침하는 것 같은 작은 소리가 났고, 경찰은 숨이 막힌 채 딸꾹질하는 것 같은 소리를 냈다. 그 소리들은 제법 잘 어울렸다.

정말 간단했다.

33

밤의 방문객

　재즈는 초인종이 울리는 소리에 잠에서 깨 눈을 깜박거렸다. 그리고 침실용 탁자 위에 놓인 시계를 봤다. 9시가 막 지난 시각이었다. 겨우 30분 정도 눈을 붙인 셈이었다.

　다시 초인종이 울렸다.

　"기다려요!" 재즈는 침대에서 일어나며 외쳤다. 그는 어둠 속을 돌아다니며, 벗어 놨던 청바지와 티셔츠를 손을 더듬어 찾아낸 뒤, 옷을 입으면서 계단 쪽으로 향했다. 아래층으로 내려가기 전에 할머니 침실을 들여다보았다. 할머니는 여전히 잠들어 있었다. 다행이다. 그렇다면 지금 그를 귀찮게 하는 사람은 누구인가? 진입로에 계속 순찰차가 버티고 있으니, 기자는 아닐 것이다.

　어쩌면 새로운 소식을 알려 주려고 G. 윌리엄이 찾아온 것일 수도 있다.

재즈는 계단을 뛰어 내려가, 현관문을 활짝 열었다.

아.

"안녕하세요." 재즈는 약간 성가시긴 했지만, 의외로 반갑기도 했다. "안 그래도 아저씨 생각을 했어요."

"그랬어? 안에 들어가도 될까?"

"들어오세요."

재즈는 제프 풀턴이 집 안에 들어올 수 있도록 옆으로 물러섰다.

34

만남

인상주의자는 현관에 들어섰다. 전에도 왔었지만, 그때는 서둘러 떠나야 했다. 이제야 제대로 집 안을 둘러볼 수 있었다. 그 집은 빌리 덴트가 성장한 곳이었다. 아무래도 기대가 너무 컸던 모양이다. 그는 코를 찡그렸다.

"이게 최선은 아니라고 생각하지만, 아저씨가 이렇게 찾아와 주셔서 기뻐요. 아침에 전화 드릴 참이었거든요." 소년이 말했다.

"일 때문에 생각보다 조금 더 머물게 될 것 같아. 하지만 곧 떠날 거야." 인상주의자가 말했다. 그는 싱긋 웃고 싶었다. 대놓고 크게 웃고 싶었다. 하지만 그 대신 제프 풀턴의 우울하고 고통스러운 분위기를 애써 유지했다.

"커피 드시겠어요? 아니면 다른 거라도?"

"커피가 좋겠구나." 인상주의자가 말했다. 빌리 덴트의 아들이 그에게 커피를 대접한다니! 정말 굉장한 날이다.

그는 소년을 따라 주방으로 들어갔다. 장식장의 페인트칠은 벗겨져 있었다. 낡아 빠진 수납장은 수확기 황금색과 아보카도의 초록색이었다. 나머지는 빌리 덴트가 어렸을 때 쓰던 그대로였다. 어쩌면 어린 빌리 덴트가 간식을 먹으려고 이 냉장고 앞까지 달려왔을 것이다. 어쩌면 이 냉동고에 죽은 사람의 머리를 잘라 보관했을지도 모른다.

소년이 그 수상쩍은 장식장에 들어 있던 커피 잔을 꺼내느라 그에게서 등을 돌렸다.

그러자 인상주의자는 재킷 주머니에 손을 집어넣었다.

재즈는 제프 풀턴이 뒤에서 덮치기라도 할 것처럼, 통상적인 예의범절에서 이르는 것보다 훨씬 가깝게 다가오는 것을 느꼈다. 그 순간이 아주 잠깐이었다면, 제프 풀턴의 접근을 의심하지 않았을 것이다.

하지만 그 잠깐이 너무 길었다.

재즈가 몸을 돌리기도 전에, 몸을 움직이기 전에, 총구라는 것을 알 수 있는 서늘한 둥근 물체가 목 뒤를 눌렀다.

"지금 뭐…." 재즈가 말을 꺼낸 순간, 뭔가 날카롭고 가느다란 것이 목 옆에 닿더니, 그대로 피부를 뚫고 들어오는 것이 느껴졌다.

"걱정하지 마." 풀턴이 말했다. 재즈는 그 목소리에 사람을 안심시키려는 의도가 담겨 있다고 생각했지만 전혀 안심이 되지 않았다.

풀턴이 뭔가 말을 더 했지만, 재즈는 듣지 못했다.

35

반전

　재즈는 머리가 지끈거리고, 귀에 거슬리는 윙윙거리는 소리가 울
리는 걸 느꼈다. 뭔가 다른 소리도 들리는 것 같다는 생각도 들었다.
그 윙윙거리는 소리에 더해 무슨 소리가 더해지는 것 같았지만, 확실
하지 않았다.

　'거저 하지이이 마'

　재즈는 그 소리를 알아들으려고 애썼다.

　'수우구 요옹해에 아니니'

　재즈는 눈꺼풀이 납덩이처럼 무거웠다. 적어도 그렇게 느껴졌다.
그는 눈을 떠 보려는 시도조차 하지 않았다. 귓가에 가득 울려 퍼지는
윙윙거리는 소리 가운데 그 말소리(정말 누군가 말을 하고 있는 거라면)
에 집중했다.

　'수우구 요옹해에 아니이'

재즈는 자기 몸이 묶여 있다는 것을 알았다. 그때까지 아무 느낌이 없던 팔다리에 감각이 돌아오면서, 자기가 수갑을 차고 있다는 것을 알 수 있었다. 그리고 입에 재갈까지 물려 있었다… 정말 놀랍게도.

재즈는 선택의 여지가 없었다. 눈을 떠야만 했다.

'아알아 드으게엤어?'

재즈는 힘들게 눈을 떴다. 그 시간이 영원 같았다. 적어도 원래 눈 뜰 때 걸리는 시간보다는 아주 오래 걸린 것이 확실했다. 반점이 보이고, 허공에서 뭔가 불꽃이 튀는 것처럼 번쩍거렸다. 재즈는 러스티의 가죽 끈을 잡고 자기 앞에 서 있는 빌리의 모습이 보이기를 반쯤 기대했다.

그의 앞에 있는 남자는 팔꿈치를 무릎에 받치고, 몸을 앞으로 내민 채 앉아 있었다. 그 사람의 입술이 천천히 움직이고 있었다. 그래서 재즈는 그 입술 모양과 귀에 들리는 소리를 합쳐 보려고 애를 썼다.

'마취약이었어. 내가 맞은 건….'

"…알아들었어? 난 '걱정하지 마. 이건 배수구 용해 세제가 아니야'라고 말했어. 그냥 약한 진정제를 놓은 거야." 제프 풀턴이 말했다.

재즈가 눈을 깜박거리자, 흐릿하던 세상이 바로 보이기 시작했다. 방의 윤곽이 뚜렷해지기 시작했다. 그는 지금 자기 침실에 있었다. 손목에 찬 수갑이 의자에 연결되어 있었다. 발목에도 족쇄를 차고 있었다. 재즈는 지금 자신이 교도소에서 만났던 빌리와 마찬가지로 옴짝달싹할 수 없는 상황이라는 것을 깨달았다. 풀턴은 책상 가장자리에 걸쳐 앉아 있었다.

"이제 정신이 드니?" 풀턴이 물었다. "좋아, 됐어." 그가 일어나 재즈에게 다가왔다. "이제 재갈을 풀어 줄 거야. 네가 비명이나 고함을 지르고 싶다면 마음대로 해도 좋아. 난 전혀 상관없으니까. 네 소리를 들을 사람은 아무도 없으니까 말이야. 가장 가까운 이웃이… 그래, 그 집이 어딘지는 너도 알고 있겠지? 밖에 있던 경찰도 더 이상 신경 쓸 필요 없어."

그가 재갈을 풀었다. 재즈는 숨을 크게 들이마셨다. 목청껏 고함을 지르고 싶었지만 풀턴의 말이 사실이라는 것을 재즈는 알고 있었다.

그래서 재즈는 고함을 지르는 대신 말했다. "원하는 게 뭐죠?"

풀턴의 눈이 반짝거리며 빛났다. 그는 아무 원한 없이 말했다. "원하는 게 뭐냐고? 내가 원하는 거야 많지, 재스퍼 프랜시스 덴트. 일단 네 귀여운 여자 친구를 죽이고 싶어. 그 애의 몸속에 들어 있던 내장을 비롯한 여러 가지 것들을 네 눈앞에 쌓아 올리고 싶어."

재즈는 이를 악물었다. "무엇 때문에요? 딸의 복수 때문에요? 코니를 죽이고, 날 죽여서 빌리에게 되갚아 주겠다는 거예요? 그렇게 한다고 해도 아저씨 딸은 돌아오지 않아요."

풀턴은 깜짝 놀란 것처럼 보였다. "내 딸? 무슨…? 아." 그의 얼굴이 환해졌다. "이런, 이런!" 그가 웃음을 터뜨렸다. "이건 정말 재미있구나! 넌 아직 나를 풀턴이라고 생각하고 있었어!" 그는 주머니에서 손수건을 꺼내 얼굴을 닦아 냈다. 무대 화장 같은 것이 지워지자, 그는 좀 더 젊어 보였고, 더 이상 지친 것처럼 보이지도 않았다. 그리고 남자는 눈에서 콘택트렌즈를 뺀 뒤, 재즈를 쳐다보았다. 선명한 푸른

421

색 눈이었다.

재즈는 빠르게 눈을 깜박거려, 남아 있는 약효 때문에 흐릿하던 시야를 환하게 밝혔다. 재즈는 그 눈을 알고 있었다. 인상주의자가 지니의 소파에서 창문 밖으로 뛰어내렸을 때 잠시 마주쳤던 그 눈이었다.

인상주의자가 다시 귀에 거슬리는 소리로 웃었다. "이제 알겠니, 재스퍼? 사실 나도 이 분장이 제대로 먹힐지 자신이 없었어. 콘택트 렌즈를 꼈다고 해도 말이야. 네가 나를 바로 알아볼 줄 알았거든. 제일 먼저 말이야. 하지만 너와 처음 마주친 뒤로, 난 네가 모를 거라는 걸 알았어. 넌 나를 제대로 쳐다보지도 않았으니까. 아마 내 이마에 인상주의자라는 문신을 했어도 넌 알아차리지 못했을 거야."

그가 말을 이었다. "세상에, 난 네게 매번 기회를 줬어. 널 위해 아주 큰 위험까지 감내했지. 내가 그 여자의 추도식에서 말을 했을 때…." 그자가 만족스럽다는 듯 숨을 깊게 들이마셨다. "재스퍼, 난 그 추도식에서 그 말을 했을 때… 맙소사. 난 그 자리에서 모든 게 끝장날 거라고 생각했어. 이 즐거움도 전부 사라질 거라 생각하고 있었지. 그런데 모두가 나를 쳐다보고 있었어. 아무도 모르더구나. 정말 기분이 좋았어. 아주 끝내주는 기분이었지."

재즈는 배가 아팠다. 이 위급한 상황에서 아기처럼 똥을 쌀지도 모른다는 생각이 들었다. 인상주의자는 그동안 재즈의 코앞에 있었다. 그를 갖고 놀았다. 그를 조종했다. 재즈는 완벽하게 실패했다. 피오나 구들링이 죽은 뒤, 인터넷에서 제프 풀턴의 사진을 찾아보기만 했어도 재즈는 이 살인마를 막을 수 있었다.

인상주의자가 본래 자리로 돌아갔다. 변장을 지우면서 제프 풀턴의 슬픔에 잠겨 있던 인격까지 떨쳐 버린 듯, 이제는 한층 자신만만한 자세로 앉았다. "이제 좀 알겠니? 이제 전부 다 이해할 수 있겠어?" 그가 물었다.

"그래." 재즈는 대답한 뒤, 재빨리 생각에 잠겼다. 그는 신체적으로는 억압되어 있었지만, 머리는 쓸 수 있었다. 재즈는 소시오패스들의 사고방식을 알고 있었다. 특히 이자의 경우는. 아버지를 흉내 내는 이자가 무슨 생각을 하는지 알 수 있었다. "넌 나를 이 판에서 쫓아내고 싶겠지. 우리 아버지는 내가 있기 때문에 다른 제자가 필요 없다는 걸 알고 있으니까 말이야. 하지만 만일 네가 나를 제거한다면, 네가 그 자리에 올라갈 수도 있을 거라고 생각했겠지."

인상주의자는 그 말에 웃지 않았다. 그저 코웃음을 쳤을 뿐이다. "넌 아무것도 몰라. 그게 어떤 건지 알지 못해. 상상조차 할 수 없을 거야. 넌 빌리 덴트의 아들이고, 후계자니까. 이제껏 단 한 명도 죽이지 않는데 말이야! 동물조차 죽여 본 적 없는데도!"

그자는 자리에서 일어나 재즈에게 다가와 뒤에 섰다. 재즈는 아까 목에 닿았던 권총과 바늘을 떠올리며 바짝 긴장했다. 하지만 인상주의자는 몸을 앞으로 숙여, 재즈의 귀에 닿을 정도로 입을 바짝 붙이고 속삭였다. "넌 타고난 권리를 저버렸어. 그래서 난 네가 그 권리를 받아들이게 만들어야겠다고 결심했어, 재스퍼 프랜시스 덴트. 지금 이 자리에서 네가 피를 보고, 뼈를 가르는 법을 배울 수 있게 도와주마."

재즈는 눈을 감았다. 안 된다. 그는 할 수 없었다.

"너도 하고 싶잖아. 언제나 바라던 일이었을 거야." 인상주의자가 부드럽고 나지막한 목소리로 말했다.

…해라….

"넌 언제나 아빠처럼 되고 싶었어, 마음 깊은 곳에서는 말이야."

…잘했다, 착한 아이….

"그만. 제발 그만해." 재즈가 거의 들리지 않을 정도로 작은 소리로 말했다.

"감당이 안 돼?" 인상주의자가 물었다. 그는 재즈의 왼쪽으로 돌아가 다시 책상에 걸터앉았다. "너한테 너무 버겁나? 그래. 이건 힘든 일이지, 안 그래? 제일 먼저 네가 누구인지 생전 처음 깨닫게 된다는 건… 쉬운 일이 아니야."

"그럼 넌 뭐야?" 재즈가 물었다. 그는 인상주의자에게 계속 말을 시켜야 한다는 사실을 깨달았다. 그자가 계속 말을 하다가, 혹시라도 재즈가 이용할 만한 약점이나 변덕 같은 걸 드러낸다면 그 기회를 잡을 수 있을 것이다.

인상주의자가 빙긋 웃었다. "내가 어떤 사람이냐고? 난 네가 '우리는 어떤 사람이냐'고 묻는 거라고 생각해. 너와 나, 우린 똑같으니까. 우리는 양이 아니야. 우리는 단순한 인간이 아니야. 우린 먹잇감이 아니야. 아니고말고. 우리는 주인도, 왕도, 황제도 아니야. 우린 신이야, 재스퍼." 인상주의자는 다시 재즈 쪽으로 몸을 숙였다. 그의 얼굴은 황홀감에 빛나고 있었다. "넌 신의 아들이야. 너도 알겠지만, 난 내 방식대로 네 아버지에게 경의를 표하기 위해 여기에 왔어. 너를 만나거나 이렇게 이야기를 나눌 생각은 아니었지만, 도저히 참을 수가 없었지. 빌리 덴트의 아들과 만나는 것을 어느 누가 거부할 수 있겠어?" 그는 어린애가 생전 처음 토끼를 어루만지듯이, 재즈의 뺨을 쓰다듬었다. "어느 누가 거부할 수 있단 말이야?" 인상주의자는 책상에서 뛰어내리더니, 갑자기 화를 내며 공격하기 시작했다. "그런데 내가 너한테 얼마나 실망했는지 상상해 봐. 상상해 보란 말이야!" 그자가 소리를 질렀다. "그들의 일원인 양 가장하고 있잖아! 살인자들의 왕이라는 타고난 자리를 버리고, 다른 아이들처럼 행동하다니…. 물론 그게 연기라는 것은 알고 있지만. 자, 이제 모든 것이 변하게 될 거야. 난 걸음마를 막 배운 아기처럼 네가 인생을 그렇게 비틀거리며 살아가는 걸 가만히 지켜만 볼 순 없었어. 그건 안 될 일이지. 난 너의 가치에 걸맞게 너를 이 세상에 새롭게 선보일 셈이야."

인상주의자가 재즈의 책상 앞에 돌아섰다. 책상 위에는 재즈의 주머니 속에 들어있던 소지품들이 놓여 있었다. 지갑, 열쇠, 하위의 휴대전화기.

"이제 우리에게 이런 건 필요 없어." 인상주의자가 팔을 휘둘러 그 물건들을 모두 바닥에 떨어뜨리며 말했다. "그렇지만 이건…."

그리고 그는 책상 위에 조리대에서 가져온 커다란 주방용 칼들을 내려놓았다.

그가 사악하게 웃었다. "우리에게 필요한 건 바로 이거야."

재즈는 침을 꿀꺽 삼켰다. "당신은 날 죽이지 못해." 그가 말했다. 재즈는 소리를 지르고, 비명을 지르며 울고 싶었다. 하지만 그는 이런 인간의 약점이 인상주의자와 같은 소시오패스에게는 최음제나 마찬가지라는 것을 너무나도 잘 알고 있었다. "날 죽이려고 해도 결국 실패할 거야. 난 빌리 덴트의 아들이니까. 넌 날 죽일 순 없어." 허세였다. 온전한 정신을 가진 사람들에게는 통하지 않을 말도 안 되는 허세였지만, 인상주의자는 자기가 신이라고 믿고 있는 미친놈이었다. 그래서….

인상주의자는 눈을 깜박거리더니, 순식간에 그 사악한 표정을 비굴할 정도로 순진한 표정으로 바꾸었다. 그 순진함이 너무 진짜 같아서 잠시나마 그 남자를 비난한 것에 대해 재즈가 죄책감을 느낄 정도였다.

"널 죽인다고? 도대체… 어째서 그런 생각을 한 거지? 내가 널 죽이고 싶어 한다고 생각했단 말이야? 아니야! 당연히 아니지! 난 결코…." 그는 재즈 앞에 무릎을 꿇더니, 간절한 눈으로 바라보았다. "난 너를 발전시키고 싶어. 원래 네가 되어야 할 살인의 신으로서, 네 아버지가 만들고 싶어 했던 존재로서 이 세상을 향해 성큼성큼 걸어 나오기를 바랄 뿐이야. 난 너를 죽이지 않아. 난 너를 도와줄 거야. 네가 처음으로 살인을 할 수 있게 내가 도와줄게."

그리고 인상주의자는 재즈가 침대를 볼 수 있게 의자를 돌렸다.

침대에는 할머니가 누워 있었다.

할머니는 아직 살아 있었다. 재즈는 할머니의 약한 숨소리를 들을 수 있었다. 그가 주었던 진정제의 효과가 아직 남아 있는 것일 수도 있다. 어쩌면 인상주의자가 할머니에게 새로 약을 주사한 것일 수도 있었다.

"난 열다섯 살 때 우리 아버지를 죽였어. 내가 하는 말을 믿어 봐, 재스퍼. 말 그대로 과거를 잘라 내고 나면, 얼마나 자유로워지는지 몰라. 정말 기분이 끝내주지." 인상주의자가 말했다.

"난 그런 짓 안 해." 재즈가 말했다.

"하게 될 거야. 만일 빌리 덴트가 이 자리에 있었다면, 그분도 네가 이 일을 하기를 바라셨을 거야. 그분이라면 네 손에 기꺼이 죽어 주시겠지. 그렇게 해야 네가 이 영광의 길에 들어설 거라는 걸 알고 계시니까."

재즈는 감옥에서 자살하지 않는 이유를 물었을 때 빌리가 주위를 돌아보며 했던 말을 떠올렸다. '그럼 전부 끝장이 난 모양이지?'

"당신은 우리 아버지에 대해 아무것도 몰라." 재즈가 말했다. 그리고 공포와 혼란과 죄책감과 스스로도 믿을 순 없었지만, 자식으로서의 도의가 뒤섞여 있는 낯선 감정들을 느꼈다. 재즈는 불쑥 말했다. "당신은 우리 아버지에 대해 아무것도 몰라. 자신의 인생에 의미를 부여하기 위해서 우리 아버지 흉내를 내고 있는 실패자이자, 정신 나간 팬에 불과해. 당신은 아무것도 아니야. 당신은 신이 아니야. 아무것도 아니야. 당신은 이렌느 헬러를 강간하지도 못하는 인간이야."

재즈의 의도는 성공했다. 그 말을 들은 인상주의자의 얼굴은 여전히 평온한 것처럼 보였지만, 눈꺼풀이 파르르 떨리고 있었다. 그리고 그가 재즈의 얼굴을 후려갈겼는데, 어금니가 나갔다고 해도 이상하지 않을 정도로 세게 때렸다.

"너 따위는 무섭지 않아. 널 숭배할 수는 있어도, 널 무서워할 일은 절대 없을 테니까. 알아들었어?" 인상주의자가 재즈에게 얼굴을 들이밀며 말했다. 그리고 그는 두 사람 사이에 칼을 들어 올렸다. 재즈는 칼날에 비친 자신의 모습을 보고, 그다지 겁에 질려 있는 것처럼 보이지 않는다는 것에 깜짝 놀랐다.

"그럼 내가 당신보다 낫네." 재즈가 얻어맞은 얼굴을 돌리며 말했다. 입에서 피 맛이 났다. "나 역시 당신이 두렵지 않을 뿐더러, 당신을 숭배할 일 따윈 절대 없을 테니까."

고함 소리를 억누르며, 인상주의자가 칼을 들지 않은 쪽 손으로 재즈의 멱살을 잡고 앞으로 끌어당겼다. 하지만 티셔츠가 얇고 낡아서 잡아당기는 힘에 가운데가 찢어졌다. 인상주의자는 웃음을 터트리며, 억지로 손을 밀어 넣어 티셔츠를 마저 찢어 버리고는 그 자락을 재즈의 허리춤에 세 번씩 접어 넣었다.

"이런 게 재미있나 봐? 그런데 이렌느 헬러는 어째서 강간하지 않은 걸까?" 재즈가 악담을 퍼부었다.

하지만 인상주의자는 더 이상 신경 쓰지 않았다. 뭔가 그의 눈에 띄었는지, 목을 길게 빼고 재즈 뒤쪽을 보더니, 의자를 돌려 재즈의 등을 감상하기 시작했다.

"요세미티 샘이잖아? 이제는 어른이 돼야겠다는 생각이 안 들어?" 그가 당혹스러운 목소리로 물었다.

'불행 중 다행이었지. 하위가 스폰지 밥을 새기고 싶다는 걸, 그나

마 내가 약간 터프한 걸로 새기자고 해서 그걸로 한 건데.'

"지금까지 재미있었어." 인상주의자가 다시 재즈 앞으로 돌아 나오며 말했다. "하지만 우린 오늘 밤 안에 해야 할 일이 많아. 이제 시작해야지."

인상주의자가 재즈에게 다가오자, 재즈는 칼날이 날아올지도 모른다는 생각에 마음의 준비를 했다. 하지만 그자는 의자에서 재즈의 족쇄를 푼 뒤, 양쪽 발에 족쇄를 채웠다. 수갑도 마찬가지로, 처음에 의자와 연결되어 있던 오른쪽 손목 역시 왼쪽 손목과 함께 수갑이 채워졌다.

재즈는 이제 일어설 수 있게 되었다. 하지만 두 다리가 묶여 있었다. 이래서 도망칠 수 있을까?

불가능한 일이다. 그는 한 번에 15센티미터 이상 움직일 수 없었다. 손도 양쪽이 거의 붙어 있는 것이나 마찬가지였다.

인상주의자는 재즈를 의자에서 끌어내더니, 반쯤 질질 끌다시피 해서 할머니 앞으로 데려갔다. 재즈는 머리가 빙글 도는 것 같았다. 아직 약 기운 때문에 어지러웠다.

재즈는 인상주의자가 억지로 그의 손에 칼을 밀어 넣는 것을 느꼈다….

…꼭 붙잡아….

…그런 다음 그 칼을 꼭 붙잡도록 양손을 눌렀다. 인상주의자는 힘이 엄청 셌다. 한 손으로 재즈가 칼 손잡이를 꼭 붙잡게 만든 뒤, 자기에게 칼을 휘두르지 않도록 막고 있었다.

'칼.'

또 다른 칼.

익숙하다.

그 순간 재즈는 알았다. 그건 꿈이 아니었다.

그건 기억이었다.

그는 전에도 칼을 잡은 적이 있었다. 지금처럼.

지금과 똑같은 상황이었다. 다른 사람이 그의 손을 잡고, 그를 이끌었다.

하지만 손잡이를 쥐고 있는 건 그였다. 예전에도 그랬다.

인상주의자는 재즈의 등을 밀어 할머니 앞으로 끌고 갔다. 할머니는 여전히 코를 골고 얼굴을 씰룩거리며 아무것도 모른 채 잠들어 있었다. "네가 처음으로 죽일 대상이야. 난 네가 쉽게 해내기를 바라거든. 네 할머니는 금세 깨어나진 않을 거야. 아니." 인상주의자가 소리 내어 웃었다. "네 할머니는 영영 깨어날 수 없겠구나. 이제 시작하자."

인상주의자는 재즈를 할머니 앞에 몸을 숙이게 만든 다음, 할머니의 옷 속, 오그라든 젖가슴 사이를 칼끝으로 살짝 누르게 했다. "이제 넌 칼에 힘을 주기만 하면 돼. 그럼 칼이 곧장 흉골 밑으로 들어가 심장까지 누를 거야. 네 할머니는 늙었어. 몸도 약하고 힘도 없지. 빨리 끝날 거야. 혹시 걱정할까 봐 말하는데, 네 할머니는 아무것도 느끼지 못해. 일단 끝내고 나면 기분이 한결 나아질 거야. 그런 다음에는 네 여자 친구를 해치우러 가자." 인상주의자가 속삭였다.

"싫어." 재즈가 속삭였다. 그의 마음 한편에서 할머니가 죽었으면 좋겠다는 아주 사악한 마음의 동요가 일어나긴 했지만, 만일 인상주의자가 시키는 대로 그 일을 하게 된다면 틀림없이 저주받게 될 것이다. 만일 재즈가 그런 일이 일어나게 만든다면 틀림없이 천벌을 받게 될 것이다. "안 할 거야."

"넌 하게 될 거야." 인상주의자가 속삭였다. 그의 목소리는 거부할 수 없을 만큼 유혹적이었다. "너도 원하는 일이잖아. 하게 될 거야." 재즈의 귓가에 인상주의자의 따뜻하고 부드러운 숨결이 느껴졌다. 그의 말은 부드러웠다. " 넌 할 수 있어. 만일 네가 못한다면⋯."

'만일 내가 못한다면⋯.'

재즈가 하지 않는다고 해도, 어차피 할머니는 금세 죽을 것이다. 할머니는 노인이다. 건강도 시원찮다. 정신도 온전치 않다. 그런 할머니를 도와줄 사람도 툭하면 할머니에게 진정제를 주고, 혼자 내버려두는 손자밖에 없다.

만일 그가 정말 그렇게 한다고 해도 정말 상처받는 사람은 아무도 없지 않을까? 만일 재즈가 할머니를 저세상으로 보내 드린다면? 할머니를 그리워하는 사람이 있을까? 그럴 사람은 아무도 없다.

어쨌든 재즈는 멜리사 후버와 사회 기관 덕분에 할머니와 떨어지게 될 것이다. 할머니 역시 양로원에 가느니 차라리 죽고 싶어 할 것이다.

그럴까?

⋯닭을 자르는 것처럼, 닭고기처럼 자르는 거야. 그렇게 하면 돼. 닭처럼⋯.

재즈는 어쨌든 할머니가 곧 죽게 될 거라고 생각했다. 그리고 재즈가 일단 할머니를 죽이고 나면 인상주의자가 수갑을 풀어 줄 것이고 신뢰하게 될 것이다. 그때 재즈는….

재즈는….

재즈는 그 신뢰를 이용할 수 있을 것이다. 칼은 계속 가지고 있어야 한다. 인상주의자가 자기가 이겼다고 생각할 때, 바로 그때….

인상주의자를 죽인다.

그래. 재즈의 심장 박동이 빨라졌다. 마치 누군가 그의 심장에 연결된 가속 페달을 힘껏 밟고 있는 것 같았다. 그래, 이제 알 것 같았다. 할머니의 출혈이 채 그치기도 전에, 방심하고 있을 인상주의자를 향해 돌아서서, 빌리에게 배운 대로 그자의 가슴에 재빨리 칼을 꽂은 다음, 왼쪽으로 비트는 거다. 만일 심장을 공격할 각도가 좋지 않을 경우에는 맥박이 잡히는 목 옆에 지방이 많고 물렁물렁한 위치의 경동맥을 한칼에 벤다. 강한 유혹, 너무 쉽다. '우리가 그곳을 베기를 신이 원하시는 것 같아.' 빌리는 그렇게 말하곤 했다. 그건….

안 된다. 재즈는 눈을 심하게 깜박거렸다. 지금 그는 바로 눈앞에 누워 있는 사람을 할머니가 아닌 아무 쓸모없는 노인으로만 보고 있었다. 도대체 무슨 생각을 했던 거지? 안 된다. 안 돼!

그가 정말 불과 몇 분 사이에, 두 건의 살인을 저지를 생각을 하고 있었단 말인가? 그것도 기대하고, 즐거워하면서!

"난 그렇게 안 할 거야." 재즈는 인상주의자의 말을 부인하기보다는 스스로에게 확신을 주기 위해 말했다.

"재즈, 네가 하지 않는다면 내가 할 거야." 이제 그의 말이 거칠어 졌다. 조금 전까지 부드럽던 숨결도 점차 빨라지면서 거칠어졌다. "네 할머니를 깨울 거야. 눈부터 시작해야지. 네 할머니를 위해 난 '예술가'와 '그린 잭', '친절한 살인마'에 '장갑을 낀 손'까지 모두 합친 모습을 보여 줄 거야. 내가 네 할머니의 뼈와 살을 발라내기 시작하면 할머니가 얼마나 오래 버티는지 볼 수 있겠지. 안 그래?"

순간 재즈는 뭔가를 보았다. 인상주의자는 재즈를 쳐다보고 있었기 때문에 아무것도 보지 못했다.

그림자들이었다.

복도에서 문 밑으로 새어 들어오는 빛 속에 그림자들이 움직이고 있었다.

누군가 밖에 있었다.

"도와주세요! 살려 주세요!" 재즈는 자기 마음이 변하기 전에 소리질렀다.

인상주의자가 킬킬거리며 웃었다. "이미 말했을 텐데. 아무도…"

그때 복도에서 누가 문을 쾅쾅 두드리기 시작했다. 그 소리에 인상주의자는 입을 다물었다.

"무슨 일이야?" 인상주의자는 여전히 재즈의 손을 꽉 붙잡은 채, 문 쪽을 돌아보았다. 그는 지금 재즈를 그대로 놔둔 채 움직일 여력은 없었다.

그때 문밖에서 귀에 익은 목소리가 큰 소리로 외쳤다. "다시 한 번!" 재즈는 그 순간 몸을 비틀며 빠져나갈 틈을 노렸다. 칼끝이 끌리며 할머니의 옷이 찢어졌지만, 재즈는 돌아서면서 인상주의자에게서 벗어날 수 있었다. 비록 칼로 인상주의자를 공격할 기회는 놓쳤지만, 수갑을 찬 양손으로 간신히 그자의 턱에 한 방 날릴 수 있었다. 재즈는 그 반동에 비틀거리다가 뒤로 한 걸음 물러났다.

재즈는 뒤로 껑충 뛰어 칼로 인상주의자를 공격하기 좋은 각도를 찾았다. 하지만 족쇄 때문에 발이 걸려 넘어지는 바람에, 칼을 놓치고 말았다. 철커덕 소리를 내며 떨어진 칼은 한 번 튀어 올랐다가 60센티미터가량 떨어진 곳에 떨어졌다. 재즈는 칼을 되찾기 위해 몸을 나선 모양으로 비틀면서 돌진했다. 수갑을 찬 손으로 칼을 막 잡으려는 순간, 인상주의자가 달려들어 재즈를 양탄자 위에서 옴짝달싹 못하게 만들었다.

"그렇게는…." 인상주의자가 말을 꺼냈다. 그때 재즈가 목을 쑥 내밀어 인상주의자의 손목을 힘껏 깨물었다. 그자는 말을 끝내지 못하고, 고통에 찬 비명을 지르기 시작했다. 재즈는 그자의 손목을 살점이 떨어져 나갈 정도로 힘껏 깨물었다. 입안에 피 맛이 가득했다.

다시 문 두드리는 소리가 들리더니, 마침내 문이 열렸다. 재즈는 곁눈으로 방 안으로 뛰어 들어온 코니와 하위를 보았다. 믿을 수 없는 일이었지만, 산탄총을 휘두르고 있는 하위의 모습이 세상에서 가장 비현실적인 액션 히어로처럼 보였다.

여전히 재즈와 뒤엉켜 있던 인상주의자가 재즈의 입에서 손목을 빼냈다. 피가 철철 흐르고 있었다. 인상주의자가 몸을 비틀더니, 떨어져 있던 칼을 잡으려고 했다.

코니가 그 칼을 발로 걷어찼다.

그때 갑자기 하위가 그 앞에 서더니, 산탄총으로 인상주의자의 머리를 사정없이 내리치기 시작했다.

"두고 봐. 조심하지 않으면, 제대로 피 보게 해 줄 테니까." 하위가 으르렁거렸다.

재즈는 도저히 참지 못하고, 소리 내어 웃기 시작했다.

재즈는 감각이 돌아올 때까지 손목과 발목을 문질렀다. 코니가 욕실에서 손수건에 물을 적셔 인상주의자의 상처를 싸매 주었다. 인상주의자는 재즈가 묶여 있던 바로 그 의자에 앉아, 재즈가 차고 있던 그 수갑에 묶인 채, 무표정한 얼굴로 똑바로 앞만 쳐다보고 있었다. 하위가 그 앞에서 산탄총을 들고 지키듯 서 있었다.

"저 사람 피가 많이 나. 아무래도 911에 다시 전화해서 구급차도 보내 달라고 해야겠어." 코니가 말했다.

"피 흘리게 내버려 둬." 하위가 냉정하게 말했다. 이제껏 재즈가 한 번도 들어 본 적 없는 차가운 말투였다.

"이자를 잘 지켜보고 있어." 재즈가 문 쪽으로 가면서 말했다. "경찰이 도착하기 전에 이자와 2분쯤 이야기를 하고 싶으니까."

재즈는 복도로 나가 욕실로 사라졌다. 그리고 세면대에서 물을 받아 입을 헹궜다. 아무리 입안을 헹궈 내도, 인상주의자의 살과 피 맛이 혀에 계속 남아 있었다. 재즈는 이 맛이 얼마나 지나야 사라질지 궁금했다. 감염된 것 같았다.

재즈는 다시 침실로 돌아갔다. 계속 앞만 쳐다보고 있는 인상주의자를 하위와 코니가 여전히 지키고 서 있었다.

"그건 그렇고, 너희들은 어떻게 우리 집에 온 거야?"

코니가 인상주의자에게서 한 걸음 물러서며 어깨를 으쓱했다. 마치 인상주의자의 손목 상처에 임시로 손수건을 감아 놓은 상태가 좋지 않다는 것을 알고 있지만 아무래도 상관없다는 것처럼. "하위가 잠이 안 온다면서, 나한테 전화해서 너희 집에 데려다 달라는 거야. 아니면 여기까지 걸어서라도 갈 거라면서."

"여기 도착해 보니, 경찰 아저씨가…." 하위가 말을 멈추고 침을 꿀꺽 삼켰다.

"그자는 일을 잘 못하더군." 인상주의자가 말했다.

그 말에 하위가 인상주의자에게 산탄총을 난폭하게 휘두르기 시작했다. 그 모습을 보고 재즈는 깜짝 놀랐다. 하위가 휘두른 산탄총은 살인범의 얼굴에서 빗나가 어깨에 맞았다. 하지만 제대로 세게 맞아서 인상주의자는 하마터면 의자에서 굴러떨어질 뻔했다.

"입 닥쳐! 입 다물란 말이야! 네놈이 그 사람을 죽였어! 나도 죽일 뻔했고!" 하위가 소리 질렀다.

"다음번엔 좀 더 깊이 찔러 주지."

하위가 산탄총으로 인상주의자의 머리를 때려 인사불성으로 만들기 전에 재즈가 총을 낚아챘다. 그자는 살아 있어야 한다, 지금 당장은.

하위가 숨을 거칠게 몰아쉬며, 반대편 벽으로 물러났다.

"G. 윌리엄에게 전화를 걸었지만 받지 않았어. 그래서 911에 신고했지." 코니가 하위가 서 있던 자리를 차지하며 말했다. "911에서는 서둘러 출동하겠다고 했는데, 아무리 기다려도 경찰들이 안 오잖아. 사람들이 전부 미쳤나 봐."

"그건 대책 본부 때문이야. 그리고 사람들이 전부 다 이자를 잡겠다고…." 하위가 인상주의자 쪽으로 고개를 쳐들면서 말을 이었다. "다음 희생자 집에 몰려가 있기 때문이지."

"맞아. 그래서 우리가 집 안에 들어와서…."

"산탄총을 찾았는데…."

"괘종시계 바로 옆에 있더라." 코니가 고개를 끄덕이며 말했다.

재즈는 싱긋 웃었다. 인상주의자는 자기가 아무 위력도 없는 못 쓰는 산탄총에 굴복했다는 것을 모르고 있었다.

"그때 네가 이 방에 있는 걸 알게 됐고, 우리가 문을 걷어찼지." 하위가 한결 차분해진 목소리로 말했다.

"지금 '우리'라고 했어?" 코니가 되물었다.

"그러니까 내 말은, 문을 걷어찬 건 코니였어. 내가 감독하고."

인상주의자가 눈을 깜박였다. "난 널 강하게 만들고 싶었을 뿐이야. 오직 그 때문이었어. 널 강하게 만드는 것. 네 이름에 걸맞는 사람으로 만드는 것."

그는 의자에서 몸을 뒤척였다. 인상주의자가 움직이는 모습을 보다가, 재즈는 조금 전 두 사람이 바닥에서 뒤엉켜 싸울 때 뭔가 있었던 것 같다는 기억이 떠올랐다. 분명히 뭔가가 그의 몸에 스쳤다. 그 순간에야 목숨을 걸고 싸우느라 미처 생각하지 못했지만, 지금은….

"그 손가락들은 어떻게 했어? 그 손가락들로 무슨 짓을 한 거야?" 재즈가 인상주의자에게 물었다.

"넌 알 필요 없어!" 인상주의자가 위협하듯 소리 질렀다. "넌 몰라도 돼. 넌 아직 준비가 안 됐어."

인상주의자는 헐렁한 골프 셔츠를 입고 있었다. 그 옷을 입고 있으니 완벽하게 제프 풀턴인 것처럼 보였다. 그 점에 대해 다시 생각하는 사람은 아무도 없을 것이다. 하지만 지금 재즈는 그 옷을 보며 뭔가가 떠올랐다. 어쩐지 이상했다.

지금 뭘 하고 있는 거냐고 묻는 하위와 코니를 무시한 채, 재즈는 인상주의자에게 다가갔다.

인상주의자의 셔츠를 들추면 안 된다는 느낌이 들었지만, 재즈는 그조차 무시했다.

인상주의자는 안간힘을 쓰며 몸을 이리저리 비틀어 보았지만, 재즈가 셔츠 자락을 들추는 것을 막을 순 없었다.

이런. 잠깐만. 세상에….

'문신이 근사하네요.'

하위의 휴대전화 벨 소리가 이상하게 멀리서 들렸다.

"여보세요?" 재즈가 옷을 들추고 인상주의자의 복부를 쳐다보고 있는 동안, 하위가 전화를 받았다.

"무슨…." 코니가 말했다.

벨트였다. 셔츠 아래 맨 살 위에 벨트를 차고 있었다. 가느다란 가

죽 끈으로 된 그 벨트에는 인상주의자가 희생자들에게서 전리품으로 가져갔던 손가락들이 매달려 있었다. 각 손가락에는….

맙소사!

"문신이 근사하네요." 재즈가 말했다.

빌리는 어깨를 으쓱했다. "새로 한 거야. 네 마음에 든다니 다행이구나."

"이봐, 재즈. 보안관님이야. 너한테 중요하게 할 말이 있다고 하시는데." 하위가 불렀다.

인상주의자가 허리에 차고 있는 손가락이 매달린 벨트에서 눈을 떼지 못한 채, 재즈가 전화를 받았다. 손가락마다 관절에 문신이 새겨져 있었다. 손가락 한 개마다 철자를 한 개씩 새겨 허리에 빙 두르고 있었다. 손가락은 모두 열다섯 개였고, 그래서 단어들이 반복해서 새겨져 있었다.

"재즈? 듣고 있니?" G. 윌리엄이 말했다.

LOVE. 문신이 새겨져 있었다. FEAR. 손가락들에는 그 단어가 새겨져 있었다.

"맙소사." 재즈가 속삭였다.

"재즈. 애야, 너에게 이 일을 어떻게 말해야 할지 모르겠구나." G. 윌리엄이 힘없는 목소리로 말을 이었다. "네 아빠가… 네 아빠가 두 시간 전에 탈옥했단다."

"그럴 줄 알았어요." 재즈가 대답했다.

새로운 살인

4년 만에 자유의 몸이 된 빌리 덴트가 죽인 첫 번째 희생자를 찾아 내는 데 한 시간도 채 걸리지 않았다. 보안관은 덴트의 집으로 차 두 대를 보냈다. 한 대는 인상주의자를 이송하고 할머니를 보살피기 위해서였고, 다른 한 대는 재즈와 코니, 하위를 데려가기 위해서였다. 재즈가 탄 차는 20분도 되지 않아 그 범죄 현장에 도착했다.

멜리사 후버가 자기 집 거실 커피 테이블 위에 싸늘한 시체로 누워 있었다. 거의 형체를 알아볼 수 없는 상태였다. 여자라는 것조차 알아 보기 힘들었다.

재즈는 범죄 현장을 재빨리 둘러본 뒤 돌아서서 하위와 코니를 문 밖으로 밀어냈다.

"재즈!"

"너희들은 보지 마. 이걸 봤다간 평생 악몽에 시달리게 될 거야."

재즈가 말했다.

감옥에 들어간 이후로 빌리는 계속 욕구가 쌓여 있었다. 멜리사 후버는 그런 그의 눈에 제일 먼저 들어온 진수성찬이나 마찬가지였고, 원 없이 탐했다. 그 현장을 지키는 노련한 경찰들 ― 연방 요원들과 G. 윌리엄이 직접 고른 지역 경찰들 모두 표정이 좋지 않았다. 그들 모두 불안에 떠는 것처럼 보였다. 그들이 자기들 사이에 재즈가 함께 있는 것이 모욕적이라고 생각한다는 것처럼 그를 쳐다보고 있는 것 같았다. 빌리가 저지른 이 끔찍한 범행 현장 가운데에서 재즈 같은 존재를 옆에 두고 얼마나 오래 버틸 수 있을 것인지, 그들 자신에게 묻고 있는 것 같았다. 재즈는 그런 생각들이 모두 그저 자신의 상상이었으면 좋겠다고 생각했다.

에릭슨 부관은 여느 때와 마찬가지로 한쪽 옆에 서 있었다. 하지만 재즈는 처음으로 그 남자의 본모습을 볼 수 있었다. 그가 호전적이고 비열하다고 생각했던 것은 실제로는 이제까지 계속해서 볼 수밖에 없었던 무정한 살인자들 때문에 깊이 고통받았기 때문이었다. 에릭슨은 자기가 작고 조용한 마을로 전근 온 줄 알았는데, 실제로는 대학살의 현장이었다. 재즈는 이제까지 에릭슨에게 품었던 모든 비난과 생각에 대해 사과해야 할 것 같다고 생각했다.

하지만 사과는 나중으로 미뤄야 할 것 같다. 지금 당장 해야 할 일들이 그보다 훨씬 중요했기 때문이었다.

멜리사는 지독한 고통을 당했다. 하지만 그녀는 원래 빌리가 그런 짓을 할 만한 대상이 아니었다. 그리고 그 점이 바로 빌리의 의도라는 것 또한 재즈는 알고 있었다. 그녀의 시신은 유린되었다. 그녀의 집은 고통과 타락의 온상으로 변해 있었다. 재즈는 그녀가 살기 위해 애원하고 구걸했음을 알 수 있었다. 하지만 빌리는 아랑곳하지 않았다.

"어떻게 된 상황인지부터 설명해 주마." 재즈가 경찰들을 방해하거나 귀찮게 하지 않으려고 조심하며 범죄 현장에 들어서자, G. 윌리엄이 말했다. "빌리는 감옥 진료소에서 자기 목을 그었어. 부상이 아주 심각한 것처럼 보였지만 당연히 그렇지 않았지. 교도소 밖에 있던 시위자들도 주의를 분산시키는 데 일조한 것 같아. 빌리가 탈출하는 동안, 시위자 세 명이 소방 대원을 살해했다는구나. 우린 이 사건에 다른 누군가가 개입되어 있을 거라고 보고 있어. 아직 확실한 건 아니지만. 빌리와 계속해서 접촉한 외부 인물이 있을 거라고 생각해. 그자와 연락을 주고받으면서, 팬레터에 암호로 쓴 정보를 전달받았을 거야. 다만 빌리가 어떻게 회답을 했는지 알 수가 없어. 빌리는 이제껏 누구에게도 편지를 쓴 적이 없고, 전화를 한 적도 없는데 말이야."

재즈는 빌리가 자신에게 부탁했던 일을 떠올렸다. 수반을 옮기는 일. 그게 신호였나?

그가 수반을 옮긴 지 몇 시간도 되지 않아, 빌리가 자유의 몸이 되었다. 우연으로 볼 수는 없었다. 빌리는 틀림없이 아주 오래전부터 탈옥 계획을 세운 것이 분명했다.

그리고 재즈가 그 방아쇠를 당겼다.

"언제요? 그 일이 벌어진 게 언제죠?" 재즈가 물었다.

"빌리는 오늘 새벽 2시쯤 탈옥했어."

재즈는 시계를 보았다. 새벽 5시가 지난 시간이었다. 그때 그는 약에 취해 몇 시간 동안 인상주의자와 함께 있었다.

"그럼 인상주의자는 아니에요. 그자는 그 시간 내내 저랑 같이 있었으니까."

"인상주의자가 빌리와 같이 일한다고 생각하는 거니? 그자는 그저 빌리의 영향을 받은 것일 수도 있잖아?"

"인상주의자는 잘라 간 손가락들 위에 문신을 새겼어요." 재즈가 온몸을 떨었다. "아버지도 새로 문신을 새겼고요. 똑같은 문신이었어요. 연락을 주고받고 있거나…." 갑자기 다른 생각이 떠올랐다. 새로운 접점. 재즈는 그런 생각을 하고 싶지 않았다. 그 생각을 떨쳐 버리려고 해 보았지만, 너무 머리 깊숙한 곳에 박혀 있었다. 하지만 그 생각은 그대로 묻혀 있지 않았다. 계속 번뜩거리면서 떠올랐다.

G. 윌리엄이 빌리의 탈옥 과정에 대해 자세히 설명하고 있었지만, 재즈는 제대로 들을 수가 없었다. 그런 건 아무래도 좋았다. 지금 중요한 건, 지금 떠오른 생각이다. 그 생각을 무시할 수가 없었다. 빌리는 이 모든 계획을 감옥에 가기 전에 세워 놓은 것이 분명하다. 도처에 그의 추종자들이 있었다. 빌리를 숭배하는 미치광이들이 전국 곳곳에 퍼져 있었다. 그런 자들 중 누구라도 빌리를 대신할 수 있다.

재즈는 웜마켓 교도소 밖에 있던 시위자들을 떠올렸다. 그런 움직임이 전국에 퍼져 있었다. 얼마나 많은 신자들이 있는 것일까? 그의 아버지를 돕는 사람들은 몇 명이나 되는 것일까?

"교도소에서 빌리가 받은 편지들을 모두 모아 놨어. 하지만 양이 너무 많아. 연방 보안관국(U.S. Marshals)에서 도와주고 있지만, 시간이 많이 걸릴 것 같구나." G. 윌리엄이 말했다.

재즈는 고개를 끄덕이며, 아랫입술을 깨물었다. 티셔츠가 찢어져 상체가 다 드러난 재즈에게 경찰 중 한 명이 등에 'POLICE'라고 새겨진 점퍼를 덮어 주었다. 재즈는 부산스럽게 사건 현장을 수색하는 과학수사대를 지켜보면서, 점퍼를 꼭 여몄다.

빌리는 온갖 증거를 다 남겼다. 머리카락, 섬유, 지문. 타액도 조금 남아 있었다. 아마 강간 검사가 끝나면 정액도 발견될 것이다.

그런 건 중요하지 않았다.

"말 그대로 이곳에 자기가 왔다는 사인을 남긴 거예요." 재즈가 말했다.

G. 윌리엄이 고개를 끄덕였다. "그래. 그것도 아주 많이. 우리가 이 사건의 범인이 빌리라는 것을 알고 있다는 것을 그도 알고 있으니까. 그러니 아무것도 문제 될 게 없었지. 빌리는 아랑곳하지 않았어. 숨기려는 시도조차 하지 않았으니까."

예술가, 그린 잭, 장갑을 낀 손, 친절한 살인마…. 그동안 나왔던 아버지의 페르소나들 중에 이번에 나타난 것은 빌리의 본모습이었다, 재즈가 가장 무서워하는 빌리의 본모습.

"빌리가 피해자의 컴퓨터를 망가뜨렸어. 파일들이 하나도 남아 있지 않아."

'내가 여기 갇혀 있는 동안 어머니를 보살펴 주는 유일한 사람이 너니까.' 빌리는 그렇게 말했다. 그리고 이제 할머니와 재즈를 떼어

놓을 수 있었던 유일한 사람이… 없어졌다.

"빌리가 이걸 남겼다." G. 윌리엄이 증거 수거용 비닐 봉투를 건네주었다. 그 안에는 알아보기 힘든 글씨로 뭔가 잔뜩 적혀 있는 종이한 장이 들어 있었다. 재즈는 보안관에게서 그 봉투를 받았다.

가까이에서 보니 종이 위에 피 묻은 엄지손가락 지문도 있었다.

그 편지지에는 '멜리사 후버의 책상에서(FROM THE DESK OF MELISSA HOOVER)'라고 찍혀 있었다. 그중 책상(DESK)이라는 단어에 줄을 긋고, 대신 죽음(DEATH)이라고 적어 놓았다.

내용은 다음과 같았다.

사랑하는 재스퍼,

월마켓에서 널 볼 수 있어서 얼마나 기뻤는지 말로 표현할 수가 없구나. 넌 정말 강하고 다부지게 잘 자라 줬어. 네가 앞으로 이루어 나갈 일들을 생각하기만 해도 네가 얼마나 자랑스러운지 모르겠다. 네가 위대한 인물이 될 운명이라는 건 예전부터 알고 있었단다. 이 아버지는 언젠가 우리가 함께 그 일을 할 수 있는 날이 오기만을 바라고 있으마.

지금은 비록 이렇게 몇 글자밖에 남기지 못하지만, 아버지가 네게 이 빚을 어떻게 갚아야 할지 모르겠다.

사랑을 담아
아버지가

그리고 재즈가 그 자신을 포함해 그 방에 있는 모든 사람들을 죽이고 싶게 만드는 추신이 붙어 있었다.

추신. 언젠가 우리가 함께하게 되면, 네 엄마에게 네가 무슨 짓을 했는지 이야기할 날도 오겠지.

경찰은 할머니를 병원에 데려갔고, 의사는 상태를 좀 더 지켜보자고 했다. 재즈는 할머니 옆을 지켰다. 그에겐 잠이 필요했지만, 잠을 잘 수가 없었다. 재즈는 빌리의 탈옥에 책임이 있었다. 죽은 간수와 부상당한 여러 사람들에 대해서. 멜리사 후버가 당해야 했던 끔찍한 일에 대해서도.

그리고 빌리의 말을 믿을 수 있다면, 그는 엄마의 죽음에도 책임이 있었다.

G. 윌리엄이 편지에 적혀 있는 '빚을 갚는'게 무슨 뜻이냐고 물었다. 재즈는 순간 보안관에게 수반에 대해 말하지 않기로 마음먹었다. 이유는 몰랐다. 그가 알고 있는 건 지금 이 순간 G. 윌리엄의 설교를 감당할 수 없다는 것뿐이었다. 그래서 재즈는 모르겠다고 대답했고, 그 범죄 현장에 압도되어 있던 G. 윌리엄 역시 그 말을 그대로 받아들였다.

결국 피곤에 지친 재즈도 쓰러지고 말았다. 할머니 침대 옆 의자에서 세상 모르고 잠들었다.

그는 할머니가 지르는 괴성에 잠에서 깨어났다. 할머니는 젊은 라틴계 간호사가 정맥 주사로 영혼을 빼앗아 가려고 한다면서 비명을 질렀다.

그렇게 모든 것은 일상으로 돌아왔다.

그리고 재즈가 잠에서 완전히 깬 순간, 아버지가 탈옥했다는 사실을 떠올렸다. 자유의 몸이 되었다는 사실을.

이제 평범하던 일상은 사라졌다. 다시는 돌아오지 않을 것이다.

모두 빌리가 재판에서 그에게 불리한 증언을 했던 사람들을 찾아갈 거라고 생각했다. 재판관은 물론, 그를 진찰했던 정신과 의사들에게도. 경호원들을 고용하고, 호위 경찰들에게도 초과 근무 수당을 지불했다. 그 초과 근무는 두 배로 늘어났다. 그리고 빌리 덴트와 조금이라도 연관된 인물이 주 경계선을 넘거나 국경을 넘지는 않는지 눈을 부릅뜨고 감시했다.

로보스 노드에서는 G. 윌리엄 태너가 코니와 하위, 그 가족들을 경찰이 보호해야 한다고 주장했다. 인상주의자가 코니를 알고 있으니, 빌리 또한 알 수도 있었다, 어느 정도는.

재즈는 그 모든 것이 시간 낭비라는 것을 잘 알고 있었다. 언젠가는 빌리가 코니와 하위를 찾아올 것이다. 하지만 그렇게 빨리 찾아오지는 않을 것이다. 그리고 빌리는 검사, 판사, 증인들, 심지어 자기를 잡아넣은 장본인인 G. 윌리엄조차 찾아가지 않을 것이다. 빌리는 모두가 자신이 당연히 그렇게 할 거라고 생각하기를 바라고 있었다. 그들 모두가 그를 예측 가능한 인물로 여기기를 원했다. 자기가 손대지

않을 사람들을 보호하느라, 그들이 시간과 인력을 허비하기를 원하
고 있었다.

그러는 동안 빌리는 멀리 떠날 것이다. 세상 속에 섞일 것이다.

사회로 복귀할 방법을 찾을 것이다.

다음 희생자를 찾을 것이다.

먹잇감을 쫓을 것이다.

37

살인자의 아들

다음 날, 재즈가 보안관의 집무실에 도착했을 때는 거의 저녁 식사 때가 다 된 늦은 시각이었다. 눈을 떴을 때, 이미 그날 하루가 거의 지나가 버렸다는 사실이 심란했지만, 그래도 그는 마음먹었던 일을 하기로 했다. 재즈는 아직 남아 있는 인상주의자 대책 본부 사람들 사이를 헤치고 G. 윌리엄의 집무실로 향했다. 그리고 체면 불구하고 G. 윌리엄에게 인상주의자를 5분만 만나게 해 달라고 애원했다. "딱 5분이면 돼요. 1초도 넘기지 않을게요. 맹세해요." 재즈는 약속했다.

결국 마음이 약해진 G. 윌리엄은 인상주의자와의 면회를 허락해 주었다. 하지만 보안관은 두툼한 손으로 재즈의 민감한 부분 근처까지 온몸을 샅샅이 수색했다. 재즈는 그 상황을 묵묵히 견뎌 냈다. 그에게는 그 5분이 꼭 필요했다.

G. 윌리엄이 잠긴 문을 열고 재즈를 대기 구역에 들여보내 주었다. 로보스 노드 지방 경찰서 건물에는 유치장이 세 개 있었다. 그중두 개는 비어 있었다. 인상주의자는 세 번째 유치장 안의 침대 위에느긋하게 누워 천장을 올려다보고 있었다. 그는 재즈가 대기 구역에들어온 것을 보더니, 침대에서 일어나 자리에 앉았다.

"5분이다. 그리고 이 창살 너머로 아무것도 넣어 주면 안 돼. 손도대지 마. 둘 다 마찬가지야." G. 윌리엄이 말했다.

그리고 보안관은 밖으로 나갔다.

재즈는 인상주의자를 쳐다보았다. 살인범 역시 그를 쳐다보았다.재즈는 지금 보고 있는 대상이 사람이 아니라, 사람인 척하는 존재라는 것을 깨달았다. 지난 세월 내내 빌리의 얼굴에서 그것을 보았으면서도, 보지 않는 사이에 그 힘과 강렬함을 까맣게 잊어버리고 있었다.마치 그 음식이 매운 것을 알면서도, 다시 먹기 전에는 그 매운 맛이어땠는지 잊어버리고 있는 것이나 마찬가지였다.

"어서 와라, 재스퍼. 아니… 잠깐만. 넌 '재즈'라고 불리는 걸 더 좋아하지. 안 그래? 그럼 넌 이렇게 대답하겠지. '친구들만 재즈라고 불러.' 하지만 너와 난 친구 이상의 가까운 관계야. 난 너를 위해 규칙을깼어. 내 끈을 잘라 냈단 말이야. 내 꼭두각시의 주인이 되기 위해서."

대체 이자는 무슨 소리를 하는 거지?

"넌 텅 비어 있어. 아무것도 없어. 아무것도 새겨지지 않은 진흙 덩어리야. 아버지가 그런 너에게 뭔가를 새겨 넣은 거지. 너도 다른 소시오패스들과 다를 것 없어. 속이 텅 비어 있을 뿐이야."

어쩌면 정보는 들어 있을지 모르지만.

인상주의자는 공허한 소리로 웃었다. "네가 그렇게 생각해도 좋아. 난 너를 위해 도전했어. 너를 좀 더 대단한 사람으로 만들기 위해서 말이야. 난 계속 살인을 해 나갈 수 있었어. 네 아버지처럼 성공할 수 있었지. 하지만 내가 가야 할 길에서 벗어났어. 너에게서 가능성을 봤기 때문이야. 지금도 그래." 그가 몸을 앞으로 내밀었다. "네게 해줄 말은 아무것도 없어, 그저 네 운명을 받아들이라는 말밖엔. 난 그렇게 했고, 후회 없어. 비록 지금 내가 여기서 끝난다고 해도 말이야."

얼치기 심리학자의 헛소리는 그만하면 충분했다. "네가 가지고 있던 편지야. 주머니 안에 들어 있었지. 경찰이 네 몸수색을 하다 찾아낸 거야." 재즈가 말했다.

그리고 재즈는 희생자들의 프로필이 적혀 있는 종이의 복사본을 꺼냈다. 그 끝부분에 다음과 같이 적혀 있었다.

어떤 경우에도 덴트의 아들에게 접근해서는 안 된다.
그 아이는 그대로 내버려 두어라.
그 애를 화나게 해선 안 된다.
재스퍼 덴트에게는 접근 금지다.

인상주의자가 어깨를 으쓱했다.

"이건 네가 쓴 게 아니야. 아버지가 쓴 것도 아니지. 누군가 다른 사람이 있어. 나도 우리 아버지를 따르는 미친 추종자들이 있다는 건 알아. 누가 너와 같이 일하고 있는 거지? 아버지의 탈옥을 도운 자는 누구야? 너 같은 놈들이 대체 몇 명이나 있는 거야? 아버지처럼 살겠다고 설치는 놈들이 대체 얼마나 있는 거지?"

인상주의자는 아무 말도 없었다.

재즈는 언제나처럼 아버지의 목소리를 들었다. '너는 그 선을 넘었다는 것조차 돌아가는 길에 백미러로 보기 전까지는 모를 거야.'

어쩌면 그럴지도 모른다.

"넌 우리 아버지와 연락할 수 있지? 아니, 잠깐만. 신경 쓰지 마. 대답하지 않아도 돼. 어차피 거짓말만 할 테니까." 재즈가 말했다.

인상주의자는 여전히 아무 말도 하지 않았다. 충성스러운 신봉자였다. 열렬한 추종자였다. 인상주의자는 죽는 한이 있어도 빌리 덴트에 대해 한마디도 하지 않을 것이다.

"내 말 잘 들어." 재즈가 창살에 기대면서 말했다. 그러자 인상주의자가 갑자기 겁에 질린 듯 뒤로 물러났다. 재즈는 그 모습에서 짜릿함과 함께 심장이 빨리 뛰는 것을 느낄 수 있었다. "내 말 똑똑히 들어. 네가 우리 아버지와 연락이 되면 지금 내가 하는 말을 꼭 전해. 난 아버지에 대해 잘 알아. 그러니 내가 아버지를 쫓을 거라고 전해. 아버지가 가르쳐 준 모든 지식을 총동원해서, 아버지를 붙잡기 전까지는 쉬지도 않을 거라고 말이야. 그리고 이 말도 전해 줘. 아버지는 내가 이미 살인자라고 말하지만, 난 아직 아무도 죽이지 않았다고 말이야. 그리고 마지막으로 이 말도 전해. 내가 아버지를 잡게 되면… 그때 진짜 죽여 주겠다고."

나는 살인자들을 사랑한다

일주일 뒤.

"내 건 언제 해 줄 건데?" 하위가 투덜거렸다.

"나중에." 재즈가 하위를 달래며 말했다. "이제 시작해 주세요."

"정말 이렇게 할 거니?" 문신사가 물었다.

"네."

"하지만 이렇게 하면 아무도 알아볼 수 없을 텐데. 너처럼 거울을 들지 않으면 말이야."

"다른 사람은 알아볼 필요 없어요. 나만 알아보면 돼요. 내가 잊어버리지 않으려고 하는 거니까."

문신사는 허락을 받고 싶다는 듯 하위와 코니를 흘깃 쳐다보았다. 하위는 팔짱을 낀 채, 먼 곳만 바라보고 있었다. 코니는 한숨을 내쉬더니 체념한 듯 고개를 끄덕였다.

문신사가 작업을 시작했다. 재즈는 숨을 한 번 내쉬고는 문신사가 가슴에 문신을 새기는 동안 가능한 오래 숨을 참았다.

시간이 지나고 문신이 완성되었다. 재즈의 쇄골을 따라 널찍한 V자 모양으로 5센티미터 크기의 고딕 서체로 열두 글자가 새겨졌다. 글자는 반대 방향으로 새겨져 있었다. 하지만 거울에 비춰 보면 똑바로 읽을 수 있었다.

(나는 살인자들을 사냥한다)

5주일 뒤.

추수감사절 직전, 로보스 노드 주민들은 언제부턴가 버지니아 F. 데이비스 추모 강당이라고 불리는 고등학교 강당에 모였다. 이제는 더 이상 신문에서 빌리 덴트의 탈옥과 인상주의자를 체포했다는 기사가 보이지 않았다. 그들은 처음이자 마지막으로 공연되는 '시련'을 보기 위해 모였다. 재즈의 제안에 따라 지니를 추모하고, 지니에게 바치기 위해 학생들이 직접 감독하고 준비한 공연이었다.

어두운 강당 뒤쪽 그림자가 교차되는 지점에 어떤 남자가 모자를 눌러쓰고, 트렌치코트를 입은 채 주머니에 손을 푹 찌르고 서 있었다.

연극은 클라이맥스를 향해 달려가고 있었다. 해일 목사가 어둠 속에서 무대를 지켜보고 있는 사람들을 향해 외쳤다. "내 머리에 피가 묻어 있습니다! 내 머리에 묻은 피가 보이지 않습니까!"

거기에 있었다.

그리고 앞으로 좀 더 많은 일이….

끝 .

1판 1쇄 발행 2012년 8월 31일
1판 7쇄 발행 2017년 3월 1일

지은이 배리 리가
옮긴이 권도희

발행인 양원석
편집장 김지연
해외저작권 황지현
제작 문태일
영업마케팅 최창규, 김용환, 이영인, 정주호, 박민범, 이선미, 이규진, 김보영

펴낸 곳 ㈜알에이치코리아
주소 서울시 금천구 가산디지털2로 53, 20층 (가산동, 한라시그마밸리)
편집문의 02-6443-8846 **구입문의** 02-6443-8838
홈페이지 http://rhk.co.kr
등록 2004년 1월 15일 제2-3726호

ISBN 978-89-225-4794-7 (03840)